다문화 이주민 구술설화 연구

건국대 서사와문학치료연구소
다문화 구비문학대계 별권

다문화 이주민 구술설화 연구

2022년 5월 10일 초판 인쇄
2022년 5월 15일 초판 발행

지은이 신동흔 외
펴낸이 이찬규
펴낸곳 북코리아
등록번호 제03-01240호
전화 02-704-7840
팩스 02-704-7848
이메일 ibookorea@naver.com
홈페이지 www.북코리아.kr
주소 13209 경기도 성남시 중원구 사기막골로 45번길 14
우림2차 A동 1007호
ISBN 978-89-6324-871-4 (94810)
978-89-6324-850-9 (세트)

값 19,000원

건국대 서사와문학치료연구소
다문화 구비문학대계 별권

다문화 이주민 구술설화 연구

신동흔 박현숙 황혜진 오정미 김정은
김민수 김영순 오영섭 이원영 엄희수

북코리아

머리말

이 책은 2016년부터 2019년까지 만 3년 동안 세계 각국에서 온 이주민들을 대상으로 현지조사를 통해 이야기 자료를 수집하고 분석한 연구활동의 결과물을 모은 것이다. 공동연구원과 연구보조원까지 16명으로 구성된 연구팀은 130명 이상의 제보자들과 현장에서 직접 만나 수집한 약 1,500편의 이야기 자료를 DB화하는 조사 성과를 거두었다. 그 자료는 재선별과 수정보완 작업을 거쳐 총 20권의 자료집으로 출간하게 되었다. 자료집 출간에 맞추어 이번 조사 연구의 성격과 의의, 조사자료의 특징과 활용방안 등을 연구한 논문들을 따로 모아서 한 권의 단행본으로 묶었다.

본서에 실린 글들은 소정의 심사를 거쳐 학술지에 게재된 것을 수정 보완해서 재수록한 것이다. 각 논문 말미에 원출처를 밝혀 두었다. 개별적으로 제출된 논문들이지만, 총론적 논의와 구체적 자료 분석, 교육적 활용론과 메타적 고찰까지 필요한 논의를 다양하게 갖추고 있어 잘 짜인 단행본을 이루게 되었다. 다문화 이주민에 대한 구비문학적 조사연구는 한국에서 거의 처음 시도된 것인데, 구성과 내용 면에서 충실성을 갖춘 연구서를 낼 수 있게 되어 기쁘다. 본서가 다문화사회 한국어문학 연구의 새 장을 여는 선구적 성과로 자리매김될 것으로 기대해 본다.

이주민들을 찾아가 모국 설화를 듣는 일은 특별한 경험이었다. 세계의 원형적인 설화를 현장에서 우리말로 듣는 일은 기적과도 같았다. 그것은 조사자들뿐만 아니라 이주민들한테도 새롭고 특별한 경험이었다. 한국어가 주체적 문화표현의 통로가 될 수 있다는 사실에 고무된 제보자들은 기억 속에 가라앉았던 이야기들을 정성껏 찾아내서 열심히 들려주었다. 이야기를 들려주는 이들의 표정이 즐거움과 자랑으로 빛났고, 듣는 이들의 마음은 놀라움과 공감으로 가득 찼다. 이야기 구술의 현장은 단순한 조사의 차원을 넘어서 소중한 문화적·인간적 소통의 장이 되었다.

이주민들이 기억 속에 보유하고 있는 구비문학은 한국어문학의 귀중한 자산이다. 그를 통해 21세기 언어문화의 발전적 개화를 위한 하나의 동력을 찾을 수 있다. 시대적 과제로 떠오르고 있는 상호문화적 감수성 구현을 위해서도 이만한 통로를 따로 찾기 어렵다. 본 연구에서는 이주민 구술설화 자료의 언어문화적, 교육적 의의를 다각적으로 고찰했거니와, 그것이 실제의 현실적 성과로 이어지기를 바라는 마음이다.

어려운 여건 속에서도 조사자들을 반가이 맞이해서 열성껏 이야기를 구연한 모든 제보자들께 감사드린다. 들려준 귀한 자료들은 긴 세월 속에서도 빛이 바래지 않을 것이다. 3년에 걸친 현지조사와 자료정리 분석 작업을 충실히 수행해 준 연구참여자들께도 감사의 말씀을 전한다. 공동연구원 김영순, 황혜진 교수와 전임연구원 박현숙, 김정은, 오정미, 조홍윤 박사, 연구보조원 이원영, 황승업, 김자혜, 김현희, 한상효, 김민수, 이승민, 엄희수, 강새미 선생 등이 그 주역들이다.

끝으로 20권 분량의 방대한 자료집과 함께 연구단행본 출간을 기꺼이 맡아주신 북코리아 이찬규 사장님과 편집부 김수진 과장님께 감사 인사를 올린다. 본 연구서가 자료집과 더불어 오래도록 빛을 발하면서 아름답고 행복한 미래 한국사회를 열어가는 데 기여하게 될 것이라고 믿는다. 이 책과 만나는 모든 독자들께서 그 주역으로 기꺼이 나서 주시면 더 바랄 것이 없겠다.

2022년 5월
저자를 대표하여
신동흔

목차

한국어문학으로서 이주민 설화 구술의 성격과 의의

신동흔

1. 이주민 언어문화에 대한 새로운 접근

21세기 대한민국은 다문화사회로 본격 진입한 상태다. 결혼이주자와 이주노동자, 유학생을 포함하여 1백만 명 이상의 외국인 이주민이 한국 사회의 일원으로 나날의 삶을 영위하고 있다. 자국민들끼리 만나는 경우를 제외하면 이들 이주민들은 완전하든 불완전하든 한국어로 의사소통을 하며 살아가고 있다. 이주민들이 한국어문화의 상시적 주체가 되어 있는 상황이다.

이주민을 포함한 외국인들의 한국어 의사소통에 대해서는 그간 주로 언어학 내지 언어교육의 측면에서 논의가 이루어져 왔다. 문학적 측면에서는 외국인에게 한국어문화 교육을 효과적으로 수행하기 위한 수단 내지 통로로서 부분적 관심이 주어져 왔을 뿐이다. 십중팔구 한국문학을 외국인한테 전하여 습득시키는 데 주안점을 둔 일방향적 접근이었다.

이제 관점의 전환이 이루어질 때가 되었다. 한국에 와서 살고 있는 수많은 외국인들은 많은 이야기를 지니고 있는 언어문화적 주체다. 개인적인 사연 외에 어려서부터 접해온 신화와 전설, 민담 등이 내면적 자기화가 이루어진 상태로 기억에 녹아들어 있다. 설화로 통칭되는 그 이야기들은 대개 오랜 전통을 지니고 있으며 문화적 특수성과 함께 보편적 원형성을 지닌다. 그들은 낯설고도 낯익으며, 신기하고 재미있다. 특별한 감동과 교훈으로 강한 흡인력과 호소력을 발휘하기도 한다. 그 이야기들은 이주자 자신만이 아니라 한국인들에게 충분히 유의미하고 가치가 있다.

본 연구자는 만 3년에 걸친 이주민 대상 설화 구술 조사를 책임 진행해 왔다. 전국 각지를 찾아다니며 세계 여러 나라에서 건너온 다문화 이주민들로부터 설화를 위시한 자국 구비전승 자료를 채록 정리했다. 인터뷰와 구술은 모두 한국어로 이루어졌다. 당초 기대했던 대로 대다수 이주민들이 자국의 설화들을 기억하고 있었으며, 적극적이고 열띤 태도로 이야기를 구술해 주었다.

이주민들에게 자국 설화를 듣는 일은 새롭고 특별한 경험이었다. 처음 접하는 흥미롭고 매력적인 이야기들이 가득했다. 세계의 원형적인 구비문학 작품을 현장에서 우리말로 생생하게 들을 수 있다는 것은 작은 기적과 같은 일이었다. 그것은 이주민들한테도 무척 새롭고 특별한 경험이었다. 그들에게 한국어란 일상생활을 위한 불편한 도구이거나 사적인 생각과 감정을 전하는 수단일 따름이었다. 그것이 주체적인 문화표현의 통로가 될 수 있다는 사실은 새롭고 놀라운 발견이었다. 자국 설화가 한국인들한테 흥미롭고 소중하게 받아들여지는 데 고무된 여러 제보자들이 기억 속에 침전되어 있던 이야기들을 정성껏 찾아내고 갈무리해서 열의 있게 들려주었다. 한국어문화의 새로운 장이 펼쳐지는 순간이었다.

설화를 위시한 이주민 보유 구비문학은 인류 공통의 귀중한 문학적 자산이다. 그를 통해 한국어문학의 상상력과 표현력이 새롭게 확장될 수 있으며 언어문화의 발전적 개화를 위한 동력이 마련될 수 있다. 21세기 어문학교육의 화두로 떠오르고 있는 '다문화 문식성'[1]의 질적 심화와 확장을 이루는 데 있어서도 이만한 통로를 따로 찾기 어렵다. 그것은 스토리텔링을 축으로 한 언어문화 콘텐츠의 미래적 발현에도 크게 이바지할 수 있을 것이다.

이주민을 대상으로 한 설화 구술조사와 분석은 아직 수행된 적

1 '문화적 문식성'을 국어교육적으로 개념화한 박인기의 논의(박인기, 「문화적 문식성의 국어교육적 재개념화」, 『국어교육학연구』 12, 국어교육학회, 2002)가 널리 받아들여지는 가운데 이를 다문화 사회현상에 적용하여 재개념화한 것이 '다문화 문식성'이다. 김혜영과 서혁, 윤여탁, 김미혜 등의 논의를 거치면서 다문화 문식성의 발현은 21세기 (한)국어교육 및 문학교육의 중요한 과제로 떠오르고 있다. 김혜영, 「다문화 문식성 교육 내용 체계화 연구」, 부산대학교 박사학위논문, 2010; 서혁, 「다문화 시대의 국어교육과 다문화 문식성 교육」, 『국어교육연구』 48, 국어교육학회, 2011; 윤여탁, 「다문화 사회의 문식성 신장을 위한 한국어교육의 전략: 학교육의 관점을 중심으로」, 『새국어교육』 94, 한국국어교육학회, 2013; 윤여탁, 「다문화교육에서 문학교육의 지향과 다문화 교사 교육」, 『다문화사회연구』 6(1), 숙명여자대학교 다문화통합연구소, 2013; 김미혜, 「다문화 문식성 신장을 위한 문학교육의 방향 연구」, 『다문화사회연구』 6(1), 숙명여자대학교 다문화통합연구소, 2013 참조.

이 없다. 한국어문학의 관점에서 이주민 설화에 접근한 논의도 발견하기 어렵다. 본 연구는 그에 대한 최초의 본격적 기술이자 분석이 될 것이다. 논의는 현지조사에 참여한 연구원들의 경험과 의견을 수렴하는 가운데 인상적인 조사사례를 단면적으로 살피는 방식으로 진행할 예정이다. 한국어문화의 세계화와 미래적 발전이라는 추상적 화두에 대하여 하나의 새롭고도 실질적인 응답을 전해주는 논의가 될 수 있을 것으로 기대한다.

2. 20~21세기 한국어문화의 지형과 설화

언어는 추상적 개념을 나타내는 기호인 동시에 구체적 형상을 담아내는 기호이다. 사람들은 언어를 통해 삶을 논리적·분석적으로 인식·소통하는 한편으로 삶을 형상적·총체적으로 인식하여 공유하기도 한다. 이 중 형상적 언어행위의 정수에 해당하는 것이 문학이다. 문학은 언어를 감성적이고 함축적이며 미적인 형태로 실현해낸다. 문학을 통한 형상적 소통은 인간을 인간답게 하는 기본적 요소가 된다.[2]

문자가 생겨나기 훨씬 전부터 사람들은 문학적 언어행위를 폭넓게 수행해 왔다. 삶의 현장 전반에서 상시적으로 발현돼온 신화와 전설, 민담, 민요, 무가 등의 구비문학이 그것이다. 문자 이전 시대는 물론이고 기록의 시대에 접어든 뒤에도 구비문학은 언어문화의 기본 축으로서 중요한 역할을 해왔다. 기록문학이 크게 발흥한 조선후기만 하더라도 구비문학은 양적·질적 발전을 이루는 가운데 문화적 역할을 확장해왔다. 이야기꾼을 축으로 한 이야기문화가 발흥하고 판소리와 탈놀이 같은 연희문화가 크게 세력을 떨친 것은 이를 잘

2 신동흔, 「삶, 구비문학, 구비문학 연구」, 『구비문학연구』 1, 한국구비문학회, 1994, 152-153쪽.

보여준다.

이야기에 한정하여 좀 더 구체적으로 보면, 상상적·허구적 담화로서의 설화가 사실적·경험적 담화와 더불어 일상적 언어문화의 변함없는 큰 축으로 자리를 지켜왔다. 마을 정자나무 아래나 우물가, 사랑방과 마실방, 이부자리 속 등등 수많은 생활공간에서 설화는 빠질 수 없는 주인공이었다. 사람들이 많이 모이는 장터거리나 객줏집 등지에서는 이야기꾼들이 펼치는 특별한 문학적 경연이 펼쳐지기도 했다. 사람들은 설화를 통해 구김 없는 상상력을 마음껏 펼치는 가운데 거기 녹아들어 있는 인간과 세상에 대한 인식을 내면화했다. 그것은 미적 쾌락과 교훈이 함축적이면서도 총체적으로 발현되는 언어문화의 빛나는 장이었다.[3]

이와 같은 언어문화적 지형은 근대에 들어와 중대한 변화를 겪었으니, 상상적 담화로서 설화의 해체적 약화가 그것이다. 이성적·경험적 사고가 전일화되고 합리적 생활방식이 보편화되는 시대적 흐름에 따른 변화였다. 탈경험적 상상을 기본 장치로 삼는 이야기에 대해 사람들은 더 이상 흥미와 관심을 나타내지 않았으며 설화는 자연스럽게 잊혀져 갔다. 이러한 현상은 20세기 후반에 들어서 더욱 가속화되었다. 일제강점기에 태어나 근대교육의 세례를 받은 세대가 현실적 실용성이 미약한 허구적 담화에 대해 나타낸 태도는 냉담한 무관심이었다. 일제 말엽의 열악한 현실과 한국전쟁의 참혹한 체험은 생존의 절박함에서 유리된 '허구적 상상놀이'를 더욱 허망한 것으로 인식하게 하는 배경이 되었다. 설화는 '먹고 사는 일'에 우선적 가치를 두는 산업화 시대 삶의 방식과 정서에도 어울리지 않는 것이었다. 그렇게 설화는 우리네 삶 속에서 시나브로 지워져 없어지게 되었다.

오랜 이야기 현지조사 경험을 종합해 볼 때, 1900~1920년대에

3 설화 구연현장의 문화적·교육적 성격과 의의에 대한 자세한 논의는 강진옥, 「이야기판과 이야기, 그리고 민중」, 서대석 외, 『한국인의 삶과 구비문학』, 집문당, 2002, 33-51쪽 참조.

출생한 세대는 그 선대의 설화문화와 일정한 접속을 이루었던 세대로 이해된다. 설화를 귀 기울여 들은 사람들이 많고 그것을 직접 들려준 경험을 가진 사람들이 있어서 유력한 설화 제보자를 어렵지 않게 만날 수 있는 쪽이었다. 이들을 주 조사대상으로 삼은 1970~80년대의 『한국구비문학대계』 설화 조사사업이 상당한 성과를 거둘 수 있었던 것은 그럴 만한 일이었다. 1980년대 말까지 탑골공원에서 이야기꾼들의 경연이 상시적으로 펼쳐지는 가운데 전통적 설화문화의 마지막 꽃을 피운 것 또한 이들 세대가 주축이 된 일이었다.[4]

문화의 저변에서 잔존적 형태로나마 명맥을 이어오던 설화문화는 1920년대 출생 세대가 퇴장하고 1930~40년대에 출생한 세대가 노년층의 주류가 되면서 결정적인 해체 상채로 접어들었다. 현재 70대나 80대 연령의 노년층 집단에게 있어 설화문화는 거의 전무하다고 보아도 좋다. 이들은 민담을 비롯한 허구적 담화에 작은 관심과 가치도 두지 않는 쪽이다. 이들의 관심은 현실적 삶에 집중돼 있으며, 주고받는 담화 또한 경험적·현실적인 것과 논리적인 것에 집중돼 있다. 설화적 담화를 기억 속에 담아둔 이들이 거의 없어서 설화 채록이 거의 불가능할 정도다. 설화를 찾아다니는 것을 쓸모없는 일처럼 여기는 것이 이들의 일반적 시각이다. 6.25 체험담 같은 현실적 경험담에 적극적인 관심과 구연 의욕을 나타내는 것과 단적으로 대비되는 양상이다.[5]

주목할 사실은 이러한 언어문화가 그 아랫세대로 자연스럽게 이어졌다는 것이다. 60대와 50대, 그리고 대략 40대에 이르는 연령층의 사람들까지도 현실적 합리주의가 시대적 대세를 이루어 왔다. 경험과 지식, 설명과 주장 쪽으로 완연히 치우쳐 있는 것이 이들 세대 언어문화의 특징이다. 요컨대 이들 또한 앞 세대와 마찬가지로 '설

4 탑골공원의 이야기판 문화에 대해서는 신동흔, 「이야기꾼의 작가적 특성에 관한 연구: 탑골공원 이야기꾼의 사례를 중심으로」, 『구비문학연구』 6, 한국구비문학회, 1998 참조.

5 이야기문화의 세대별 특성에 대한 자세한 논의는 신동흔, 「이야기문화의 세대별 양상과 경험적 담화」, 『구비문학연구』 17, 한국구비문학회, 2003 참조.

화를 버린 세대'라 할 수 있다. 그들의 일상적 담화 속에 설화는 의미 있는 자리를 갖지 못한다. 말장난 중심의 우스개 이야기나 허튼 음담패설 등이 삽화적으로 스쳐 지나가는 정도다. 언어문화 특히 구술문화 속에서 설화가 최소한의 변수도 되지 못하는 것, 그것이 이들이 주축이 되어 형성해온 20세기 후반 한국어문화의 실상이다.[6]

설화의 해체적 결여는 한국에서 유난히 두드러진 현상을 이루는 것으로 여겨진다. 설화문화의 전통이 20세기를 관통하면서 일정하게 이어져온 동남아시아나 남미, 남가주, 아프리카 등의 제3세계는 물론 유럽이나 미국, 중국과 일본 등과 비교해도 한국 설화문화의 해체는 심각한 쪽이라 할 수 있다. 미국이나 유럽, 일본 등에 설화 구연을 전문으로 하는 스토리텔러들이 사회 곳곳에서 활동을 이어온 것과 달리 한국은 이런 문화를 형성하지 못했다. 일제강점과 좌우대립, 한국전쟁, 전후의 혼란, 자본주의적 산업화 등 '현실의 시대'가 연속되는 가운데 설화를 축으로 한 구술문화의 해체가 전면화된 상황이다.

한국어문화의 지형은 21세기로 들어오면서 변화의 징후를 보이고 있다. 상상적·설화적 스토리 문화가 아래로부터 새롭게 싹트는 흐름에 주목하게 된다. 20, 30대를 주축으로 한 세대는 앞 세대에 비해 허구적·상상적 담화에 대한 관심과 선호도가 훨씬 높은 쪽이다. 판타지나 인터넷소설 열풍 같은 데서 이를 엿볼 수 있다. 그 밑으로 10대 청소년의 경우 설화적 상상세계에 대한 관심과 지향이 더욱 증폭되어 새로운 문화적 흐름을 형성하고 있다. 청소년들이 즐

6 살펴보면 국어교육을 설계하고 실행하는 주체들 또한 이러한 언어문화의 자장에서 자유롭지 못한 형국이다. 주류적 기성세대의 관점에서 설화는 유치하고 허망하며 종잡기 어려워 교육적 가치를 부여하기 어려운 대상으로 치부되는 쪽이다. 중등교육의 경우에 특히 그러하다. 다 큰 아이들한테 옛날이야기 따위가 무슨 효용이 있겠느냐는 식이다. 그러다 보니 교육과정에서 설화는 단지 구색 맞추기 형태로 끼워 넣어질 따름이다. 그나마 구술언어적 맥락과 가치가 퇴색된 채 기록문학에 준하여 가르치고 배우도록 되어 있는 것이 우리의 교육 현실이다. 신동흔, 「구술소통능력과 구비문학: 설화의 인지체계와 의미구조를 중심으로」, 『화법연구』 33, 한국화법학회, 2016, 80-81쪽.

기는 웹툰과 웹소설, 게임 등은 허구적이고 초월적인 상상으로 가득 차 있다. TV 드라마와 영화 등도 설화적 상상을 반영한 것들이 갈수록 증가하는 추세에 있다. 구술현장으로 눈을 돌려보면, 아동들한테 옛이야기를 들려주거나 구어체 옛이야기를 읽어주는 활동이 이전보다 훨씬 광범위하게 이루어지고 있다. 아동들에게 옛이야기 구연을 가르치는 일도 점차 영역을 넓혀가고 있는 중이다. 이와 같은 흐름은 일시적 현상이라고 할 바가 아니다. 설화적 담화가 언어문화의 한 축을 이루는 것은 '비정상의 정상화'에 해당하는 자연스럽고 필연적인 추세로 봄이 합당하다. 그 흐름을 오롯이 살려내서 문학적 언술행위의 다양성과 역동성을 확보해 가는 것은 현 단계 한국어문화의 핵심적인 과제라고 할 수 있다.[7]

여러 세대에 걸쳐서 설화문화의 소외와 해체가 전면화한 형국에서 그 회복의 동력을 찾는 것은 쉬운 일이 아니다. 인터넷과 TV 등에서 상상적 스토리가 힘을 내고 있다지만, 일상적인 담화의 장에서 설화를 말하고 듣는 일은 여전히 낯설고 어색하다. 해본 적이 없어 익숙지 않으며, 해보려고 해도 무슨 이야기를 어떻게 풀어내야 할지 가닥을 잡기 어려운 상황이다. 일상적 언어생활이나 언어교육 현장에서 설화가 즐겁고 자연스럽게 소통되는 상황이 펼쳐지기까지는 앞으로도 많은 시간과 노력이 필요할 것으로 생각된다.

이와 관련하여 언어문화의 전향적 변화를 위한 동력을 내부가 아닌 외부에서 찾을 수 있다는 사실에 주목할 필요가 있다. 누군가 하면 한국사회의 새로운 구성원을 이루고 있는 이주민을 두고 하는 얘기다. 김태원은 한국사회의 주변인이자 이방인으로서의 결혼이주민이 두 개의 문화에 걸쳐 있는 경계적 존재임으로 해서 우리 사회의 문화지형을 변화시키는 가치적 매개자이자 잠재적 가치생산자가 될 수 있다고 했거니와,[8] 이러한 관점은 한국어문화에 훌륭히 적용

7 신동흔, 「구술소통능력과 구비문학: 설화의 인지체계와 의미구조를 중심으로」, 『화법연구』 33, 한국화법학학회, 2016, 81-82쪽.

8 김태원, 「생활세계와 이방인으로서의 결혼이주민」, 『현대사회와 다문화』 4(1), 대구대

될 수 있다. 이주민들은 자국문화와 한국문화를 중층적으로 담지하고 있으며 언어적으로 자국어와 한국어를 함께 사용하고 있다. 그들은 언어적·문화적으로 특별한 능력자라 할 수 있다. 그들이 갖춰 지닌 문화적 형식과 내용은, 그러니까 어릴 때부터 접해온 신화와 전설, 민담, 속담 등은 언제든지 한국어라는 새로운 코드로 변환되어 발신될 수 있다. 그리고 그것은 그 자체로 새롭고 이질적이며 의미심장한 언술행위가 된다.

외국인한테 자국 설화를 청해 듣는 것은, 또는 외국인에게 설화를 들려주는 것은 어색한 일이 아니다. 한쪽은 익숙하게 잘 알고 한쪽은 잘 모르니까 아는 대로 들려주는 것이 자연스러운 행위가 된다. 설화가 들려줄 만한 가치가 충분한 대상이라는 사실도 그 언술행위의 자연스러움과 유효성을 뒷받침한다. 설화는 지역적·민족적 특수성과 함께 보편적 원형성을 지닌 언어형식으로서 경계를 넘어선 소통성과 감응력을 지닌다. 문화적 차이에 따른 이질감이 걸림돌이 될 수 있으나 그것은 문학적 흥미와 경이를 일으키는 요소가 되기도 한다. 외국인을 상대로 한 설화 구술은 어떤 형태로든 유의미한 파격이 된다.

관건은 제보자가 설화를 제대로 구연할 수 있는가의 문제일 것이다. 설화의 내용을 제대로 소화하여 갈무리하지 못하거나 언어적으로 잘 구사하지 못할 경우 온전한 설화 구술은 어려울 것이다. 한국 거주 이주민들, 특히 결혼이주여성의 경우 사정이 어떠한가 하면 설화 구술을 무리 없이 행하는 제보자들을 어렵지 않게 찾을 수 있다. 제보자 연령대가 30대 내지 60대로 젊은 축에 속하는데도 별다른 어색함이나 거부감 없이 설화 구술에 나서고 있으며 스토리 맥락을 잘 잡아서 구연하고 있는 상황이다. 한국어 능력은 다소 부족할지 모르지만 이들의 언술이 갖는 가치는 그 이상이다.

서두에서도 말했지만, 문화적 가치 생산 과정으로서 이주민 설화 구술에 관심을 나타낸 사례는 없었다. 생애담 내지 생활사를 축

다문화사회정책연구소, 2015, 9-13쪽.

으로 한 조사 연구가 일부 이루어졌을 따름이다.[9] 생애 체험을 전하는 담화가 문화적으로 중요한 의의를 가지는 것은 분명이지만, 서사적 함축성과 완결성, 전이성 등에서 설화와 질적 차이가 있는 것 또한 사실이다. 오롯한 문학적 담화로서의 설화를 통해 우리는 문화적 가치를 담지한 언어적 소통의 새로운 국면과 만날 수 있다. 이제 이에 대한 구체적인 논의로 넘어갈 시점이다.

3. 현지조사를 통해 본 이주민 설화 구술의 양상

본 연구자가 책임을 맡아 수행한 이주민 대상 설화 현지조사 작업의 개요는 다음과 같다.

- 사업명 : 한국학진흥사업단 한국학 분야 토대연구지원사업
- 과제명 : 다문화시대 한국학을 위한 이주민 설화 구술자료 DB 구축
- 연구기간 : 3년 (2016. 9. 1. ~ 2019. 8. 31.)
- 참여인원 : 총 16명 (연구책임자 1명, 공동연구원 2명, 전임연구원 4명, 연구보조원 9명)

현지조사 대상은 결혼이주민과 이주노동자, 외국인 유학생을 포괄하되 결혼이주민에 우선순위를 두었다. 조사 내용은 이들 이주민

9 그 주요 사례로, 김영순 등이 이주민들로 하여금 본국의 생활과 문화를 글과 말로 '스토리텔링'하도록 하고 그 특징과 의의를 점검한 바 있으며, 김영옥이 결혼이주여성의 민족지적 이야기 생산 방법을 논구한 적이 있다. 김태원은 생애구술사를 통해 이주민의 주변인적 정체성과 함께 문화적 적응 과정을 살피는 작업을 수행했다. 김영순·허숙·응웬뚜언아잉, 「결혼이주여성의 자기문화 스토리텔링 활용 표현교육 사례 연구」, 『비교문화연구』 25, 경희대 비교문화연구소, 2011; 김영옥, 「결혼이주여성의 경험 쓰기: 새로운 재현 방법으로서의 민족지적 이야기 생산」, 『여성학논집』 31(1), 이화여대 한국여성연구원, 2014; 김태원, 「생활세계와 이방인으로서의 결혼이주민」, 『현대사회와 다문화』 4(1), 대구대 다문화사회연구소, 2015.

들이 한국어로 구연하는 모국의 설화 자료를 녹음 채록하고 편집 정리하여 DB를 구축하는 것이다. 신화와 전설, 민담 등 설화를 기본 대상으로 삼는 가운데 생애담과 신이체험담을 포괄하며, 속담과 속신어, 금기어, 수수께끼, 민요 등도 곁들여 수집했다. 모국 설화 외에 한국 설화도 아는 것이 있으면 구술하도록 했으며, 필요할 경우 조사자들이 한국 설화나 속담 등을 제시하는 가운데 쌍방적 소통을 꾀했다. 조사는 자발적 참여를 원칙으로 삼아서 진행했다. 이주민들이 최대한 편안하고 자유로운 상태에서 자신이 아는 이야기들을 들려줄 수 있도록 했다. 구연 과정에서 준비해온 메모를 참고할 수 있으나, 책을 보고 읽는 형태의 구술은 원칙적으로 배제했다. 기억을 매개로 한 구술이라야 자연스러운 언어표현과 함께 설화적 화소와 서사맥락이 살아날 수 있다고 하는 관점에 따른 것이다.

현지조사는 조별 조사 형태로 진행했다. 전임연구원을 조장으로 한 3개 조가 다양한 경로로 제보자를 섭외하여 각기 월 2~4회씩 조사를 수행했다. 설화 구연에 참여한 제보자들은 대개 아시아 지역에서 온 여성들로서, 출신국은 중국과 베트남, 태국, 캄보디아, 몽골, 필리핀, 일본, 카자흐스탄, 키르기스스탄, 우즈베키스탄, 사우디아라비아, 러시아, 파라과이 등이다. 이주유형 별로는 결혼이주민이 가장 많다.

현지조사에 나선 연구원들이 제보자들한테 설화를 제대로 전해 듣기까지의 과정은 그리 수월치 않았다. 설화 구연은 그 자체로 낯선 일이었다. 모국이나 한국에서의 생활사와 일화 등을 청하는 사람들은 있어도 '옛날이야기'를 해달라는 요청은 거의 받은 적이 없는 상황이었다. 조사자들이 원하는 것이 신화와 전설, 민담 같은 허구적·상상적 이야기라는 사실을 명확히 인지하는 데 꽤 시간이 걸릴 정도였다. 예상하지 못했고 준비가 안 된 상태이다 보니 첫 만남에서 설화적 담화를 원활하게 구연하기가 어려웠다. 원래 알고 있던 이야기가 있음에도 곧바로 구연하기에 부담을 느끼는 쪽이었다. 물론 모국어가 아닌 한국어 구술이라서 더 그러했을 것이다. 그리하여 첫 대면에서의 설화 구술은 모국의 유명한 이야기들을 개략적으로 들려주는 정도로 그친 경우가 많았다.

하지만 두 번째 만남 때는 상황이 달랐다. 그들은 설화를 본격적으로 구연할 마음의 준비가 되어 있었다. 여러 제보자들이 옛 기억을 되살리고 또한 부모님이나 책, 인터넷 등을 참조하여 구연할 이야기의 서사적 맥락을 소화해 갖춘 상태로 조사자들을 맞았다. 당연한 결과로, 설화 구술이 더 다양하고 풍부하며 짜임새 있게 진행될 수 있었다. 예를 들면 다음과 같은 식이다.

▶ **사례 1 : 누구엔티미두이엔**
(한국명 원지영. 베트남, 여, 1989년생, 결혼이주 6년)

▷ 1차 조사 – 총 4편 (약 45분)
(1) 일곱형제 이야기(민담) / (2) 쩌우까우 이야기(전설) / (3) 숟가락과 젓가락을 끝에 잡으면 멀리 시집간다(속담) / (4) 바위가 된 여인(전설)

▷ 2차 조사 – 총 9편 (약 100분)
(1) 개구리 아들(민담) / (2) 자장가(노래) / (3) 꾸우정섬의 절 이야기(이적담) / (4) 고양이 먹고 받은 재앙(이적담) / (5) 어머니 구원한 아들의 효심(전설) / (6) 선녀와 나무꾼(한국설화) / (7) 대나무 속 엄지여인(민담) / (8) 달 속으로 간 꾸이(민담) / (9) 이주생활담

▶ **사례 2 : 모우에 히로꼬**
(일본, 여, 1967년생, 결혼이주 19년)

▷ 1차 조사 – 총 2편 (약 20분)
(1) 혀 잘린 참새(민담) / (2) 복숭아동자 모모타로(민담)

▷ 2차 조사 – 총 6편 (약 40분)
(1) 하녀 키쿠의 원한(민담) / (2) 마스크 여인(전설) / (3) 원숭이와 게(민담) / (4) 이큐상의 꾀(민담) / (5) 주먹밥 할아버지(민담) / (6) 혀 잘린 참새(민담)

▷ 3차 조사 - 총 13편 (약 80분)
(1) 빨간 도깨비와 파란 도깨비 / (2) 밥 먹고 누우면 소 된다(속담) / (3) 옷장에 있는 옷이-(속담) / (4) 가뭄에 비 내려준 갓바(민담) / (5) 키 작은 인부의 울음(민담) / (6) 저승강을 지키는 노부부 산즈노한시와 산즈노가와(민담) / (7) 야만바(민담) / (8) 짐승소리 알아듣는 모자(민담) / (9) 방귀쟁이 며느리 해꼬리요매상 / (10) 코가 길어지는 텐구의 부채(민담) / (11) 야만바와 부적 석 장(민담) / (2) 삿갓 쓴 돌부처(민담) / (13) 귀 없는 호이치(전설)

재조사 때 설화 구연목록이 많아진 것은 '준비'의 영향이 크다. 들려줄 만한 설화를 미리 가늠해서 예비해 둔 덕택에 많은 이야기를 자연스럽게 이어서 구연할 수 있었다. 이때 그 준비는 원래 모르던 이야기를 찾아낸 쪽이 아니라 기억 속에 잠재해 있던 설화들을 되살려낸 쪽이라 할 수 있다. 스토리를 기억하여 구술하는 방식의 구연 또한 그 설화들이 자기화가 이루어진 것임을 뒷받침하는 조건이 된다.

이주민 제보자들의 설화 구술에서 각별히 주목할 바는 이들이 설화 구연에 임하는 자세다. 현지조사에 참여한 연구원들은 제보자들이 설화 구연상황으로 접어들고 나면 무척 적극적이고 열띤 모습으로 구술에 임했음을 이구동성으로 전하고 있다. 다음은 연구원들이 특기할 만한 사례로 보고한 것들이다.

> 늦은 시간도 마다하지 않고 모여서 이야기를 구연하였다. 직장 혹은 아르바이트를 끝내고 조사에 참여한 경우가 많았는데 조사를 시작할 때는 피곤한 기색이 역력하였지만, 점점 이야기보따리를 풀어가면서 그들의 피로도 풀리는 듯했다. 어린아이를 둔 제보자는 아이를 재운 뒤 한밤중에 조사자들을 집으로 초대하여 구연할 정도로 열성적이었다. (김현희 연구원)

> 캄보디아의 두 이주여성인 디다넬과 포유미네씨는 처음에 책을 한권 가져와서 이야기를 구술하려고 했다. 그러나 조사자의 질문에 따라 책을 덮고 디다넬씨가 자신의 목소리로 캄보디아의 '앞'

> 이라는 귀신에 대해 구술하였다. 침묵하던 포유미네씨도 흥분하며 '앞'의 이야기에 대해 함께 구술하기 시작했다. 두 사람은 주고받으며 '앞'에 대해서 구체적으로 구술하기 시작했고, 그림까지 그리며 앞에 대한 이야기를 완성해나갔다. 디다넬씨의 말을 빌리면, 포유미네씨가 이렇게 많은 말을 하는 것을 처음 봤다고 한다. 당초 매우 소극적으로 임하던 포유미네씨는 이야기를 주도적으로 끌어나갔고, 다른 설화와 자신의 생애담까지 계속 구술하였다. (오정미 연구원)

낯선 사람에 대해 경계하는 경향이 짙고 바쁜 일과에 쫓기고 있는 이주민들이 이렇게 설화 구술에 적극적인 태도를 나타내는 이유는 무엇일까? 밤중에 일부러 조사자를 초대한다거나 평소 말이 없던 사람이 남다른 열의로 구연에 나서는 것은 단순한 호의나 의무감 등으로 설명하기 어렵다. 그러한 태도는 설화 특유의 흡인력과 감발력에 힘입은 바 크다고 할 수 있다. 현실적 이해관계 같은 것을 떠나 자유롭고 편안한 상상의 세계를 마음껏 펼칠 수 있도록 해주는 것이 설화다. 설화를 말하고 듣다 보면 자연스럽게 그 속에 빠져 들어가 즐거움을 느끼게 된다. 김현희 연구원이 말한 대로, 구술을 진행하다 보면 오히려 생활의 피로를 푸는 효과를 얻을 수 있다.

설화를 구술하는 과정에서 자신이 존중받는다는 느낌을 받는다는 점도 중요한 사항이 된다. 누군가가 자신의 이야기를 귀 기울여 들어준다는 것은 그 자체로 고맙고 기쁜 일이다. 구술 대상이 사적 개인사라면 좀 꺼림칙할 수 있겠지만, 예전부터 전해 내려온 모국의 설화인 바에야 그럼 거침이 있을 리 없다. 흥미로운 내용 속에 교훈과 감동까지 담고 있는 전통 설화는 스스로의 문화적 힘을 대변하는 흔쾌한 자랑거리가 된다. 그것은 즐거운 자기충족감으로 이어지는 것은 자연스러운 현상이 된다. 낯선 타국생활에서 쉽게 가질 수 없었던 특별한 경험이 된다.

> 이야기를 하는 제보자들이 흥미와 재미를 느낀다는 점이 인상적이었다. 개인적인 인상으로는 한국에 와서 서툴고 적응하기 바빴던 이주민들이, 자신들만 모국의 이야기를 조사자들에게 들려준

다는 점에서 인정 욕구나 정서적 만족감 등을 충족하는 것 같았다. (이원영 연구원)

설화 조사가 끝나고 자유롭게 이야기하는 경우에 종종 나온 대화에서 반응을 유추해본다면, 제보자들은 자국의 설화에 관심을 가지고 조사하는 사람들이 있다는 사실에 긍정적인 반응을 보였다. 구연자에 따라 이야기 끝에 스스로 이야기의 의미나 가치를 유추하여 덧붙이는 경우도 있었다. (김민수 연구원)

한국에서 생활하면서(특히 결혼이주여성) 자기 나라에 대한 생각을 제대로 하지 못하는 경우가 많은데, 이야기하면서 옛날 할머니나 할아버지에게 들었던 이야기를 떠올리고 그 당시를 떠올리면서 자연스럽게 각 나라에서의 생활담으로 이어지는 경우들이 많다. 이런 것들이 정체성을 잃지 않는 일에 도움을 줄 수 있을 것이라 생각된다. (김자혜 연구원)

낯선 타국에서 삶을 영위하는 이주민들에게 있어 모국의 설화를 기억하여 재현하는 과정은 자신의 존재적 기반을 이루는 삶과 문화를 추체험하면서 새롭게 의미화하는 과정으로서 의의를 지닌다. 현실적 삶의 반경에서 벗어난 자기 확인과 충족의 시간이다. 이들이 정성껏 설화를 구연하는 것은 조사자를 위한 행위이기에 앞서 자기 자신을 위한 행위라 할 수 있다.

주목할 사실은 그 설화 구술과정의 상호성이다. 설화 구술은 말하는 이와 듣는 이가 함께 있음으로써 성립되며, 상호 간의 우호적 교감과 가치 생산이 이루어질 때 본연의 힘을 발휘하게 된다. 열심히 들어주는 사람이 있어야 이야기하는 사람이 만족감과 성취감을 느낄 수 있다. 설화 조사과정에서 조사자들은 정중히 구술을 부탁하고 그것을 귀 기울여 듣는 자리에 있었다. 그 현장에서 이주민 제보자들은 완연한 언어적·문화적 주체였다. 주변인이자 이방인으로서 문화적 타자이고 소수자라고 하는 현실적 위치가 완전한 역전을 이룬 상황이다. 그 관계적 역전을 바탕으로 문화적 소통과 확장의 신국면이 펼쳐지게 된다. 이어질 논의의 화두다.

4. 문학적 담화를 통한 문화적 가치 생산

이주민 제보자들이 자기 나라 설화에 귀를 기울여주는 사람들이 있다는 사실을 반갑고 즐겁게 여기며 적극적으로 설화를 찾아내서 구연한다고 했다. 그리고 설화 구연을 수행함에 있어 이들이 문화적 주체의 자리에 서게 된다고 했다. 과거로부터 구비전승돼 온 설화는 내용과 주제 면에서 각 나라나 민족의 풍토와 습속, 정서와 세계관 등을 응축하여 지니거니와, 전통 설화를 구연하는 과정은 문학으로 육화된 문화요소를 자연스럽게 펼쳐내는 과정으로서 의의를 지닌다.

본 조사연구팀의 현지조사를 통해서도 각 나라의 설화에 고유한 문화적·정서적 특징이 배어 있음을 폭넓게 확인할 수 있었다. 그것은 거의 모든 설화자료에 걸쳐 기본적 특징을 이루고 있다고 보아도 좋다. 다음은 박현숙 연구원이 현장에서 직접 조사한 설화를 대상으로 문화적 정체성이 인상적으로 드러난다고 여겨지는 서사요소를 간략하게 정리 보고한 것이다.

- 중국 〈반고〉, 〈여와〉 : 중국의 창세신
- 태국 〈파냇보섬〉 : 태국의 곡물여신
- 태국 〈매낙프라카농〉 : 태국의 유명한 여자 귀신
- 태국 〈크라스 귀신〉 : 태국의 무서운 귀신, 낮에는 평범한 인간, 밤에는 머리와 내장만 보이는 귀신
- 일본 〈야만바〉 : 일본 산에 사는 거인 할머니 귀신
- 필리핀 〈아수왕〉 : 필리핀 가옥에 사는 여자 귀신. 낮에는 평범한 인간의 형상.
- 일본 〈삿갓 쓴 돌부처(가사지소)〉 : 일본 마을마다 놓여 있는 돌부처
- 일본 〈저승강을 지키는 할머니(산즈노가와)〉 : 일본의 저승인식
- 캄보디아 〈흰 코끼리왕의 딸〉 : 흰 코끼리에 대한 신성성
- 베트남 〈어머니 구원한 아들의 효심〉 : 음력 10월 15일 베트남 부모에게 효도하는 날
- 카자흐스탄 〈돔브라 줄이 두 개인 이유〉 : 카자흐스탄의 전통악기 '돔브라' 유래

- 일본 〈복숭아동자 모모타로〉, 〈우라시마타로〉 : 일본 사무라이 문화. 군국주의 의식 반영
- 태국 〈도시락탑〉 : 어머니를 살해한 아들의 죄씻음. 〈프라빠톰 체디탑〉 : 아버지와 양육자를 살해한 왕자의 죄씻음.
- 베트남 〈쩌우까우 유래〉 : 형의 옷을 입고 들어온 시동생이 남편인 줄 알고 반겨 맞은 형수, 아내와 동생이 사이를 오해한 형, 형의 오해를 받고 집을 나가 죽어 바위가 된 동생, 동생을 찾으러 나선 형은 바위에서 죽어 쩌우 나무가 되고, 남편을 찾아 나선 아내는 나무 옆에서 죽어 넝쿨이 되어 나무를 감았다는 전설. 쩌우까우는 베트남에서 귀한 손님을 대접하거나 약혼식, 결혼식에 사용하는 열매. 특히 결혼식에는 꼭 사용

각 나라의 설화에 등장하는 고유한 신령과 귀신, 동물 등은 상상력과 정서, 세계관의 복합체로서 그 존재를 떠올리는 것만으로도 문화적 원체험을 환기하는 효과를 낸다. 전통 풍속 또한 마찬가지다. 설화 특유의 함축적 스토리는 그 원체험을 가장 전형적이고도 농밀한 형태로 재현할 수 있도록 한다. 이런 이야기를 구연하는 가운데 제보자들은 자신의 문화적 저층으로 돌아가 그것을 음미하는 추체험을 하게 된다. 설화라는 문학적 언어로 발현됨으로써 그 문화적 가치요소는 구체적 형상과 함께 의미적 정향성과 깊이를 부여받게 된다.

이주민 구술설화의 문화적 가치생산적 면모는 화자와 청자의 상호소통성이라는 측면에서 더욱 중요한 의의를 지닌다. 외국 출신 이주자가 한국인 정주자와 설화를 주고받는 과정은 그 자체로 새롭고 흥미로운 문화적 경험을 생성한다. 이야기 내용이 낯설고 이질적이라는 사실은 거리감을 일으키는 요소인 동시에 호기심과 흥미를 자아내는 요소가 된다. 위에 제시한 여러 이야기들은 한국인 조사자들에게 낯설고 신기하며, 그리하여 강한 인상으로 각인되는 것이었다. 이야기 하나하나가 새롭고 의미 있는 문화적 발견의 대상이었다. 특히 제보자들이 잠깐 머물다 떠나는 외지인이 아니라 한국인과 더불어 살아가는 구성원이라는 점에서 그 발견이 주는 무게감은 더욱 큰

것이었다. 그것은 그 자체로 한국 문화의 상수이며 소중한 자산이 된다. 그 이야기들을 통해 한국 언어문화의 상상 세계가 더욱 넓고 역동적인 것이 될 수 있으니, 이주자와 정주자 사이의 설화 소통 과정은 '문화의 형성과 창조 과정'으로 보아 틀림이 없다.

이 지점에서 우리가 주목할 것은 이주민들이 구술하는 설화의 보편성이다. 만약 그 설화들이 단지 민족적 특수성을 드러내는 것이기만 하다면, 그리하여 '저기는 저렇구나' 하는 반응을 일으키는 정도라면 그 문화적 소통의 기능은 제한적일 것이다. 일회적인 호기심 수준의 대상으로 머물 수 있다. 하지만 이주민들이 구술하는 설화는 그 이상이다. 그것은 민족적 특성을 반영하는 한편으로 민족과 지역의 경계를 넘어서는 보편성을 지닌다.

설화의 보편성은 이주민 제보자가 구술한 설화와 한국설화 사이의 흥미로운 일치를 통해 단면적으로 엿볼 수 있다. 다음은 박현숙 연구원이 현지조사 과정에서 들은 각 나라 이야기의 유사성을 정리하여 보고한 것이다.

- 속담 "숟가락과 젓가락을 끝에 잡으면 멀리 시집간다" : 베트남, 한국, 중국 유사
- 금기어 "밤에 손발톱을 깎지 마라." "밤에 휘파람을 불지 마라" : 태국, 한국 유사
- 〈칠월칠석 유래〉 : 한국, 일본, 중국 유사
- 〈열두 띠 이야기〉 : 한국, 일본, 중국 유사
- 〈방귀쟁이 며느리(해꼬리요매상)〉 : 한국, 일본 유사
- 〈어머니 구원한 아들의 효심〉(베트남) : 개 잡아먹고 저승에서 벌 받는 어머니를 찾아가 구원한 아들의 효행 → 한국의 효행담 유사
- 〈이큐상의 꾀〉(일본) : 한국 아지담과 유사. (큰스님이 물엿을 가리켜 먹으면 죽는다고 하자 이큐상이 이를 다 먹고 자신이 죽으려고 먹었다고 함. 다리(가시)를 건너지 말라고 하자 다리로 당당히 걸어가면서 다리 중앙(가시) 양 가장자리로 걸어감.)
- 〈쥐신랑〉(일본) : 한국의 〈두더지신랑〉과 동일. 태양 → 구름 → 바람 → 벽 → 쥐신랑

- <고려장이야기>(일본) : 한국의 <고려장이 없어진 이유>와 유사. 일본 나가노현에서 전해지는 이야기로, 어려운 수수께끼를 노인이 지혜로 풀어내어 고려장이 없어짐. ① 7번 구부러진 대나무에 실을 통과시켜라 ② 북을 치지 말고 소리가 나게 하라 ③ 채로 밧줄을 만들어라.

목록에서 보듯이 속담에서부터 설화까지 유사성을 폭넓게 확인할 수 있다. 기존에 알려졌던 것도 있지만 조사과정에서 새롭게 확인해가고 있는 것들도 많다. 앞으로 그 사례는 더욱 크게 늘어날 것이다.

설화를 통한 문화적 소통과 확장은 단지 내용상의 신기함이나 유사성 차원을 넘어서는 문학적 함의를 지닌다는 사실을 특히 주목할 만하다. 문학적 구술언어의 정수로서 설화가 지니는 미적 깊이와 감응력은 문화적 가치 생산 및 발현 과정에 특별함을 부여한다. 표층적 지식 정보 수준을 넘어선 심층적이고 원형적인 차원의 교감과 공유가 실현된다는 사실이 그것이다. 현지조사 과정에서 수집된 설화들 가운데 두어 사례를 들어서 그 양상을 단면적으로 살펴본다.

필리핀 출신의 1974년생 룻파네스 제보자는 국제결혼으로 한국에 이주한 지 23년째 되는 여성이다. 룻파네스는 2016년 11월 9일과 12월 21일에 경기도 화성에서 본 조사팀에 설화를 들려주었다. 화산섬 이야기와 과야바 유래, 원숭이 유래, 마까히야(신경초) 전설, 원숭이와 거북이의 경쟁담 등 필리핀의 지역적 특징을 반영한 설화들을 많이 구연했다. 이 제보자는 설화 구술에 매우 적극적이었으며 특히 두 번째 조사에서 양질의 이야기를 많이 구연했다. 다음은 그녀가 12월의 2차 조사 때 구연한 <원숭이의 유래(첫 번째 원숭이)>의 내용을 요약한 것이다.

> 옛날에 신들을 도와서 옷을 만드는 일을 하는 여자가 있었다. 지금까지도 옷 만드는 역할을 하고 있는 신들이다. 신들한테 옷 만드는 법을 자세히 배운 여자는 처음에는 일을 잘했으나 시간이 갈수록 재미가 없어지면서 다른 방법이 없을까 꾀를 내고자 했다. 어

> 느 날 여자는 기존의 재료 대신 짐승 가죽으로 옷을 만들면 찢어지지 않고 오랫동안 입을 수 있겠다는 생각을 해냈다. 여자는 신들과 상의 없이 가죽을 자르고 꿰매서 옷을 만들었다. 그 옷을 본 신들은 이런 옷을 만들려면 동물을 죽여서 가죽을 벗겨야 하는데 왜 시키지 않는 일을 했느냐며 화를 냈다. 신은 벌로 여자가 만든 가죽옷이 몸에 꽉 달라붙어 떨어지지 않게 했다. 그것이 원숭이가 생겨나게 된 유래다. 원숭이는 지금도 힘들게 일하는 대신 나무를 타고 올라가서 먹는 일만 생각하고 있다.

원숭이가 많이 서식하는 필리핀의 지리적 특성이 반영된 이야기다. 원숭이가 왜 생겨났으며 먹을 것만 탐하는지를 재미있게 설명하는 내용을 담고 있다. 신을 돕던 여자가 변해서 원숭이가 되었다는 내용이 낯설면서도 놀랍다. 여자를 낮춰 보는 관념이 담겨있는 것처럼 보이기도 하지만, 그보다는 자기 생각만 하고서 꾀를 내려고 들면 사람 노릇을 못하게 된다고 하는 교훈을 전하는 쪽으로 볼 수 있다. 필리핀이라는 민족적 경계를 넘어서는 보편적 설득력을 지니는 인식이다.

이 설화에서 더욱 주목할 것은 '가죽옷' 화소이다. 사람을 따뜻하게 해줄 수 있는 가죽옷이 동물한테는 생명이 걸려있는 피부라고 하는 모순적 이중성을 날카롭게 짚어내는 데 이 설화의 묘미가 있다. 사람이 편하자고 동물을 죽여서 그 껍질을 옷으로 삼는 것은 인간문명의 자기중심적인 약탈성을 대변한다. 이야기는 그것이 그릇된 것임을 신(神)의 이름으로 강조하면서, 스스로 짐승가죽과 한몸이 되어 보도록 함으로써 사람들을 각성시킨다. 자연친화적 삶의 전통에 기초한 생태적이고 공생적인 세계관이다. 이야기는 사람이 변한 원숭이가 아직도 자기 배만 불리는 데 몰두하는 삶을 살고 있다고 말하거니와, 이는 물질문명에 젖어 편한 것만 추구하는 우리 자신의 모습을 반성적으로 돌아보게 한다. 설화 특유의 원형적인 사유이자 인상적인 각인 효과이다. 필리핀에서 전해온 이야기이지만 그것은 한국인을 포함한 전 세계인에게 큰 흥미와 울림을 줄 만한 힘을 지니고 있다. 언어문화적 정수라고 할 만한 가치 요소이다.

룻파네스가 구연한 설화 가운데 한 이야기만 더 소개한다. 역시 2016년 12월 21일에 구연한 〈바닷물이 짜게 된 이유〉이다. 전사한 원문을 그대로 보인다.

바다가 왜 짠지. [조사자 1: 바다가 왜 차가운지?] [조사자 2: 짠지.] [조사자 1: 아 짠지? 쏠티(salty), 짠 맛이 나는지?] 네. 한국 얘기는 그런 게 있어요? [조사자 2: 예 그런 거 있어요. 한국에도.] [조사자 1: 듣고 싶어.] 똑같은 건가? [조사자 1: 똑같아도 돼요.]

옛날 옛날에는 바다 그냥 똑같애. 민물처럼 맛은 없어요. 맛은 없는데 맛은 없어요. 그냥 똑같애. 그냥 일반물이랑. 근데 한 섬에 살고 있는 사람들은 거기 물에 있는데 동굴 안에 거인 살고 있었어요. 거인이 살고 있어요. 근데 거기 어떻게 갈 수 있냐면 사람들은 바다로 건너서 물 건너서 배 타면서 커다란 거인을 만날 수 있으면 배타고 거기 만날 수 있어요.

근데 이 거인은 친절하고 착한 거인이에요. 그리고 거기에 소금이 있어요. 거인한테는 소금이 있어요. 그래서 배타고 거기 가면은 음식을 맛있게 하려고 간을 내려면 거기에 가서 거인한테 가서 소금을 달라고 하면 배타고 해야 돼요.

그 나중에 어느 날 그 바다에 너무 막 이렇게 뭐라 그럴까 파도가 너무 심해졌어요. 심하고 그 동네 사람들은 배 못 타게 됐어요. 파도가 너무 심하게 해가지고. 너무 세서 그 동네 사람들은 소금을 다 먹었고 음식 간을 넣을 수가 없었어요. 그 사람들은 생각하고 고민하고

"거기 어떻게 갈수 있을까? 거인한테 어떻게 소금을 받을 수 있을까?"

계속 고민 고민하는데 한 애가 이렇게 말했어요.

"거인한테 한번 우리 요청해보라."고 요청하면서 그 거인이 "자기 커다란 긴 다리를 우리 마을을 위해서 다리처럼 만들라."고 했어요. "그 긴 다리 다리처럼 만들라."고 했어요.

"그 다리. 다리로 만들자."

[조사자 1: 그 거인의 다리를 다리로 만들어라.] 아 그래서 바다 건널 수 있게 그렇게 요청했어요. 한 애가 그렇게 생각을 하고 어른들한테 얘기를 했었어요. 그래야지 그 동네 사람들은 그 마을 사람

들은 그 다리에서 걸어갈 수 있어요. 원시적이야.

그 친절한 착한 거인은 허락했어요.

"알았어요. 그렇게 할게요."

그래서 그 마을 사람들은- 푸대? 소금 담는 거 뭐라고 하는 거죠? [조사자 2: 보따리?] 보따리 말고 조금 더 큰거. [조사자 2: 자루?] 자루. 자루 다 들고 가면서 거인 다리에 걸어가는 거예요.

그래서 거기 인제 도착했는데 거인 땅에 도착했는데 한 사람마다 한 자루 소금을 갖고 자기 마을에 돌아가는 건데 근데 갑자기 그 큰 다리, 거인다리에 어디 쪽 이었냐 하면은 약간 조금 언덕이에요. 그 언덕은 개미. 개미 많은 언덕을 거기로 한쪽 다리를 거기에서 인제 넣었어요. 모르게 그런 건. 근데 이제는 그 다리가 개미들은 큰 개미 있잖아요. 빨간 개미. 개미들 계속 물기 시작했어요. 물고 물고 그런데 거인이

"아 이거 왜 그러지? 왜 그러지?"

자기가 참고 참고 계속 참고 있다가 근데 안 되겠어서 동네 사람들한테

"빨리 빨리 하시라"고. "빨리 건너셔야 되는데 자기가 다리를 빼야 된다."고. 자기가 "다리를 너무 아프고 개미가 계속 물고 있으니까 참을 수 없다."고.

그렇게 하는데 엄청 많이 참았는데 그래도 안 되겠어요. 너무 간지럽거나 그런 거 하니까 아프거나 그래서 갑자기 거인 다리를 자기가 인제 뺐어요. 그래서 사람들이 다 떨어졌어요. 강에. 그 바다에서 다 떨어졌어요.

거인은 사람들만 구했어요. 사람들만 구하고 자기 손으로 다 구했지만 떨어지는 소금들은 다 못 구했어요. 물밑으로 다 빠졌어요. [조사자 1: 그래서 그때부터?] 그래서 그때부터 바닷물이 짠 맛이 되었어요.

이야기에 의하면 사람들이 거인의 다리 위로 나르던 소금이 떨어져서 바닷물이 짜게 되었다고 한다. 한국 설화 〈바닷물이 짠 이유〉와 스토리가 꽤 다르지만 바닷물이 짜게 된 이유가 사람들의 행태와 관련된다고 말하는 점은 공통적이다. 인간의 자기중심적 욕망이라고 할 만한 행태다.

위 설화에서 흥미를 끄는 것은 거인의 존재다. 사람들에게 소금을 전해주고 여러 도움을 주는 거인은 신령을 연상시킨다. 동굴로 표상되는 자연(대지)에 깃든 신령이다. 사람들은 바다를 건너는 수고를 덜기 위해 거인 신령의 다리[脚]를 다리[橋]로 이용하는데 그것은 생각만큼 완전한 것이 아니었다. 그것은 불개미로 표상되는 작은 힘에 의해 허무하게 와해될 수 있는 대상이었다. 거인이 개미의 공격을 못 견뎠다는 발상이 무척 흥미롭거니와, 이는 실제 현상의 반영이기도 하다. 소나 코끼리 같은 큰 동물한테는 개미나 모기, 파리 등이 난적이니 말이다. 어떻든 그러한 역전적 관계 설정을 통해 이 설화는 크고 작음을 떠난 세상 만유의 존재성을 효과적으로 부각한다. 이와 함께 이 설화는 거인으로 상징되는 크고 신령한 힘에 일방적으로 의존하는 삶의 방식에 깃든 함정을 잘 보여준다. 신령의 자리가 있고 사람들이 스스로 감당해야 할 몫이 있는 법이다. 이야기 속의 사람들이 위기와 재난을 맞은 것은 자신의 수고와 괴로움을 덜고 어떻게든 신령에 의존하고자 한 데 따른 응보라 할 수 있다. 죽지 않고 살아났다지만 바닷물이 짜서 먹을 수 없게 되었으니 영속적인 재난을 불러온 상황이다. 그 바다와 더불어 큰 수고와 고난을 감당하며 살게 된 것은 일종의 필연적 귀결이라고 볼 만하다. 사람들은 이 설화를 전승하면서 보다 주체적이고 진취적으로 삶의 환경에 적응해야 한다는 인식을 되새겨 왔다고 할 수 있다.

요컨대 이 설화는 필리핀 사람들의 경험과 사유를 오롯이 응축한 것이면서 나라와 민족의 경계를 넘어서 두루 통할 수 있는 깊은 재미와 깨달음을 함유하고 있다. 하나의 빛나는 문화적 담화라 할 수 있다. 이러한 이야기가 한국어로 발화되어 현장적으로 실현된다는 것은 한국어의 문화적 가치요소가 그만큼 확장되고 심화된다는 뜻이 된다. 그것은 세계화시대 한국어문학이 펼쳐낼 수 있는 하나의 첨단적 문화양식이자 텍스트에 해당한다고 할 수 있다. 이와 같은 '빛나는 담화'가 한국사회 안에 상시적으로 무궁무진하게 잠복되어 있는 상황이다. 그것을 오롯이 이끌어내서 발현시킬 때 한국어문화는 의미 있는 발전 동력을 얻게 될 것이다.

5. 설화적 소통을 통한 다문화 문식성 실현

세계화 시대 다문화 시대를 맞이하여 다문화 문식성이 언어문화적 발전의 화두가 되고 있음을 서두에서 말한 바 있다. 관건은 그 다문화 문식성을 어떻게 효과적으로 확장하고 심화할 것인가의 문제일 것이다. 이에 대해 현장에서의 설화 구술 과정이 이를 위한 가장 자연스럽고도 효과적인 통로가 된다는 사실을 강조하고 싶다. 이제 필자가 최근 수행한 구술 조사 사례를 통해 이를 단면적으로 짚어보기로 한다.

2017년 5월 1일에 필자는 두 연구원(조홍윤, 황승업)과 함께 인천 부평구 삼산동의 한 카페에서 일본인 결혼이주자를 대상으로 한 설화 조사를 수행했다. 성명은 노마치 유카로 1974년생 여성이다. 결혼을 통해 한국에 이주한 지 6년 차가 되는 가정주부다. 일본의 교회에서 한국인을 만나서 사귄 것이 인연이 되어 한국에 오게 되었다고 한다. 기회가 닿는 대로 한국인에게 일본어를 가르치고 일본인에게 한국어를 가르치는 이중언어 강사로 활동하고 있다. 높은 수준의 한국어 구사 능력을 갖추고 있다.

노마치 유카 제보자와 본 조사팀의 만남은 이날이 처음이 아니었다. 2017년 1월 17일에 조홍윤과 황승업이 1차 조사를 수행한 상태로, 이번이 두 번째 만남이었다. 1차 조사 당시 제보자는 신화와 민담 등을 꽤 구연했으나 내용은 거칠고 소략한 쪽이었다. 일본의 속신어들을 소개하고 해설하는 것이 더 주된 구연 과정을 이루었다. 그리하여 본 조사팀은 새로운 설화 구술에 그리 큰 기대를 걸지 않았던 터였는데 막상 만나보니 예상과 달랐다. 제보자는 본국에서 들었던 설화들에 대하여 그 서사적 가닥을 갈무리해온 상태에서 조리 있고 흡인력 있게 이야기를 구연했다. 그녀의 구술 태도는 자발적이면서도 적극적이었다. 설화 줄거리를 메모해온 쪽지를 간간이 확인하면서 밝은 표정으로 즐겁고 진지하게 이야기를 이어나갔다. 조사자들과의 상호 소통에도 적극적이었다.

이날 노마치 유카 씨가 들려준 이야기 목록은 아래와 같다.[10]

1. 소원을 들어주는 오지조사마 [민속]
2. 물에 빠진 아이를 구해준 오지조사마
3. 나무로 만든 호토케사마 덕분에 부자가 된 사람
4. 금덩이를 몰라본 숯구이 총각의 성공
5. 꿈대로 했다가 다리에서 센닌(선인)을 만난 총각
6. 치수를 해서 사람들을 도와준 교우지 스님
7. 시치후쿠진(칠복신)을 재워주고 부자가 된 사람
8. 일본의 칠복신 (상인의 신 에비스와 머리를 좋게 하는 신 다이코쿠) [민속]
9. 복고양이 마네끼네꼬의 유래
10. 빈보가미(빈곤신)로 변해서 찾아온 후쿠노가미(복의 신)
11. 빈보가미(빈곤신)가 집을 떠나며 두고 간 선물
12. 우물에 빠진 천둥신 카미나리사마를 꺼내준 사람들
13. 오니와 관련된 일본의 풍습 (귀문과 나마하게) [민속]
14. 산에 사는 무서운 할머니 야만바와 세 개의 부적
15. 혹 달린 영감과 도깨비(오니)
16. 죽은 나무에 벚꽃이 피어나게 한 하나사카지이상
17. 일본의 추석 풍습 - 수신에게 올리는 음식과 조상신을 위한 봉오도리 춤 [풍속]
18. 오니를 물리치고 보물 망치를 얻은 꼬맹이 잇슨보시

이날 구연의 주된 열쇳말은 '신령'과 '이물'이었다. 일본의 이야기 속에 등장해서 사람들과 부대끼는 여러 초월적 존재에 대한 이야기들이 이어졌다. 내용이 그리 길고 다채롭지는 않으나 필요한 서사 요소를 착실히 갖춘 재미있고 신기한 것들이었다.

10 총 18편의 이야기 가운데 1번과 8번, 13번, 17번은 서사적 스토리 없이 민속과 문화를 설명한 것으로 설화라 보기 어렵다. 이를 제외한 14편의 이야기가 설화적 성격을 띤 것들이었다. 6번과 8번, 12번 이야기는 전설에 속하며, 그 밖의 다른 이야기들은 민담에 해당한다. 서로 성격을 달리하는 담화들이 이렇게 어울리는 것은 구술현장의 자연스러운 모습이라 할 수 있다.

이날의 설화 구술 상황은 그 자체로 다문화 문식성의 확장과 심화 과정이었다고 할 만하다. 제보자가 구연한 설화들은 자국의 삶과 문화가 서사적으로 응축된 정수인 동시에 보편적인 교훈과 감동으로 외국인 청자들의 마음을 사로잡는 빛나는 언어였다. 2시간이 안 되는 시간이었지만 조사자들은 밀도 높은 문학적 경험과 함께 지식과 정서 양 측면에서 다문화적 확장을 이룰 수 있었다. 그것은 단지 조사자들만의 일이 아니었다. 설화를 구연한 제보자 또한 조사자들과의 소통을 통해 다문화적 이해와 확장을 이룬 측면이 있다. 요컨대 설화 구술을 통한 다문화 문식성 발현은 입체적이고 쌍방적인 것이었다.

설화 구술에서 문화적 문식성이 구현되는 양상은 다음과 같은 몇 가지 국면으로 나누어서 설명할 수 있다.

첫째, 언어문화적 지식 정보의 확장이 가장 효과적이면서도 밀도 있게 이루어진다.

앞에 제시한 구연설화 목록을 보면 알 수 있지만, 이날의 설화구연에서는 오지조사마와 호토케사마, 시치후쿠진과 후쿠노카미, 민보가미, 카미나리사마 등 일본의 여러 신령들이 등장했다. 한국인들로서 언어적으로나 문화적으로 낯선 대상들이다. 설화적 주인공인 오니나 야만바, 잇슨보시 등은 상대적으로 익숙하지만 그 또한 구체적인 형상과 특성에 얽힌 맥락은 낯설고 불투명한 쪽이다. 이런 낯선 존재들에 대하여 설화는 특유의 문학적 생동성과 흡인력으로 그들을 자연스럽게 마음속으로 들어와 앉게 했다.

(1) 일본의 칠복신(상인의 신 에비스와 머리를 좋게 하는 신 다이코쿠)

일본사람들은 칠복신을 모시는데 그중 유명한 것이 에비스이다. 상인들이 '에비스상'이라 하여 이를 귀하게 여기며, 금이나 좋은 것들로 장식한 에비스를 사다가 가게를 장식하곤 한다. 뺨이 복스럽게 볼록 나오고 모자를 썼으며 얼굴은 상냥하게 웃고 있는 모습이다. 일본에서는 아부하는 일을 '깨를 으깬다'고 하는데 그런 이미지다. 칠복신 가운데는 다아코쿠 사마도 있는데 그를 모시면 머리가 좋아진다고 했던 것 같다. 오사카의 타워에 다이코쿠가 있는

데 대학생들이 가서 만지면 머리가 좋아진다고 해서 다투어 만져서 맨들맨들하다. 일본에는 칠복신을 모시는 신사들이 많이 있다.

(2) 민보가미(빈곤신)로 변해서 찾아온 후쿠노가미(복의 신)

일본의 신에 민보가미가 있는데, 이 신이 집 안에 있으면 가난해진다. 그래서 사람들이 이 신을 꺼린다. 어떤 마을 뒷산에 민보가미가 살았는데 사람들은 그가 마을에 내려오면 절대 집에 들이면 안 된다고 했다. 어느 날 엄청 비가 내리는 날 딱 봐도 민보가미로 보이는 사람이 마을에 나타나서 자기를 재워 달라고 했다. 사람들이 다 싫다고 거절하는데 어떤 착한 사람이 그가 너무 불쌍해 보여서 집에 들여서 밥을 대접하고 재워주었다. 그러자 그는 다음날이 되어도 집을 나가지 않고 계속 그 집에 머물렀다. 그 사람이 마음이 착해서 계속 밥을 주다보니 식량이 떨어져 마지막 한 알까지 없어지게 되었다. 그러자 민보가미는 그 집을 떠나면서 주인한테 어떤 나무 밑에 오지조사마가 있으니 거기를 가보라고 했다. 그 사람이 저녁에 가서 보니까 흰 말이 지나가는데 그 뒤에 보따리가 떨어져 있었다. 그 보따리 안에는 보물이 가득 들어있어서 그 사람은 부자로 잘 살게 되었다. 그 사람은 사실은 민보가미가 아니라 복의 신 후코노가미였던 것이었다.

(3) 민보가미(빈곤신)가 집을 떠나며 두고 간 선물

어느 집에 빈곤신 민보가미가 들어와 앉아 있어서 그 집은 아무리 일을 해도 좀처럼 살림이 나아지지 않았다. 마침 설날이 되었는데 아무것도 준비를 못 하고 있자 민보가미가 조리(오끼미야게)를 두 개 주면서 그거라도 갖다가 팔라고 했다. 그 사람이 그것을 팔러 나갔으나 아무도 사가는 사람이 없었다. 할 수 없이 돌아오려고 하는데 어떤 숯장수 하나가 숯을 하나도 못 팔고 돌아가려 하고 있었다. 두 사람은 물건을 하나도 못 팔고 들어가면 속상하니까 서로 교환하자며 조리와 숯을 맞바꿨다. 그 사람이 집에 돌아와서 숯으로 불을 피우자 차갑던 집이 아주 따뜻해졌다. 그러자 민보가미가 뜨거워서 싫다면서 그 집을 떠나면서 조리를 하나 주었다. 민보가미가 떠난 뒤에 그 조리를 사용했더니 긁을 때마다 금이 나왔다.

이들 이야기 속에 나오는 칠복신 에비스 및 다이코쿠와 빈곤신 민보가미는 일본인들한테는 익숙한 것이겠지만 한국인한테는 그렇지 않다. 이름이 낯설고 형상이나 성격도 짐작하기 어렵다. 이에 대하여 위 이야기들은 그 새로운 언어문화적 지식정보를 우리한테 전달해 준다. 일본에 신령의 종류가 꽤 많고 흥미로운 신들이 많이 있다는 사실을 알게 해준다. 장사를 잘 되게 해주는 신 정도는 흔히 생각할 수 있지만, 머리를 좋게 하는 신이나 집을 가난하게 하는 신도 있다는 것은 흥미로운 관심 대상이 된다. 일본인들이 가지각색의 신령과 가까이하는 문화를 지니고 있음을 단적으로 깨닫게 되는 장면이다. 지식 정보의 다문화적 확장이다.

우리가 눈여겨볼 바는 특별히 설화에서 문화적 확장이 이루어지는 방식이다. 위의 자료들을 비교하면 민속 설명에 해당하는 자료 (1)과 설화적 서사를 갖추고 있는 자료 (2)·(3)에서 문화적 문식성이 발현되는 양상과 수준이 같지 않다. 자료 (1)의 경우 칠복신 가운데 에비스와 다이코쿠라는 신의 존재와 함께 그 형상과 직능에 대한 '정보'를 전해줄 따름이다. 이에 비하면 설화적으로 서사화된 민보가미에 얽힌 문화적 간접체험은 훨씬 극적이고 역동적인 형태로 이루어진다. '민보가미가 들어와 있으면 집이 가난해진다'라고 하는 표면적인 인식을 넘어서서, 두 개의 설화적 담화는 사람들이 꺼리는 신령이라도 그를 대하는 방식에 따라 상황의 역전이 가능하다고 하는 인식을 현시한다.

자료 (3)을 보면 주인공이 시장에서 가져온 숯으로 불을 피우자 빈곤신이 떠났다고 하는데, 그 온기는 실상 주인공의 심성과 삶의 방식에서 나온 것이라 할 수 있다. 따뜻한 마음으로 세상을 살아가는 사람한테는 빈곤신도 당할 수 없으며 결국 때가 되면 인생역전의 성공이 찾아오게 된다고 하는 신념적 인식이 그 안에 깃들어 있다고 할 수 있다. 이러한 인식은 자료 (2)에도 깃들어 있다. 이야기는 주인공의 집에 찾아온 것이 빈곤신인 민보가미가 아니라 복의 신인 후코노카미였다고 말하지만, 서사적 맥락으로 보면 주인공이 특유의 인정과 온기로써 빈곤신을 복의 신으로 탈바꿈시킨 것이라고 볼 수 있다. 인생의 성공과 행복이란 결국 어떤 마음으로 어떻게 사는가에 달려 있다고 하는 신념적 인식이 그 안에 육화되어 있다. 설화라는 문학적 담화를 통해 얻게 되는 구조화된 세계관적 의미다. 이러한 발견은 '민보가미'라는 언어적·문화적 요소를, 그리고 그와 더불어 살아가는 사람들의 삶의 풍경을 내면 깊이 되새기도록 한다. 다문화 문식성의 확장이 효과적이면서도 밀도 있게 이루어지는 장면이다.

둘째, 문화의 이면적 맥락에 대한 통찰을 통해 문화에 대한 보다 객관적이고 깊은 이해로 나아갈 수 있다. 사람들은 자기 문화와 다른 타국의 문화에 대해 그 표면적인 모습만 보고 편견을 가지곤 하거니와, 이러한 선입견은 열린 문화적 소통과 확장에 큰 걸림돌이 된다. 이에 대하여 설화는 그 문화의 이면적 맥락에 대한 새롭고 깊은 통찰의 길을 열어주는 힘을 지니고 있다. 많은 정보나 복잡한 논리적 설명 없이 응축된 미적 언어를 통해 쉽고 효과적인 방식으로 질적 변화를 가져온다는 것이 설화의 놀라운 점이다.

조금 전에 살핀 빈곤신 민보가미에 대한 설화만 보더라도 편견을 넘어선 문화인식의 재맥락화라는 기능을 잘 구현하고 있다고 할 수 있다. 일본 사람들이 수많은 신령을 귀하게 모신다는 사실은 세간에 일반 상식처럼 공유되고 있는 정보다. 신을 모시는 정성도 좀 유별나다고 알려져 있는 상황이다. 이러한 지식은 일본인들이 신에 대한 의존성 내지 종속성이 강하다고 하는 인상을 갖게 한다. 필자만 하더라도 이와 비슷한 선입견을 지니고 있었던 쪽이다. 이에 대하여 민보가미에 대한 설화들은 그것이 신에 대한 일방적인 의존이 아님을 단적으로 보여준다. 진짜로 중요한 것은 인간이 어떻게 하는가 하는 일이며 신은 그에 대한 응답을 줄 따름이라는 것이다. 좀 더 나아가면, 이 설화들은 신이 사람들 내면의 표상이며 사람 안에 있는 힘임을 말해준다고 볼 수도 있다. 자료 (3)에서 빈곤신이 복의 신으로 탈바꿈한 것은 주인공 안에 있는 복된 힘이 극적으로 발현된 상황이거니와, 이 설화에 그려진 신에 대한 정성은 곧 자기 자신에 대한 믿음과 정성이라고 해석할 만하다. '일본 사람들이 신에 대한 의존성이 크다'라는 식의 선입견을 깨면서 이면의 문화적 맥락을 보다 개방적이고 객관적인 형태로 이해할 수 있게 하는 요소다. 문화적 문식성의 질적 심화가 이루어지는 장면이다.

개인적으로 이날의 여러 설화 구술 가운데 가장 인상적으로 다가온 것은 벚꽃에 관한 내용이었다. 일본인이 벚꽃을 좋아하고 벚꽃놀이에 널리 나선다는 것은 대략 알고 있었으나 거기 얽힌 문화적 맥락에 대해서는 따로 생각해본 바가 없었던 터였다. 그냥 꽃이 예쁘니까 보러 가서 사진을 찍고 즐기는 것이려니 하는 정도였다. 이에 대하여 제보자가 구연한 다음 설화는 그 문화적 의미를 완연히 새롭게 들여다보도록 해주었다.

(4) 죽은 나무에 벚꽃이 피어나게 한 하나사카지이상

벚꽃 피는 시절에 어울리는 이야기가 있다. 꽃을 피우는 할아버지 하나사카지이상에 관한 이야기이다.

옛날에 할머니 할아버지가 살면서 개를 키우면서 예뻐했는데 어느 날 그 개가 땅 한 곳을 가리키며 거기 무엇이 있다는 듯 왕왕 짖었다. 할아버지가 거기를 파보니까 금이 나와서 부자가 되었다. 그 말을 들은 이웃집 노인이 개를 빌려달라면서 억지로 끌고 갔다. 개가 짖지 않자 노인은 개를 때려서 짖게 했다. 하지만 그곳을 파자 나온 것은 금이 아닌 쓰레기였다. 화가 난 노인은 막대기로 개를 때렸는데 개가 잘못 맞아서 죽고 말았다.

주인 할아버지가 죽은 개를 데려와서 태운 다음 무덤을 만들어 주었다. 그러자 무덤에서 나무가 하나 자라났다. 나무가 크게 자랐을 때 꿈에 개가 나타나서 그 나무로 절구통을 만들라고 했다. 할아버지가 그 말대로 절구통을 만들었는데 절구질을 하자 안에서 금이 나왔다. 그러자 이웃집 노인이 그 절구통을 가져가서 절구질을 했는데 이번에도 나온 것은 금이 아니라 쓰레기였다. 그는 화가 나서 절구를 불에 넣어서 태워버렸다.

주인 할아버지가 슬퍼하면서 재를 챙겨서 돌아올 때였다. 바람에 재가 날려서 죽은 나무에 떨어지자 나무에서 화사한 꽃이 피어났다. 벚꽃이었다. 신기하게 여긴 할아버지는 죽은 나무들이 있는 곳으로 가서 재를 뿌리자 나무마다 꽃이 피어났다. 그 모습을 본 장군이 대단하다면서 할아버지한테 상을 주었다. 이때 이웃집 노인이 다시 재를 뺏어가서 나무에 뿌렸는데 꽃은 안 피고 재가 장군

눈에 들어가서 벌을 받았다.

옛날에는 사람이 죽으면 다 산에 가서 신이 된다고 믿었다. 그 신이 마을에 한 번씩 돌아오는데, 그때가 바로 봄이다. 사람들은 벚꽃을 신성한 나무로 여겨가지고 돌아가신 조상들과 함께한다는 뜻으로 그 나무 밑에 돗자리를 깔고 꽃구경을 하게 되었다. 벚꽃놀이가 시작된 데는 그런 유래가 있다.

보듯이 서사적 짜임새가 잘 갖추어진 훌륭한 설화다. 모방담의 구조를 지니고 있는데, '진짜 대 가짜' 형태의 모방서사가 세 번에 걸쳐 중첩된다. 강아지와 나무, 꽃으로 이어지는 세 개의 삽화는 하나의 공통적 의미요소를 지니고 있으니, '생명'이 그것이다. 개를 사랑하는 일이나 나무를 소중히 여기는 일, 죽은 나무에 꽃을 피우는 일 등은 모두 '생명의 존중'과 '생명력의 발현'이라는 맥락에서 의미를 부여할 수 있다. 요컨대 이야기 속의 할아버지는 세상에 깃든 생명을 존중하고 그 신령한 힘에 접속된 인물이라고 할 수 있다. 죽은 나무에 꽃을 피우는 대목에서 생명을 존중하는 삶의 신령한 기적은 더없이 극적으로 발현된다.

그런데 가는 길에 바람이 불어서 그게 재가 날아가는데, 그 주변에 죽은 나무들이 있었는데 그 나무가 다시 살아나서 꽃 피는 거예요. 그게 벚꽃이었던 거죠. [조사자 일동 : 아!]

'어, 신기하다!' 해서

"죽은 나무에 꽃을 피웁시다!"

하고 막 신나게 이렇게 피우고 다녀요. 그랬더니 사람들 막 보러 오잖아요.

"어, 죽었는데 다시 피네!"

조사자들이 동시에 탄성을 발할 정도로 극적인 장면이었다. 설화는 그 나무가 '죽은 나무'였다고 말하거니와, 거친 껍질로 둘러싸인 채 겨울을 지낸 나무에서 화사한 꽃이 피어나는 일은 그 자체로 '죽은 나무가 꽃을 피우는 기적'이라고 할 만하다. 그 일을 가능하게 한 저 할아버지는 생명의 존재로서의 인간인 동시에 신(神)이라고 할 수 있다. 생명은 죽어 사라지지 않고 순환하는 법이니, 개가 나무로 거듭나는 것이 그러하며 마른 가지에 꽃이 피어나는 것이 또한 그러하다. 죽은 조상이 꽃이 되어 찾아오는 것 또한 마찬가지다. 그 꽃을 찾아가 바라보면서 교감하는 일은 인간이라는 존재의 울타리를 훌쩍 열어젖히고 세상의 본원적 생명력과 교감하는 일이 된다.

이렇게 이 설화는 '벚꽃놀이'를 우주에 깃든 본원적 생명력과 교감하는 하나의 신성한 의례로 격상시킨다. 아니, 격상이 아니다. 그것이 본래의 문화적 의미였는데 우리가 그 껍데기만을 보면서 봄풍경을 소비해 왔던 것이다. 개인적으로 이 설화가 마무리되었을 때 충격에 가까운 감동을 느낀 터였다. 원형적 설화가 전해주는 감동이며, 인간과 문화의 깊이가 전해주는 감동이다. 일본이라는 타문화에 대한 문식성의 질적 교정과 확장이 이루어지는 순간이었다.

셋째, 설화 구술은 상호소통과 교감을 통한 문화의 쌍방적 이해와 확장을 효과적으로 실현한다.

문화적 가치요소를 함축한 언어는 설화만이 아니다. 시와 소설, 노래, 영화와 드라마 등 수많은 문학예술 양식에 문화적 가치가 내포되어 있으며 그것은 문화적 문식성 발현의 좋은 통로가 된다. 예컨대 우리는 외국의 소설이나 영화 등을 보면서 다문화적 이해를 확장하고 심화할 수 있다. 하지만 구술문화로서의 설화에는 이들 문학예술 양식과 다른 특별한 점이 있으니 현장에서의 상호적 소통이 그것이다. 서로 얼굴을 맞대고 눈을 마주 보면서 이루어내는 소통이 발휘하는 힘은 우리가 막연히 생각하는 것 이상이다. 특히 서로 출신국이 다르고 살아온 내력이 다른 사람들 사이의 현장적 소통은 더욱 특별한 면이 있다. 상호간에 오가는 말 한 마디 한 마디가 두루 문화요소로 기능한다고 해도 좋을 정도다.

설화의 구술은 특정 화자가 내용을 구연하고 청자가 그것을 듣는 방식으로 이루어진다. 하지만 구술현장에서 청자는 단순한 객체가 아니다. 그는 화자와 깊은 관련을 맺는 또 하나의 소통 주체로 기능한다. 청자의 눈빛과 표정이, 그리고 동작 하나하나가 화자에게 영향을 미친다. 청자가 중에 모종의 언어적 발화를 하는 경우는 더 말할 것도 없다. 그것은 그 자체로 문학적 담화와 소통의 실체를 구성한다. 구술현장에서 청자는 어떤 식으로든 발화에 참여하면서 화자와 상호작용하게 돼있거니와, 즐거운 상상적 담화로서의 설화 구술현장에서는 그러한 상호작용이 자연스러우면서도 우호적인 형태로 이루어진다.

2017년 5월 1일 노마치 유카 제보자의 설화 구술 현장도 그러한 상호적 소통성이 잘 살아난 경우였다. 제보자가 구술하는 설화를 녹음하여 자료화하는 것이 만남의 목적인만큼 제보자가 발화의 기본 주체가 되는 상황이었지만, 구술이 진행되는 과정에 크고작은 상호간 소통이 이루어졌다. 궁금한 사항에 대한 질문과 대답 외에 설화내용에 대한 감상과 토론, 설화를 둘러싼 문화 차이에 대한 대화, 구연된 설화와 비슷한 또 다른 설화에 대한 대화 등이 자연스럽게 오갔다. 다음은 그 중 간단한 장면을 옮긴 것이다.

(5) “일본의 칠복신 (상인의 신 에비스와 머리를 좋게 하는 신 다이코쿠)” 구연 과정에서

그러니까 상인들 이미지가 그래요. 막 이렇게 이거 “깨를 이렇게 으깬다.”고 하는데, 한국에서 뜻이 없어요? [조홍윤 : 으끼, 으깬다고 해서?] 아, 깨, 깨를 으깨는 뭔가 다른 뜻이 없어요? 내포되는 뜻. [조홍윤 : 아, 그런 다른 의미는 모르겠는데요.] (웃음) 아부! [조홍윤 : 아부, 아! 우리는 “손바닥을 비빈다.”라고.] (웃음) 에, 고마(ごま)라고 하는데, 막 이렇게 깨를 막 이렇게 하는 건데. 이 손도 막 이렇게 하면서. (웃음)

(6) “금덩이를 몰라본 숯구이 총각의 성공” 구연이 일단락된 장면에서

[신동흔 : 한국에도 숯구이총각 이야기 되게 많아요. 숯구이 굽는 그 총각이 결혼을 해서 알고 봤더니, 여기 그 숯구이총각한테 금이 많이 있었다.] 오, 똑같네요. 예. [조홍윤 : 신기하네요.] 음. 제가 어딘가에서, 아 그 규슈, 규슈로 갔을 때, 규슈 아시죠? 거기 갔을 때 옛날에 한국 사람들이 많이 전쟁 때 와가지고 숯을 굽는 일을 많이 했었다는 얘기가 갑자기 생각나네요. 산에서 그 일을 많이 했겠죠.

삽화적인 간단한 장면이지만, 언어문화적 차이 내지 공통성을 확인하는 즐거운 과정이었다. '깨를 으낀다'와 '손바닥을 비빈다'라고 하는 관용적 표현 사이의 차이가 서로에게 호기심과 재미를 일으켰고, 한국과 일본에 모두 숯구이 총각 얘기가 많고 그 이야기가 금과 관련된다고 하는 공통점에 함께 관심을 나타낸 상황이다. 경계를 넘어선 문화적 소통이 자연스럽게 이루어진 순간이다. 숯구이 총각 이야기는 그것이 모종의 역사적 배경을 지니는 것이 아닌가 하는 추정으로까지 이어졌다. 여건이 돼서 그에 대한 이야기를 더 이어갔다면 소통은 더 깊고 넓게 이루어졌을 것이다.

다음은 이야기를 둘러싼 문화적 소통이 실제로 좀 더 깊고 넓은 수준으로 이어져간 장면이다.

(7) "민보가미(빈곤신)로 변해서 찾아온 후쿠노가미(복의 신)" 구연 마무리 장면에서

그런데 사실은 그 민보가미가 아니라, 복의 신이었다. 후쿠노가미. [조홍윤 : 후쿠노가미.] 예, 예. 그러니까 뭐 그것도 하나의 가르침이겠지만, '여행자나 가난한 사람한테 잘 해줘야 된다.' 하는 이야기였고요. [조홍윤 : 그리고 '가난한 신이라도 잘 끝까지 이렇게 힘들어 하지 않고, 잘 끝까지 지키고 모시면은 복의 신으로 변한다.' 뭐 그런 얘길 수도 있겠네요.] 네, 그렇죠. 그렇죠, 그렇죠. 아, 최근에 그 디즈니 영화를 봤는데. 그 야수와 미녀가 있잖아요. 야수와 미녀도 비슷한 부분이 있죠. 그러니까 처음에 그 할머니가 이렇게 나오는데, 함부로 대했다고 벌을 받는 거잖아요. "나는 그게 아니었는데." 하면서. 그 서양도 비슷한 얘기가 있는 것 같네요. (웃음)

(8) "산에 사는 무서운 할머니 야만바와 세 개의 부적" 마무리 장면에서

[신동흔 : 이 이야기 아주 재밌는데요? 저기 헨젤 그레텔 이야기하고도 좀 비슷하고.] 아 그래요? [신동흔 : 헨젤과 그레텔.] 아, 헨젤 그레텔. [신동흔 : 거기서 마녀가 이렇게.] 그렇죠, 그렇죠. 거기도 할머니가. [신동흔 : 여우누이하고도 비슷하고. 한국에도 그런 뭐, 그런 이야기가 있어요. 기둥에 묶어놨다고 그랬는데, 한국에 방에다가 똥을 놔 놓고서 막, 창문을 열고 도망가니까, 물어보니 똥이 대신 대답을 했다.] (웃음)

[조홍윤 : 분신이죠, 분신.] 진짜네요. 재밌네요. [신동흔 : 네, 자기 분신이라서.] 왜요? 그런 힘이 있어요? [신동흔 : 어, 그러니까 자기 몸에서 나온 거니깐, 아직도 따끈따끈하니깐 생기가 있잖아요. 그래서 그런지 모르겠는데. "오빠 안에 있어?" 그러면 "어, 나 여깄어." 그랬다고.] (웃음) 어, 재밌네요. 아니 그 한국에서 도둑이, 도둑이 똥을 싸고 가야지 안 잡힌다는 얘기도 있잖아요. [조홍윤 : 어디 훔친 다음에 똥 싸고 도망가야 안 잡힌다고요?] 네, 네. [신동흔 : 한국에?] [조홍윤 : 그런 얘기가 있나요?] 네, 네. [신동흔 : 한국에 와서 그런 얘기를 들으셨어요?] 네. [신동흔 : 오, 저희보다 더 잘 아시네요.] (웃음) 그러니까 똥, 똥을 누고 간다고. [조홍윤 : '대신 잡혀라!' 그러고.] (웃음) 그럴 수도 있겠네요. 음, 그것 연결이 되는데요? 아 저 그거 유명한 얘긴 줄 알았는데. [조홍윤 : 저희가 도둑, 도둑들의 방식을 몰라서.] (웃음)

한 편의 설화 구연이 마무리되는 장면에서 이야기와 관련한 확장적 소통이 이루어진 장면이다. (7)에서 민보가미 설화를 구연한 제보자가 거기 담긴 교훈을 풀이하는 장면에서 조사자가 그게 빈곤신이 복의 신으로 변한 것일 수 있다고 하자 화자는 "그렇죠. 그렇죠, 그렇죠." 하고 동의하면서 그것이 〈미녀와 야수〉의 서사와도 통하는 것 같다는 쪽으로 말을 이어갔다. 상호 소통을 통해서 설화에 담긴 주제의식의 재맥락화되는 장면이며, 문학적 언어에 담긴 문화적 가치에 대한 인식이 심화 확장되는 장면이다. 이는 (8)의 경우 또한 마찬가지다. 아이들을 노리는 산속 할머니 야만바에 얽힌 서사는 한편으로 〈헨젤과 그레텔〉의 마녀에 얽힌 서사와 통하고 다른 한편으로 한국의 〈여우누이〉와 통하는 것이었는바, 이와 관련한 소통이 자연스럽고도 흥미롭게 이루어졌다. 화자는 "그렇죠, 그렇죠.", "진짜네요. 재밌네요." 하면서 큰 흥미를 나타냈거니와 화자 자신 다문화적 문식성을 넓혀가는 장면에 해당한다. 상호간의 대화는 제보자가 "한국에서는 도둑이 방에 똥을 누고 간다"고 하는, 조사자들이 잘 모르는 내용까지 꺼냄으로써 조사자들로 하여금 자국문화를 되짚어 보게 하는 장면으로까지 이어졌다. 설화를 둘러싼 언어적 소통은 화자와 청자 상호간의 다문화적 이해를 넘어서 화자와 청자가 각기 자문화를 새롭게 되짚어보는 효과까지 내거니와 그 문화체험적 효과는 그야말로 입체적이며 총체적이라고 해도 좋을 만한 것이다.

이와 같은 상호소통적 문식성 확장은 물론 이날 조사에서만 나타난 바가 아니었다. 그것은 이주민을 대상으로 한 이야기 조사과정에서 폭넓게 펼쳐지는 상황이다. 이주민 제보자가 구술한 설화나 속담 등이 한국 것과 유사할 때 조사자들이 그 사실을 말하고 내용을 소개하면 제보자들은 큰 놀라움과 함께 관심을 나타냈으며, 무척 신기해하면서 거듭 그 내용을 되새기고 열심히 배워서 익혀가는 모습을 보이기도 했다. 서로 만나서 이야기를 주고받는 일이 다문화적 소통과 확장을 위한 유효한 통로로 기능함을 단적으로 보여주는 장면이다.

세계 여러 나라의 설화 간에 다양한 층위의 유사성이 있다는 사실은 기존의 연구를 통해서 거듭 확인된 사항이다. 하지만 그것은 대개 연구실에서 텍스트와 텍스트를 견주는 가운데 발견한 것들이다. 설화 구술 현장에서 이야기의 유사성과 접점을 발견하고 상호적 교감을 이루는 일은 이와 다른 차원의 의의를 지닌다. 이런 이야기를 주고받는 구술 현장은 그 자체로 의미심장한 문화의 장이 된다. 직접적이고 즉각적이며 쌍방적이고 포용적인 문화적 소통과 확장의 장이다. 이주자와 정주자 간의 심리적 장벽을 허물고 깊은 소통을 이루는 데 이만한 통로를 다시 찾기 어렵다. 달리 표현하면, 오늘날 시대적 과제로 떠오르고 있는 다문화 문식성을 오롯이 발현해 가는 데 이만한 통로를 다시 찾기 어렵다.

넷째, 설화 구술을 통한 문화적 소통은 자연스럽고도 깊은 인간적 교감과 융화를 가능케 한다.

다문화 문식성은 단지 다른 나라의 언어와 문화를 잘 이해하여 효과적 소통을 이루는 것만을 의미하지 않는다. 그 궁극의 도달점은 민족적·문화적 경계를 넘어선 인간적 교감을 통한 차별과 불평등의 극복에 있다. 윤여탁의 표현을 빌리면 다문화 문식성은 "다문화 사회에서 상호 이해와 협력을 바탕으로 평화롭게 살아갈 수 있는 능력을 기르는 것"[11]이며, "사회적 불평등에 대항하는 비판적 실천"을 행하고 "사회적 정의와 효과적인 민주주의를 성취"하는 것을 목표로 삼는다.[12] 이러한 본질적이고 궁극적인 의미의 다문화 문식성은 설화를 말하고 듣는 과정에서 가장 가깝고도 효과적인 방식으로 발현된다. 만국공통의 언어로서 설화를 통해 서로 삶을 나누고 이해하는 과정은 그 자체 서로 똑같이 소중한 존재로서 인간적인 교감과 확장을 이루는 과정이다. 말하자면 그것은 언어문화적 민주주의가 실현되는 장이라고 할 수 있다. 설화를 말하고 듣는 순간 모두는 똑 같은 사람일 따름이다. 그것이 문화적 타자로서의 소외감이나 이방인 의식에서 자유로울 수 없는 이주민들한테 더욱 뜻깊은 경험이 된다는 데 대해서는 긴 설명이 필요없을 것이다.

2017년 5월 1일 설화 구술현장에서 노마치 유카 제보자와 세 명의 조사자 사이에 이루어진 소통도 이와 같은 것이었다. 전에 조사자들과 만나 이야기를 들려준 경험이 있는 제보자는 기꺼이 더 좋은 구술을 펼쳐낼 준비를 갖춘 상태였고 준비했던 바대로, 또는 그 이상으로 훌륭한 이야기판을 펼쳐냈다. 조사자들의 적극적인 반응과 소통은 구술에 더 큰 생명력을 불어넣는 동력이 되어주었다. 그녀는 이야기를 하는 내내 즐겁고 행복한 표정을 했으며 아름답게 빛이 났다. 그런 모습을 보면서 이야기를 듣는 조사자들도 진심으로 고맙고 행복했다. 구술이 일단락된 뒤 필자가 좋은 구술에 고마움을 나타내면서 감동적이었다고 말하자 노마치 유카씨는 이야기를 잘 들어주어서 자기가 더 고맙고 행복했다고 사례했다. 그것은 다 함께 행복한 뜻깊은 소통의 시간이었다. 그날의 만남과 소통은 서로의 마음속에 오롯이 남아 길이 이어질 것이다. 그리고 또 다른 소중하고 행복한 만남으로 이어질 것이다.

11 윤여탁, 「다문화교육에서 문학교육의 지향과 다문화 교사 교육」, 『다문화사회연구』 6(1), 숙명여자대학교 다문화통합연구소, 2013, 65쪽.

12 윤여탁, 「다문화 사회의 문식성 신장을 위한 한국어교육의 전략: 문학교육의 관점을 중심으로」, 『새국어교육』 94, 한국국어교육학회, 2013, 16쪽.

조사를 진행하는 과정에 필자는 노마치 유카 씨한테 한국인들한테 일본어를 가르칠 때에 이런 설화들을 들려주면 좋을 거라고 말해주었다. 그렇지 않아도 가끔 아이들한테 이야기를 해주는데 반응이 그리 신통치 않다는 답이 돌아왔다. 재를 뿌리자 죽은 나무에 꽃이 피어났다는 얘기를 해주자 아이들은 "에이, 말도 안돼!" 하는 식의 반응을 보였다는 것이었다. 이에 대해 본 발표자는 아이들이 이야기를 좋아하면서도 괜히 그렇게 말하는 것이라고 했다. 그 이야기에 담긴 가치는 어떻게든 아이들 안에 새겨질 것이니 거리낄 필요가 없다고 했다. 이날의 만남을 계기로, 노마치 유카 씨가 더 큰 확신을 가지고 더 즐겁고 씩씩하게 한국 사람들한테 설화를 구연할 수 있게 되기를 기대한다. 그를 통해 한국의 언어문화가 그만큼 더 빛나고 아름다운 것이 되며, 한국사회의 다문화 문식성 수준이 그만큼 더 높아질 것을 기대한다. 그렇게 한국의 언어문화가 더 나은 미래를 향하여 나아갈 것을 기대한다.

6. 맺음 : 이야기로 여는 미래 다문화 시대

다문화 설화 구술조사에서 나타난 바를 바탕으로 새로운 한국어문학으로서 이주민 설화 구술이 갖는 의의를 살펴보았다. 우리의 결론은 서로 출신국을 달리하는 사람들이 한자리에 모여서 오랜 전통을 지닌 문화적 자산이자 만국 공통의 빛나는 문학적 언어로서의 설화를 말하고 듣는 일이 다문화 문식성을 훌륭히 발현하는 최고의 장이 된다고 하는 것이다.

세계화 시대를 맞아 펼쳐지는 민족 대이동과 재구성이 뜨거운 시대적 현안이 되어있는 상황이다. 그것은 긴장과 갈등과 혼란이라는 위험 요소를 내포하고 있다. 트럼프 정권의 반이민 행정명령을 둘러싼 논란은 그 문제적 상황을 단적으로 보여준다. 하지만 민족 이동과 이질적 문화의 만남은 문화의 발전적 재창조를 위한 소중한 기회가 되기도 한다. 서로 다른 문화가 부딪치는 가운데 문화적 자극과 갱신, 그리고 확장이 이루어질 수 있다. 어느 사회든 그런 과정을 통하여 문화가 발전해온 터다.

돌이켜보면 한국설화라는 이름으로 전승되고 있는 수많은 야기들 중에 본래부터 완전히 '우리것'이었던 것은 얼마 되지 않는다고 할 수 있다. 옛날로부터 구전돼온 수많은 설화들 가운데 상당부분은 외국으로부터 수용되어 토착화된 것들이다. 그 이야기가 문학적으로 가치 있는 것이라고 할 때, 그것은 배제할 바가 아니라 적극적으로 포용하여 문화적 자산으로 삼는 것이 합당하다. 우리는 근대변환기에 쏟아져 들어온 서구의 설화들이 한국어문학에 가져온 변혁을 가져온 사실을 잘 알고 있다. 그 변화가 제국주의와 결합된 '선진 문화의 공략'에 가까운 것으로서 빛과 그림자가 함께 있는 것이었다면 오늘날 상황은 그와 또 다른 면이 있다. 21세기 한국의 다문화 설화는 상대적으로 소외되고 저평가돼온 제3세계 구비문학 전통의 발현이라는 점에서, 그리고 생활에 밀착된 밑으로부터의 문화적 동력이 된다는 점에서 더욱 소중한 것이라고 할 수 있다.

문제는 그 가치가 발현될 통로가 제대로 열려 있지 않다는 사실이다. 이주자와 정주자가 설화를 주고받으며 소통하는 것은 한국사회에서 극히 예외적인 일이다. 현지조사 과정에서 확인한 바로는 자국민 사이에서나 다문화가정 내에서도 설화를 말하고 듣는 기회가 거의 없다고 한다. 어찌 보면 이러한 현상은 당연한 것이라고 볼 수 있다. 한국인들 사이에서도 설화의 현장적 소통이 닫혀 있는 상태이니 말이다. 21세기 들어 설화문화의 회복 조짐이 보이고 있다고 했지만, 그 동력은 크게 부족한 상황이다.

다문화 이주민들은 현장 설화문화에 새로운 자극과 동력을 만들어낼 수 있는 주체다. 그들이 지니고 있는 설화는 낯설고 흥미로우며 의미로 충만해 있다. 언어적 장벽도 큰 문제가 되지 않는다. 이주민들 가운데는 한국어로 설화를 구연할 만한 이들이 아주 많다. 그들은 문화적으로 완연한 능력자이거니와, 그 능력은 최대한 발휘되어야 한다. 이주민들의 자기정체성 확보와 자존감 향상을 위해서이기도 하며, 한국 언어문화의 갱신과 발전을 위해서이기도 하다. 어느 쪽에 어떤 유익함이 있는가를 떠나서, 설화를 주고받는 과정이 그 자체로 소중한 삶의 시간이 된다는 사실을 강조하고 싶다. 먼 옛날부터 이어져온 언어적 정수로서의 설화는 말하는 이와 듣는 이를 함께 빛나도록 한다.

본 연구에서는 한국이라는 공간에 한정하여 논의를 진행했지만, 설화의 소통적 힘은 세상 모든 삶의 공간에 적용될 수 있는 보편적인 것이다. 살아온 내력과 문화를 달리하는 사람들이 만나는 모든 자리에서 설화는 문화적 소통과 인간적 교감의 좋은 통로가 될 수 있다. 잘 알듯이 한국인은 세계 수많은 나라로 퍼져서 살아가고 있다. 그 나라 사람들과 현지어로 훌륭히 소통할 수 있는 능력자가 부지기수다. 그들이 그 언어능력을 생활의 도구로만 삼는다면 안타깝고 불행한 일일 것이다. 그것은 문학적 자기표현과 문화적 소통의 통로가 되어야 한다. 그 주요 축을 이루는 것이 설화를 비롯한 구비문학이다. 외국인과 소통함에 있어 한국의 옛이야기는 소중한 교감의 기회를 제공할 것이다. 비록 한국어가 아닌 타국어로 구술이 이루어진다고 하더라도, 그것이 한국어문화의 정수를 세계에 펼쳐내는 일이라는 사실은 변치 않는다. 좀 예외적인 경우이기는 하지만, 세계 여러 나라 사람들한테 영어로 한국의 옛이야기를 구연하는 스토리텔러들이 생겨나서 활동하고 있다는 사실은 더없이 반가운 일이다.[13]

설화는 말해지기 위해서 존재한다. 이야기를 가두어두면 병이 나고 독이 된다. 봉인된 이야기 주머니를 열어서 설화들이 마음껏 세상을 흘러 다니게 해야 한다. 한국에 사는 한국인과 외국에 사는 한국인, 한국에 사는 외국인의 이야기 주머니를 두루 활짝 열어야 한다. 미래 한국어문화를 더욱 풍성하고 아름답게 살려내기 위한, 온

13 외국인 대상으로 한국 옛이야기를 들려주는 활동을 하고 있는 스토리텔러에는 '아리랑 스토리텔러' 김승아와 방동주 알리시아 등이 있다. 이들은 국내외에 걸쳐 활동하면서 국제 스토리텔링 무대에도 오르는 등 다양한 활동을 하고 있다.

세계에 행복한 언어문화를 펼쳐내기 위한 가장 가깝고도 효과적인 길이다.

참고문헌

강진옥, 「이야기판과 이야기, 그리고 민중」, 서대석 외, 『한국인의 삶과 구비문학』, 집문당, 2002.

김미혜, 「다문화 문식성 신장을 위한 문학교육의 방향 연구」, 『다문화사회연구』 6(1), 숙명여자대학교 다문화통합연구소, 2013.

김태원, 「생활세계와 이방인으로서의 결혼이주민」, 『현대사회와 다문화』 4(1), 대구대 다문화사회정책연구소, 2015.

김혜영, 「다문화 문식성 교육 내용 체계화 연구」, 부산대학교 박사학위논문, 2010.

박인기, 「문화적 문식성의 국어교육적 재개념화」, 『국어교육학연구』 12, 국어교육학회, 2002.

서혁, 「다문화 시대의 국어교육과 다문화 문식성 교육」, 『국어교육연구』 48, 국어교육학회, 2011.

신동흔, 「삶, 구비문학, 구비문학 연구」, 『구비문학연구』 1, 한국구비문학회, 1994.

______, 「이야기꾼의 작가적 특성에 관한 연구: 탑골공원 이야기꾼의 사례를 중심으로」, 『구비문학연구』 6, 한국구비문학회, 1998.

______, 「이야기문화의 세대별 양상과 경험적 담화」, 『구비문학연구』 17, 한국구비문학회, 2003.

______, 「구술소통능력과 구비문학: 설화의 인지체계와 의미구조를 중심으로」, 『화법연구』 33, 한국화법학회, 2016.

윤여탁, 「다문화교육에서 문학교육의 지향과 다문화 교사 교육」, 『다문화사회연구』 6(1), 숙명여자대학교 다문화통합연구소, 2013.

______, 「다문화 사회의 문식성 신장을 위한 한국어교육의 전략: 문학교육의 관점을 중심으로」, 『새국어교육』 94, 한국국어교육학회, 2013.

● 이 글은 『국어국문학』 제180집(국어국문학회, 2017. 9. 30.)에 실린 논문을 일부 수정 보완한 것임.

이주민 구술설화의 문화적 가치와 활용 방안: 이주민 대상 현지조사 자료를 중심으로

박현숙

1. 머리말

대한민국은 다문화 인구 200만 시대에 접어든 다문화사회이다. 다문화사회란 다른 신념과 습관을 가진 두 개 이상의 문화공동체가 잘 조직화 되어 이들 문화가 다양하게 존재하는 사회를 말한다. 그에 따라 한국사회의 다문화 정책은 초창기 동화주의assimilation의[1] 한계를 보완한 다문화주의에 입각하여 사회통합에 역점을 두고 추진하고 있다. 다문화주의는 다양한 문화의 공존을 인정하고 이들이 만들어내는 생산적 창의성을 긍정적으로 수용하는 문화이론이다. 다문화주의는 문화 간의 격차를 인정하고 다른 문화에 대한 이질성을 해소할 수 있는 규범이며 향후 한국 사회가 실현해야 할 목표이기도 하다. 다문화주의는 여러 문화가 상호 공존하는 것을 목표로 문화 다양성을 보장할 수 있는 환경과 구조를 만들어가는 정책을 펼치고자 하는 사고의 틀이다.[2]

정부는 '다문화 가족 구성원이 안정적인 가족생활을 영위할 수 있도록 함으로써 이들의 삶의 질 향상과 사회통합에 이바지함을 목적으로 한다'는 여성가족부 법령, 〈다문화가족지원법〉에 따라 수많은 다문화 관련 사회 복지, 교육, 행정, 문화의 정책들을 추진하여 이주민의 문화 적응을 돕고 있다.

다문화주의의 핵심은 다른 문화의 차이 인정과 평등, 그리고 상호 존중이다. 그런데 다문화사회에 접어든 한국 사회의 다문화가정 내의 실생활은 어떠한가?

1 동화주의(assimilation)는 소수 민족이나 소수 문화집단이 자신들의 문화를 버리고 주류 문화, 즉 백인 문화에 완전히 흡수되어야 한다는 생각에 기초하는데, 역사적으로 미국의 정책들은 교육시스템을 통해 소수문화집단을 동화시키려고 시도하였다가 비난을 받아왔다. 권미경, 『여성결혼이민과 한국사회 다문화주의와 평생교육』, 한국학술정보, 2009, 43쪽.

2 김성길, 「다문화 개념 재정립과 소통의 배움 원리」, 『Andragogy Today』 16(1), 한국성인교육학회, 2013, 8쪽.

결혼이주여성들은 가족들과 한국어로 어렵지 않게 의사소통을 하지만, 가족들은 외국에서 온 이주 가족의 언어를 배우려고 하지 않는다. 농촌에서 시부모님과 함께 사는 외국 며느리들은 한국의 세시풍습에 대하여 한국인 못지않게 잘 알고 있고, 명절이나 제사에는 여느 한국 며느리와 마찬가지로 집안 문화에 맞게 음식을 준비한다. 김장철이 돌아오면 김치 100포기 이상도 거뜬히 잘 해내며 한국인 주부에게 김치를 맛있게 담그는 노하우를 알려주기도 한다. 한국에서 여성이 자녀를 출산하고 산후조리 때 꼭 먹어야 하는 미역국은 식생활 문화가 다른 결혼이주여성이 출산 후 거쳐야 하는 통과의례이다. 결혼이주여성들은 출산 후 짧게는 한 달, 길게는 석 달까지 끼니마다 미역국을 먹어야 하는 것이 힘들었다고 말한다. 그러함에도 가족들 생일상에는 반드시 미역국을 끓여 올린다. 하지만 다문화가정의 한국인 가족들은 외국인 가족의 언어에 대한 무관심과 마찬가지로 음식문화에도 별다른 관심이 없다. 그래서 결혼이주여성들은 고향의 음식이 그리울 때면 가족이 아닌 주변의 결혼이주여성들과 모국의 전통음식을 만들어 먹곤 한다.[3]

현재까지 한국사회에서 이루어지고 있는 결혼이주여성 대상의 정책과 사업은 이주민의 자국 문화와 한국문화, 즉 이중문화의 상호소통보다는 일방적인 한국 문화 전달의 측면이 강하다. 그리고 사업의 성격은 평등이 아닌 온정적이고 시혜적인 측면이 강하다. 이주민이 자국 문화를 알릴 수 있는 기회는 지속적이기보다는 일회적이다.[4]

이주민의 통합유형Integration 문화적응을 돕기 위한 다문화 연구와 이주민 정책이 추진되고 있지만, 실생활에서의 이주민은 동화유

3 이옥희가 「이주민이 경험하는 민속문화 소통의 현주소」(『남도민속연구』 23(10), 남도민속학회, 2011, 283-287쪽)에서 살핀 전라남도 화순군 능주면에 거주하는 세 명의 결혼이주여성의 언어, 세시풍속, 구비전승, 음식문화, 신앙에 관한 민속문화 소통 양상 사례를 일부 참고하였고, 필자가 이주민 구술설화 조사과정에 만난 제보자들의 사례를 일부 제시하였다.

4 이옥희가 앞의 논문(291쪽)에서 전라남도 순천시 복지, 교육, 문화 정책을 분석한 결과의 일부이다.

형Assimiliation의 문화적응이 이루어지고 있다.[5] 이주민 문화정책의 계획과 실제의 괴리는 새로운 문화를 이해하고 수용해야 하는 수동적 존재로 이주민을 인식하고 있기 때문에 발생한다. 다문화가정에서 새로운 문화 환경의 적응은 이주민과 정주민 가릴 것 없이 가족 구성원 모두에게 필요하다. 하지만 현실은 이주민만 새로운 문화 환경의 적응 대상이 되고 있다. 단일민족국가에서 다문화사회로의 변화는 이주민뿐만 아니라 다문화를 인정하고 수용해야 하는 정주민에게도 새로운 문화 환경이다. 그런데 새로운 변화 속에서 기존 구성원의 환경과 대응은 변화하지 않고, 새로운 구성원의 변화만을 요구하는 것이 현실이다. 이주민이 정주민의 문화에 동화되는 것이 이주민의 빠른 한국 생활의 적응과 정착 방안일 수 있다. 하지만 이는 일시적인 결과일 뿐이다. 〈선녀와 나무꾼〉 설화에서 선녀가 왜 그토록 날개옷을 찾으려고 했는지, 결국 선녀가 나무꾼을 떠난 결말을 통해 한쪽 문화의 일방적 수용과 흡수 통합적 다문화 정책의 결과를 충분히 예측할 수 있다.

다문화사회의 통합은 사회 구성원 모두 이중문화의 공존을 인정하고 상호문화의 이해를 바탕으로 모든 주체가 함께 새로운 문화를 형성해 나갈 때 가능하다.[6]

5 Berry(2005)는 문화적응을 모국의 문화적 특성과 관습을 어느 정도 유지하느냐에 따라 모국의 전통 문화를 유지하면서 새로운 문화를 수용하는 통합유형(Integration), 모국의 문화를 버리고 새로운 문화를 적극적으로 수용하는 동화유형(Assimiliation), 모국의 문화를 고수하는 분리유형(Segmentation), 모국의 문화와 새로운 문화에서 갈등하고 어느 행동도 하지 않는 주변화유형(Marginalization) 네 가지 유형으로 분류하고 있다. 오정미는 「설화에 대한 다문화적 접근과 문화교육」(건국대학교 박사학위논문, 2012, 39쪽)에서 Berry의 문화적응 유형에서 결여된 이주자의 내적 요인을 보완하여 여섯 가지 유형을 제시하고 있다. 문화적응에서 소통의 성공 유형으로 동화유형, 변혁유형, 통합유형으로 분류하고, 소통의 실패 유형으로 종속유형, 분리유형, 주변화유형으로 분류하고 있다.

6 다문화사회가 지향해 나가야 할 방향은 다문화주의를 넘어 상호문화주의(interculturalism)이다. 상호문화는 문화적 다양성과 결부해 사회적·교육적 문제를 이해하는 데 도움을 주는 이론인 반면에, 다문화는 집단의 복수성은 인정하지만 공동의 단일성의 파괴는 피하려 하면서 교육적 목표를 분명히 하지 않는다. 마달레나 드 카를로, 장한업 역, 『개념과 활용 상호문화 이해가기』, 한울, 2011, 49쪽.

최근 포르셰L. Porcher와 압달라-프렛세이M. Abdallah-Pretceille는 문학을 '상호문화교육의 상징적인 영역'[7]으로 규정한 바 있다. 문학은 다른 예술작품과 마찬가지로 개인적이고 지역적인 정체성과 인간사회 전체에의 소속감 사이에 해결되지 않을 것처럼 보이는 영원한 갈등을 재구성하며, 사람들이 국가적 경계를 넘어 국제적 관점을 가지게 하고 자기 영역을 초월하게 하는 문학의 보편성과 문학이 특정한 곳에서 발생하여 존재하는 문학의 특수성이 상호문화교육의 상징적 역할을 담당한다는 것이다.

상호문화교육의 상징적 영역이 되는 '문학'의 본령은 오랜 세월 구비전승 되어온 설화문학이다. 최원오는 설화가 초국가적 다문화주의 원리와 유사하다고 하였다. 설화가 지닌 보편성은 국가 간 경계를 뛰어넘어 존재하는 것을 의미하기에 초국가성과 연결되며, 전승 지역에 따라 특수성을 갖게 되는 것은 유사한 것이 문화적으로 다양하게 존재하면서도 차별성을 갖는 것과 연결되며 이러한 차별성은 대개 해당 전승 지역에 거주하는 민족의 문화적 정체성을 설명해 주기 때문이라는 것이다.[8]

필자는 이주민을 한국사회의 수동적인 문화 수용자가 아닌 문화 생산자이자 이중문화 중재자로서 다문화사회에서 새로운 문화를 역동적으로 형성해 나갈 주체로 보고자 한다. 그리고 이주민의 설화 구술 과정을 문화 생산 과정으로 보고 현지조사를 진행하였다. 이 글에서는 이주민이 주도하는 설화 구연 현장에서 조사한 자료의 개관을 소개한 뒤, 현지조사를 통해 채록한 이주민 구술설화가 지닌 문화적 가치를 살피고자 한다.[9] 나아가 이주민 구술설화의 활용 방

7 M. Abdallah-Pretceille, L. Porcher, *Education et communication intercilturelle*, Paris: PUF, 1996.

8 최원오, 「다문화사회와 구비문학 교육」, 『어문학』 106, 한국어문학회, 2009, 140쪽.

9 다문화시대에 설화를 포함한 구비문학이 지닌 문화적 가치에 대한 논의가 없었던 것은 아니다. 이명현의 「다문화시대 신화의 가치와 의미」(『동아시고대학』 25, 동아시아고대학회, 2011)와 「다화시대 판소리의 재인식과 문화적 가치 탐색」(『다문화콘텐츠연구』 12, 중앙대학교 문화콘텐츠기술연구원, 2012)이 있다. 이 논의는 다문화시대에 구비문학이 지닌 문

안을 제시하고자 한다.

2. 이주민 구술설화 현지조사 자료 개관

본 연구 대상의 구술 자료는 2016년 9월부터 2019년 8월까지 3년간 전국에 거주하는 다국적 이주민을 대상으로 채록하였다. 설화 제보자는 한국사회 정착민인 결혼이주민을 주요 대상으로 삼되, 경계적인 정착민으로서의 이주노동자와 잠재적 정착민으로서의 유학생도 연구 대상에 포함하였다.[10] 이주민 구술설화를 채록한 현지조사 현황을 제보자, 이야기판, 조사 자료를 항목별로 간략하게 소개하기로 한다.

2.1 현지조사 참여 제보자

2016년 9월부터 2019년 8월까지 이주민 설화 구연 현장에서 채록한 구술 자료 중 최종 DB로 확정한 자료를 제공한 제보자는 136명이다. 제보자 136명의 국적은 27개국이다. 최종 DB 확정 자료를 제공한 제보자의 국적은 베트남과 중국이 각 23명으로 가장 많은데, 중국 제보자의 경우에는 23명 중 한국계가 12명이다. 그다

화적 가치를 논하는 데 있어 한국의 설화와 판소리를 연구 대상으로 삼고 있다는 점에서 현장에서 채록한 이주민의 구술설화를 연구 대상으로 삼은 본고의 논의와 큰 차이가 있다. 본고에서 연구 대상으로 삼은 〈다문화시대 한국학을 위한 이주민 구술자료 DB 구축〉 과제 수행을 위해 현장에서 채록한 이주민 구술설화를 대상으로 전개된 논의는 신동흔의 「새로운 한국어문학으로서 이주민 설화 구술의 성격과 의의」(『국어국문학』 180, 국어국문학회, 2017)와 오정미의 「이주민 설화 조사를 통해 본 새로운 다문화교육 방안」(『구비문학연구』 47, 한국구비문학회, 2017)이 있다.

10 2016년 한국학진흥사업단 한국학 분야 토대연구지원사업인 건국대학교 〈다문화시대 한국학을 위한 이주민 구술자료 DB 구축〉 과제 수행을 위해 14명의 연구원이 현지조사에 참여하였다.

음이 일본 국적의 제보자 13명, 몽골 국적의 제보자 12명, 캄보디아 국적의 제보자 9명, 카자흐스탄, 필리핀 국적의 제보자 각 8명, 네팔, 러시아, 사우디아라비아, 태국 국적의 제보자 각 4명, 우즈베키스탄, 인도, 인도네시아 국적의 제보자 각 3명, 미얀마, 아제르바이잔 국적의 제보자 각 2명, 대만, 도미니카공화국, 브라질, 스웨덴, 에스토니아, 칠레, 키르기스스탄, 타지키스탄, 터키, 파라과이, 홍콩 국적의 제보자 각 1명씩이다.

최종 DB 확정 자료를 제공한 136명 제보자의 이주형태를 살펴보면 결혼이주여성 84명(62%), 이주노동자 11명(8%), 유학생 37명(27%), 영주 귀국자나 한국 방문자 4명(3%)이다. 제보자의 이주 경력은 3년 이내부터 25년 이상까지 다양하며 제보자의 한국 정착 경력의 편차도 크다. 제보자의 이주 경력은 5년에서 10년 이내가 가장 많은 비율을 차지하고 있으며, 이주 경력이 10년 이상 된 제보자는 전체 비율의 40%가 넘는다.

그런데 제보자의 이주 경력과 이주민의 구연 능력이 반드시 비례하는 것은 아니다. 3년 이내의 이주 경력의 제보자라 하더라도 모국의 대학에서 한국어 전공을 한 제보자나 언어 습득 능력이 뛰어난 제보자는 10년 이상의 이주 경력을 지닌 제보자보다 한국어 구사 능력과 어휘 선택 능력이 더욱 뛰어나다. 그리고 이주 경력이 10년이 넘은 제보자라 하더라도 의사소통이 안 될 정도로 한국어 구사 능력이 떨어져 제공한 자료의 가치가 현저히 떨어지는 경우도 있다. 그러므로 이주 경력으로 제보자의 구연 능력을 판단할 수는 없다. 다만, 이주 기간이 길수록 제보자의 한국 문화에 대한 이해도가 높다. 그래서 자국의 설화를 구연할 때, 조사자의 이해를 돕기 위하여 적절한 한국 사례에 빗대어 설명한다. 그리고 이주생활담이나 생애담의 에피소드가 풍부하고 깊이가 있다.

2.2. 조사지역과 구연현장

최종 DB 확정 자료를 제공한 제보자 136명이 펼친 이야기판은 전국적으로 총 145개이다. 이야기판의 성격과 구성은 이야기판마다 조성된 제보자의 국적, 제보자 수, 구연 시간 등 각 구성요소에 따라 다르다. 유능한 제보자 단독으로 240분 이상의 설화 구연이 이루어진 판도 있고, 여러 제보자가 동시에 참여한 이야기판도 있다. 여러 제보자가 참여한 이야기판의 경우에는 다국적 이야기판과 동일국적 이야기판이 조성되었고, 여러 제보자로 구성된 이야기판에서 경쟁 구연이나 협력구연이 역동적으로 이루어졌다.

3년간의 현지조사는 전국 단위 조사 목적에 맞게 제보자 거주 지역의 지역적 균형성을 고려하여 진행하였다. 최종 DB 확정 자료를 제공한 136명의 제보자 중 서울지역 37명, 경기지역 32명, 인천지역 9명, 강원지역 18명, 충청지역 9명, 호남지역 14명, 영남지역 16명, 제주지역 1명이다. 136명의 제보자는 이야기판에서 적극적으로 설화를 구연함으로써 자국의 문화를 알리고, 문화 창조자 역할을 수행하였다.

2.3. 이주민 구술설화 현지조사 채록자료 DB 현황

2016년 9월부터 2019년 8월까지 전국 현지조사를 통해서 1,700여 편의 구술 자료를 채록하였다. 여러 단계의 검수 과정을 거쳐 최종 DB화된 자료는 총 1,493편이다. 자료 유형별 통계를 보면 신화 93편, 전설(인물담 포함) 368편, 민담 574편, 한국설화 6편으로 구술설화는 대략 1,041편(70%)이다. 생애담(신이체험담·이주생활담 포함)은 87편(6%), 기타(민속·민간요법·민요 포함) 249편(16%), 속담(관용어·격언·명언·금기어·사자성어 포함) 116편(8%)이다.

현지조사 채록 자료의 유형은 설화 자료가 가장 많은 비율을 차지한다. 설화 자료는 민담 > 전설 > 신화 순으로 채록되었다. 신화와 전설은 제보자 모국의 세계관과 가치관 근원의 특수성을 파악하는 데 매우 유용한 자료가 된다. 특히 전설은 동일국적의 제보자가 다수 구연했더라도 개인마다 살아온 지역이 다르다. 그러므로 동일국가의 지역적 특수성이 녹아있어 다양한 시각에서 제보자의 모국을 이해하는 데 유용한 자료가 된다. 가장 많은 채록 비율을 차지한 민담은 다국적 이야기 속에서 발견되는 인류 보편적 사고와 가치관을 발견하고 이해하는데 유용한 자료가 된다. 그리고 다국적 제보자들의 생애담은 이주민이 놓여 있는 상황을 이해하고 정주민과 동일하게 겪게 되는 여성의 삶 속에서 동질감을 발견할 수 있기에 이주민의 생애담은 정주민에게 공감력을 증진시키는 중요한 자료가 된다.

3. 이주민 구술설화의 문화적 가치

설화는 다문화사회의 구성원인 정주민과 이주민, 이주민과 이주민의 서로 다른 문화를 이해하는데 유용한 자료가 된다. 3장에서는 2장에서 밝힌 현지조사 전체 DB 자료 가운데 필자가 참여한 현지조사 자료의 사례를 통해 이주민 구술설화가 지닌 문화적 가치를 살피고자 한다.[11]

3.1. 문화의 다양성 이해와 타자의 '다름' 인정

이주민은 자신이 태어나서 성장했던 문화적 환경과는 다른 문화권으로 진입하여 새로운 인간관계를 맺고 한국의 생활양식을 습득해 나간다. 이주민은 한국 정착과정에서 언어소통, 사회적 편견, 문화의 차이에서 오는 혼란 등 수많은 어려움을 겪는다. 결혼이주여성의 경우에는 육아 및 자녀 교육으로 겪는 곤란, 부부 갈등까지 더

11 필자가 2017년 9월부터 2019년 8월까지 진행한 이주민 구술설화 현지조사 횟수는 51회이며, 강원, 호남, 서울, 경기, 인천, 영남지역 조사에 참여하였다. 현지조사에서 채록한 구술 담화 자료는 536편이고, 이주민 구술 담화 자료를 제공한 제보자는 52명(결혼이주여성 41명, 유학생 7명, 이주노동자 2명, 기타 2명)이고, 자료를 제공한 제보자의 국적은 중국, 베트남, 일본, 태국, 캄보디아, 필리핀, 몽골, 카자흐스탄, 키르기스스탄, 아제르바이잔, 대만, 네팔, 미얀마이다.

해져 어려움은 더욱 증폭된다. 다문화가정의 결혼이주여성은 자국의 문화적인 가치와 생활 방식을 포기한 채 한국문화만을 수용해야 하는 매우 힘겨운 상황에 놓여있다. 문화적응에 따른 어려움은 이주 경력이 짧을수록 심하게 느낄 것 같지만 오랜 이주 경력의 이주민도 예외는 아니다. 자국 문화와 온전히 단절된 채 살아온 세월만큼이나 문화적 정체성의 혼란은 커질 수밖에 없다.

한국의 일상생활 속에서 자국 문화를 말할 기회가 흔치 않은 이주민들에게 설화 구연 현장은 이주민 제보자가 오로지 자기 존재의 근원에만 집중하여 주체적으로 이끌어 나가는 공간이다. 이주민이 구연하는 전통 설화는 각 나라와 민족의 풍토와 습속, 정서와 세계관 등을 응축하여 지니거니와, 전통 설화를 구연하는 과정은 문학으로 육화된 문화요소를 자연스럽게 펼쳐내는 과정으로서 의의를 지닌다.[12] 따라서 각국의 전통 설화는 다문화시대에 한국사회를 구성하는 다민족의 다양한 문화를 이해하는데 매우 유용한 자료가 된다.

이주민 설화 제보자는 자신이 주도하는 이야기판에서 조사자와 청중에게 자국 문화에 대해 많은 정보를 제공하려고 한다. 그래서 민족적 특성이 잘 반영된 설화를 구연 종목으로 선정하는 경우가 많다. 이주민이 들려주는 설화는 민족적 풍습과 문화를 고스란히 담고 있어서 정주민이나 타 이주민은 국가별 다양한 문화를 발견하고 이해할 수 있다. 이주민이 구술한 설화 가운데 민족적 특수성이 반영된 몇몇 설화를 통해 각국의 문화적 특성을 살펴보자.

이주민 제보자는 명절, 명절 음식, 전래놀이와 관련된 설화를 구연하면서 자국의 특수한 문화를 알린다. 명절 음식이나 풍습의 기원에 대한 대표적인 설화가 베트남의 〈반자이와 반쯩〉와 〈쩌우까우〉 이야기다.

〈반자이와 반쯩〉 설화는 베트남에서 설 명절에 ‘반자이와 반쯩’을 먹게 된 내력을 담고 있다. 왕이 자신의 왕위를 계승할 왕자를 선택하기 위해 ‘맛있는 음식 구해오기’ 과제를 제시한다. 왕은 왕자들이

12 신동흔, 앞의 논문, 295쪽.

구해온 온갖 귀한 음식을 뒤로 하고 막내 왕자가 쌀로 빚은 하늘 모양을 본뜬 둥근 '반자이'와 땅의 모양을 본뜬 네모난 '반쯩'을 선택하였다. 왕은 막내 왕자에게 왕위를 물려주었고, 베트남에서는 이때부터 설 명절에 '반자이와 반쯩'을 먹게 되었다는 내용이다. 설화에서 막내 왕자가 하늘과 땅의 향기를 품은 떡을 빚었다는 것은 하늘과 땅의 이치를 깨달은 인물로 백성에게 풍요로운 삶을 제공할 수 있는 현군(賢君)으로서의 자격을 지녔다는 의미이다. 한 민족을 대표하는 음식인 떡의 유래가 왕의 자격을 시험하는 서사와 연결되는 것은 왕으로 상징되는 세계에 대한 민중의 희망과 염원의 반영이라 할 수 있다. 베트남의 〈대나무 속 작은 여인〉 설화에서도 왕이 세상에서 가장 맛있는 음식을 차리는 사람에게 왕위를 물려준다. 이 설화에서 대나무밥을 올린 막내 왕자가 왕위를 계승했다는 의미는 〈반자이와 반쯩〉 설화와 같은 맥락으로 이해할 수 있다. 또한, 두 설화는 베트남의 지리적 여건상 쌀을 중시하는 문화적 특성도 잘 반영하고 있다.

베트남의 〈쩌우까우〉 설화는 아내와 동생 사이를 형이 오해하자 집을 나간 동생이 죽어 바위가 되고, 동생을 찾으러 다닌 형이 바위에서 죽어 쩌우나무가 되고, 남편을 찾아 다닌 아내가 죽어서 쩌우나무를 감는 넝쿨이 되었다는 전설이다. 이 전설은 쩌우까우나무 열매의 유래와 베트남의 전통 혼례풍습과 연결되어 있다. 이 설화에서 부부의 깊은 애정과 형제의 우애는 작은 오해로 인해 엇갈린 비극적 운명을 맞이한다. 그러나 세 사람은 죽음 이후 떨어질 수 없는 나무와 넝쿨로 새 생명을 얻어 손님을 대접하거나 약혼·결혼식에 사용하는 귀한 열매로 결실을 맺는다. 불신으로 인해 빚어진 비극이 가족의 희생을 통해 무너진 부부애와 형제애의 신의를 되찾는다는 내용이다. 이 설화는 향유자들에게 인간관계에서 신의와 행복이 한순간에 무너질 수 있다는 사실을 경계하게 하고, 애정과 신의를 되찾은 결과물의 열매를 결혼식에서 부부의 인연을 맺는 남녀가 입에 넣어 씹음으로써 변치 않는 사랑에 대한 믿음을 갖게 한다. 강렬한 붉은 빛의 열매는 신의를 되찾기까지의 부부와 형제의 고난과 시련의 상징적 결과물이자 남녀의 성적 결합의 상징이다. 이런 점에서 베트남의 〈쩌우까우〉 설화는 베트남 사람들에게 결혼식에서 쩌우까우나무 열매를 빠뜨리면 안 된다는 전통 혼례풍습의 당위성과 믿음을 부여하는 서사라 할 수 있다.

한 민족의 전통음악은 그 민족의 정신세계를 반영하며 민족의 정체성을 상징한다. 그래서 전통음악을 연주하는 악기의 유래에 얽힌 설화도 각국의 제보자들이 선호하는 구연 종목이다. 몽골의 〈마두금 악기 유래〉 설화와 카자흐스탄의 〈돔브라 악기 줄이 두 개인 이유〉 설화가 대표적이다. 두 악기는 두 줄로 이루어진 현악기로 악기 소리는 초원을 달리는 말발굽 소리를 닮았다.

몽골의 〈마두금 악기 유래〉 설화는 한 청년이 자신이 아끼던 말이 억울하게 죽임을 당하자 죽은 말을 기리기 위하여 나무를 깎아서 말의 형상을 한 마두금 악기를 만들었다는 내용이다. 마두금 악기의 두 줄은 죽은 말의 꼬리를 잘라서 만들었다고 한다.

카자흐스탄의 〈돔브라 악기 줄이 두 개인 이유〉 설화는 한 신하가 사냥을 나갔다가 죽은 왕자의 사연을 돔브라 악기의 연주 소리로 왕에게 알렸고, 이후 왕이 돔브라 악기 구멍에 쇳물을 부어 여러 줄이 끊어지고 두 줄만 남게 되었다는 내용이다.

몽골의 〈마두금 악기 유래〉 설화는 말머리 장식을 한 악기의 생김새에 서사의 초첨이 맞춰져 있다. 드넓은 초원을 한 몸이 되어 내달렸던 말에 대한 몽골인의 깊은 애정이 잘 드러나 있으며, 늘 곁에서 몽골인과 희노애락을 함께 해 온 전통악기에 대한 민족애가 깊이 배어 있다. 그에 비해 카자흐스탄의 〈돔브라 악기 줄이 두 개인 이유〉 설화는 주로 민족의 영웅담이나 구전 서사시를 낭송할 때 연주되던 악기의 기능에 서사의 초점이 맞춰져 있다. '그 (연주) 소리 날 때 말이 달그닥 달그닥 소리 나고, 말이 뛰어가는 소리랑 자연, 자연의 풍요로움과 또 그다음에 그렇게 잘 되다가는 그때는 안 좋은 소식이 있다는 거를 (왕이) 다 알게 돼 있어요. 연주를 통해서'[13] 라는 우

13 우쿠자노바 디나(카자흐스탄, 여, 1981년생, 결혼이주 13년차), 강원도 횡성군 횡성읍, 2016. 11. 12, 박현숙·김현희·김민수 조사.

쿠자노바 디나 제보자의 구연 내용처럼 왕은 말(言)의 언어가 아닌 음악의 언어로 모든 사실을 알아차린다. 영적이고 정서적 교감을 통해 각 곡마다 내포된 사상과 감정을 전달하는 민족 음악의 향유방식까지 설화에 고스란히 담겨있다.

몽골의 전통악기 〈마두금 악기 유래〉 설화를 구연한 수흐바타르 알탄바가나 제보자는 〈몽골 모자가 새 모양인 이유〉 설화 구연을 통해 타민족 사람들에게 몽골의 전통 모자를 알리면서 자연스럽게 몽골의 독특한 의복문화까지 전해준다. 이 설화는 까치가 몽골인을 죽이려는 식인까마귀의 계략을 사람들에게 알려주어 사람들이 새 모양의 모자를 쓰고 식인까마귀를 쫓아내고 살아남았다는 내용이다. 제보자는 설화 구연을 마친 뒤 까마귀를 싫어하고 까치를 좋아하는 몽골인의 민속적 인식을 반영한 설명을 덧붙인다. 이로써 정주민은 몽골인이 한국인과 마찬가지로 까마귀를 해로운 존재, 까치는 이로운 존재로 인식하고 있음을 알게 된다.

각국의 제보자들은 자국의 고유한 정신문화의 특성이 반영된 설화를 구연 종목으로 많이 채택한다. 태국 국적의 제보자들은 불교사상이 반영된 설화를 많이 구연한다. 설화에서 주인공이 불탑을 지어 속죄하는 내용이 많은데, 그 이유는 태국인은 죄가 불탑 안에 들어있다는 믿음을 갖고 있기 때문이라고 한다. 일본 국적의 제보자들은 일본의 정신문화가 반영된 설화 구연을 선호한다. 일본인들의 삶 속에 깊이 녹아있는 일본의 다양한 민간신들의 이야기[14], 텐구, 야만바, 설녀 유키온나 등 일본에서 널리 알려진 다양한 일본의 요괴 이야기 등은 일본 국적의 제보자면 누구나 한 마디씩 구연할 정도이다. 설화 속 요괴는 인간과 친밀한 존재이며 인간에게 간혹 해를 끼치기도 하지만 인간과 함께 어우러져 상부상조하는 모습을 보인다. 일본 국적의 제보자들이 구술하는 설화에는 일본의 사후세계관, 만물의 깃든 생명체와 더불어 살아가야 한다는 인식이 깊이 담겨 있다.

14 저승강을 지키는 할머니 산즈노가와, 삿갓 쓴 돌부처(지장보살), 빈곤신(민보카미), 복의 신(후쿠노카미), 가정신(시키시와라시), 부엌신(디오도꼬로 카미사미), 칠복신(시치후쿠진), 천둥신(카미나리사마) 등의 설화에서 일본의 저승 인식을 확인할 수 있다.

설화에 반영된 각국의 문화 정체성은 각국의 독특한 고유 서사에만 반영되는 것은 아니다. 동일한 서사구조를 지닌 광포 설화에서도 작은 변이 요소를 통해 문화적 정체성을 드러내기도 한다. 아시아 문화권에 널리 통용되고 있는 〈열두 띠 이야기〉가 가장 대표적이다. 일반적으로 등장하는 동물이 쥐, 소, 호랑이, 토끼, 용, 뱀, 말, 양, 원숭이, 닭, 개, 돼지로 구성이 되지만 각국의 지역적, 종교적 환경에 따라 다른 동물이 등장하기도 한다. 용 대신 네팔에서는 독수리, 우즈베키스탄에서는 물고기, 카자흐스탄에서는 달팽이가 등장하고, 인도네시아에서는 닭 대신 공작, 네팔에서는 날개 달린 짐승이 등장하기도 한다. 베트남에서는 소 대신 물소, 토끼 대신 고양이, 양 대신 염소가 등장한다.[15]

각국의 음식, 역사, 종교, 민속, 환경 등의 특성이 잘 드러나고, 각 민족의 세계관과 정체성이 담긴 설화는 한국의 다문화사회를 구성하고 있는 다양한 구성원이 한국과는 다른 이주민 각국 문화의 다양성을 이해하는 길잡이가 된다.[16] 전통문화와 가치관이 내포된 각국의 설화를 통해 다문화사회에서 모든 구성원의 문화적 정체성이 같을 수 없으며, 존재의 근원인 문화적 정체성이 개인마다 다름을 인정하는 인식의 변화를 가져올 수 있다.

3.2. 이주민의 문화적 정체성 회복과 이중문화 정체성의 확장

이주민은 모국의 설화를 다른 사람에게 들려줌으로써 한국 정착 과정에서 오랜 기간 억눌러 왔던 자기 존재의 근원인 자국의 문화적 정체성을 재확인하고 자긍심을 회복하게 된다. 제보자는 모국설화

15 각국마다 열두 띠를 상징하는 동물의 변화는 없지만 각 민족과 친근한 동물이 열두 띠에 포함되지 않은 내력에 대해 설명하는 설화도 각국에 존재한다. 일본 설화에서는 고양이가 왜 열두 띠에서 누락이 되었는지에 대해 설명하고, 몽골에서는 낙타가 왜 열두 띠에서 누락이 되었는지에 대해 설명을 한다.

16 오정미는 앞의 논문(2017, 199쪽)에서 뱅크스(Banks)가 언급한 관심의 함양은 다문화교육적으로 접근해보면 세계문화에 대한 흥미와 이해로 해석할 수 있다고 하였다.

를 한국인 조사자에게 들려주기 위하여 섭외되는 순간부터 꼼꼼하게 설화를 기억해 내고, 자료를 찾아와서 적극적으로 이야기판을 이끌어 나간다. 이주민 설화의 이야기판은 단순히 이주민 제보자가 자국의 설화만을 구연하고 채록하는 장소가 아니다. 국가별 오랜 전승력을 지녀온 설화 구연을 매개로 태어나서 이주 전까지 살아왔던 모국에서 육화된 모든 문화적 경험을 쏟아내는 자국 문화 향유의 장이 된다.

> 부잣집이다 보니까 밖에 맘대로 못 가고 그리고 한 가지는 캄보디아에서는 열여덟 살 되기 전에 거기 쫄믈릅이라고 해요. 쫄믈릅. 그 여자애는 한 3개월 동안 집에서 아무 데도 밖에 못 나가고, 저기 뭐지 뭐 여자 공부 같은 거 있잖아요. [청중: 결혼 준비?] 교법 같은 거. 교육. 예의 [조사자: 예의범절 이런 걸 이제 가르쳐요?] 네네. 3개월 동안 그래서 밖에 못 가고 그리고 여자는 이제 밖에 못가니까 심심하면서 옛날에는 TV도 없고 아무것도 없으니까. 그 스님 같은 거 뭐, 시 있잖아요. 시 봐서 엄마는 초대하면서 그 스님은 이제 유명해요. 시를 잘 하는 스님이었고. 그 엄마가 초대하면서 이제 스님이 시 좀 해달라고, 읽어주라고. 그래 그냥 스님은 거실에 앉아 있고 자는 방에 있었어요. 얼굴도 모르는데. 근데 며칠 하다보니까 목소리가 좀 가수보다도 아주 좋은 목소리였고 그러니까, 궁금하잖아요. 그 인물 어떻게 생겼는지. 몰래 구멍에서 쳐다보고 이제 사랑에 빠지는 거예요.[17]

위 인용문은 캄보디아의 유명한 〈똠과 띠우의 사랑〉 이야기의 일부분이다. 부잣집 딸이 어머니의 반대로 끝내 이승에서 사랑을 이루지 못하고 비극적 죽음을 맞이한다는 내용이다. 캄보디아 국적의 체아다비 제보자는 부잣집 딸 '띠우'와 시를 잘 낭송하는 스님 '똠'과의 만남의 계기가 되는 화소로 캄보디아의 풍습 '쫄믈릅'을 삽입하여 구연한다. 제보자는 캄보디아 풍습을 모르는 조사자의 이해를

17 체아다비(캄보디아, 여, 1983년생, 결혼이주 8년차), '똠과 띠우의 사랑', 강원도 횡성군 횡성읍, 2016. 11. 11, 박현숙·김현희·김민수 조사.

돕기 위해서 구연 과정에서 '쫄믈릅'이라는 풍습이 캄보디아 여성의 신부수업으로 18세 이전에 행해지며, 3개월 동안 바깥출입을 금지하고 외부와 단절된 삶을 살아야 한다는 정보를 제공한다. 제보자는 똠과 띠우의 슬픈 죽음의 결말까지 구연을 마친 뒤에도 준비한 다른 설화를 구연하지 않고 즉흥적으로 '쫄믈릅' 풍습과 관련한 생활문화 이야기로 화제를 확장시킨다. 캄보디아 여성들이 '쫄믈릅' 기간에 배우는 여성으로서 지켜야 할 예의범절, 3개월 동안 강황가루(울금)와 꿀로 고운 피부 관리하는 방법까지 구체적인 생활문화에 대해 알려준다. 그런 뒤에는 캄보디아에서 많이 재배하는 작물 '울금'으로 화제를 전환하여 '울금'을 활용한 민간요법과 효능에 대해 육화된 모든 정보를 제공한다. 그리고 한국에서 출산 후 차가워진 몸을 따뜻하게 하려고 강황가루(울금)을 활용한 자국의 민간요법을 적용했던 경험담과 남편의 반응에 얽힌 에피소드를 포함한 이주생활담 구연까지 이어진다. 제보자는 이야기판에서 설화 구연으로 시작하여 캄보디아 문화 생활담까지 확장해 나가면서 문화 전도사의 면모를 드러낸다.

제보자가 자국의 문화를 보다 정확하고 많이 알리기 위한 적극성은 이주민 설화 구연 현장 곳곳에서 발견된다. 카자흐스탄의 〈돔브라 악기 줄이 두 개인 이유〉 설화를 구연한 우쿠자노바 디나 제보자는 음악으로 스토리를 전달하는 돔브라 악기 연주의 감응을 조사자에게도 전달하려고 하였다. 그래서 스마트폰에서 돔브라 악기 연주 영상을 찾아서 7분 동안 한 곡의 연주를 들려준 다음에야 이어서 돔브라는 본래 줄이 많은 악기였는데 왕이 뜨거운 쇳물을 악기에 부어 두 줄만 남게 되었다는 결말을 구연하였다. 돔브라 악기 연주 감상도 제보자의 설화 구연의 일부가 된 것이다. 그리고 우쿠자노바 디나 제보자는 횡성에서 원주로 매일 출퇴근하느라 피곤하고 퇴근 이후에는 어린 자녀들을 돌보느라 바쁜 와중에도 다음날 출근 부담이 없는 금요일 밤에 어린 자녀들을 재워놓고 난 뒤 자택에서 카자흐스탄 설화와 속담을 구연해 줄 정도로 제보자는 설화 구연을 통해 자국의 문화를 알린다는 사명감을 가지고 열정적으로 이야기판을

주도해 나갔다.[18]

또한, 몽골의 〈마두금 악기 유래〉 설화를 구연한 수흐바타르 알탄가바나 제보자는 자신이 소장하고 있는 마두금 악기를 꺼내와서 조사자에게 악기를 직접 보여주면서 설화 내용과 관련된 부분 하나하나를 자세히 설명해주었다. 그리고 이어서 직접 연주하여 음악을 들려주기도 하였다.

이주민 설화 제보자들은 정확한 자국의 문화에 대한 정보를 전달하기 위한 귀찮고 번거로운 일도 마다하지 않는다. 태국의 설화를 구연한 누자리 제보자는 어린 자녀와 함께 이야기판에 참여하였는데, 1차 조사 때에 고향 마을의 전설 1편을 구연한 뒤 동석한 나우봉 제보자의 구연 내용을 보충하는 정도의 역할을 하였다. 그런데 누자리 제보자는 조사가 끝난 뒤 자신이 구연한 설화 내용을 태국에 있는 부

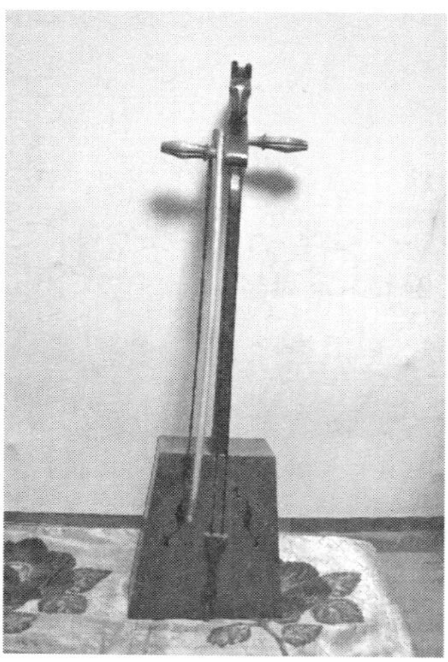

제보자 소장용 마두금 악기

마두금 악기를 연주하는 제보자

18 우쿠자노바 디나 제보자는 이야기판에서 총 3회 만났는데, 첫 회를 뺀 나머지 2회는 제보자 퇴근 후 자택에서 22:30에서 23:40까지(2016. 11. 17.) 약 70분가량, 19:00부터 22:00까지(2016. 12. 16.) 약 180분가량 단독으로 이야기판을 이끌어 나갔다.

모님에게 전화로 확인한 뒤 구연한 내용 일부가 잘못되었다면서 조사자에게 문자메시지로 정정한 전설 내용과 관련 사진을 보내왔다. 그리고 2차 조사 때 1차 이야기판에서의 소극적이었던 모습과는 달리 〈소원 들어주는 따키안 나무〉 설화 재구연을 비롯하여 자신이 나고 자란 지역 전설, 태국에서 널리 알려진 민담, 민간요법까지[19] 구연하며 적극적으로 이야기판에 동참하였다. 또한, 일본 국적의 모우에 히로꼬 제보자는 2차 조사 때 1차 조사에서 구연한 〈혀 잘린 참새〉 내용이 다른 이야기와 혼종 되었다면서 스스로 재녹음을 요청하여 서사를 수정하기도 하고, 혹여 자신의 한국어 번역이 일본 문화 전달의 정확성을 떨어뜨릴까 우려하여 조사자에게 모국어를 같이 제공하기도 하였다.

각국의 제보자들이 모국설화 구연에 적극적인 태도를 보이는 이유는 한국사회에서 다문화를 소개하는 특별한 날을 제외하고는 관심조차 주지 않던 변방의 문화, 가족에게조차 외면당했던 자국의 문화 그리고 주류가 아닌 주변에 머물러 있던 이주민 '나'가 설화 구연 현장에서는 중심이 되는 순간이기 때문이다. 그리고 이주민 설화 구연 현장은 한국사회에 잘 적응하기 위하여 한국문화를 빨리 배우고 익혀 수용해야 했던 '나'에서 모국의 세계관과 정서가 담긴 설화를 통해 자기 존재의 근원이 되는 모국 문화의 가치를 재발견하고 알리는 '나'로 변화하는 공간이기 때문이다. 그래서 이주민 설화 구연 현장에 참여하는 제보자들은 자국의 문화가 왜곡되지 않도록 많은 정보를 정확하게 제공하기 위한 문화 전도사로서의 책임감도 지니게 된다.

제보자가 까마득히 잊고 살았던 모국설화를 기억하는 과정은 한국 정착과정에서 억눌렀던 자기 존재의 근원이자 민족 문화의 정체성을 회복하는 시간이 된다. 마소나J. Massonat는 정체성은 자신과의

19 누자리(태국, 여, 1975년생, 결혼이주 10년차), 2017. 11. 18, 전라남도 순천시 해룡면, 박현숙·김현희 조사.

관계와 타인과의 관계 차원에서 확립된다고 하였다.[20] 이주민 설화 구연 과정을 마소나J. Massonat의 정체성 확립의 요건에 빗대어 보면 이주민이 모국설화를 알린다는 긍정적인 사명감의 자질을 스스로에게 부여한다. 그리고 잘못 알거나 잘 모르는 정보에 대해서는 스스로의 한계에 대해 인식하고 올바른 정보를 찾아 제공하면서 자기와의 관계 속에서 정체성을 확립해 나가고 있다. 타인과의 관계 차원에서 이주민 설화 구연 제보자는 조사자에게 새로운 문화 형성의 주체자로서 가치를 인정받고, 동일 국적의 제보자가 중복 구연한 설화라도 제보자 개별의 각편으로서 인정을 받는다. 각국의 모국설화를 구연한 제보자는 모두 설화 향유자이자 전승자라는 의미부여 속에서 정체성을 확립해 나간다.

이주민이 문화 적응에 있어 모국의 전통문화를 유지하면서 새로운 문화를 수용하는 통합유형Integration으로 나아가기 위해서는 지금까지 억눌렀던 이주민의 문화 정체성 회복을 가장 우선에 두어야 한다. 이주민 제보자는 자신이 구술하는 모국설화의 문화적 가치를 발현하는 존재로 역할을 수행해 나가면서 자기 존재론적 존엄의 가치를 발견하게 된다. 이주민이 문화적 정체성을 회복하면 자국 문화의 가치를 유지하면서 한국의 문화적 가치를 융합하여 새로운 가치를 발현시킬 수 있는 이중문화 정체성을 확립할 수 있다.

3.3. 문학적 소통과 확장을 통한 상호문화 공감력 증진

이주민 제보자가 모국설화로 소개하는 설화 중에는 국가별 유사한 서사구조나 화소를 지닌 설화가 많다. 이러한 설화는 원형성과 보편성을 지니기 때문에 다문화 구성원 간의 문학적 소통과 공감을

20 자신과의 관계에서는 스스로의 긍정적인 자질 부여, 스스로의 한계에 대한 인식, 시간·위기의 순간·외부사건 등으로 인한 변형에도 단일성을 유지하도록 해주는 지속성을 정체성 확립 요건으로 제시하였다. 그리고 타인과의 관계에서는 타인이 부여하는 가치 인정, 개별성을 확인해주는 유일성, 일부 가치를 공유하고 있는 집단의 일원임을 인정받을 유사성을 정체성 확립 요건으로 제시하였다. 마달레나 드 카를로, 장한업 역, 앞의 책, 114쪽.

이끌어 낸다.

필자가 참여한 이야기판에서 한국설화와 유사성을 지닌 이주민 설화를 대략 소개하면 아래 표와 같다.

〈표 1〉

번호	한국 설화	이주민 설화
1	〈칠월칠석의 유래〉	〈칠월칠석의 유래〉(일본·중국)
2	〈방귀쟁이 며느리〉	〈방귀쟁이 며느리(해꼬리요매상)〉(일본)
3	〈지하국대적퇴치설화〉	〈지하국 사람을 물리친 쿨라타이 장군〉(카자흐스탄), 〈괴물 퇴치하고 공주와 결혼한 닷산〉(베트남)
4	〈콩쥐팥쥐〉	〈의붓자매 떰과 깜〉(베트남), 〈금망둑어 뻴라부텅〉(태국)
5	〈두더지신랑〉	〈쥐 사위 구하기〉(일본)
6	〈고려장이 없어진 이유〉(1)	〈고려장이 없어진 이유〉(일본)
7	〈팥죽할멈과 호랑이〉	〈원숭이와 게의 싸움〉(일본)
8	〈고려장 마치고 지게 챙겨 온 손자〉	〈할머니 버린 지게 챙겨 온 손자〉(네팔)
9	〈아내의 마음 돌이킨 효자〉	〈아내 개심시킨 효자의 지혜〉(몽골)
10	〈호랑이에게 알을 빼앗긴 거북이〉	〈늑대에게 알을 빼앗긴 까치〉(몽골)
11	〈옥새 찾은 가짜 점쟁이〉	〈도둑 잡은 남질〉(몽골)
12	〈지혜로운 아이〉	〈잇큐의 꾀〉(일본)
13	〈해와 달이 된 오누이〉	〈변신 호랑이를 물리친 오누이〉(대만) 〈무서운 괴물 마잔〉(베트남)[21]
14	〈흥부놀부〉	〈형제와 별나무〉(베트남)
15	〈구렁덩덩신선비〉	〈코코넛 아이〉(베트남)
16	〈반쪽이〉	
17	〈열두 띠 이야기〉	〈열두 띠 이야기〉(중국·일본·몽골·베트남)

21 프엉(베트남, 여, 1988년생, 유학 3년차), 인천광역시 인하대학교, 2017. 12. 7, 오정미 조사.

위 표에 제시한 비교 설화는 대부분 동일한 서사 구조와 화소를 지닌다. 〈3〉은 전 세계적으로 전승이 이루어지는 광포 설화 〈지하국대적퇴치설화〉이다. 한국에는 기본형과 다양한 변이형 설화가 다수 채록되어 있고, 카자흐스탄 설화는 〈지하국 사람을 물리친 쿨라타이 장군〉[22], 베트남 설화는 〈괴물 퇴치하고 공주와 결혼한 닷산〉[23]을 현지조사에서 채록하였다. 이 설화는 '괴물의 여인 납치, 용사의 지하국 통로 발견, 용사의 지하국 괴물 퇴치 및 여인 구출, 동행자의 배신, 조력자의 도움으로 지하국 탈출, 여인과 결연'이라는 공통된 서사 구조와 화소를 지니고 있고 서사의 완결성도 매우 높다. 〈6〉과 〈8〉은 한국의 고려장이 없어진 유래에 얽힌 두 가지 유형의 설화이다. 〈6〉은 아무도 풀지 못하는 난제를 버림의 대상이 된 노인이 삶에서 체득한 지혜로 현답을 제시하여 고려장 풍습을 없앴다는 문제형 서사로 일본 설화도 동일하다. 〈8〉의 한국설화는 할머니를 버린 아버지의 지게를 되가져온 아들의 지혜로 부친이 잘못을 깨닫고 할머니를 다시 모셨고, 이후 고려장 풍습이 없어졌다는 지게형 서사이다. 네팔의 지게형 설화는 한국설화와 서사는 동일하지만 고려장 풍습과는 연결되지 않는다. 〈7〉은 어려움을 겪고 있는 인물을 주변의 다양한 도구들이 힘을 합쳐 포악한 호랑이와 교활한 원숭이를 물리친 이야기로 서로 협력하며 살아가는 공동체 의식이 잘 담겨 있다. 〈14〉 베트남 〈형제와 별나무〉는 한국의 〈흥부놀부〉 이야기의 제비다리 화소를 중심으로 구성된 모방담이고, 〈15〉·〈16〉 베트남의 〈코코넛 아이〉 설화는 결혼 이전의 전반부 서사는 한국의 〈반쪽이〉 서사구조와 유사하며 후반부 결혼 화소부터는 한국의 〈구렁덩덩신선비〉 서사구조와 유사하다.

모국설화를 구연한 제보자에게 조사자가 그와 유사한 한국설화

22 우쿠자노바 디나(카자흐스탄, 여, 1981년생, 결혼이주 13년차), 강원도 횡성군 횡성읍, 2016. 11. 17, 박현숙·김현희 조사.

23 저우티탄융(베트남, 여, 1985년생, 결혼이주 9년차), 강원도 강릉시 성산면, 2018. 3. 9, 박현숙 조사.

를 들려주면 처음에는 놀라는 반응을 보이고, 이후에는 신기하다는 반응을 보인다. 한국사회에서 주변인의 시선과 편견을 받았던 이주민은 설화를 통해 한국과의 동질성을 발견한다. 정주민 역시 한국설화와 동일하거나 유사한 이주민의 구술설화를 통해 '낯섦'과 '다름'의 시선으로만 바라본 이주민 문화에 대한 공감력을 형성한다. 설화는 서사 이면의 상징적, 맥락적 의미를 정확하게 파악하지 못해도 표면적으로 드러나는 서사의 구조적 유사성만으로도 각기 다른 문화적 정체성을 지닌 구성원 간의 상호문화의 이해와 공감력을 확장시킨다.

그런데 설화를 통한 문화적 소통과 확장은 단지 내용상의 유사성 차원을 넘어 문화적 함의를 지닌다는 사실에 주목해야 한다. 문학적 언어의 정수로서 설화가 지니는 미적 깊이와 감응력은 문화적 가치 생산 및 발현 과정에서 특별함을 부여한다. 표층적 지식 정보 수준을 넘어서 심층적이고 원형적인 차원의 교감과 공유가 실현된다.[24] 따라서 한 민족 고유의 특수한 문화적 정체성을 담고 있는 설화라 하더라도 다문화 구성원 간의 문화적 공감력과 감응력을 확장시킬 수 있다. 일례로 캄보디아 문화적 특성이 반영된 〈똠과 띠우의 사랑〉 설화를 보자.

캄보디아의 〈똠과 띠우의 사랑〉 설화는 '케이크는 그릇보다 클 수 없다'는 캄보디아 속담과 깊은 관련성이 있는 이야기다.

> 아, 그리고 원래는 그런 말은 우리 속담에 있어요. [조사자: 어떤 속담이 있어요?] 놈리은톰진리오 [조사자: 무슨 뜻이에요? 한국말로 번역하면?] 번역하면 그 부모님이 항상 높아요. 부모님이 이 사람하고 결혼하라고 하면 해야 해요. 그런 뜻이에요. [조사자: 부모님이 정해준 사람과 결혼해야 한다. 그런 뜻이 있어요?] 네네. 그냥 부모님 따라 해야 해요. [조사자: 부모님이 시키는 대로 해야 해요? 그럼 똠이나 띠우나 이런 표현이 들어가요? 그 속담에?] 속담에? [조사자: 똠띠우 이야기랑 관련된 말 있어요?] 만약에 이런 속담 말하면, 다 그 똠띠우 생각

24 신동흔, 앞의 논문, 298쪽.

나요. (…중략…) [조사자: 그러니까 사람들은 이 속담 이야기를 하면 자연스럽게 똠띠우 이야기를 생각한다는 거죠?] 네.[25]

제보자가 캄보디아의 〈똠과 띠우의 사랑〉 설화 구연을 마친 뒤 이어서 '케이크는 그릇보다 클 수 없다'는 캄보디아 속담을 구연하였다. 속담은 제보자의 설명처럼 자녀는 부모의 뜻을 거스르면 안 된다는 의미를 지닌다. 부모가 자녀 배우자 선택의 결정권을 가지는 캄보디아의 결혼문화, 캄보디아인들의 결혼에 대한 인식이 잘 반영된 속담이다. 속담은 설화보다 한 민족의 정서와 세계관을 직접적으로 전달하기 때문에 메시지가 명료하다. 캄보디아인들이 이 속담을 말하면서 자연스럽게 〈똠과 띠우의 사랑〉 설화를 떠올린다. 그리고 깊이 사랑하는 남녀에게 '똠띠우의 사랑 같다'고 표현하고, 나쁜 행위를 하는 어머니를 비유할 때는 띠우의 어머니 '예이판 같다'고 표현할 정도로 〈똠과 띠우의 사랑〉 설화는 캄보디아인의 생활문화에 깊이 스며들어 있다.[26] 제주도민들이 일상에서 나쁜 행동을 하는 여인을 빗대어 구전신화 〈문전본풀이〉에 등장하는 악녀 '노일제대귀일의 딸 같은 ×'라는 표현하는 것과 동일하다.

〈똠과 띠우의 사랑〉 설화에서 딸 띠우는 어머니가 정해놓은 좋은 조건의 남성을 거부하고 사랑하는 똠과 결혼한다. 어머니의 계략으로 결국 똠은 살해당하고 띠우는 죽음으로 똠을 뒤따른다. 캄보디아인들이 이 설화에서 '자식은 부모의 뜻을 거스르면 안 된다'는 속담을 떠올리는 것은 어머니의 결정을 거스른 띠우 행동의 결과가 비

25 소다니스(캄보디아, 여, 1986년생, 유학 4년차), 서울특별시 서대문구 신촌동, 2016. 11. 14, 박현숙·김민수 조사.

26 저랑 선생님이랑 서로 사랑하잖아요. 그냥 마음으로 못사는 사이고 이제 **엄마잖아요. 그럼 바로 둘이 가르잖아요. 그럼 얘기해요. 그 할머니는 '예이판'이에요. '예이판.' 아주 막 보통 사람 아니에요, 그러면 "너희 엄마는 예이판처럼 한대. 너는 어떡하냐." (…중략…) 그럼 이제 둘이 서로 사랑하는 사이면. 거기는 둘은 이름은 '똠띠우'였어요. 여자는 띠우이고 남자는 똠이에요. "너는 똠띠우처럼 그렇게 죽을 만큼 사랑하는 사이구나." 이렇게 해요. 체아다비(캄보디아, 여, 1983년생, 결혼이주 8년차), 〈똠과 띠우의 사랑〉, 강원도 횡성군 횡성읍, 2016. 11. 11, 박현숙·김현희·김민수 조사.

극적 죽음이기 때문이다.[27] 하지만 이 설화의 핵심 화두가 지닌 상징적 함의는 부모에 대한 순응이 아니라 삶에 대한 주체적인 자기결정권이다. 똠과 띠우의 비극적 죽음은 자녀에 대한 부모의 지나친 소유욕이 불러온 재앙이다. 그러므로 설화에서는 속담과는 달리 부모의 태도를 문제 삼는다. 캄보디아의 또 다른 설화 〈흰 코끼리 왕의 딸〉[28]은 〈똠과 띠우의 사랑〉 설화에서 제기하는 문제를 더욱 심층적이고 원형적인 상징으로 풀어낸다. 이 설화에서 코끼리 왕의 오줌을 먹고 태어난 딸이 산속에 있는 아버지를 찾아가서 탑에서 산다. 딸은 어느 날 숲에서 만난 왕자에게 청혼을 받았을 때 캄보디아 결혼문화에 따라 아버지의 허락이 필요하다고 망설이지만, 왕자의 권유로 청혼을 받아들이고 왕자를 따라나선다. 딸을 찾아 나선 코끼리 왕은 결혼식을 막으려고 성문 7~8개를 온몸으로 부수어 죽음 직전의 위험한 상황에 놓인다. 딸이 아버지를 살리려고 성문 부수는 행위를 그만두라고 요청하지만 코끼리 왕은 죽어도 괜찮다면서 마지막 문을 부수고 죽음을 맞이한다. 코끼리왕의 죽음은 딸을 부모의 부속물로 여기고 그 딸의 성장과 독립을 인정하지 못하는 부모의 최후 모습을 상징한다. 〈똠과 띠우의 사랑〉 설화에서 어머니가 잔혹한 방법으로 최후를 맞이하는 것과 일맥상통하는 의미라 할 수 있다. 〈똠과 띠우의 사랑〉 설화는 캄보디아 고유의 문화적 의미를 지니지만, 재맥락화를 통해 상호문화의 공감력과 감응력을 증진시켜 낼 수 있다. 이를 통해 국가나 민족의 경계를 넘어서 부모가 자녀의 성장을 방해하고 자녀의 삶을 소유하려는 것은 세상의 이치를 거스르는 일이라는 인류 보편의 문화 인식을 키워나갈 수 있다. 그리고 정주

27 킴나이키(캄보디아, 여, 1991년생, 결혼이주 6년차)는 〈똠과 띠우의 사랑〉 설화를 구연하면서 띠우의 어머니 예이판을 도왔던 마을 사람들까지 죽임을 당해서 그 마을 사람들이 똠과 띠우의 사랑이 잘못 되었다고 생각한다는 설명을 덧붙이기도 하였다. 〈똠과 띠우의 사랑〉 설화에서 똠과 띠우의 사랑은 주인공의 죽음이든 주변 인물의 죽음이든 죽음의 결과를 불러온 원인이라는 부정적 인식이 반영되어 있다.

28 체아다비(캄보디아, 여, 1983년생, 결혼이주 8년차), 강원도 횡성군 횡성읍, 2016. 12. 17, 박현숙·김민수 조사.

민에게 이주민 구술설화는 한국설화와 다를 거라는 편견을 버리고, 고정관념을 해체하여 문화 인식의 사고를 유연하게 키워준다.

3.4. 이야기 구술문화적 속성과 가치의 발현

국가별 널리 알려진 설화는 제보자별로 중복채록이 이루어지는 경우가 많다. 동일국가의 동일설화라도 제보자에 따라서 설화의 내용이 조금씩 달라진다. 이는 이야기판에서 설화의 가변적이고 개방적인 속성이 발현된 결과이다. 그리고 제보자와 조사자가 직접 대면하여 쌍방향 소통이 이루어지는 현지조사를 통해서만 얻을 수 있는 결과이다. 동일설화를 지나치게 많이 채록하는 것은 지양해야 되겠지만, 변이성을 띤 다양한 각편의 이주민 설화 채록은 중요하다. 변이 각편이 많을수록 서사가 풍부해지고, 다양한 관점에서 서사를 의미화를 시킬 수 있다. 그리고 활용 면에서도 다양성을 추구할 수 있다.

일본의 〈설녀 유키온나〉 설화는 유키온나가 산에서 만난 두 남자 중에서 연장자에게 입김을 불어서 얼려 죽인 뒤 어린 남자에게 비밀을 지키지 않으면 죽이겠다고 경고한다. 살아남은 남자가 어느 날 찾아온 여자와 결혼하여 많은 자녀를 두었는데, 아내에게 비밀을 발설한다. 유키온나의 변신체였던 아내는 자녀들을 생각해서 남자를 죽이지 않고 사라진다는 내용이다.

그런데 조사된 자료들은 대체로 기본 줄거리는 유사하나 몇몇 화소에 차이를 보인다. 등장인물이 '부자(父子)'로 설정되는 경우와 '형제'로 설정되는 경우가 있다. 그리고 아내에게 비밀을 발설하는 이유에 대해서도 차이가 있고, 유키온나의 마지막 행적에 대해서도 집을 떠나는 경우와 그 자리에서 녹아 사라지는 경우로 달라진다. 필자가 만난 곤도사끼에 제보자는 기본 서사에 남편이 금기를 어기게 된 배경과 유키온나가 사람을 죽이는 이유에 대하여 첨언한다.[29]

29 곤도 사끼에(일본, 여, 1966년생, 결혼이주 20년차), 강원도 강릉시 하슬라로, 2016. 12. 16, 박현숙·김민수 조사.

남편이 금기를 위반한 이유는 세월이 흘러도 늙지 않는 아내의 모습이 신기하여 과거에 경험한 신기한 일을 아내에게 들려주게 된 것으로 설정한다. 그리고 유키온나가 사람을 얼려 죽이는 이유는 죽은 사람의 남은 운명을 가져가서 자신의 생명력을 연장시키는 것으로 설정한다. 이러한 요소들로 곤도사끼에 제보자의 〈설녀 유키온나〉는 다른 동일설화에 비해 풍부한 서사성을 지닌다. 제보자에 따라서 〈설녀 유키온나〉 설화에 대한 반응과 해석에도 차이를 보인다.

> 그런 상상의 세계겠지만, 너무 추워서 얼어 죽기도 했겠죠. 그 동북지방. 그래 뭐 '그런 여자 귀신이 죽였다'는 얘기들 하는 거 아닌가. 슬픈 얘기죠.'[30]

노마치 유카 제보자는 〈설녀 유키온나〉 설화가 춥고 눈이 많이 오는 지역에서 주로 전승된다는 점을 설화의 창작배경을 찾고 있다. 얼어 죽는 사람이 많은 현실적 상황에 설녀같은 귀신이 죽였다는 상상력이 가미되어 창작되었을 것이라고 생각한다. 그러면서도 이 이야기를 일반적인 귀신이야기로 여기지 않는다. 차가운 기운으로 사람을 죽이는 요괴 설녀보다 남편의 금기 위반으로 인해 가족과 이별해야 하는 한 가정의 여인으로서의 설녀에 감정이 이입되어 슬픈 이야기로 받아들인다. 그런데 코마츠 미호 제보자는 조사자가 자녀들에게 〈설녀 유키온나〉 이야기를 들려주었는지 묻는 질문에 자신은 무서운 이야기를 별로 좋아하지 않아서 들려주지 않았다고 대답한다. 코마츠 미호 제보자는 〈설녀 유키온나〉 설화를 추운 지역에서 전해지는 차갑고 무서운 귀신 이야기로 받아들이고 있다.[31]

동일설화에 대한 제보자별 다른 반응을 보이는 자료는 다양한 측면에서 의미화시킬 수 있는 매우 유의미한 각편이 된다.

30 노마치 유카(일본, 여, 1974년생, 결혼이주 6년차), 인천광역시 부평구, 2017. 1. 12, 조홍윤 조사.

31 코마츠 미호(일본, 여, 1969년생, 결혼이주 20년차), 강원도 강릉시 초당동, 2016. 11. 18, 박현숙 조사.

캄보디아 중부 캄퐁치낭에 위치해 있는 '냉경리산'의 유래에 얽힌 설화도 필자가 두 명의 캄보디아 제보자에게서 중복채록을 하였다. 동일설화이지만 제보자별 서사에서 차이를 보이는 요소들이 있다. 이러한 차이는 서사의 중요한 변이 요소일 때도 있지만 제보자의 착종된 기억으로 인해 발생하는 차이일 수도 있다. 후자의 경우에는 중복 채록한 자료 비교를 통해 착종의 요소를 찾아낼 수 있다.

필자가 중복 채록한 두 편의 '냉경리산' 관련 설화는 체아다비가 구연한 〈열두 자매 낭십성과 산이 된 거인의 딸〉과 소다니스 제보자가 구연한 〈열두 자매 낭십성과 산이 된 거인의 딸 냉경리〉이다. 체아다비 제보자가 구연한 설화를 a[32], 소다니스 제보자가 구연한 설화를 b로[33] 지칭하기로 하고 두 편의 공통 서사를 정리하면 다음과 같다.

(1) 왕이 한 마을에 사는 12딸을 궁으로 데려가다.
(2) 거인이 왕에게 마법을 걸어 임신한 12자매의 눈을 뽑아 동굴에 가두게 하다.
(3) 12자매가 동굴 안에서 출산한 아기를 잡아먹으며 살아가다.
(4) 막내가 몰래 아들을 키우다.
(5) 막내의 아들이 성장하여 12자매의 눈을 찾기 위하여 왕궁으로 가다.
(6) 거인이 막내의 아들을 자기 딸에게 편지 심부름을 보내다.
(7) 조력자가 남자를 죽이라는 편지 내용을 결혼하라는 내용으로 바꿔치기하다.
(8) 거인의 딸이 막내의 아들과 결혼하다.
(9) 막내의 아들이 12자매의 눈을 찾다.
(10) 거인의 딸이 막내의 아들을 따라가려다가 죽어서 냉경리산이 되다.

32 체아다비(캄보디아, 여, 1983년생, 결혼이주 8년차), 강원도 횡성군 횡성읍, 2016. 11. 11, 박현숙·김현희·김민수 조사.

33 소다니스(캄보디아, 여, 1986년생, 유학 4년차), 서울특별시 서대문구 이화여자대학교, 2016. 11. 14, 박현숙·김민수 조사.

두 편의 설화에서 차이가 나는 요소를 간략히 살펴보면, (1) 12자매가 궁으로 가게 되는 계기가 a는 12자매가 중 막내의 아름다움에 반한 거인이 왕으로 변신하여 12자매를 궁으로 데려가서 궁녀로 삼고, b는 가난으로 인하여 부모에게 버려진 12자매를 왕이 데려가 아내로 삼는다. (2) 12자매의 눈을 뽑아 동굴에 가두는 이유가 a는 12자매의 도주를 막기 위해서이고, b는 거인이 12자매를 질투하여 왕에게 마법을 걸어 가두게 한다. 12자매 중 11자매는 두 눈이 다 뽑히고, 막내만 한쪽 눈을 뽑는 요소는 공통적이다. (10) 마지막 결과에서 a는 막내의 아들이 거인의 딸에게 수면제를 먹이고 12자매의 눈을 되찾아 달아나는 중에 잠에서 깬 거인의 딸이 남편이 탄 용마의 꼬리를 잡고 필사적으로 따라오다가 남편이 말꼬리를 잘라서 떨어진 여인이 산이 되었다. 산의 형상은 여자가 누운 모습이고, 그 지역 사람들은 냉경리산에서 자라는 고사리를 먹지 않는다. 이유는 고사리가 사람이 죽어서 된 산에서 자라기 때문이라는 후일담을 덧붙인다. 그런데 b는 막내의 아들이 거인의 딸과 결혼 후 12자매의 눈을 찾기 위해 집을 떠나고 거인의 딸은 남편을 좇아가다가 쓰러져 가지 말라는 손짓을 하며 죽어서 산이 되었다. 산의 형상은 가지 말라는 손짓을 하며 쓰러진 여인의 모습이다. a의 서사에서 냉경리는 12자매 중 가장 아름다운 막내딸의 이름으로 설정되어 있고, b의 서사에서는 남편을 따라가려다가 쓰러져 죽은 거인 딸의 이름으로 설정되어 있다.

a설화는 제보자의 표현력이 풍부하여 서사의 길이가 더 길지만 서사 전개의 앞뒤 맥락이 잘 맞지 않는다. 냉경리산의 지명이 남자주인공의 어머니로 설정된 점, 마음에 둔 냉경리가 궁녀로 궁궐에 있음에도 12자매를 동굴에 가두는 거인의 동기가 설득력이 떨어진다. 두 서사를 비교했을 때 산의 형상이 a에서는 하늘에서 떨어진 여인의 누운 형상, b에서는 쓰러져서 가지 말라고 손짓을 하는 여인의 형상이다. 형상에 대한 해석은 제보자마다 제각각일 수 있으나 산 이름이 되는 행위자는 서사구조 상 달라질 수가 없다. 두 편 모두 행위자는 거인의 딸이므로 냉경리라는 이름은 거인의 딸에게 부여하

는 것이 타당하다.[34] 제보자가 서사 맥락적 불일치를 보이는 설화를 구연했을 때 중복 채록된 설화를 통해 불일치 지점을 찾아 서사적 맥락을 재구할 수 있다.

이주민 설화 구연 현장에서는 이야기 구술 문화적 특성인 협력구연을 통해 보다 풍부한 서사성와 완결성을 지닌 설화를 확보할 수 있다. 일반적으로 다국적 제보자 여러 명이 한 이야기판에 참여할 경우 다양한 이야기판 구성이 이루어진다. 제보자 한 명이 준비해온 레퍼토리가 다 끝난 뒤 다른 제보자가 이어서 구연하는 순차구연이 이루어지기도 하고, 참여 제보자가 자율적으로 자국의 설화를 몇 편씩 교대로 구연하는 교차구연이 이루어지기도 한다. 여러 명의 제보자가 참여하는 순차구연 이야기판에서는 한 명의 주 제보자가 구연할 때는 다른 제보자는 주로 동조하기, 질문하기, 반응하기 등 청중의 역할을 하게 된다. 동일국적 이야기판에서 순차구연이 진행되면 대기 중인 제보자가 적극적으로 청중의 역할을 하거나 아는 이야기에 대해서는 협력구연까지도 가능하다. 그렇지만 다국적 이야기판에서 순차구연은 주 제보자가 구연하는 동안에 대기 중인 다른 국적 제보자의 적극적인 협력구연을 기대하기는 어렵다. 다른 국적 제보자에게는 낯선 다른 나라의 이야기이기 때문이다. 그런데 전라남도 진도군 진도읍 다국적 이야기판처럼 협력구연이 이루어지기도 한다. 이야기판에는 베트남 국적의 호티홍녀와 엔티터번 제보자, 필리핀 국적의 메리안 제보자가 참여하였다. 이야기판은 주로 호티홍녀 제보자가 주도적으로 이끌어 나갔다. 엔티터번 제보자는 한국 이주 경력이 11년차였지만 한국어 구사 능력이 현저히 떨어져서 적극적으로 설화 구연에 참여하지 못하였다. 조사자가 구연에 적극적으로 참여하지 않았던 메리안 제보자에게 필리핀 아수왕 귀신에 대해 아는지 물었는데, 모른다고 하였다. 그래서 화제를 전환하여 머리에 내

34 추후 조사된 킴나이키(캄보디아, 여, 1991년생, 결혼이주 6년차)의 〈열두 자매 낭십성과 산이 된 거인의 딸 냉경리〉 전설에서도 냉경리는 거인 딸의 이름이다. 그리고 냉경리와 막내공주의 아들이 사랑하는 관계로 설정되는 각편이다.

장만 달린 귀신 이야기를 아는지 물었다. 그러자 필리핀 국적의 메리안 제보자가 안다고 대답하였고, 한국어 표현이 미숙하여 적극적으로 이야기판에 참여하지 못했던 베트남 국적의 엔티터번 제보자도 적극적으로 개입하여 메리안과 엔티터번 두 다국적 제보자가 협력구연으로 한 편의 완성도 있는 설화를 구연하였다.

필자가 지칭하는 '내장귀신'은 국가와 제보자마다 달리 지칭한다. 필자가 만난 태국의 와닛차 진시리와닛 제보자가 지칭하는 '크라스'는 머리에 심장과 내장이 있고, 낮에는 사람으로 변신했다가 밤에 귀신이 되어 돌아다니고 주로 가축의 내장을 먹는 특징이 있다. 베트남의 엔티터번 제보자가 지칭하는 '말라이'는 목에 3개의 칼자국이 있고, 필리핀의 메리안 제보자가 지칭하는 '마라낭갈'는 팔이 없다. 그 외에도 캄보디아에서는 '압', 라오스에서는 '카수', 인도네시아는 '셀락 메템' 등 나라마다 다양하게 불리는 동남아지역의 대표적인 귀신이다.

> 메리안(필리핀): 어 우리나라는 밤에도 임신 사람들 나왔으면은 꼭, 뭐가? 이불? 몸 꼭 다 덮어야 돼. 얼굴만 하고. 몸 꼭 덮어야지. / 엔티터번(베트남): 하얀 색 안 돼요. / [조사자 1: 흰 색 안 되고?] / 메리안(필리핀): 하얀 색 안 돼. / 엔티터번(베트남): 안 돼요, 무조건 안 돼. / 메리안(필리핀): 무조건. / 엔티터번(베트남): 다 봐요. / [조사자 1: 안에가 보이니까?] 네, 다 봐요. / 메리안(필리핀): 근데 나왔을 때는 우리 항상… / 엔티터번(베트남): 검은색 옷 입고? / 메리안(필리핀): 소금, 소금. / 엔티터번(베트남): 어, 소금하고 마늘. / 메리안(필리핀): 마늘. 항상 갖고 다녀요.

이 이야기판이 재미있는 점은 베트남 국적과 필리핀 국적의 두 제보자가 서로 교대로 내용을 덧붙이는 협력구연으로 한 편의 이야기를 완성한다. 두 제보자가 교대로 한 마디씩 덧붙인 내용을 조합하면 '임신한 사람이 밤에 다닐 때는 꼭 이불로 몸을 가려야 한다(메리안). 그런데 몸을 가리는 도구의 색상은 무조건 흰색을 피해야 한다(엔티터번·메리안). 왜냐하면 흰색은 투명해서 내장귀신에게 임산부의 몸과 몸 안의 태반이 노출되기 때문에 위험하다(엔티터번). 그래서 가능한 검정색 옷을 입는 것이 좋으며(메리안), 내장귀신으로부터 자신의 몸을 보호하려면 항상 소금(메리안)과 마늘(엔티터번)을 지니고 다녀야 한다.'로 정리된다. 두 사람의 구연이지만 마치 한 사람이 이야기를 구연하는 것처럼 서사 연결이 자연스럽다. 두 제보자는 협력구연으로 잘 때는 엎드려 자야 하고, 저녁 7시부터 밤 12시까지는 밖으로 돌아다니지 말아야 한다고 방비책도 일러준다. 다만, 방비책 가운데에서는 국가별 종교적·문화적 차이를 드러내기도 한다. 엔티터번 제보자는 베트남에서 불교 믿는 사람이 많아서 불상을 집에 두면 내장귀신이 집안으로 들어오지 못한다고 하였고, 메리안 제보자는 필리핀 사람들의 80~90%가 믿는 종교가 가톨릭이라서 집에 십자가를 두면 귀신이 못 들어온다고 일러준다. 두 제보자는 모두 민간에서 전해지는 귀신이 실존한다고 믿으며, 그와 관련된 잔혹한 사건이 실제 많이 일어난다고 믿는다.

이야기판에서의 협력구연은 단편 서사로 그칠 수 있는 자료의 내용을 확장시키고 서사를 풍부하게 만든다. 이는 이주민 설화 자료 확보 방식이 이야기 구술문화의 주요 속성인 현장성에 기반하기 때문에 가능한 결과이다. 이주민 제보자는 이주민 설화 구연 현장에서 이야기 구술문화를 향유함으로써 여러 제보자가 지닌 기억을 확장시켜 공유해 나갈 수 있었던 것이다.

제보자가 이야기 구술문화의 향유 과정에서 이루어지는 협력구연은 일반적으로 동일 공간에서 이루어지는 구술설화를 의미한다. 그런데 전국 각지에서 이루어진 제보자별 구술설화 가운데 동일인물이 등장하는 설화 각편의 채록 역시 이주민 구술설화의 문화적 가치 측면에서는 광의의 협력구연으로 볼 수 있다. 일례로 전국 이주민 설화 구술 현장에서 채록된 일본 설화를 보자.

강원도 횡성군에 거주하는 모우에 히로꼬 제보자는 〈가뭄에 비를 내린 갓파의 정성〉 구술을 통해 일본의 대표적인 요괴 갓파를 인간과 친밀한 관계를 유지하고 싶어서 인간을 위해 자신을 희생하는 존재로 형상한다. 또 〈힘 약한 남자와 갓파의 거래〉 구술을 통해서는 갓파가 다른 귀신의 형상과 닮고 싶어서 물갈퀴가 제거되기를 갈망하는 존재로 형상한다.[35] 강원도 강릉시에 거주하는 코마츠 미호 제보자는 〈요괴 갓파의 형상〉 구술을 통해 갓파는 물가에 살며 접시처럼 생긴 머리 모양을 하고 물에 살기 때문에 손에는 물갈퀴가 있으며 요괴이지만 현대에는 귀여운 이미지라는 정보를 제공한다.[36] 대구광역시에 거주하는 마츠자키료코 제보자는 갓파가 오이를 좋아하고 힘이 세고 스모를 잘하며 인간에게 스모 대결을 제안했다가 지면 인간의 항문에서 내장을 빼앗는 갓파의 속성과 갓파가 머리에 이고 있는 접시물이 떨어지게 하면 힘이 빠진다는 정보를 제공한다. 또한 일본의 오래된 절에 가면 갓파 미라가 있다는 정보를 통해 갓파 존재에 대한 신빙성을 높인다.[37]

횡성에 거주하는 모우에 히로꼬 제보자와 대구에 거주하는 마츠자키 료코 제보자가 각각 다른 구연 현장에서 구술한 설화 〈코가 길어지는 텐구의 부채〉와 〈텐구의 요술 도롱이〉를 통해서 확인할 수 있는 텐구의 특징은 코가 길고 크며 불그스름한 얼굴의 형상을 하고 있다. 그리고 부채를 들고 자유롭게 하늘을 날아다니는 요괴로 코가 길어지게 하는 신비한 부채나 한국의 도깨비 감투처럼 입으면 몸이 보이지 않는 신비한 투명 도롱이를 가지고 있다.

일본 산속에 사는 야만바 역시 각기 다른 지역에서 다른 제보자에게 채록되었지만, 그 각편의 에피소드를 종합하면 야만바는 산속에 사는 거인할머니로 인간을 잡아먹거나 위협하며, 변신 능력이 있다. 그리고 부스스한 흰 머리에, 무섭게 생긴 얼굴 때문에 사람들이 다가가지 않는 고독한 존재이다. 평소에는 조용하지만 화가 나면 무서운 성격 지닌 요괴라는 많은 정보를 현재까지 채록된 여러 구술설

35 모우에 히로꼬(일본, 여, 1967년생, 결혼이주 19년차). 강원도 횡성군 횡성읍, 2016. 12. 17, 박현숙·김민수 조사.

36 코마츠 미호(일본, 여, 1969년생, 결혼이주 20년차), 강원도 강릉시 초당동, 2016. 11. 18, 박현숙 조사.

37 마츠자키 료코(일본, 여, 1982년생, 이주노동 8년차), 대구광역시 중구, 2017. 1. 6, 조홍윤 외 조사.

화를 통해서 확인할 수 있다. 나아가 야만바와 조우한 후에 원인불명의 병에 걸리고 한편으로 야만바의 방문을 받은 집은 부자가 된다는[38] 에피소드를 지닌 각편을 다른 제보자가 구술한다면 야만바가 지닌 양면성을 발견할 수 있는 자료까지 확보하여 설화의 동일 인물군에 대한 다양한 에피소드를 확보할 수 있다.

제보자별로 구연한 설화는 각각의 다른 에피소드를 지닌 독립된 단편 설화이지만 그 에피소드를 종합하면 한 편의 장편 설화가 될 수 있다. 이런 점에서 설화 속 동일 인물군의 각편 설화 역시 협력구연으로 볼 수 있으며, 다양한 에피소드의 자료 확보는 이야기 구술 문화적 특성인 현장성을 통해서 가능하다.

4. 이주민 구술설화의 활용 방안

현지조사를 통해 확보한 이주민 설화, 생애담, 신이체험담, 속담, 수수께끼, 민속까지 이주민의 총체적 구술 담화 자료는 문학연구 외에 사회학, 문화인류학, 종교학, 철학, 역사학, 교육학, 여성학, 아동학, 복지학, 경제학, 정치학, 문화콘텐츠학 등 여러 인접학문 연구의 저변 확대와 융복합연구의 활성화에 기여할 수 있다. 그리고 제보자의 구술 담화에 대한 반응은 심리학과 인지치료, 문학치료학 등에서 서사 반응을 활용한 상담 치유 프로그램 개발 등의 현실 대응적 실행연구에도 유용하게 활용할 수 있다. 특히 다문화교육에서의 활용성은 무궁무진하다. 이 글에서는 이주민 구술설화의 다양한 활용 가능성 가운데 학문적 차원, 인적차원, 문화적·교육적 차원의 세 가지 측면에서 활용 방안으로 제시하기로 한다.

첫째, 이주민 구술설화는 학문적 차원으로 문학치료학에서 유용

38 박희영, 「일본 요괴 문화 속 여성 요괴의 생성과 이중성의 구조」, 『일본근대학연구』 42, 한국일본근대학회, 2013.

하게 활용할 수 있다.

문학치료학은 인간이 곧 문학이며 문학이 바뀌면 인생이 바뀐다는 기본 철학을 지닌다.[39] 문학치료학에서는 오랜 세월 생명력을 이어오면서 검증받은 설화를 기반으로 인간관계의 형성과 위기와 회복의 이야기로서 자기서사의 진단과 치료가 이루어진다. 설화는 인생의 제반 문제를 전형적이고 상징적이며 심층적인 방식으로 함축한다. 그래서 설화의 형태로 수행되는 자기서사 진단은 객관적이고 구조적이며 총체적이다. 진단이 정확히 이루어질 경우 한 개인의 존재적 본질은 단번에 그 핵심을 드러내는[40] 문학치료적 효능은 다양한 임상과 연구를 통해 증명해 내고 있다. 수많은 문학치료학 연구 실적을 통해 현지조사에서 발굴해낸 한국구비문학대계(전82권)에 수록된 한국 구전 설화의 작품서사적 가치는 이미 인정받고 있다.

다문화사회에 접어든 한국사회는 다문화시대에 맞게 인권, 문화, 교육, 행정 각 분야가 변화하고 있다. 인간과 문학을 중심에 두고 있는 문학치료학에서도 다문화시대에 걸맞게 이주민 구술설화를 적극 활용할 필요가 있다. 최근 문학치료학에서도 외국 설화를 활용한 문학치료 연구를 확대해 나가고 있다. 외국설화와 한국설화의 비교 분석을 통한 문학치료적 의미를 찾는 연구[41]와 외국설화, 특히 독일의 그림형제 민담이 지닌 문학치료학의 작품서사로써의 가치와 의미에 대한 연구가 그러하다.[42] 나아가 외국설화의 활용 가능성을 넘

39 정운채, 「문학치료의 서사이론」, 『문학치료연구』 9, 한국문학치료학회, 2008, 247-248쪽.

40 신동흔, 「문학치료에서 외국설화의 활용 가능성 탐색」 『문학치료연구』 27, 한국문학치료학회, 2013, 10쪽.

41 하은하, 「베트남 설화 〈금구전(金龜傳)〉과의 비교를 통해 본 〈호동왕자와 낙랑공주〉의 문학치료적 의미」, 『고전문학과 교육』 22, 한국고전문학교육학회, 2011; 김균태, 「쥐(두더지) 혼인담'의 서사적 의미와 문학치료 활용」, 『문학치료연구』 26, 한국문학치료학회, 2013; 하은하, 「〈콩쥐팥쥐〉 설화에 나타난 부부 갈등 양상과 그 문학치료적 의미」, 『인문논총』 28, 서울여자대학교인문과학연구소, 2014.

42 신동흔, 앞의 논문, 2013.

어 문학치료를 위한 자기서사 종합 진단도구 개발 자료로 미얀마설화 〈비구름 악어〉, 독일 그림형제 민담 〈고집쟁이 아이〉, 〈열두 오빠〉, 〈백설공주〉 등 외국설화 일부가 적용되기도 하였다.[43]

문학치료 자기서사 진단도구에 외국설화의 적용이 가능한 것은 설화는 지역이나 민족의 경계를 넘어 상징적이면서 원형적인 인류 보편성을 지니고 있기 때문이다. 이야기의 화소와 구조가 탄탄한 좋은 설화는 국가나 민족의 경계를 넘어 문학치료학의 좋은 작품서사가 될 수 있다. 그런데 지금까지 문학치료학 연구에 활용되거나 적용된 외국설화는 글로 잘 다듬어진 외국의 설화를 한국어로 번역된 자료이다. 설화는 직접대면성, 가변성, 개방성을 지닌 구술 문학이다. 현지조사에서 채록한 이주민 구술설화는 한국구비문학대계와 같이 가다듬지 않은 날 것 그대로이지만 그렇기 때문에 다양한 변이각편의 자료가 다수 존재하고, 제보자의 반응이나 청중과의 소통까지 살아 있는 현장을 생생하게 담고 있어서 특별한 가치를 지닌다.

또 이주민 구술설화가 지닌 다기성은 한 작품에 대해서도 다양한 인간관계에 대한 서사적 의미를 발견해 내게 한다. 서사의 핵심 화두의 성격 규정에 따라 관계와 의미는 다른 가지로 뻗어나간다. 일례로 태국의 〈흰 코끼리 왕의 딸〉 설화를 필자는 부모와 자녀 관계에서 부모서사적 의미로 해석했지만, 남녀관계의 서사적 의미로 해석할 수도 있다. 한국의 〈콩쥐팥쥐〉와 유사한 베트남의 〈떰깜〉과 태국의 〈쁘라부텅〉 설화를 하은하는 부부서사적 의미로 해석했지만[44] 필자는 부모와 자녀 관계에서의 부모서사, 자녀서사적 의미로 해석한다.[45] 따라서 다기성을 지닌 이주민 구술설화는 문학치료적으로 활용 가치가 높은 자료라 할 수 있다.

43 신동흔, 「문학치료를 위한 서사분석 요소와 체계 연구」, 『문학치료연구』 49, 한국문학치료학회, 2018; 「문학치료를 위한 자기서사 진단과 해석 연구」, 『문학치료연구』 54, 한국문학치료학회, 2020.

44 하은하, 앞의 논문, 2014.

45 박현숙, 「'콩쥐팥쥐' 옛이야기 그림책 견주기」, 『열린어린이』, 2015년 2월호 참조.

문학치료학에서 이주민 구술설화 활용이 필요한 이유는 설화가 지닌 인류 보편성 때문만은 아니다. 21세기 대한민국은 다문화사회로 본격 진입한 상태다. 결혼이주자와 이주노동자, 유학생을 포함하여 백만 명이 훨씬 넘는 외국인 이주민이 한국사회 구성원으로 나날의 삶을 영위하고 있다. 자국민들끼리 만나는 경우를 제외하면, 이주민들은 한국어로 의사소통을 하며 살아가고 있다.[46] 이제 이주민은 누구도 부정할 수 없는 한국사회 구성원이다. 문학치료학에서는 이들에게 적합한 작품서사를 개발해 나가야 한다.

이주민은 여러 장애 요소로 인해 한국생활 적응에 많은 어려움을 겪고 있다. 그중 하나가 인간관계이다. 특히 결혼이주여성의 경우에는 가족관계로 인한 어려움이 크다. 필자가 만난 제보자들 역시 이주생활담을 구연하면서 직접적으로 인간관계의 어려움을 토로하기도 하고, 묘한 뉘앙스로 어려움을 대신 전하기도 한다.

인간관계를 형성하는 가운데 위기를 겪고 또, 문학의 작품서사를 통해 극복해 나가는 문학치료학이야말로 인간관계로 어려움을 겪고 있는 수많은 이주민들 가까이에 있어야 할 학문이다. 이주민에게 어느 나라 설화 작품서사로 문학치료를 해도 상관은 없다. 좋은 설화는 누구에게나 감응력을 주기 때문이다. 다만, 설화는 보편성과 함께 국가와 민족의 문화적 정체성 담는 특수성 역시 지니고 있다. 레비스트로스는 『인종과 역사*Race et histoire*』에서 모든 인간 집단은 민족중심주의적 편견을 가진다고 하였다.[47] 이주민 대상의 문학치료에서 이주민의 모국설화를 작품서사로 활용하여 문학치료가 이루어지면 한국설화 활용에서 발생할 수 있는 문화적 인식 차이로 인한 작

46 신동흔, 앞의 논문, 2017, 282-283쪽.

47 인류는 부족, 언어 집단, 심지어 마을의 경계선에서 멈춰 선다. 그래서 수많은 원시인조차 자신을 지칭하기 위해 ('좋은 사람들' '뛰어난 사람들' '완벽한 사람들'과 같이) '사람들'을 의미하는 단어를 사용하는데, 이렇게 함으로써 그들은 다른 부족, 집단, 또는 마을은 인간적 덕성을 — 극단적인 경우에는 본성조차 — 가지지 못해 기껏해야 '나쁜 사람들', '악한 사람들', '땅 위의 원숭이', '기생충의 알' 등으로 불러 마땅한 사람들임을 은연중에 암시한다. 마달레나 드 카를로, 장한업 역, 앞의 책, 108-109쪽.

품서사의 오독이나 오해를 방지할 수 있다. 특히 이주 경력이 짧거나 한국문화에 대한 이해도가 낮은 내담자에게 그들에게 익숙한 모국설화를 활용하면 긍정적인 문학치료적 효과를 기대할 수 있다. 다양한 이주민 구술설화와 문학치료, 이주민과 문학치료의 연계가 더욱 활발하게 이루어져야 할 시점이다.

둘째, 인적 차원에서 이주민 구술설화를 활용한 다문화 전문 인력을 양성할 수 있다.

현재까지 이주민 구술설화 조사팀에게 설화 및 구술 담화 자료를 제공한 제보자가 136명이다. 이들 중 설화를 구연할 때 표현, 전달, 소통 능력이 뛰어나고 개성을 지닌 유능한 이야기꾼의 면모를 지닌 제보자들이 있다. 유능한 이주민 설화 제보자는 다문화 전문이야기꾼으로 활동할 수 있다.

136명의 제보자 구연한 설화 가운데 10편 이상 DB로 확정된 자료를 제공한 제보자가 61명이나 된다. 태국, 베트남, 일본, 중국, 몽골, 카자흐스탄, 키르기스스탄, 타지키스탄, 필리핀, 인도, 캄보디아, 미얀마, 아제르바이잔, 러시아, 홍콩, 브라질, 사우디아라비아, 터키 등 국적별로 다수의 제보자가 확보되어 있다.[48] 이 중에서도 구연

48 태국의 와닛차진시리와닛(55편), 나우봉(11편), 베트남의 누구엔티미두이엔(11편), 프엉(17편), 팜티루엔(11편), 쩐티빅프엉(14편), 도티탄(21편), 일본의 모우에 히로꼬(20편), 코마츠 미호(29편), 곤도 사끼에(11편), 이데이 유미(12편), 마츠자키 료코(25편), 마츠다 타마미(20편), 노마치 유카(40편), 이케다 마유미(15편), 토리카이 쿠미코(11편), 중국의 윤군(11편), 반소홍(11편), 황샤오링(12편), 리칭후아(11편), 조림(16편), 심죽령(21편), 김설화(한국계, 43편), 주경화(한국계, 20편), 이화(한국계, 19편), 임향금(한국계, 11편), 서청록(한국계, 11편), 박영숙(한국계, 13편) 캄보디아의 체아다비(13편), 킴나이키(28편), 썸마카라(10편), 몽골의 수흐바타르 알탄바가나(23편), 툭스자르칼(15편), 노로브냠(20편), 바야르사이한(14편), 멀얼게렐(21편), 카자흐스탄의 우쿠자노바 디나(36편), 악지라(14편), 조팔리나(13편), 사니아(46편), 아쑤바이에바(65편), 키르기스스탄의 토레에바(14편), 타지키스탄의 무나바르(11편), 필리핀의 롯파네스(22편), 마리사콘데(14편), 러시아의 김알라(11편), 인도의 바수무쿨(12편), 파드마(59편), 네팔의 가리라주(15편), 비멀(13편), 스레스탄 졸티(25편), 대만의 사의진(14편), 미얀마의 쏘딴따아웅(12편), 떼떼져(18편), 아제르바이잔의 피루자(11편), 브라질의 레오나르도(13편), 사우디아라비아의 압둘라 르만(14편), 우즈베키스탄의 허율리나(11편), 칠레의 브루노(17편), 터키의 메르베에아

한 자료적 가치가 높고 구연 능력이 뛰어난 우수 대표 제보자도 상당수다. 태국의 와낫차 진시리와닛 제보자는 2016년 춘천 실레마을 이야기잔치 전국이야기시합에서 〈작은 도시락과 아들의 참회〉 설화를 구연하여 다문화 부문에서 대상을 받은 바 있다. 이미 확보된 유능한 이주민 설화 제보자들은 구연 능력이 뛰어나고 보유한 레퍼토리가 풍부하여 언제든지 다문화 전 이야기꾼으로 역량을 발휘할 수 있다.

구연한 설화 편수가 많다고 하여 다 유능한 이야기꾼이라고 할 수는 없다. 유능한 이야기꾼은 구연 편수가 적어도 자신만의 개성 있는 설화 구연 기법이나 구연 특성을 지니고 있어야 하며, 원형성이 살아 있고 구조가 탄탄한 설화를 구연 종목으로 보유하고 있어야 한다.

베트남의 저우티탄융이나 캄보디아의 킴나이키 제보자가 구연한 설화는 화소가 풍부하고, 구조가 탄탄하다. 그리고 대화체나 개성 있는 표현 기법을 활용하여 구연한다. 필자가 한국어 능력이 능숙하지 않는 두 제보자를 유능한 이야기꾼으로서의 성장 가능성을 기대하는 데에는 이유가 있다.

> [조사자: 어릴 때 할머니에게 들은 이야기인데 이렇게 생각이 나는 거지요?] 예. 제가 이 이야기 들을 때, 옛날에 불이, 전기가 안 들어와요. 마당에다가 장작을 때갖고 이렇게 한 번 얘기하면은 동생하고 저하고 할머니하고 이렇게 불 때고 놀다가 안 그러면은 보름달 뜰 때 그럴 때, 전기가 들어온 지 얼마 안됐어요. 제 동네에. [조사자: 마당에 누워서 할머니가 얘기해 주시는 거예요?] 네. 저만 아니고 다른 애들, 그 동네 애들도 모이고, 할머니가 옛날에 저 집에서 대나무가 많이 끼우세요. 대나무를 얇게 얇게 짤라갖고 바구니도 만들고 뭐 깔판도 만들고, 이런 만들고 팔았어요. 그러니까 동네에서 좀 인기가 있는 집. [조사자: 할머니가 일하면서 얘길 하시는 거예요?] 네네. 제가 심심해서 어렸을 때는 장난감이 없어요. 땅을 갖고 이것저것 만

한(10편), 홍콩의 채가오(26편)이다.

들고 안 그러면 나뭇잎 뜯어서 만들어 할머니 일하는데 귀찮게 하고 놀아달라고 하고 할머니가 일해야 되니까 할머니가 옆에다가 일하면서 얘기 해주고. 제가 이야기 들으면 멍-하고 들어요. 다시 그렇게 하다가 애들 조용하게 시키다 보니까 일하면서 "할머니 거 얘기해 줄게. 이거 재밌는 얘기다." 이렇게 간식 하나 주고 그렇게 일하면서 시간 보내면서 얘기 해 줘요, 근데 제가 이 얘기가 여러 번 들었어요. 그래도 재미있어요, 오늘 얘기 하고 며칠 있다가 또 돌려서 얘기 해 주고 제가 수십 번 들은 거 같애요. 이삼십 번도 아니고 수십 번. [조사자: 그래서 기억이 잘 나는 거구나.] 네.[49]

위 인용문은 베트남의 저우티탄융 제보자가 이야기판에서 몇 편의 설화 구연을 마친 뒤 어린 시절 할머니에게 이야기를 듣던 장면을 잠시 회상하는 부분이다. 전기도 안 들어오는 마당에 자리를 깔아놓고 달이 밝은 날엔 달빛 아래에서, 날씨가 싸늘한 날엔 장작불 곁에서 할머니는 대자리를 짜면서 아이들에게 옛이야기를 들려주었다. 전형적인 전통 이야기판을 재현해 놓은 듯이 이야기 구술문화적 특성이 제보자의 기억에 그대로 담겨 있다. 할머니 이야기를 '멍-하고' 들었다는 제보자의 표현에서 어린 손녀가 할머니가 들려주는 이야기를 얼마나 좋아하고 재미있게 듣고 자랐는지를 알 수 있다. 제보자의 말대로 이삼십 번이 아니고 수십 번 반복해서 들어도 지루하지 않고 재미있는 것이 설화이다. 어릴 때부터 이야기 구술문화 속에서 자란 제보자는 할머니에게 수십 번 들은 베트남 설화를 즉흥적으로 기억하여 들려주는데도 서사가 원형성이 살아있고 화소가 풍부하다. 그리고 즉흥적으로 기억한 한 편의 이야기를 40분 동안 구연하기도 하였다. 캄보디아의 킴나이키 제보자도 유사한 경험이 있다. 이야기하는 것을 좋아해서 동네 아이들을 담벼락에 모아놓고 이야기 들려주거나 집으로 찾아온 아이들에게 이야기 들려주기를 즐겼던 경험이다. 설화 구연을 즐기는 킴나이키 제보자의 경우에는 한

49 저우티탄융(베트남, 여, 1985년생, 결혼이주 9년차), 강원도 강릉시 강변로, 박현숙 조사(2회 조사에서 설화 10여 편 구연), 2018.

인물의 다양한 에피소드를 결합시켜 한 편의 설화를 2시간 동안 구연하기도 하였다.

이들은 이야기의 재미를 알고 즐긴다. 재미있게 구연하는 방법도 잘 알고 있고, 자신만의 구연 방법도 보유하고 있다. 무엇보다 이야기 구술문화의 경험을 지닌 진짜 이야기꾼이다. 이들에게 유창한 한국어 구연 능력의 향상은 시간문제일 뿐이다.

이주민 구술설화 이야기판은 잠재적 이야기꾼을 발굴하고 성장시켜낸다. 제보자는 구연 횟수가 잦아질수록 구연 능력과 서사 구성력이 향상되는 가운데 자신이 선호하는 이야기 유형의 레퍼토리를 확보해 나간다. 이런 제보자는 특수 유형의 전문이야기꾼으로 성장해 나갈 수 있다. 제보자는 구연 횟수가 잦아질수록 자신이 좋아하는 구연 종목이 자연스럽게 드러나게 된다. 처음에는 모국의 이야기를 한국에 소개한다는 사명감으로 널리 알려진 이야기를 구연을 한다. 그러나 이야기판의 횟수가 거듭될수록 선호하는 유형을 중심으로 구연이 이루어진다. 모우에 히로꼬 제보자는 총 3회[50] 구연하는 동안 1회차에 2편, 2회차에 7편, 3회차에 11편을 구연하였다. 그런데 모우에 히로꼬 제보자가 구연한 설화의 유형을 보면 일본에서 널리 알라진 〈혀 잘린 참새〉, 〈복숭아 동자 모모타로〉, 〈원숭이와 게의 싸움〉, 〈주먹밥 할아버지〉를 제외하고는 신이담과 괴기담이 13편[51], 소화(笑話)가 〈잇큐의 꾀〉, 〈방구쟁이 며느리〉 2편이다. 모우에 히로꼬 제보자는 설화 구연 횟수가 늘어날수록 자신이 선호하는 신이담과 괴기담 위주로 구연하였다.

결혼이주민은 자국 문화와 한국 문화를 중층적으로 담지하고 있으며 언어적으로 자국어와 한국어를 함께 사용하고 있다. 그들은 언

50 1회차 2016. 11. 11, 2회차 2016. 11. 17, 3회차 2016. 12. 17. 조사.

51 〈접시 세는 하녀의 원한〉, 〈입 찢어진 여인〉, 〈학교 화장실〉(미전사), 〈빨간 도깨비를 도운 파란 도깨비의 우정〉, 〈가뭄에 비를 내린 갓바의 정성〉 〈힘 약한 남자와 갓파의 거래〉 〈저승강 산즈노가와를 지키는 노부부〉, 〈산속에 사는 식인 할머니 야만바〉, 〈코가 길어지는 텐구의 부채〉, 〈동물의 말을 알아듣는 모자〉, 〈야만바와 부적 세 장〉, 〈삿갓 쓴 돌부처〉, 〈귀 없는 악사 호이치〉

어적·문화적으로 특별한 능력자에 해당한다.[52] 이들은 문화적 감수성이 뛰어나 한국사회에 새로운 문화요소를 더하는 문화 중재자 활동을 해나갈 수 있다. 많은 이주민들이 자국 문화를 한국에 알리는 활동을 하고 있다. 그런데 대부분 자국의 역사적 사실과 설명적 정보만 제공한다. 그리고 전통음식 체험, 민속놀이나 춤을 보여준다. 이 모든 다문화 교육 활동에 현지조사를 통해 채록한 이주민 구술설화를 적극적으로 활용하여 관련 정보를 덧붙이고, 관련 의상이나 악기, 음식 등을 직접 체험하게 하면 교육적 효과를 높을 수 있다. 그리고 다문화 교육 활동에서 이주민이 알고 있는 한국설화와 자국의 설화를 비교하면 효과를 배가시킬 수 있다.

이주민 제보자들은 정착하여 살고 있는 지역의 언어와 문화를 배우고 익힌다. 전국을 대상으로 이루어지는 이야기판에서 동일국적 제보자라 하더라도 조사지역에 따라 각기 다른 지역적 특성이 반영된 설화를 구연한다. 특히 이주생활담의 경우에는 도시와 시골, 농촌과 어촌, 강원도·경상도·전라도·충청도 등 이주민이 정착하고 거주한 지역에 따라 구술하는 내용은 한국인이 경험하는 지역적 차이만큼이나 천양지차(天壤之差)이다.

한국에서 처음 정착하여 현재까지 살고 있는 이주민은 자신이 뿌리를 내리고 일궈온 삶의 터전에 대한 애정이 남다르다.[53] 이주민에 대한 정주민의 시선은 그들을 지역, 마을의 주변인으로 규정짓지만, 이주민은 그 지역민과 동일하게 뿌리를 내리고 살고 있는 지역, 마을 주인으로서의 애향심을 갖는다. 강릉에 정착하여 22년째 살고

52 신동흔, 앞의 논문, 2017, 289쪽.

53 중국에서 한국으로 이주한 지 올해로 23년차에 접어든 한 제보자는 중국으로 이주한 한국인 자녀 2세로 한국인의 자손이면서 한국어는 할 줄 모르고, 중국에서 태어나 중국 한족의 교육을 받고 자란 자신이 '한국인인가? 중국인인가? 조선족인가? 한족인가?' 하는 민족적 정체성 혼란으로 힘들었던 시기에 아버지가 중국에서 성공한 뒤에도 모국으로 돌아가지 않고 뿌리는 내린 곳을 떠나고 싶어하지 않는 것이 이해가 되지 않았다고 하였다. 그런데 막상 자신이 이주민이 되어 오랜 세월 강릉에서 살다보니까 떠나고 싶어하지 않는 아버지의 마음이 이해가 된다고 하였다.

있는 곤도 사끼에 제보자는 강릉지역을 수호하는 마을신 〈범일국사 탄생담〉을 구연하였다. 제보자는 몇 년 전에 알게 된 이야기라서 기억이 확실치 않다고 하면서도 실상은 설화의 주요 화소를 빠짐없이 구연하였다. 다른 지역민은 물론이고 강릉지역민도 관심이 없으면 잘 모르는 마을신의 내력담이다. 이는 이주 지역의 특수 설화이기에 때문에 이주민에게는 채록하기 어려운 귀한 자료이기도 하다. 제보자가 〈범일국사 탄생담〉을 기억하는 이유는 자신이 새롭게 뿌리를 내린 지역의 문화와 자신이 태어나고 자란 모국의 문화에 대한 애정과 관심이 어우러졌기 때문이다.

곤도 사끼에 제보자는 유네스코에 등록된 국가무형문화재 제13호 강릉단오제 때 지인의 부탁으로 자매결연 맺은 일본의 한 도시 사람들의 관광 통역을 맡은 적이 있다. 일본 관광객에게 강릉단오제 관련 문화 정보를 주고 싶어서 스스로 자료를 찾아 〈범일국사 탄생담〉을 익혔다. 일본의 자매결연 도시도 부부신 모시는 마을 축제를 하는 곳이라는 것을 알고 문화적 유사성을 연계시켜 일본 관광객들에게 강릉단오제를 알린 것이다. 이주민은 지역사회에서 중요한 역할을 담당하는 구성원이며,[54] 이들의 이중문화의 이해와 공존은 상호 문화를 잘 융합시켜내는 훌륭한 문화 중재자의 중요한 요건이 된다.

이주민 구술설화는 소수의 번역물에만 의존해 오던 이주민 설화의 향유방식의 틀을 바꾸어서 국내 최초로 이주민을 대상으로 한 다년간의 다각적이고 심층적인 구술 조사를 통해 확보한 귀한 자료들이다. 이 자료는 제보자 인력 양성뿐만 아니라 다문화 서사전문가, 교육자, 스토리텔러, 문학치료사, 다문화 전문연구자 등 특성화된 다문화 전문인력 양성을 위한 좋은 학습 교재가 될 수 있다.

셋째, 이주민 구술설화는 문화·교육적 차원에서 문화콘텐츠 개

54 결혼이주여성은 농촌 지역의 중요 무형문화 전승의 주요한 역할을 담당하고 있다. 이옥희가 앞의 논문(289쪽)에서 10여 년 전(2018년 기준) 전라북도 남원시에서 전승되는 남원삼동굿놀이 참여자 중 무동을 제외한 젊은 참여자는 결혼이주여성이었다고 밝힌 바와 같이 농촌 지역에서 결혼이주여성의 역할은 더욱 커지고 있다.

발의 '원천 스토리'로 활용할 수 있다.

설화가 오랜 세월 구전되어 온 원형적 문화유산이며, 한 개인이 경험한 삶 속에 지닌 보편성과 특수성을 고려할 때, 이주민 구술설화 DB 자료는 우리가 상상하는 것 이상의 파급효과를 기대할 수 있다. 현대 문화콘텐츠 산업의 핵심을 이루는 것이 스토리텔링이고, 이주민 구술설화는 한국 문화콘텐츠의 글로벌 경쟁력을 높이는 기반이자 동력이 될 수 있다. 이주민 구술설화는 다문화에 관심 있는 공연기획자, 공연제작자, 게임, 영화, 드라마, 애니메이션, 동화 등 시나리오 개발자나 작가 등 누구나 새로운 문화콘텐츠 개발을 위한 원천 스토리 자료로 활용할 수 있다.

이야기 구술문화가 사라진 지 이미 오래되었다. 구술성이 사라진 설화에 인공호흡기가 되어 생명력을 부여하는 역할을 하는 것이 문화콘텐츠이다. 다양한 매체를 활용한 문화콘텐츠는 오늘날 설화 전승자 역할을 하며 설화 전승에 지대한 영향을 미치고 있다.

> [A] [조사자: 네네, 재밌어요. 그런데 이거(열두 띠 이야기)는 애니메이션으로 보셨어요?] 네 애니메이션으로 봤어요. [조사자: 이것도 어릴 때 저녁식사하시면서?] 네네 그거. 그래서 제가 아는 거는 제가 책을 별로 안 좋아해서 항상 그 애니메이션? 토요일 저녁에 보는 걸로 그 당시에 드라마 같은 거 많이 없었잖아요. 있긴 있었는데 어른들이 보는 거니까. 애니메이션을 보게 되는데 그때 옛 얘기가 이거는 얼마나 봐도 엄마한테 잔소리 안 들었어요. [조사자: 아 그래요?] 다른 애니메이션은 "공부하라. 공부하라." 하는데 [코마츠미호: 좋은 거는 보라고 해요.] 일본 애니메이션은 그거는 좋은 거니까 그거는 얼마든지 봐도 된다고. [코마츠미호: 근데 그거 내레이션도 좋고, 지금 들어도 좋아요.] 좀 포근한 느낌. [조사자: 그럼 시작할 때 노래도 있을 거 아니에요.] 네. 있죠. [조사자: 기억나세요?] 기억나죠. [조사자: 그럼 불러주세요.] (노래를 불러준다.) [조사자: 그럼 그 노래 나오면 텔레비전 보러 오는 거네요.] 네네 맞아요. [조사자: 그럼 몇 분 정도해요?] 15분. 15분 두 편. 내레이션하고 그림도 예뻐요. [조사자: 아 워낙에 일본 애니메이션이 그림도 예쁘고] 네, 이 얘기도 좀 포근하게 엄마가

얘기해주는 것처럼 들을 수 있으니까.[55]

[B] 그래서 항상 욕심을 많이 가지면 안 좋은 일이 있고 욕심 없이 순수하게 살면 좋은 일이 있다. 그런 교훈으로 유명하죠. [조사자: 그럼 요것(벚꽃 피우는 할아버지)도 애니메이션 보셨던 거 기억한 거죠?] 네네, 책에서도 나왔어요. 우리 집에 유치원에서 선생님이 늘 얘기해 주시는 거 있어요. 그래서 유치원 다녔을 때 선생님이 그렇게 책을 하거나 그림책이라든가 가미시바(紙芝居: 종이연극)이라고 해서 한 장씩 한 장씩 그림이 있고 그거 순서대로 보여주는 거 있어요. 옛날에 애니메이션 생기기 전에 인데. 그걸 한 장씩 그림으로 그렇게 떠넘기면서 얘기해주시는데 거기서도 자주 선생님이 그거 보여주셨어요.[56]

위 인용문은 곤도 사끼에 제보자와 코마츠 미호 제보자가 어린 시절에 경험한 설화 전승 현장이다. 앞서 베트남의 저우티탄융 제보자가 전깃불 없는 달빛 아래에서 할머니에게 이야기를 듣던 설화 전승 현장과 사뭇 다르다. 오늘날 우리에게 익숙한 이야기 전승 현장은 일본과 같은 다양한 미디어 매체이다. 곤도 사끼에 제보자와 코마츠 미호 제보자가 애니메이션을 통해 어린 시절에 접한 옛이야기는 좋은 내용을 담고 있고, 포근한 느낌을 주며, 매일 저녁식사를 하면서 접했던 재미있는 추억의 이야기다. 애니메이션이 발달하기 전에는 영상 이전의 매체인 종이를 이용한 연극 가미시바(紙芝居)를 통해서 옛이야기를 접했다고 한다. 또, 중국(한국계) 국적의 김설화[57] 제보자는 어릴 때 어머니가 사준 전래동화 테이프를 즐겨 들었다고 한다. 구연한 설화 중 상당수가 전래동화 테이프를 듣고 알게 된 설화이다. 그리고 나머지 구연 설화를 접한 매체는 초등 교과서, 북한

55 곤도 사끼에(일본, 여, 1966년생, 결혼이주 23년차)·코마츠 미호(일본, 여, 1969년생, 결혼이주 23년차), 2016.

56 곤도 사끼에(일본, 여, 1966년생, 결혼이주 23년차), 2016.

57 김설화(중국 한국계, 여, 1983년생, 유학 10년차), 2017.

애니메이션, 한국의 '배추도사 무도사 옛날옛적에' 애니메이션, 중국의 라디오 구연 프로그램 청취 등 다양했다. 다양한 콘텐츠를 통해 설화를 접한 제보자들이 구연한 많은 설화 가운데 김설화 제보자는 43편, 코마츠 미호 제보자는 29편, 곤도 사끼에 제보자는 11편의 설화 자료가 DB화되었다. 한 제보자에게 이렇게 많은 양의 이주민 구술설화를 채록할 수 있었던 배경에는 구술설화의 원천 스토리를 다양한 매체로 재창조한 콘텐츠의 영향이 크다. 그림책, 애니메이션 등 설화 전승의 다양한 매체 전환과 활용은 일본 설화를 모티프로 한 다양한 장편 애니메이션 창작으로 이어졌고, 그 기반이 일본 애니메이션 시장을 성공으로 이끈 원동력이 되었다.

원소스멀티유즈one source multi use의 성공 여부는 좋은 원천 스토리에 있다. 현지조사를 통해 채록한 이주민 구술설화는 〈한국구비문학대계〉처럼 콘텐츠 개발의 좋은 원천 스토리를 제공할 수 있다. 한국사회는 현재 다문화시대를 맞아 다문화 교육 콘텐츠 개발에 열중하고 있다. 문화의 다양성 이해와 활용에 목표를 둔 다음세대재단의 올리볼리 그림동화 사업팀에서 개발한 베트남, 필리핀, 몽골, 태국, 인도네시아, 레바논 등 다국의 그림동화 애니메이션을 시작으로 다문화전문기업 아시아인허브에서 크라우딩 펀딩을 통해 제작하고 있는 엄마나라 동화책 만들기 사업이 대표적이다.[58] 엄마나라 동화여행은 스토리텔러 양성과정과 일러스트레이션 양성과정을 거친 결혼이주여성이 직접 제작과정에 참여한다. 이런 점에서 엄마나라 동화여행은 기존의 외국 동화책 번역에만 치우친 다문화 동화 제작의 한계를 한 단계 넘어서고 있다. 하지만 다문화 콘텐츠 제작의 가장 기

58 아시안허브에서 제작한 엄마나라 동화책에는 현재까지 40여 편의 다문화 동화가 소개되었다. 태국의 〈엄마참새〉, 〈쌘뽑〉, 〈끄라이텅〉, 말레이시아의 〈메기이야기〉, 〈함수초 이야기〉, 베트남의 〈탓쌍〉, 〈백 개 매듭 대나무〉, 〈세 자매〉, 〈용과 선녀의 후예〉, 〈반쯩반짜이〉, 〈구장의 전설〉, 필리핀의 〈두리안 전설〉, 중국의 〈영리한 아판티〉, 〈엄마 찾는 올챙이들〉, 일본의 〈데굴데굴 주먹밥〉, 캄보디아의 〈띠우왓타이 스카프의 비밀〉, 〈프놈펜도시이야기〉, 〈눗 소녀의 지혜〉, 〈신성한 코를 가진 소년〉, 몽골 〈지혜로운 할아버지와 사자〉, 〈절뚝거리는 까치〉, 〈엄지 명궁수〉, 〈고니의 동화〉 등이다.

본이 되는 원천 스토리 활용에 문제점은 여전히 안고 있어서 변화가 요구된다.

과거 한국 전래동화 재화의 문제점 중 하나는 특정 서사의 고착화 현상이었다. 원형이 살아있고 무한한 생산성을 지닌 원전 설화를 원천 스토리로 삼지 않고 이름난 작가가 개작해 놓은 자료를 원전으로 삼아서 재화가 이루어진 관행에서 발생한 문제였다. 다문화 옛이야기 관련 출판물은 해외 출판물 번역을 통해 재화함으로써 특정 서사의 고착화 문제가 발생하고 있다. 설화의 본령은 마음에 기억하여 말로 구술하는 데 있는 바, 그 속에서 자료의 구조와 의미가 제대로 발현될 수 있다. 현재 한국의 동화작가들은 『임석재 전집 한국구전설화집』이나 『한국구비문학대계』와 같은 현지조사를 통한 설화 채록집에서 재미있는 원천 스토리를 찾고 그 위에 작가의 상상력을 가미하여 다양한 독창적 작품을 창작해 내고 있다. 다문화 콘텐츠 역시 설화의 본령을 살린 자료들을 원천 스토리로 삼고 다양한 매체 전환을 통한 창작이 이루어져야 한다.

한국의 설화를 비롯한 민요, 무가를 채록해 놓은 한국 구비문학의 보고(寶庫), 『한국구비문학대계』는 조사 사업을 시작한 지 40여 년이 다 되어가는 현재까지도 다양한 분야에서 활용되고 있다. 현재 아카이브 구축과 책 출간을 앞두고 있는 『다문화구비문학대계』 역시 『한국구비문학대계』 못지않게 다방면으로 활용될 것으로 기대한다.

5. 맺음말

이 글에서는 현지조사를 통해서 채록한 이주민 구술설화와 구연 상황을 검토하여 자료가 지닌 문학적 가치를 발견하였다.

민족의 특수성을 반영한 각국의 설화는 문화의 다양성을 이해하고 타자의 다른 문화 정체성을 인정하는 다문화사회 구성원들의 인식 변화를 가져온다. 또, 이주민 구술설화는 현지조사에 참여한 이주민이 모국설화 구술과정에서 억눌렸던 문화 정체성을 회복하고 이중문화를 융합하는 정체성을 확장시켜 나가게 한다. 또한 인류 보편성을 띤 이주민 구술설화는 다른 문화적 정체성을 지닌 구성원 간의 상호문화의 이해와 공감력을 증진시킨다. 그리고 이주민 설화 구연 현장은 다양한 설화 각편 생성, 협력구연을 통해 완결성 있고 풍부한 서사성을 지닌 설화를 생산하는 구술문화의 속성과 가치를 발현시킨다.

이주민 구술설화는 다양한 학문, 예술, 교육 분야에서 무한 활용의 가능성을 지니고 있다. 이 글에서는 학문적 차원, 인적 차원, 문화적·교육적 차원의 세 가지 측면에 집중하여 활용 방안을 제시하였다.

학문적 차원에서는 문학치료학에서 유용하게 활용할 수 있다. 인간관계가 중요한 학문적 기반이 되는 문학치료학에서도 다문화사회에 다양해진 한국사회 구성원의 변화에 발맞추어 변화가 필요한 시점이다. 이주민 구술설화는 문학치료학의 작품서사와 문학치료 대상의 확장에 유의미하게 활용할 수 있다.

인적 차원에서는 이주민 구술설화를 구연한 우수한 제보자는 다문화 전문이야기꾼, 조사에 참여한 인력들을 다문화 전문연구인력으로 성장시켜 낼 수 있다. 또한, 이주민 구술설화 자료는 다양한 다문화 전문인력을 양성하는 데 유용한 학습 교재가 될 수 있다.

문화적·교육적 차원에서는 다양한 문화콘텐츠 개발의 중요한 '원천 스토리'를 제공할 수 있다.

이주민 구술설화 DB의 자료적·활용적 가치는 자료의 질적 우수성과 체계적 자료 분류와 정리에 있다.

먼저 원형이 살아 있고, 탄탄한 구조에 다양한 화소를 지닌 양질의 설화 자료 확보에 있다. 유능한 제보자의 구연 효율을 높이기 위하여 동일국적 이야기판, 다국적 이야기판, 경쟁 구연, 협력 구연 등 다양한 이야기판을 조성하여 이야기꾼들은 상호 긍정적인 자극을 주고받는 가운데 좋은 자료를 다수 제공하였다. 3년간 조사 정리된 자료는 다각도의 검토 과정을 거쳐 옥석을 가려 질적으로 우수한 자료를 선별하여 DB화하였다.

좋은 생애담 자료도 다수 확보하였다. 여성 생애담의 문학적 가치는 이미 증명된 바, 이주민의 단순한 문화적 차이, 언어 실수 등 단편적 에피소드의 모음부터 민족적, 이주 지역적, 직업적, 생활 환경적 특성을 아우르고, 인생 전반에 걸친 질곡한 삶의 역사를 담은 무게감 있는 생애담 자료까지 다수 확보하였다. 다만, 생애담의 장르적 특성상 개인 정보가 다수 포함되어 있어서 인터넷으로 제공하는 DB 자료와 책 수록 자료는 단편적 에피소드 위주로 선별하여 제공하게 되어 아쉬움이 크다.

이주민 설화 DB 자료는 구술 채록의 특성상 빈번하게 발생하는 동류(同類) 설화에 대한 국가별, 제보자별 다른 명칭 항목을 제목과 내용 요약에서 통일시켜 국가별 동류(同類) 설화, 동류(同類)의 광포 설화의 검색과 활용이 용이하도록 정리하였다. 또한, 설화 DB 자료와 이야기 판별 정보, 제보자별 정보 DB를 연동시켜 제공함으로써 이용자 필요에 따라 다각도에서 검색과 활용이 용이하도록 정리하였다.

이주민 구술설화 자료 DB 구축과 『다문화구비문학대계』 출간으로 이주민 구술 문학 연구와 활용의 기본 자료가 마련되었다. 향후 더욱 다양한 국적의 이주민 설화 채록이 이루어져 원형성 살아 있는 다문화 설화 자료가 축적되기를 기대한다. 그리고 풍부한 삶의 경험을 지닌 오랜 이주 경력을 지닌 제보자부터 시어머니의 대를 이어 해녀 일을 하는 이주민 며느리, 한국 무형 문화를 계승하는 이주민 제보자까지 다양한 인물군의 구술생애담 조사도 활발하게 이루어져 한국사회 구성원으로서의 이주민 삶이 재조명되기를 기대한다.

참고문헌

권미경, 『여성결혼이민과 한국사회 다문화주의와 평생교육』, 한국학술정보, 2009.
김성길, 「다문화 개념 재정립과 소통의 배움 원리」, 『Andragogy Today』

16(1), 한국성인교육학회, 2013.
박현숙, 「'콩쥐팥쥐' 옛이야기 그림책 견주기」, 『열린어린이』, 2015년 2월호.
박희영, 「일본 요괴 문화 속 여성 요괴의 생성과 이중성의 구조」, 『일본근대학연구』 42, 한국일본근대학회, 2013.
신동흔, 「문학치료에서 외국설화의 활용 가능성 탐색」, 『문학치료연구』 27, 한국문학치료학회, 2013.
______, 「새로운 한국어문학으로서 이주민 설화 구술의 성격과 의의」, 『국어국문학』 180, 국어국문학회, 2017.
______, 「문학치료를 위한 서사분석 요소와 체계 연구」, 『문학치료연구』 49, 한국문학치료학회, 2018.
오정미, 「설화에 대한 다문화적 접근과 문화교육」, 건국대학교 박사학위논문, 2012.
______, 「이주민 설화 조사를 통해 본 새로운 다문화교육 방안」, 『구비문학연구』 47, 한국구비문학회, 2017.
이옥희, 「이주민이 경험하는 민속문화 소통의 현주소」, 『남도민속연구』 23(10), 남도민속학회, 2011.
정운채, 「문학치료의 서사이론」, 『문학치료연구』 9, 한국문학치료학회, 2008.
최원오, 「다문화사회와 구비문학 교육」, 『어문학』 106, 한국어문학회, 2009.
마달레나 드 카를로, 장한업 역, 『개념과 활용 상호문화 이해가기』, 한울, 2011.

● 이 글은 『구비문학연구』 제49집(한국구비문학회, 2018. 6. 30)에 실린 논문을 수정·보완한 것임.

베트남 이주민 구술설화 자료의 현황과 성격 연구

황혜진

1. 서론

이 연구는 한국학진흥사업단 한국학 분야 토대연구지원사업인 '다문화시대 한국학을 위한 이주민 설화 구술자료 DB 구축'(이하 '이주민설화조사')을 기초로 한다. 조사는 2016년 9월부터 2019년 8월까지 수행되었으며, 총17명(연구책임자 신동흔 교수)의 인원이 참여하였다. 조사 대상은 결혼이주민, 이주노동자, 유학생 등이며, 조사연구의 내용은 이들이 한국어로 구술하는 모국의 구술담화자료를 녹음·채록하고, 편집·정리하여 데이터베이스로 구축하는 것이다.

3년간 진행된 연구 결과, 27개국에서 결혼, 유학, 노동 등의 이유로 한국에 이주해 살고 있는 136명의 제보자로부터 천여 편의 설화를 포함하는 전체 1,493편의 구술담화 자료를 확보할 수 있었다. 제보자들의 출신국은 아시아가 주류를 이루어 아시아 지역의 국가들은 20개국에 달한다. 제보자가 많은 순으로 제보자의 출신국을 나열하고, 자료의 편수도 함께 제시하면 다음과 같다.

▶ 아시아 지역

① 중국(23인, 253편) ② 베트남(23인, 156편) ③ 일본(13인, 199편) ④ 몽골(12명, 123편) ⑤ 카자흐스탄(8인, 152편) ⑥ 캄보디아(9인, 84편) ⑦ 필리핀(8인, 57편) ⑧ 태국(4인, 74편) ⑨ 인도(3인, 79편) ⑩ 우즈베키스탄(3인, 22편) ⑪ 인도네시아(3인, 14편) ⑫ 사우디아라비아(4인, 14편) ⑬ 네팔(4명, 54편) ⑭ 미얀마(2인, 30편) ⑮ 아제르바이잔(2인, 19편) ⑯ 홍콩(1인, 26편) ⑰ 키르키스스탄(1인, 14편) ⑱ 대만(1인, 14편) ⑲ 타지키스탄(1인, 11편) ⑳ 터키(1명, 10편)

▶ 아시아 외 지역

① 러시아(4인, 31편) ② 도미니카공화국(1인, 7편) ③ 칠레(1인, 15편) ④ 브라질(1인, 13편) ⑤ 파라과이(1인, 8편) ⑥ 스웨덴(1인, 7편), ⑦ 에스토니아(1인, 7편)

수집된 자료 가운데, 총 23명의 이주민 제보자가 구술한 156편의 베트남 자료가 이 연구의 주요 대상이다. 집대성된 자료에는 설화, 생애담 등을 포함하여 속담, 속신어, 민요, 수수께끼, 문화설명 등 다양한 구술담화의 양식이 포함되어 있다. 이 연구에서는 주로 설화를 중심으로 데이터베이스화된 자료를 정리하고, 신화, 전설, 민담의 큰 틀로 나누어 각 갈래에 속한 설화 자료의 성격을 개괄적으로 고찰하고자 한다.

3년간에 걸친 조사 연구로 제보자로부터 설화를 채록하는 작업은 일단락된 상태이나 국가, 갈래, 핵심화소 등을 기준으로 자료를 범주화하고 이로부터 자료의 성격을 도출하는 연구는 아직 본격적으로 진행되지 않았다. 이를 위해서는 데이터베이스로 구축된 자료를 바탕으로 하는 2차 연구가 이어져야 할 것으로 판단된다. 본격적인 연구에 앞서 이 연구는 베트남 설화 자료를 대상으로 국가별 설화 연구의 가능성을 탐색해 보기 위해 기획되었다.

한편, 연구팀은 이주민설화조사를 위해 전국 방방곡곡을 다니며 제보자를 찾고 이들이 들려준 이야기를 전사하고 분류하는 등의 작업을 진행하면서도 꾸준히 관련 연구를 이어갔다. 이러한 연구들은 세 가지 정도의 방향성을 갖는다. 첫째, 확보된 이주민 구술설화의 가치에 대한 연구,[1] 둘째, 이 자료들이 활용될 영역에서 기여할 바에 대한 연구,[2] 셋째, 이주민 설화 조사 과정에 참여한 이들의 경험에 대한 연구[3] 등이다.

1 신동흔, 「새로운 한국어문학으로서 이주민 설화 구술의 성격과 의의」, 『국어국문학』 180, 국어국문학회, 2017; 박현숙, 「이주민 구술설화의 문화적 가치와 활용 방안: 이주민 대상 현지조사 자료를 중심으로」, 『구비문학연구』 49, 한국구비문학회, 2018.

2 이러한 연구는 주로 교육과 문학치료 영역에서 이루어졌다. 대표적 연구로는 다음과 같은 것들이 있다. 오정미, 「이주민 설화 조사를 통해 본 새로운 다문화교육 방안」, 『구비문학연구』 47, 한국구비문학회, 2017; 김정은, 「이주민 구술설화를 활용한 상호문화능력 신장의 교육 방안 연구」, 『고전문학과교육』 38, 한국고전문학교육학회, 2018; 김민수, 「다문화 설화 작품과 현장적 소통방식의 문학치료학적 활용가능성: 남녀·부부서사를 대상으로」, 『문학치료연구』 49, 한국문학치료학회, 2018.

3 김영순, 「전환학습 관점에서 본 이주민설화조사 연구자의 다문화감수성발달에 대한

이 연구는 3년간의 조사연구가 마무리되는 시점에서 기획된 것으로 그간 조사연구로 집대성된 자료를 대상으로 삼을 수 있었다. 특히 특정 국가로 범주화하여 이주민 구술설화의 성격을 밝히려는 이 연구는 앞으로 데이터베이스로 구축된 자료를 활용한 연구에 시사점을 주거나 적어도 반면교사 역할은 할 수 있을 것이다. 덧붙여, 국가 단위의 설화를 포괄적으로 다루는 이 연구에서 깊이 있게 논의하지 못한 개별 설화(군)에 대한 연구도 이어질 것을 기대한다.

2. 조사연구 작업과 베트남 제보자 소개

베트남 설화 채록을 위해 평균적으로 2~3명이 한 조를 이룬 세 개의 조가 2016년 11월부터 2019년 2월까지 25차례의 조사연구를 실시하였다. 그 결과 23명의 제보자로부터 모두 156편의 구술담화 자료를 채록하는 성과를 거두었다. 이 자료는 조사일자와 조사지역, 출신 국가와 이주 목적, 제보자의 성별과 나이, 구술담화의 유형, 제목 등으로 분류될 수 있도록 목록화되었으며, 녹음된 청각 자료, 촬영된 시청각 자료, 전사된 문서 자료의 형태로 온라인을 통해 제공될 계획이다. 이 중 문서자료의 형태는 다음과 같다.

〈표 1〉 이주민 구술담화의 문서 자료 제시 형태

【파일명】 20161112_033_001_베트남_01_누구엔티미두이엔_F_모자 바꿔 쓰고 살아난 일곱 형제

【제목】 모자 바꿔 쓰고 살아난 일곱 형제

연구」, 『문화교류연구』 8, 한국국제문화교류학회, 2019.

【구연정보】

조사일시 : 2016. 11. 12(토) 오후

조사장소 : 강원도 횡성군 횡성읍 읍하리

제 보 자 : 누구엔티미두이엔(원지영) [베트남, 여, 1989년생, 결혼이주 6년차]

청 중 : 조사자 포함 5인

조 사 자 : 박현숙, 김현희, 김민수

【구연상황】

제보자가 퇴근 후 약속 시간에 맞춰 주선자가 제공한 조사 장소로 왔다. 조사자가 제보자에게 조사 취지를 설명한 뒤 간략하게 제보자의 인적 사항 조사를 먼저 진행하였다. 그리고 이어서 제보자가 준비해 온 이야기 구연을 시작하였다. 오숙민 작가와 카자흐스탄 국적의 우쿠자노바 디나 제보자가 이야기판에 청자로 참여하였다. 제보자가 구연을 마친 뒤 오숙민 작가와 이야기에 관한 의견을 주고받았다. 조사자가 이야기를 알게 된 경로를 묻자 어릴 때 엄마가 들려준 이야기라고 하였다. 이야기는 어릴 때 엄마가 들려주었다고 하였다.

【줄거리】

옛날에 한 아버지가 가난하여 일곱 아들을 내다 버렸다. 막내가 계획을 미리 알고 가는 길에 조약돌을 떨어뜨려 형들과 무사히 집으로 돌아왔다. 아버지가 두 번째 아이들을 버리러 가는 길에 막내가 빵 조각을 떨어뜨렸는데, 새가 다 먹어 버려 일곱 형제는 집으로 돌아가지 못했다. 일곱 형제가 한 집에서 하룻밤 신세지게 되었는데, 그 집에도 일곱 자식이 있었다. 주인아저씨가 일곱 형제를 잡아먹기 위해 헷갈리지 않으려고 자신의 일곱 아들 머리에 모자를 씌워 두었다. 막내가 이 사실을 알고 집 주인 일곱 아들에게 씌워 둔 모자를 벗겨 일곱 형제가 써서 살아났다. 주인아저씨가 자기 자식을 잡아먹고 나중에 그 사실을 알고 일곱 형제를 쫓아 왔고, 막내가 빨간 지팡이를 구해 와 주인아저씨를 죽였다. 일곱 형제는 무사히 집으로 돌아가 부모를 모시고 잘 살았다.

【주제어】

일곱 형제, 버림, 돌, 빵, 길 찾기, 식인, 마법 지팡이, 막내, 누구엔 티미두이엔, 원지영, 베트남, 강원도, 횡성군

【본문】

옛날에 그 한 집에 그 일곱 형제가 태어났어요. 근데 부모님이 가난해가지고 자식을 못 키울 것 같아서 그 멀리 데려가가지고 버리려고 하는데, 밤에 부부 이야기할 때 제일 막내애가 들었어요. 그래 들었는데 형아들한테 얘기도 안하고 자기만 혼자 알고 있는 거예요.

그 다음날에 아버지가 그 산에 같이 가가지고 나무 좀 찾으러 가자고, [조사자: 나무 주우러 가자고?] 네, 네네. 그래서 따라갔어요. 근데 그 막내가 아침에 일찍 일어나가지고 돌멩이 조그만 거 잘 주워 모아가지고 주머니에 넣고 가면서 하나씩 이렇게 표시해 놓는 거예요.

(이하 생략)

제보한 설화가 많은 순으로 22명[4]의 제보자를 소개하면 다음과 같다. 이름[5]과 성별, 출생년도, 이주 목적과 한국 거주 기간, 제보한 구술담화 중 설화 편수의 순으로 제시하도록 하겠다. 수집된 설화는 총 132편으로, 전체 자료 156편 중 84% 정도에 해당한다. 설화 이외의 생애담과 속담, 속신어, 문화설명, 민요 등은 편수에서 제외하였으나 설화를 이해하는 데 보충적인 자료로 활용하였다.

① 도티탄(이정민), 여, 89년생, 결혼이주 8년차, 경기도 안양시, 19편
② 융티탄프엉, 여, 88년생, 유학 3년차, 인천시 인하대학교, 14편 (공동 4편)
③ 쩐티빅프엉, 여, 77년생, 유학 10년차, 서울시 서울대학교, 13편

4 베트남 출신 제보자의 수는 전체 23명이나 1명(이유나)의 경우 구술한 담화 중 설화가 없어 제외하였다.

5 원래의 이름과 한국에서 사용하는 이름을 병기했다. 다른 나라 출신 이주민들과 달리, 베트남 출신 이주민들 다수가 따로 한국명을 쓴다는 것이 특징적이다.

④ 누구엔티미두이엔(원지영), 여, 89년생, 결혼이주 6년차, 강원도 횡성군, 8편
⑤ 팜티루엔(김민주), 여, 87년생, 결혼이주 10년차, 충청북도 청주시, 9편
⑥ 저우티탄융, 여, 85년생, 결혼이주 9년차, 강원도 강릉시, 8편
⑦ 누엔티김퍼, 여, 90생, 결혼이주 7년차, 충청북도 진천군, 7편
⑧ 웬태휴, 여, 87년생, 결혼이주 12년차, 충청북도 진천군, 7편
⑨ 팜하뷔, 여, 93년생, 유학 1년차, 서울시 건국대학교, 6편
⑩ 부티프엉, 여, 90년생, 결혼이주 7년차, 경상북도 경산시, 5편
⑪ 엔티터번(이연아), 여, 84년생, 결혼이주 11년차, 전라남도 진도군, 4편(공동 1편)
⑫ 부티킴하(김하연), 여, 93년생, 결혼이주 6년차, 서울시 용산구, 4편
⑬ 호티홍녀(한수아), 여, 86년생, 결혼이주 11년차, 전라남도 진도군, 4편(공동 1편)
⑭ 백옥장, 여, 82년생, 유학 10년차, 인천시 인하대학교, 4편(공동 4편)
⑮ 띵티름(이지우), 여, 83년생, 결혼이주 9년차, 충청북도 청주시, 3편
⑯ 응웬후우통, 남, 86년생, 노동이주 7년차, 경기도 의정부시, 3편
⑰ 호민두, 남, 97년생, 유학 1년차, 강원도 경동대학교, 3편
⑱ 찐티배트, 여, 85년생, 결혼이주 4년차, 경상남도 진주시, 2편
⑲ 원황하이이옌, 여, 97년생, 유학 1년차, 강원도 경동대학교, 1편
⑳ 전티흐엉, 여, 92년생, 결혼이주 6년차, 경기도 안산시, 2편
㉑ 쩐티아이수언, 여, 88년생, 결혼이주 7년차. 경기도 가평군, 1편
㉒ 누엔티한, 여, 91년생, 결혼이주 7년차, 충청북도 청주시, 1편

22명의 제보자 중 결혼이주자가 15명으로 가장 많았으며, 유학생도 6명으로 다른 나라에 비해 많은 편이었다. 출생년도의 분포를 보면, 40대 초반인 77년생 1명을 제외하면 81년~90년생이 19명, 91년 이후 출생자가 7명이어서 20~30대가 대부분이라 할 수 있으며, 조사 당시(2016년) 10대(97년생)도 2명이었다. 한국에 거주한 햇수는 평균 약 7년으로, 한국에 온 지 만 1년이 채 되지 않은 유학

생 3명을 제외하면 8년 가까이 된다.

조사연구가 주로 제보자의 거주 지역에서 이루어진 까닭에 조사 장소와 거주 지역이 대체로 일치하는 편이었다. 제보자별 조사연구가 이루어진 지역을 살피면, 서울(3), 경기(4), 인천(1), 강원(3), 충북(5), 경북(1), 경남(1), 전남(2) 등으로 전국적인 분포를 보이고 있다. 다만 아쉬운 것은, 이주민이 구술하는 설화와 보다 밀접한 관련이 있는 지역은 현재 거주하고 있는 곳이 아닌 베트남의 고향임에도 불구하고 이 부분에 대해 일관된 조사 정리를 못했다는 점이다.[6]

한편, 한국어 표현 능력과 한국 거주 기간이 꼭 정비례하는 것은 아니며, 베트남에서 온 지 얼마 되지 않다고 해서 베트남 설화에 대해 더 많이 알고 있는 것은 아니었다. 이들이 어떤 언어문화에서 성장하였으며 현재 생활환경은 어떠한지, 이들이 베트남 설화에 대해 가진 관심은 어느 정도이며, 베트남 설화를 조사자들에게 알려주려는 의지가 얼마나 큰지 등에 따라 한국어로 전하는 베트남 설화의 양이나 내용이 달라지는 것으로 보인다.

가장 많은 설화를 제보한 도티탄은 베트남에서 대학에 갈 꿈은 접었지만 한국에서 꼭 꿈을 이루리라 맘먹을 정도로 학구열이 높았

6 베트남의 경우, 남북으로 긴 지형 형태를 띠고 있으며 남과 북의 역사와 문화, 식생마저 다르다. 북쪽은 중국과 맞닿아 있어 중국문화의 영향이 크며, 대나무가 대표적인 식생이다. 한편, 남쪽은 나중에 베트남으로 편입된 지역으로 캄보디아 왕조의 유적이 남아있기도 하며, 대나무보다는 야자나무가 흔하다고 한다. 이와 관련하여 다음과 같은 조사 내용을 참조할 수 있다. "백옥장: 베트남 너무 넓거든요. 넓고 길어요. 근데 북쪽에만 대나무 있는 거예요. 남쪽은 대표하는 나무가 야자에요, 야자. 코코넛. (…) 융티탄프엉: 베트남의 전통문화도 북쪽 위주로 하고 있죠. 나중에 베트남 사람들이 남쪽으로 이렇게 확대, 자기 영토를 확대하면서 지금 베트남 전체가 되는 거죠. 옛날, 그니까 원래 베트남의 본토는 북쪽 중심이었어요. (…) 중국보다 우리나라가 작잖아요. 그래서 우리는 당하기만 했던 이미지를 국가에서 만들었죠. 우리나라도 다른 더 작은 나라의 땅을 침략한 그런 얘기는 절대 없었어요. 교과서에서는. 그래서 저희도 그렇게 배웠는데 나중에 역사를 다시 알아보니까 야, 캄보디아 땅도 많이 뺐구나[빼앗았구나]. (웃음) 왜냐면 우리나라는 원래 참파 문화가 없었는데 (…) 베트남 중부에 가면 참파 왕국, 막 흔적들이 막 남아있어요."(융티탄 프엉, 백옥장, 「나라 구하고 승천한 거인 영웅 댕잠」, 오정미, 한상효, 엄희수 조사, 2017. 11. 2) 이에 따라 남북의 설화 자료 분포도 다르며, 같은 계열의 설화라도 지역에 따른 변이가 있을 것인데 이에 대해 파악하지 못한 것은 다소간 손실이라 할 수 있다.

으며, 얼굴도 모르던 남편과 결혼해 한국에 오니 집에 시누이가 넷이나 되어 한국말을 연습할 기회가 많았다고 한다.[7] 두 번째, 세 번째로 많은 설화를 얘기해준 융티탄프엉과 쩐티빅프엉은 자국에 돌아가 교수를 할 것이란 계획으로 한국에서 박사논문 준비 중이었는데 둘은 학문적 관심에 더해 베트남에 있는 아이에게 들려주기 위한 다수 설화를 자세히 알고 있었다.

도티탄을 비롯한 제보자들을 구술문화 세대라고 볼 수는 없으나 이들은 어려서부터 어머니나 할머니로부터 옛이야기를 많이 듣고 자랐다고 하며, 잘 기억하지 못하는 설화를 듣기 위해 고향의 가족에게 전화하거나, 친정에 다녀와서, 혹은 마침 한국에 방문하고 있는 친정 부모님들께 물어서 재구술할 정도로 구술문화의 전통에 익숙하거나 구술문화적 사유 방식과 표현 능력을 지닌 사람들과 상당히 가까운 관계에 놓여있다고 할 수 있다.

이들은 적극적인 공감과 관심으로 이야기를 경청하며 반응하는 조사자들의 성의 있는 태도에 힘입어[8] 열성적으로 베트남의 설화를 구술해 주었다. 두 번째 조사에서 조사자들의 관심에 맞추어 더 많은 이야기를 자세히 해주기도 했는데, 조사의 간격은 제보자들의 기억 저편의 설화를 끄집어내어 설화적 논리를 재구성하는 시간이자 다소 멀어졌던 구술문화의 전통과 접속하기 위해 가족들과 이야기를 나누고 여러 자료를 조사하는 시간이 되기도 했다.

한국의 경우, 1930년~1940년대 출생한 세대가 노년층의 주류가 되면서 설화문화는 결정적인 해체 상태로 접어들게 되었는데, 경험적, 현실적, 논리적 담화와 삶의 방식을 선호하는 이 세대의 영향이 이후 세대로 이어져 20세기 후반 주류적인 한국어문화를 형성하였다고 한다.[9] 이에 비해, 구술문화 전통과 친숙하며, 자국 설화를 한

7 도티탄, 「결혼하게 된 사연과 정착 과정」, 오정미, 김민수 조사, 2018. 12. 13.

8 조사자 역할을 했던 오정미 박사는 낯설고 새로운 이야기일수록 더 큰 호기심과 관심을 느꼈고, 이것은 다시 그 설화를 창조한 국가에 대한 관심의 함양과 존중으로 연결되었다고 하였다. 오정미, 앞의 논문, 200쪽. 이러한 태도가 제보자의 의욕을 더 이끌어낸 것으로 보인다.

9 신동흔, 「이야기문화의 세대별 양상과 경험적 담화」, 『구비문학연구』 17, 한국구비문

국어로 표현할 수 있는 이주민들은 한국어문화를 전향적으로 변모시키는 데 큰 역할을 할 것이라 기대해 봄직하다.[10]

3. 베트남 설화 자료의 현황과 개략적 소개

이 장에서는 수집된 설화 자료의 현황을 정리하고 설화 자료에 대해 개괄적으로 소개하려 한다. 설화 제시의 순서는 가장 많이 채록된 것에서 적게 채록된 것으로 삼았으며, 자료를 찾는 편의를 위해 제보자를 제시하였다. 또, 현재 수집된 자료의 제목을 그대로 따르나 내용을 검토한 결과, 같은 이야기 계열로 파악할 수 있는 경우, 다수가 제목으로 삼거나 대표할 수 있는 제목을 '계열' 칸에 제안하였다.

설화를 설명할 때는 계열로 묶인 설화군의 공통된 핵심 내용을 소개하고 설화의 성격을 간명히 드러낼 수 있도록 하기 위해 '신화', 다수의 유래담을 포함하는 '전설', 환상적, 현실적, 희극적으로 분류되는[11] '민담'등으로 나누도록 하겠다.[12] 그리고 한국의 설화나 널리

학회, 2003.

10 신동흔, 「새로운 한국어문학으로서 이주민 설화 구술의 성격과 의의」, 앞의 논문, 289쪽.

11 이 연구에서 민담의 분류는 신동흔(「구전 이야기의 갈래와 상호관계 연구」, 『이야기와 문학적 삶』, 월인, 2009, 31-33쪽)을 따랐다.

12 베트남에서는 설화를 신화, 전설, 고적(古跡)으로 나눈다. 이러한 구분은 신화, 전설, 민담으로 나누는 한국의 분류와 유사하다. 고적은 '신기하고 기이한 요소가 있는, 예부터 전해져 내려오는 이야기'로 정의되며, 최근에 출판된 『베트남 민간문학 유형 사전』에서는 고적을 ① 동물담, ② 신이담, ③ 생활담으로 분류하였다. 응우옌티후에, 『베트남 민간문학 유형 사전』, NXB Lao động, 2012, 16-23쪽; 이현정, 「베트남 설화 〈토아이카인과 쩌우뚜언〉과 소설 〈토아이카인과 쩌우뚜언〉의 비교」, 『베트남연구』 16, 한국베트남학회, 2018, 106쪽에서 재인용. 한편, 최귀묵은 신화, 전설, 고적이 우리의 신화, 전설, 민담에 정합적으로 대응하는 것은 아니라 하였다. 베트남의 전설은 주로 인물전설을 주로 가리키며, 고적은 전설과 민담에 걸쳐있기 때문이다. 최귀묵, 『베트남문학의 이해』, 창비, 2010, 69-70쪽. 이 연구에서

알려진 서사물과 비교할 만한 가치가 있을 때는 전체 내용이나 일부분이 유사한 설화를 소개하겠다. 두 편 이상이 있는 자료에 이어, 다른 양식의 표로써 한 편만 있는 자료를 제시하도록 한다.

〈표 2〉 여러 편이 제보된 베트남 설화에 대한 소개

<table>
<tr><th>제목</th><th>제보자</th><th>계열</th><th>편수</th><th>분류</th><th>설명</th></tr>
<tr><td rowspan="8">의붓자매 떰과 깜</td><td>누엔티김퍼</td><td rowspan="8">'제목'과 동일</td><td rowspan="8">8편</td><td rowspan="8">민담</td><td rowspan="8">못된 의붓자매로 인해 착한 딸이 고난을 당하고 복수하는 환상적 민담, 한국의 〈콩쥐팥쥐〉와 유사함.</td></tr>
<tr><td>융티탄프엉, 백옥장</td></tr>
<tr><td>팜티루엔</td></tr>
<tr><td>찐티배트</td></tr>
<tr><td>저우티탄융</td></tr>
<tr><td>쩐티빅프엉</td></tr>
<tr><td>호민두</td></tr>
<tr><td>부티프엉</td></tr>
<tr><td rowspan="7">쩌우까우 유래</td><td>누구엔티미두이엔</td><td rowspan="8">쩌우까우 유래</td><td rowspan="8">7편</td><td rowspan="8">전설</td><td rowspan="8">형제 갈등으로 인해 형, 형수, 동생이 죽어 환생하는 환상적 민담, 쩌우까우를 혼인 예물로 삼는 풍속 유래담</td></tr>
<tr><td>엔티터번</td></tr>
<tr><td>쩐티아이쑤언</td></tr>
<tr><td>찐티배트</td></tr>
<tr><td>호티홍녀</td></tr>
<tr><td>팜티루엔</td></tr>
<tr><td>원황하이이옌</td></tr>
<tr><td>빈랑나무 유래</td><td>쩐티빅프엉</td></tr>
<tr><td rowspan="4">형제와 별나무</td><td>누엔티김퍼</td><td rowspan="4">'제목'과 동일</td><td rowspan="4">7편</td><td rowspan="4">민담</td><td rowspan="4">욕심 많은 형이 순박한 동생을 따라하다가 망하는 환상적 민담</td></tr>
<tr><td>융티탄프엉</td></tr>
<tr><td>팜티루엔</td></tr>
<tr><td>도티탄</td></tr>
</table>

는 한국에서 통용되는 분류법에 따라 신화, 전설, 민담으로 분류하도록 하겠다. 또한 신화, 전설, 민담 등으로 분류된 이주민 설화 데이터베이스의 자료를 연구의 관점에 따라 다소 조정하였음을 밝힌다.

제목	제보자	계열	편수	분류	설명
형제와 별나무	팜하뷔				
	전티흐엉				
	부티흐엉				
나라를 위한 아기장수 용이	응웬후우통	아기장수	6편	신화	아기장수가 나라를 구하고 승천하는 신화, 한국의 〈아기장수〉와 달리 아기장수가 성공을 거둠.
나라 구하고 승천한 영웅 댕잠	팜티루엔				
	융티탄프엉, 백옥장				
	쩐티빅프엉				
	도티탄				
나라 구하고 승천한 거인 영웅	저우티탄융				
탄동장수	부티프엉				
백 개의 알을 낳은 시조신 락롱뀐과 어우꺼	팜티루엔	백 개의 알을 낳은 시조신 락롱뀐과 어우꺼	5편	신화	베트남 민족의 형성과 국가의 성립에 대한 건국신화
	융티탄프엉				
	웬태휴				
	도티탄				
용과 불사조의 자손	호민두				
개구리 아들	누구엔티미두이엔	이물교혼	5편	민담	징그러운 모습으로 태어난 존재가 혼인 후 멋진 남성으로 변신하고 부부가 시련을 극복하는 환상적 민담. 한국의 〈구렁덩덩신선비〉와 유사함.
두꺼비 청년	도티탄				
코코넛 아이	저우티탄융				
해골 물과 코코넛 아이	누엔티한				
	부티프엉				
해골야자	도티탄				
괴물 퇴치하고 공주와 결혼한 닷산	누엔티김퍼	괴물 퇴치하고 공주와 결혼한 닷산	5편	민담	괴물을 물리치고 공주를 구하는 괴물퇴치담, 한국의 〈지하국대적퇴치담〉과 유사함.
	융티탄프엉				
	저우티탄융				
	도티탄				
괴물을 이긴 남자	도티탄				

제목	제보자	계열	편수	분류	설명
선녀와 나무꾼	띵티름	선녀와 나무꾼	4편	민담	선녀와 나무꾼이 혼인하였으나 선녀가 떠나버린다는 환상적 민담, 한국의 〈선녀와 나무꾼〉과 유사함.
선녀 아즉과 나무꾼 장유 (1)	쩐티빅프엉				
선녀 아즉과 나무꾼 장유 (2)	쩐티빅프엉				
선녀 아즉과 나무꾼 장유 (3)	쩐티빅프엉				
달 속으로 간 꾸이	누구엔티미두이엔	달 속으로 간 꾸이	4편	민담	금기를 어긴 부인 때문에 꾸이가 나무와 함께 달로 올라갔다는 환상적·희극적 민담
보름달	팜티루엔				
나무 아래 앉은 아이	도티탄				
달 속의 사람 (재구술)	도티탄				
백 마디 대나무	융티탄프엉	백 마디 대나무	4편	민담	3년간 일해도 사위 삼는다는 약속을 지키지 않는 지주를 혼내주어 소원을 이루는 환상적·희극적 민담
	웬태휴				
	부티프엉				
대나무 백 마디	도티탄				
환검 호수	쩐티빅프엉	'제목'과 동일	3편	전설	평화의 시기가 오자 신으로부터 받은 검을 돌려주었던 레이에 대한 역사인물전설이자 장소에 대한 지명 유래담
	팜하뷔				
	전티흐엉				
하늘과 땅을 닮은 떡 반쯩과 반자이	팜티루엔	하늘과 땅을 닮은 떡 반쯩과 반자이	3편	전설	쌀로 반쯩과 반자이를 만들어 왕위를 잇게 된 료우 왕자와 관련된 역사인물전설이자 음식 유래담
설날에 먹는 떡 반쯩자이	호민두				
	융티탄프엉				
두꺼비가 이를 갈면 비가 오는 이유	호티홍녀	'제목'과 동일	3편	전설	두꺼비가 이를 갈면 비가 온다는 자연현상 유래담
	응웬후우통				
	융티탄프엉, 백옥장				

제목	제보자	계열	편수	분류	설명
똑똑한 소녀 1	누엔티김퍼	똑똑한 아이	3편	민담	어린 아이가 지혜로 부모를 돕고 나라를 구한다는 희극적 민담
똑똑한 소녀 2	누엔티김퍼				
똑똑한 아이	도티탄				
남섬이라는 지역에 사는 여자	도티탄	'제목'과 동일	2편	전설	오해로 인해 정숙한 아내를 자살하게 만들었다는 현실적 민담
	팜하뷔				
어머니 구제한 효녀 율란	호티홍녀	어머니를 구한 효행	2편	전설	지옥에서 부모를 구해낸다는 효자, 효녀가 저승에서 부모를 만난 날을 부모를 위해 기도하는 날로 정했다는 명절 유래담
어머니를 구원한 아들의 효심	누구엔티미두이엔				
금구덩이 은구덩이	웬태휴	금구덩이 은구덩이	2편	민담	욕심 많은 형이 동생을 따라하다 망하는 모방담
금상자 은상자	부티킴하				
새가 된 할머니	도티탄	'제목'과 동일	2편	민담	새가 된 할머니를 황금연꽃으로 살린 손자에 대한 환상적 민담
	부티킴하				
속에 있는 물을 버리러 가겠습니다	쩐티빅프엉	속에 있는 물을 버리러 가겠습니다	2편	민담	시댁 식구들 앞에서 어려워하는 며느리에 대한 희극적 민담
속에 있는 방귀를 뀌겠습니다	쩐티빅프엉				
대나무 속 작은 여인	누구엔티미두이엔	'제목'과 동일	2편	민담	대나무 한 마디에 살 정도로 작게 태어나 버려진 아이가 왕자를 만나 왕비가 되는 환상적 민담
	웬태휴				
신기한 물병	웬태휴	'제목'과 동일	2편	민담	신기한 물병으로 예쁜 아내를 얻게 된 남자가 왕에게 빼앗긴 아내를 되찾고 왕이 되는 환상적 민담, 중간 부분부터 한국의 〈왕이 된 새샙이〉와 유사함.
	쩐티빅프엉				

〈표 3〉 한 편이 제보된 베트남 설화에 대한 소개

제목	제보자	분류	설명
산신과 수신	융티탄프엉, 백옥장	신화	왕의 사위 자리를 놓고 산신과 수신이 벌이는 경쟁에서 산신이 승리해 바다가 종종 화를 낸다는 신화이자 자연현상 유래담
물배추여신	융티탄프엉	신화	물배추를 심어 벼농사를 잘 짓게 되었다는 식물 유래담
미쥬 공주와 중수이 왕자	쩐티빅프엉	전설	적국에서 온 남편에게 속아 나라의 보물을 넘겨 나라를 망하게 했다는 미쥬 공주에 대한 역사인물 전설, 한국의 〈호동왕자와 낙랑공주〉와 유사함.
검은 할머니 산 누이바냉	엔티터번	전설	적군을 피해 자살한 여성을 추모하기 위해 산이름을 붙였다는 지명 유래담.
민병대를 조직하여 프랑스에 맞선 응우엔쭝적	저우티탄융	전설	베트남 독립운동 때 사형장에서도 프랑스군에 항거한 응우엔쭝적의 영웅담
전쟁귀신	팜티루엔	전설	미군 벙커에서 강간당해 죽은 귀신이 근처를 지나가는 남성에게 해코지한다는 괴담
분신으로 적군의 무기고 폭파한 소년 영웅	저우티탄융	전설	베트남전쟁 때 분신으로 미군 기지를 폭파시킨 소년의 영웅담
수박 유래	띵티름	전설	사위를 못마땅해 하던 왕이 수박을 만든 사위의 능력을 인정하게 되었다는 현실적 민담
옥수수 유래	융티탄프엉	전설	베트남에서 옥수수를 재배하게 된 식물 유래담
엄마 젖의 맛이 나는 과일 까이 부 스아	도티탄	전설	돌아온 탕아가 젖 맛이 나는 열매를 먹고 퍼뜨렸다는 과일 유래담

제목	제보자	분류	설명
바다 괴물 물리치고 바위가 된 아버지와 아들	저우티탄융	전설	자신을 희생해 괴물을 죽인 아버지와 아버지를 따라 죽은 아들이 바위로 남았다는 지명 유래담
바위가 된 여인	누구엔티미두이엔	전설	어릴 때 헤어졌던 남매가 만나 혼인했다가 비극적인 결말을 맞는 남매혼 전설
훌륭한 선생님 쭈반안	쩐티빅프엉	전설	용의 아들이 비를 내리게 하여 죽자 쭈반안이 아들의 벼루를 던져 호수로 만들었다는 지명 유래담, 한국의 〈보양이목〉과 유사함.
바베 호수	쩐티빅프엉	전설	마을이 물에 잠겨 호수가 된 이유와 관련된 지명 유래담, 한국의 〈장자못 설화〉와 유사함.
꾸우정 섬의 절	누구엔티미두이엔	전설	고래뼈를 묻은 꾸우정 섬 사찰의 기원담
백주년 학교 괴담	팜하뷔	전설	과로로 죽은 학생회장 귀신이 나온다는 괴담
물귀신 나오는 서호	팜하뷔	전설	서호에 물귀신이 나온다는 괴담
강가에 사는 귀신의 신부	엔티터번	전설	귀신 신부가 되기에 강의 물건을 가져가서는 안된다는 풍속 유래담
소라게 유래	팜티루엔	전설	동물들의 보은으로 얻은 옥을 빼앗기자 이를 찾으러 바다에 길을 낸다며 모래를 뿜는 소라게가 되었다는 동물 유래담
쥐가 열두 띠의 첫 번째가 된 이유	호티홍녀 엔티터번	전설	십이지신의 순서 유래담
우물 안 개구리	팜하뷔	전설	속담의 유래담
사람의 지혜	웬태휴	전설	호랑이의 털이 얼룩덜룩하고 물소에게 윗니가 없는 이유에 대한 유래담

제목	제보자	분류	설명
츠엉 성을 가진 형제	도티탄	민담	가난한 동생을 구박하기만 하고 그 덕을 모르던 형의 집안이 동생이 떠나자 몰락하게 된다는 현실적 민담
제비가 보내준 박씨와 형제	저우티탄융	민담	가난한 동생이 제비의 보은으로 박씨를 얻어 부자가 되고 부자 형이 제비가 준 박씨로 망하는 환상적 민담, 한국의 〈흥부놀부〉와 유사함.
의좋은 형제	도티탄	민담	의좋은 형제가 서로를 돕는 현실적 민담, 한국의 〈의좋은 형제〉와 유사함.
혹을 가진 두 여자	웬태휴	민담	모난 성격의 부잣집 여자가 낙천적이고 온화한 성격의 여자를 따라하다 망하는 환상적 민담, 〈혹부리 할아버지〉와 유사함.
어머니의 병환 서신 받은 세 자매	띵티름	민담	병든 어머니 소식을 듣고 바로 달려온 막내딸의 현실적 민담
호랑이가 구해준 딸	누엔티김퍼	민담	호랑이가 숲속의 아이를 키우다 부잣집에 데려다주었다는 환상적 민담
모자 바꿔 쓰고 살아난 일곱 형제	누구엔티미두이엔	민담	버려진 아이들이 무사히 집으로 돌아온다는 환상적 민담, 〈헨젤과 그레텔〉와 유사함.
무서운 괴물 마잔	융티탄프엉	민담	지혜로운 오누이가 마잔을 만나 도망친 환상적 민담, 한국의 〈해와 달이 된 오누이〉에서 오누이가 기름을 바르고 나무에 올라간 것과 유사한 내용이 있음.
거짓말 잘하는 꿔이	도티탄	민담	거짓말로 사람을 잘 속이던 꿔이가 결국 속임수로 왕이 된다는 희극적 민담, 꿔이를 한국의 방학중 등의 트릭스터형 인물로 볼 수 있음.

제목	제보자	분류	설명
지혜로운 막내 사위	도티탄	민담	구박받던 막내 사위의 지혜를 보여주는 희극적 민담
요술 부채를 가진 고아 범	부티킴하	민담	착한 마음씨를 지닌 고아가 요술 부채를 얻는다는 환상적 민담
황금 호박으로 부자된 아이	부티킴하	민담	욕심 많은 부자가 착한 아이를 따라하다가 망하는 환상적 민담
의사가 된 떰	도티탄	민담	엉겁결에 공주의 병까지 고치는 명의가 된 떰이 소원을 이룬다는 희극적 민담
야수와 소녀	누엔티김퍼	민담	죽은 도깨비 신랑이 아내의 눈물에 살아났다는 환상적 민담
아빠를 부르는 죽은 아이의 목소리	엔티터번	민담	임신한 채 버림받은 여성이 남성에게 복수하는 원혼담
아내 개심시킨 효자의 지혜	응웬후우통	민담	효자 남편의 지혜로 며느리가 개심하는 희극적 민담
네모난 뱀	융티탄프엉	민담	게으른 남편의 거짓말이 들통하게 된다는 희극적 민담
대나무에 걸린 밥솥	융티탄프엉	민담	게으른 부인의 어리석음을 보여주는 희극적 민담

채록된 설화가 다수이기는 하지만 이 자료가 베트남 설화 전체를 대표하는 것은 아니다. 그러나 적어도 이 자료들은 베트남에서 이주해 온 이들이 스스로 대표적이라고 꼽은 설화라는 점, 그리고 베트남에 아이를 두고 온 여성들이 오랜만에 만난 베트남 아이에게 꼭 들려주고 전승시키는 이야기이자, 베트남 출신 엄마가 한국 국적을 가진 아이에게 들려주고 있는 이야기라는 점에서 전승력이 상당히 높은 설화임을 짐작할 수 있다.

22명을 표본으로 수집된 설화가 베트남의 설화문화를 온전히 보이긴 힘들더라도 많은 이들이 쉽게 구술할 정도로 잘 기억하고 있다는 것은 그만큼 널리 알려진 이야기임을 말해준다. 이러한 의미에서 다수가 기억하는 설화를 순차적으로 제시하였다. 물론 한 편만 제보된 설화라 하여 그 가치가 떨어지는 것은 아니다. 예를 들어, 〈산신과 수신〉 같은 신화의 경우, 베트남 종족을 형성한 산신과 수신의 결합 이면에 두 신의 경쟁과 갈등도 있었음을 암시하면서 베트남 건국신화의 그림자를 보여준다.

역시 한 편뿐인 〈바베 호수〉의 경우, 한국의 광포설화인 〈장자못 전설〉과 유사하지만 그 결말이 달라 흥미롭다. 이 설화세계에는, 며느리가 두고 떠나는 것에 대해 한 번 눈 돌린 죄로 바위가 되는 냉혹한 세계의 질서와는 달리 유연하고 관용적으로 세계의 법칙이 적용된다. 심지어 과부의 간청으로 얻은 왕겨는 거지 할머니를 박대했던 온 마을 사람들을 모두 살려낼 큰 배로 변하기도 한다. 이처럼 우리의 설화가 택한 서사의 길과 다른 길을 내어 한국 설화와 비교할 만한 가치를 지닌 설화도 상당수이다.

여러 편이 채록된 설화는 한국과 유사한 설화가 있는 경우가 많았다. 〈콩쥐팥쥐〉와 유사한 〈의붓자매 떰과 깜〉,[13] 한국의 〈아기장수〉와 유사한 화소를 지닌 베트남의 〈아기장수〉, 〈구렁덩덩 신선비〉와 같은 이물교혼(異物交婚) 계열의 설화들, 〈지하국대적퇴치담〉과 유사한 내용의 닷산 이야기, 〈선녀와 나무꾼〉 등이 그 예이다. 이는 이야기의 원형성이 세부 창작의 기초가 되며, 그 보편성이 전승력의 원천이 될 수 있음을 보여주기도 한다.

13 다음과 같은 연구는 유사한 설화의 비교 연구의 가능성을 잘 보여준다. 전혜경은 한국의 〈콩쥐팥쥐〉와 〈떰깜〉을 비교하며, 둘은 착한 주인공의 신분상승과 권선징악을 표층에 드러내며 작은 발을 가진 사람을 미인으로 여기는 문화를 바탕으로 하는 공통점이 있으나, 〈떰깜〉에서는 콩쥐에 해당하는 떰의 활약이 강조되어 있어 상대적으로 높은 여성의 지위를 보여준다고 하였다. 전혜경, 「한국-베트남 설화에 나타난 여성상 및 기층의식 비교연구: 한국의 『콩쥐팥쥐』와 베트남의 『떰깜』 비교를 중심으로」, 『베트남연구』 9, 한국베트남학회, 2009, 129-151쪽.

4. 베트남 설화 자료의 주요 내용과 성격

3장의 간략한 소개와 분류에 이어 이 장에서는 베트남 설화 자료의 내용적 측면에 초점을 맞추어 논의하도록 하겠다. 우선 설화를 신화, 전설, 민담으로 분류하여 그 대체적 특성을 살펴볼 것이다. 아래 표에서는 설화 자료의 내용을 서사 단락을 나누어 요약적으로 제시함으로써 조사된 설화의 구조적 특성을 파악할 수 있게 하였다. 이를 위해 서사적 제재이자 핵심 화소, 이야기의 화두가 될 만한 서사적 문제 상황(①), 서사적 문제가 분규화되는 전개(②), 서사적 결말과 뒷이야기(③) 등으로 구획하였다.

또한, 구술자에 따른 변이도 함께 보임으로써 한 설화를 여러 사람이 구술하여 그 내용을 풍요롭게 하거나 변용하는 양상을 드러내려 하였다. 교체될 수 있는 세부적 변이 내용은 정리된 내용 옆에 괄호를 사용하여 부기하였으며, 서사 단락 전체와 관련된 변이 내용은 문장이나 원문자로 나눈 단락의 끝부분에 괄호를 사용하여 보충하였다. 그리고 신화, 전설, 민담의 갈래별 특성을 드러내기 위해 설화의 하위 갈래에 따라 나누어 살폈다.

4.1. 신화 자료의 내용적 특성

〈표 4〉 베트남 자료 중 신화의 내용

(1) 백 개의 알을 낳은 시조신 락롱꿘과 어우꺼	① 락롱꿘(낙용군)은 용신이고, 어우꺼는 선녀인데(락롱꿘을 용, 어우꺼를 불사조라 하는 경우도 있음) 둘이 만나 혼인한 후 어우꺼가 태(胎)를 낳음. ② 그 태에서 백 개의 알이 나오고, 그 알에서 백 명의 아들이 태어남.(오십 명의 남성과 오십 명의 여성이 태어났다고 하는 경우도 있음) 생활환경이 다른 락롱꿘과 어우꺼가 50명씩 자식을 데리고 각각 바다와 산으로 감.(헤어져 살지만 같이 이 땅을 지키기로 약속했다고도 함) 이들이 비엣족의 시조가 됨.(어우꺼가 데리고 있는 자식 중 왕이 된 웅왕이 반랑국을 세워 대대로 이어감) ③ 베트남인은 용과 선녀의 자녀들이라는 자부심이 있음.(바다에 사는 용과 산에 사는 선녀가 결합한 민족이기에 베트남인은 산과 바다에 퍼져 산다고 이해하기도 함.)

(2) 산신과 수신	① 18번째 웅왕이 사위를 구하자 산신인 선띤과 수신인 튀띤이 나섬. ② 웅왕이 아홉 코의 코끼리, 아홉 발톱의 닭, 아홉 갈기의 말을 구해오라 하자, 과업을 위해 유리한 지역을 차지한 산신이 이겨 웅왕의 딸과 혼인함. ③ 화가 난 튀닌이 전쟁을 일으킬 때마다 바닷물이 넘쳐 홍수가 남.
(3) 아기장수	① 큰 발자국을 밟은 후, 노부부(노모)에게 자식이 태어났으나 3년 동안 걷지도 말을 하지도 않음. ② 왕이 중국의 침략을 대비하여 인재를 구하려 할 때 아기가 철검, 철마, 철모 등(칼, 말, 갑옷이라고도 함)을 갖춰달라고 하고 밥을 많이 먹어 거인이 됨. 아기장수(댕잠, 탄동, 용이, 단비엥 등으로 불림)가 중국군을 물리치고(칼이 부러지자 대나무를 한 줌 뽑아 싸우다가 승리한 경우도 있음) (큰 발자국을 남기고) (삭산에서) 승천함. ③ 아직도 발자국과 댕잠 축제가 남아 있음.
(4) 물배추여신	① 흉년이 들어 벼농사를 망친 소녀가 울고 있을 때 뭇할아버지가 자신에게 귀한 것을 내어주면 벼를 살려주마 함. ② 소녀가 죽은 어머니의 소중한 유품인 귀걸이를 던지자 논에 귀걸이 모양 물배추가 생겨나 번식한 뒤부터 벼농사가 잘됨. ③ 소녀의 사당을 세워 물배추 여신으로 기림.

확보된 자료에서는 창세신화 없이 건국신화가 최고(最古)의 것이다. 참고로 베트남의 창세신화는 20세기 중반에 채록된 〈천주신(天柱神)〉이다. 그 내용은 태초의 혼돈 속에 거대한 신이 나타나 기둥을 세워 하늘을 떠받쳐 천지를 나누었는데 땅은 네모난 쟁반 같은 모양이 되었고, 하늘은 밥그릇 같은 둥근 모양이 되었으며, 신이 기둥을 허물자 산과 섬이 생겨났고 신이 죽어 뭇생명들이 되었다는 것이다.[14]

(1)과 유사한 내용의 건국신화는 『영남척괴열전(嶺南摭怪列傳)』(이하 『영남척괴』), 『대월사기전서(大越史記全書)』에도 수록된 것으로 『영남척괴』에서는 〈홍방씨전(鴻厖氏傳)〉[15]으로 소개되었다.

14 최귀묵, 앞의 책, 2010, 71-72쪽.

15 '홍방씨'는 아주 큰 족속이란 말로 베트남 민족을 포괄하는 표현이라 한다. 최귀묵, 앞의 책, 2010, 76쪽.

문헌설화의 낙용군과 구희는 (1)의 락롱꿘과 어우꺼에 해당한다. 문헌설화에서 낙용군은 신농씨의 자손이며, 구희는 중국 왕의 여자 혹은 딸로 등장하는데 구비전승되는 내용에서 중국과 관련된 내용은 사라졌다. 또한 구희의 지위도 상승되었으며, 알에서 사내아이들만 나온『영남척괴』와 달리 남녀가 모두 나왔다 하기도 했다. 이 신화가 베트남이란 국가의 민족적 상징이자 민족의 자부심의 원천이 되기 위해 필요한 변이라고 판단된다.

한편, (1)에서 시조신의 자식들은 50명씩 산과 바다에 나누어 산다고 했다. 그러나 산과 바다에서 생업을 이루고 사는 사람들이 한 부모의 자손이라 해도 지역적인 갈등이 있기 마련이며, 거주 지역의 분화로 인해 사회 통합에 어려움을 겪었을 것이다.[16] 이런 갈등은 (2)에 나타난 산신과 수신의 경쟁과 다툼에 잘 반영되어 있다.

또, 낙용군은 헤어지면서 "산에 있든 물 속에 있든 무슨 일이 생기면 서로 알리고 관계를 끊지 않을"[17] 것을 약속했다. 이후 낙용군은 산과 물의 자손들에게 위기가 찾아올 때 어김없이 나타났다. 그 대표적인 예가 (3) 〈아기장수〉이다. (3) 역시『영남척괴』에 〈동천왕〉이란 제목으로 실려있는데 문헌에는 역사적 배경에 대한 논의가 상세히 서술되었다. 이를테면, (3)의 ②에서 쳐들어오려 하는 중국 군대는 은나라, 이를 막으려는 왕은 3대 웅왕으로 나타난다.

웅왕은 낙용군에게 제사지내며 전쟁 대책을 물어 천사(天使) 노인을 만나 아기장수를 찾게 되었다. 아기장수는 (3)과 같은 영웅적

16 역사적으로도 베트남의 지역 갈등을 확인할 수 있다. 939년 중국으로부터 민족 독립을 회복한 뒤 스스로 대월(大越, 다이비엣)이라 부르던 새로운 베트남 국가는 남쪽에 이웃한 참파(占婆)와 수백 년에 걸친 장기간의 갈등에 빠져들었다. 결국 대월국은 참파를 정복하여 그 영토를 확장하게 되었다. 그러나 영토 확장의 부작용으로, 홍강 중심의 전통적인 주민과 새로 손에 넣은 남쪽 변경지대의 토착민 사이에 문화적, 정치적 균열이 생겼다. 그 결과 북부와 남부 사이에 2백 년 동안 내전이 벌어졌다. 19세기 초에 이르러서야 응우옌폭아인(阮福映)에 의해서 남북이 통일될 수 있었으나 이후에도 내전의 유산은 청산되지 못했다고 한다. 윌리암 J. 듀이커, 정영목 역,『호치민 평전』, 푸른숲, 2003, 36-37쪽 참조.

17 무경 편, 박희병 역,『베트남의 신화와 전설』, 돌베개, 2000, 21쪽.『영남척괴열전(嶺南摭怪列傳)』의 번역은 이 자료를 바탕으로 함.

투지와 행적을 보이며 안월 삭산이란 곳에서 승천하자 보답할 길이 없어진 웅왕이 내린 이름이 바로 부동천왕(동천왕)이다. 이 이름은 아기장수가 무령군 부동향(扶董鄕) 출신인 데서 유래하였다. 『영남척괴』에 실린 〈월정전(越井傳)〉에서는 아예 철마를 타고 은나라 군대를 격파한 아기장수를 낙용군의 화신이라 하기도 했다.

(4)는 흉년에 죽어가는 벼를 살려내기 위해서라면 가장 소중한 어머니의 유품을 내줄 수 있다고 하는 소녀의 마음을 갸륵히 여긴 뭇할아버지가 물배추[18]를 벼와 함께 키우라 알려준 후 소녀가 여신이 되어 모셔졌다는 내용이 나온다. 벼농사를 잘되게 하는 데 기여한 이를 신으로까지 높이는 것은 그만큼 베트남에서 벼농사를 중시해왔음을 보여준다. 한편, 뭇할아버지는 많은 설화에서 울고 있는 사람에게 "너 왜 우니?"라며 다가가 어려움을 해결해주는 존재이다.

이상 살펴본 신화 자료는 『영남척괴열전』에 있는 내용들이 다소 변형되어 전승되고 있음을 보여주고 있다. 시조신에 대한 신화는 여전히 베트남인의 자부심의 원천이 되며, 지형과 풍속이 달라도 어울려 살아야 하는 이유를 설득적으로 전한다. 한편, 전쟁을 끝내고 생업이 편안해지도록 바라는 마음에서 전쟁영웅과 농사영웅을 신으로 추앙하기도 했다. 낙용군, 뭇할아버지와 같은 신화적 상상은 전설과 민담으로 계속 이어지기도 한다.

18 물배추의 역할에 대해 다음을 참조할 수 있다. 베트남인과 동남아시아인들은 일찍이 이모작 기술을 터득하였다고 한다. 또한 그들은 쌀의 증산을 위해 식물이 효과적인 거름이 될 수 있다는 사실을 알아내었다. 타이빈 지역에서는 물배추 등 부평초를 길렀는데 이는 대표적인 녹비(綠肥)의 하나이다. 번식 속도가 매우 빠른 부평초는 물의 증발을 막을 뿐 아니라 잡초도 자랄 수 없게 하며, 3~4개월 뒤에는 썩어 거름이 된다. 비료를 주면 벼는 무성하게 잘 자라지만 벼 이삭이 많지 않은 반면, 부평초를 뿌리면 벼는 별로 좋지 않은 상태이나 벼 이삭이 많아진다. 그래서 부평초를 가장 이상적인 거름으로 여긴다. 쩐응옥템, 이지선 역, 「베트남 생활문화 속에서 식물의 역할」, 『베트남연구』 2, 한국베트남학회, 2001, 169-170쪽 참조.

4.2. 전설 자료의 내용적 특성

〈표 5〉 베트남 자료 중 전설의 내용

(1) 미쥬 공주와 중수이 왕자	① 오우락 나라[구락국]를 다스리는 안양왕이 거북이 탱자이로부터 쌓은 성이 자꾸 무너지는 까닭을 듣게 되고 모든 적을 물리치는 석궁을 만들 발톱을 얻게 됨. ② 중국의 임금이 강화하자며 아들 중수이를 오우락 공주 미쥬에게 장가들게 하여 석궁의 비밀을 빼내려 함. 미쥬 공주는 무심결에 중수이에게 비밀을 알려 주어 중수이가 석궁을 바꿔치기하고 자기 나라로 돌아가 전쟁을 일으킴. 탱자이로부터 미쥬가 적임을 확인한 안양왕이 미쥬를 죽임. ③ 바다로 흘러간 미쥬의 피는 진주가 되고, 미쥬의 시신을 발견한 중수이는 자살함.
(2) 환검 호수	① 명나라의 침입으로 국토가 유린되었을 때 레로이(黎利)는 한 어부로부터 '순천(順天)'이라 적힌 검을 전해 받고,(어부 출신 군인의 그물에 물고기 대신 쇠막대가 세 번이나 걸려 군인이 이를 닦아 보니 검임을 알게 되어 레로이에게 전해준 경우도 있음) 검에 맞는 칼자루를 나뭇가지에서 발견함.(레로이에게 직접 거북이가 검을 전해주었다고도 함) ② 레로이는 그 검으로 전쟁에서 이기고 레조[黎朝]의 시조가 됨. 전쟁이 끝난 후 왕의 뱃머리에 거북이가 나타나 계속 절하자 왕이 검을 꺼내 주니 거북이 검을 삼킨 채 물속으로 들어감.(거북이가 검은 빌려준 것이니 돌려달라고 직접 말하는 경우도 있음) ③ 하노이에 있는 그 호수를 환검(호안끼엠, 還劍) 호수라 부르고 호수 중간에 거북이 탑이 있음.
(3) 검은 할머니 산 누이바냉	① 중국군이 쳐들어와 군인 간 남편을 둔 부인을 겁탈하려 함. ② 부인은 적군을 피하려 산에서 뛰어내려 죽음. ③ 검은 피부의 부인을 추모하기 위해 부인이 죽은 산을 '검은 할머니산'이라 부르며 사당을 지어줌.
(4) 남섬이라는 지역에 사는 여자	① 남섬이라는 곳에 부부(부티탭과 청싱)이라는 가난한 부부가 살았는데 남편이 전쟁으로 군에 가자 임신했던 아내가 아이를 낳고 시어머니를 잘 봉양함. ② 막 말을 배우던 아들은 돌아온 남편을 낯설어 하며, '우리 아빠는 저녁에 온다'면서 '엄마가 가는 곳마다 따라 다닌다'고 하자 남편이 아내를 의심하여 아내가 자살함. ③ 남편이 우는 아들을 달래려고 불을 켜니 아들이 그림자를 보고 아빠라 함.(이후에 남편이 아이를 키우고 잘 살았다는 얘기가 덧붙은 경우도 있고, 아내를 만나 사죄하기 위해 남편이 자살했다는 경우도 있다고 함.)

(5) 민병대를 조직하여 프랑스에 맞선 응우엔쭝적	① 베트남 독립운동의 영웅인 응우엔적은 결혼 잔치를 하는 배로 위장하여 프랑스 배를 불태우는 공적을 세움. ② 친구의 배신으로 응우엔쭝적이 프랑스군에 잡혀 공개처형 당할 때, 그는 '잡초를 다 뽑을 수 없듯이 나 같은 사람이 일어나 끝까지 싸울 것', '내가 죽으면 바람이 되어 국기를 펄럭이게 해 줄 것' 등의 말을 남기고 용감히 죽음. ③ 누군가 프랑스군이 훼손하지 못하게 시신을 감추어 아직까지 못 찾았다고 함. 응우엔쭝적에게 감사하는 기념행사가 매년 열림.
(6) 전쟁귀신	① 고향 마을에 미군이 남긴 벙커가 있었는데 젊은 여자가 미군이 겁탈하려 하자 거기서 혀를 깨물어 죽었다고 함. ② 여자의 영혼이 벙커에 있어 남자가 밤에 그 주변을 돌아다니면 안된다고 함. ③ 한 똑똑한 남자가 밤에 돌아다니다가 바보가 됨.
(7) 분신으로 적군의 무기고 폭파한 소년 영웅	① 베트남전쟁 때 부모를 잃은 16세 고아 소년이 신문팔이를 하면서 적군 기지를 살핌. ② 소년은 적군 기지에 기름을 납품하는 일꾼에게 접근해 기지 안으로 들어가게 됨. 기회를 엿보던 소년은 소년은 기름 부은 자기 몸에 불을 붙여 군량고와 무기고를 폭파시킴. ③ 소년의 공적은 누구나 알고 있으나 나라에서 인정을 하지 않아 안타까움.
(8) 쩌우까우 유래	① (쌍둥이 혹은 아주 닮은) 형과 동생이 형수(형제를 가르치던 스승의 딸로 설정된 경우가 있음)와 함께 살았음. ② 형수가 동생을 형으로 착각해 안았는데 이를 형이 목격함.(이 장면이 빠지고, 결혼 후 형수만 아끼는 형에게 동생이 섭섭함을 느끼거나, 동생이 자기로 인해 형 부부의 관계가 안 좋아질까봐 염려하는 경우도 있음) 동생이 집을 나가 강을 건너지 못하고 죽어 바위가 되고, 형이 동생을 찾다가 까우 나무가 되며, 형수는 형을 찾다가 나무를 감는 쩌우 덩굴이 됨. ③ 돌가루와 덩굴 잎, 나무 열매를 같이 씹는 혼인 풍속이 생겨남.
(9) 하늘과 땅을 닮은 떡 반쯩과 반자이	① 왕이 22명의 왕자 중 왕위를 물려 줄 왕자를 고르기 위해 세상에서 가장 맛있는 음식을 가져오라고 함. ② 18번째 료우 왕자의 꿈에 소녀가 나타나(부처님이 나타나기도 함) 쌀로 동그란 반자이와 네모난 반쯩을 만드는 법을 알려 줌. 왕은 특별한 모양은 없으나 맛이 좋은 데다 하늘과 땅의 형상을 본뜨고 부모를 기리는 뜻을 품었다며 료우 왕자에게 왕위를 물려줌. ③ 오늘날에도 설날에 떡을 만들어 먹음.

(10) 수박 유래	① 18대 웅왕(붜 홍봉)이 욕심이 없고 스스로 만드는 것을 좋아하는 마이안띰에게 공주를 시집보냈으나 그가 왕의 선물도 달가워하지 않자 섬으로 쫓아버림. ② 사위가 새가 떨어뜨린 수박을 키워 어부의 물고기와 교환해 마이안띰 수박이 널리 퍼짐. ③ 왕이 사위의 능력을 인정해 다시 불러들이고 수박을 마이안띰이라 부름.
(11) 옥수수 유래	베트남 사신이 중국 오나라에 갔다가 옥수수를 먹어 본 후 몰래 씨앗을 베트남으로 가져와 퍼뜨림.
(12) 엄마 젖의 맛이 나는 과일 까이 부 스아	① 모자가 살았는데 어느날 아들이 집을 나가 엄마가 애타게 기다림 . ② 아들이 세상을 떠돌며 고생하다가 엄마가 그리워 집에 왔으나 아무도 없음. 아들이 한 나무를 붙잡고 울자 열매가 떨어짐. 열매의 과즙은 엄마젖 같고, 그 모양은 너무 울어서 빨개진 엄마의 눈 같았으며, 열매를 떨군 나무줄기는 엄마의 거친 손 같았음. ③ 아들이 그 과일을 알려 사람들이 많이 먹게 되고 지금도 병문안용으로 많이 쓰임.
(13) 어머니를 구한 효행	① 부잣집에 못된 엄마와 착한 아들(욜란)이 살았는데 엄마가 시주하는 스님에게 (개)고기를 줌. ② 엄마가 죽어 저승에게 고통을 당한다는 사실을 알게 된 아들(욜란)이 저승문이 열리는 날에 저승으로 들어가(엄마의 고통을 줄여달라 기도를 올려) 지옥에서 엄마를 구해냄. ③ 아직도 10월 15일(7월 15일이라 하기도 함)에 부모를 위해 효도하고 기도함.
(14) 바다 괴물 물리치고 바위가 된 아버지와 아들	① 섬에 괴물이 나타나 어부들을 괴롭히자 아버지가 온몸에 독을 바르고 바다로 나감. ② 아버지는 괴물에게 머리가 먹혀 죽어 독으로 괴물을 죽게 함. 아들이 아버지의 시신을 찾아 안고 울다가 독이 옮아 죽음. ③ 부자가 죽은 자리에 바위 둘이 생겨 부자 바위라 부름.
(15) 바위가 된 여인	① 어릴 때 헤어진 남매가 서로 알아보지 못한 채 혼인함. ② 남편이 아내 머리의 이를 잡아주다가 상처로 인해 아내가 동생임을 알게 되어 아내를 떠남. ③ 남편이 돌아오길 기다리던 아내는 강 앞에 바위가 됨.
(16) 훌륭한 선생님 쭈반안	① 가뭄이 들어 마을 사람들이 괴로워하자 쭈반안이 제자인 용왕의 아들들에게 비가 내리게 도와달라고 함. ② 용왕의 아들들이 벼루와 붓으로 비를 오게 하니 빗물의 색이 검은색이었음. 갑작스런 천동소리에 쭈반안이 나가보니 용왕의 아들들이 이무기가 되어 죽어 있었음. ③ 쭈반안이 이들의 장례를 마친 후 벼루를 던졌더니 던진 자리에 연못이 생겨남.

(17) 바베 호수	① 마을 사람들이 거지 할머니의 동냥을 모두 거절했는데 가난한 과부 모자가 할머니를 집으로 데려옴. ② 밤에 거지 할머니의 코 고는 소리에 방에 가보니 이무기 모습을 한 할머니가 내일 큰일이 날 것이라며 아무 데도 가지 말라고 함. 과부가 마을 사람들을 구할 방도를 묻자 할머니가 쌀겨 두 개를 줌. 할머니가 떠나자마자 땅에서 물이 솟구쳐 마을이 잠겼는데 과부가 쌀겨를 내려놓자 배로 변해 동네 사람들을 모두 구함. ③ 동네는 호수로 변했으나 과부집만 섬으로 남음.
(18) 꾸우정 섬의 절	꾸우정 섬 해변에 죽은 고래뼈로 절을 지었는데 절에서 신통한 일이 많이 일어남.
(19) 백주년 학교 괴담	백년이 된 쭈반안 고등학교에 과로로 죽은 학생회장 귀신이 나타남.
(20) 물귀신 나오는 서호	고등학교 근처 서호에는 물귀신이 있어 수영하는 사람들을 물밑에서 끌어가는데 실종된 사람들의 시체를 찾을 수 없음.
(21) 강가에 사는 귀신의 신부	① 강가에서 발을 씻던 여자가 반지와 목걸이 같은 패물을 가지고 집에 돌아옴. ② 다음날 남자 귀신이 찾아와 패물을 가져갔으니 자신의 신부라 하며 강제로 혼인한 후 여자를 집으로 돌아가지 못하게 함. ③ 이후로 강에 있는 물건을 주워서도 떨어뜨려서도 안 된다는 풍습이 생김.
(22) 소라게 유래	① 바람 난 아내 뱀을 쏘아 죽인 할아버지에게 남편 뱀이 동물의 말을 들을 수 있게 하는 옥을 선물함. ② 새와의 약속을 지키지 못한 할아버지가 새의 해코지를 입어 감옥에 갇혔으나 새에게 들은 전쟁 정보를 관군에 알려 풀려남. 오리고기를 대접하려는 친구의 집에서 오리의 말을 듣고 오리 대신 새우를 먹어 오리로부터 바다 속으로 들어가는 옥을 선물 받음. 할머니가 바다 속 왕에게 남편의 옥을 훔쳐 바치자 할아버지는 모래로 바다를 덮어 길을 만들려 하다 죽음. ③ 할아버지는 모래를 뿜는 소라게가 됨. 이와 관련해 무모한 일을 하지 말라는 속담이 있음.
(23) 쥐가 열 두 띠의 첫 번째가 된 이유	하늘에서 동물을 초대하여 도착하는 순으로 동물의 순위를 정한다고 했는데 쥐가 물소 뿔에 올라타고 오다가 일등을 하여 쥐, 소 등의 순으로 십이지신이 정해짐.
(24) 두꺼비가 이를 갈면 비가 오는 이유	심한 가뭄이 들자 두꺼비가 하늘로 올라가 옥황상제에게 따지니, 옥황상제가 앞으로 굳이 올라오지 않아도 두꺼비가 이를 가는 소리를 내면 비를 내려주겠다고 약속함.

(25) 우물 안 개구리	세상이 우물에서 보이는 하늘만하다고 생각했던 개구리가 우물 밖으로 나오자마자 큰 동물에 밟혀 죽음.
(26) 사람의 지혜	① 채찍질 당하며 일하는 물소에게 호랑이가 왜 사람에게 반항하지 못하냐 묻자 물소가 '사람의 지혜' 때문이라 답함. ② 호랑이가 농부에게 지혜를 보여 달라고 하니 농부가 집에 두고 왔다고 하고, 자신이 지혜를 가지러 간 사이 호랑이가 물소를 잡아먹으면 안되니 나무에 묶어 두겠다고 함. 다 묶자 농부는 나무에 불을 지피며 이것이 '사람의 지혜'라고 함. ③ 물소는 웃다가 바위에 자빠져 윗니가 날아가고 그슬린 호랑이의 털은 얼룩덜룩해졌음.

(1)~(6)의 전설은 외세의 침략이 잦았고 그에 대한 항전이 거셌던 베트남 역사와 밀접한 관련이 있다. (1)은 『영남척괴』에 〈금구전(金龜傳)〉으로 실려있다. 안양왕은 낙용신의 자손인 웅왕이 대를 이어 다스리던 반랑국[文郎國]을 멸망시키고 구락국을 세웠다. 초한 쟁패기에서 활동했던 중국 군웅 조타(趙佗)가 중국 광동성 지역을 거점으로 하여 남월(南越)을 건국하고 구락국을 쳐들어가 멸망시켰는데 이때의 일이 전설로 남아 있다. 억울하게 죽은 미쥬 공주의 피가 엉겨 이룬 진주가 변하지 않는 것처럼 패배의 기억은 잊혀지지 않았다.

조타에 의해 패배한 베트남은 기원전 111년부터 한나라의 지배를 받게 된다. 이후 천년 가까이 중국 지배하에 있던 베트남은 938년 비로소 독립을 이룬다. 독립 이후에도 계속된 중국의 침략에 시달렸는데, 중국군에 희생당한 '누이바넹'을 기억하는 산의 이름은 여전히 그러한 침해를 증언하고 있다.(3) 또, 잦은 전쟁은 베트남 민중들의 생활 저변과 인간관계의 심층까지 영향을 끼쳤는데 군인 갔던 남편의 오해로 인해 자살한 남섬의 아내에 대한 설화적 기억은 전쟁이 얼마나 삶을 피폐하게 만드는지 각인시킨다.(4)

독립 왕조 시기에도 베트남은 원나라, 명나라 등과 계속 전쟁을 벌이다 1406년에 다시 명나라에 복속되었다. 레 왕조의 태조, 레이가 1428년 명나라를 몰아냈는데 (2)는 레 왕조 건국 전후의 상황을 보여준다. 이 설화는 베트남의 수호신[낙용신의 사자(使者) 거북],

민중[어부나 군인], 베트남의 산천의 정기[자루를 보낸 나무], 영웅적 지도자의 역량이 하나로 결집되어 민족의 독립을 쟁취했다고 해석되기도 한다.[19]

이후, 1802년 베트남은 프랑스령 인도차이나의 일부가 되어 2차 세계대전 시기까지 프랑스의 식민통치를 받게 된다. 부당한 점령에 대한 반감과 저항 정신은 (5)의 응우엔쫑적이 잘 대변하고 있다. 그는 처형장에서 사형당할 때, '다 뽑을 수 없는 잡초처럼 나 같은 나 같은 사람이 계속 일어나 끝까지 싸울 것'이라 했는데 그 같은 '잡초'를 키우고 퍼지게 하는 매개는 바로 그의 강렬한 발언과 그의 삶을 기억하는 전설이다. 또한, (6)과 (7)은 1964부터 1974년까지 이어진 베트남전쟁의 적군에 대해 가진 적개심과 원한을 잘 드러낸다.

(8)과 (9)는 대표적인 베트남 음식으로 음식 유래담이기는 하지만 여러 가지를 섞어서 하나의 훌륭한 맛을 이루는 데에서 융합과 조화를 중시하는 베트남인의 가치관을 잘 보여준다. (9)는 베트남 창세신화와 연관된 것으로도 보이며, 여기 나타난 효 가치를 중시하는 문화, 사람을 먹여 살리는 쌀의 고마움을 기억하는 태도 등은 다른 설화에서도 반복적으로 중시된다. 이 밖에 호수와 강, 바위, 동물[20]과 식물, 기후 등 생활세계를 구성하는 것에 대한 유래담이 전설의 다수를 차지한다.

이러한 베트남 전설은 베트남의 문화나 환경을 베트남인의 시각에서 보게 해준다. 즉, 외부인의 시각에서 보면, 쌀, 과일, 동물, 호수 등은 음식이나 동물, 지형일 뿐이나 베트남인들의 눈에는 그저 객관적인 실체가 아니다. 흔한 쌀은 가장 소중한 음식이며, 까이부스까는 어머니를 그리워하게 한다. 물소는 쥐에게 일등 자리를 빼앗기고 사람에게 복종하는 우직한 동물이자, 환검 호수는 평화에 대한 기원을

19 최귀묵, 『문학의 창으로 본 베트남』, 고려대학교출판문화원, 2017, 37쪽.

20 특히 동물과 관련해서는 물소가 자주 등장한다. 베트남의 논이 우기에는 대부분 무릎까지 차는 물 속에 잠겨 있으므로 물소가 우리의 소의 역할을 대신하기 때문이라 한다. 전혜경, 「한국 베트남 민담 비교연구: 모기 기원담과 소의 기원담을 중심으로」, 『베트남연구』 8, 한국베트남학회, 2007, 103쪽.

담고 있다. 이렇듯 베트남의 문화와 환경은 전설로 인해 특별한 의미를 갖게 된다.

정리하자면, 고대와 중세에 이어 베트남 독립운동, 베트남전쟁에 이르기까지 베트남인들은 전설을 통해 승리와 패배의 기억을 간직하는 한편, 영웅의 행적을 칭송하였다. 이러한 베트남 전설은 베트남인의 역사의식을 형성하는 데 기여하는 것으로 보인다. 한편, 전설은 베트남인의 생활문화나 환경을 그들의 시각으로 이해하는 방식을 드러낸다. 전설에 속한 많은 유래담은, 이방인의 눈으로 보기엔 심상한 일상적 사물과 환경이 베트남인들이 부여한 특별한 의미로 채워져 있음을 알게 해준다.

4.3. 민담 자료의 내용적 특성

〈표 6〉 베트남 자료 중 민담의 내용

(1) 의붓자매 떰과 깜	① 계모가 자신의 친딸 깜을 편애하며 계녀 떰을 구박하고, 깜도 착하고 예쁜 떰을 질투하여 떰의 공을 가로챔. ② 곤경에 처할 때마다 뭇할아버지(산신령, 할머니 요정이라고도 함)가 나타나 도와줌. 뭇할아버지가 키우게 한 물고기를 계모와 깜이 잡아먹자 떰이 물고기뼈를 묻음. 떰은 까치의 도움으로 일을 마치고, 물고기뼈를 묻은 곳에서 발견한 옷을 입고 잔치에 감. 잔치에 가는 길에 신발을 떨어뜨렸는데 이를 왕이 주웠다가 떰의 발에 맞춰 보고 떰과 혼인함. 왕비가 된 땀은 계모와 깜에게 죽임을 당함.(떰이 새, 나무, 베틀로 환생하자 연거푸 죽이려한 경우도 있음) 떰은 티나무(차나무, 열나무라고도 함) 열매로 변해 한 노파의 집에서 노파 몰래 집안일을 함. 노파가 떰의 정체를 알게 되자 떰은 노파를 엄마처럼 여기며 함께 살게 됨. 어느날 왕이 지나다 나물을 대접 받고 만든 이를 불러 떰과 재회함. ③ 궁궐로 돌아온 떰이 더 예뻐진 모습에 놀라 방법을 묻는 깜에게 떰이 끓는 구덩이에 들어가면 된다고 했는데 깜이 이를 따르다 죽음.(다시 살아나 왕궁에 돌아온 떰을 보고 깜이 놀라고 분해 심장이 터져 죽는 경우도 있음) 이후 딸인 줄 모르고 액젓을 먹은 계모가 사실을 알고 놀라 죽음.(깜 모녀가 거지가 된 경우도 있음)

(2) 형제와 별나무	① 욕심 많은 형이 동생에게 아버지의 유산으로 작은 땅의 별나무만을 남겨줌. ② 별나무 열매를 먹은 까마귀(그냥 새 혹은 독수리, 봉황새라고 하는 경우도 있음)가 동생에게 세 뼘 정도의 조그만 자루를 만들어 오라 하여 자신의 등에 태워 금섬으로 가서 금을 담게 함. 형이 자신의 재산과 동생의 별나무와 바꾸고 동생을 따라하려 큰 자루를 만들어 금섬에 감 ③ 금을 담아 오는 길에 자루의 무게를 견디지 못해 까마귀가 형을 떨어뜨려 형은 바다에 빠져 죽음.
(3) 금구덩이 은구덩이	① 욕심 많은 형이 도끼 한 자루를 동생에게 주며 아버지 제사도 챙기라 함. ② 나무하던 동생이 깜박 잠들자 원숭이떼가 나타나 자기들끼리 얘기하더니 금구덩이(금상자라 하기도 함)로 던져 동생이 부자가 됨. ③ 형이 동생을 따라하다가 원숭이떼가 은구덩이(은상자라 하기도 함)로 던진다고 하자 금구덩이로 던져 달라고 말해 원숭이들이 형을 깊은 협곡(강이라 하기도 함)으로 던져 버림.
(4) 츠엉 성을 가진 형제	① 츠엉 성을 가진 형제가 있었는데 형은 부자이고 동생은 가난했음. ② 동생의 아들이 형의 집에 밥을 얻으러 오자 형수가 쫓아냄. 어느날 형네 도둑이 들어 동생이 형을 구해주었으나 형수는 계속 동생네를 도와주지 않았음. 화가 난 동생이 다른 먼 동네로 떠나가자 형네 도둑이 들어 형 부부를 죽임. ③ 동생이 형의 아들을 데려다 키우자 꿈에 형수가 나타나 사과하고 아들을 부탁함.
(5) 제비가 보내준 박씨와 형제	① 두 형제가 살았는데 형이 모든 재산을 차지하고자 동생을 쫓아냄. ② 가난하게 살던 동생이 제비 다리를 고쳐주고 제비가 물어온 박씨를 심어 열린 박으로 부자가 됨. 형이 모든 재산을 줄 테니 부자가 된 방법을 알려 달라고 하며 동생을 따라 했으나 형의 박에서는 독사와 독충이 나옴. ③ 형이 자신의 재산을 돌려달라 했으나 동생이 거절함.
(6) 의좋은 형제	가난하지만 의좋은 형제가 있었는데 밤에 서로 몰래 수확한 볏단을 형제의 집 앞에 둠.
(7) 괴물 퇴치하고 공주와 결혼한 닷산	① 의형제 닷산과 다옴(리텅, 니히통이라 하기도 함)은 사람을 제물로 바치는 마을에 살고 있었는데 다옴이 제물이 될 차례가 되자 닷산이 대신 가서 괴물(뱀이라 하기도 함)을 죽임.(여기까지만 구술되고 이후 희생제의가 없어졌다는 것으로 마무리되는 경우도 있음) ② 닷산의 공을 차지한 다옴이 공주와 혼인을 왕에게 약속받았으나 공주가 산으로 도망침.(공주가 독수리에게 잡혀가기도 함) 닷산이 공주를 구해냈으나 다옴에 의해 우물(동굴)에 갇힌 신세가 됨.(이후, 동굴에서 닷산이 용왕의 딸을 구하고 사랑하는 사람에게 목소리를 전하는 황금 조개껍데기를 선물 받아 공주를 부

(7) 괴물 퇴치하고 공주와 결혼한 닷산	르기도 하며, 독수리에 의해 동굴에 잡혀 있던 왕자를 구하고 탈출했다고도 함) ③ 말을 못하던(닷산의 공을 가로친 의형제에 대한 억울함 혹은 닷산에 대한 그리움과 슬픔 때문이라 이유를 밝히기도 함) 공주가 입을 열어 진실을 밝히고 닷산과 혼인하고 닷산은 왕이 되어 나라를 잘 다스림.(동굴에 불을 지르려던 의형제 모자의 만행이 밝혀져 추방당해 가는 길에 모자에게 벼락이 내려 즉사했다하기도 하고, 닷산이 의형제를 용서했으나 의형제가 집에 가는 길에 벼락을 맞아 벌레가 되었다고도 함. (닷산이 있던 동굴을 닷산 동굴이라고 부른다 하기도 함.)
(9) 혹을 가진 두 여자	① 낙천적인 혹부리 여자가 숲에서 길을 잃었는데 우연히 도깨비 잔치를 하는 곳에 찾아가 도깨비를 따라 노래 부름. 도깨비들은 노래에 감탄해 여자에게 꼭 다시 오라고 하며 '귀한 혹'을 떼어서 보관함. ② 먼 마을 부잣집 못된 아가씨가 도깨비를 더럽다고 꺼리며 잘 부르지도 못하는 노래를 계속 불러댐. ③ 짜증 난 도깨비가 한쪽 볼에 다른 혹까지 붙여줌.
(10) 새가 된 할머니	① 고아를 키우고 살던 할머니가(손자를 키우고 살던 외할머니가) 자신이 아파도 물조차 떠오지 않는 아이를 두고 새(제비라고도 함)로 변해 떠나려 함.(아예 떠나갔다고 하기도 함) ② 울고 있는 아이에게 뭇할아버지가 나타나 높은 산에 올라가 황금 연꽃을 가져오면 할머니로 돌아올 것이라 말함. ③ 아이는 어렵사리 황금 연꽃을 구해 할머니를 살리고(아이가 멀리 있는 옹달샘까지 가서 물을 떠와) 둘은 오래오래 행복하게 살았음.
(11) 어머니의 병환 서신 받은 세 자매	① 세 딸을 시집보낸 후 병이 난 어머니가 너구리를 불러 딸들에게 편지를 전해달라 부탁함. ② 시댁 일을 마치고 간다는 큰딸은 거북이로 변하고, 옷을 다 만들고 간다는 둘째딸은 거미로 변함. ③ 빵을 만들던 막내딸은 밀가루를 버리고 바로 가서 효녀라 칭송받음.
(12) 호랑이가 구해준 딸	① 딸이 계모의 구박을 받자 사냥꾼 아버지가 딸을 숲으로 데려감. ② 아버지와 헤어진 딸이 호랑이에게 양육되다가 호랑이가 부자 부부에게로 데려다줌. ③ 딸이 열심히 공부하여 왕이 된 후 아버지를 모시고 살았음.
(13) 모자 바꿔 쓰고 살아난 일곱 형제	① 집이 가난하여 일곱 형제는 아버지에 의해 버려짐. ② 일곱 아들을 둔 어떤 집에서 하룻밤 자게 됨. 주인이 자기 일곱 아들 머리에 모자를 씌워 두고 일곱 형제를 잡아먹으려 하자 막내의 기지로 모자를 바꿔 써서 살아남. ③ 쫓아오던 주인을 죽이고 일곱 형제는 집으로 무사히 돌아가 아버지를 모시고 잘살게 됨.

(14) 속에 있는 물을 버리러 가겠습니다.	① 시집가면 무엇이든 시부모님께 말씀드리라 친정어머니로부터 얘기를 들음. ② 며느리가 시부모님께 진지하게 드릴 말씀이 있다고 말함. ③ "속에 있는 물을 버리고 오겠습니다."
(15) 무서운 괴물 마잔	① 엄마가 심부름 가는 남매에게 마잔을 조심하라 함. ② 마잔을 만난 오누이는 기둥 위로 도망친 후 기둥에 기름을 바름. ③ 뱀 같은 마잔이 미끄러워 올라오지 못함.
(16) 거짓말 잘하는 꿔이	① 부모를 여의고 작은아버지 부부와 살던 꿔이는 거짓말에 능함. ② 이 소문을 들은 부자가 꿔이를 시험하려 자신을 대문 밖으로 나가게 하면 돈을 주겠다 하자 꿔이가 대문 밖에서 안으로 들어오게 할 수 있다 하여 부자를 대문 밖에 있게 함. 꿔이는 작은 아버지네 돼지를 몰래 팔고 돼지꼬리를 잡고 땅 밑으로 사라졌다 하기도 하고, 소똥에 바구니를 씌워 놓고 새를 잡았다 하기도 하며, 부부에게 서로 상대가 죽었다고 거짓말을 하여 부부를 놀래키기도 함. 작은아버지가 대나무로 만든 상자에 꿔이를 넣고 꽁꽁 묶어 강을 빠뜨려 죽이려 하자 꿔이가 집에 있는 거짓말책을 가져다 달라며 시간을 끌다가 작은아버지가 자리를 비운 사이 지나가던 사람을 대신 갇혀 죽게 함. 무사히 도망친 꿔이는 금을 물속에 빠뜨렸다며 말탄 관리의 옷과 말을 훔침. 그 옷을 입고 집에 가서 강물에 들어가 저승에 다녀왔다고 거짓말하여 이를 믿은 작은아버지 부부를 죽게 함. 작은아버지 유산을 탕진한 꿔이는 함정을 파 코끼리를 잡은 뒤 똥구멍으로 새를 들어오게 한 다음 마개로 구멍을 막아 코끼리를 하늘로 날게 함. 코끼리는 궁궐로 내려갔는데 왕이 신기해하며 꿔이를 잘 대접해줌. ③ 꿔이가 날고 싶어하는 왕에게 바다를 날 때 코끼리가 물을 먹어야 하니 마개를 빼라 말하여 왕은 바다에 떨어져 죽고 꿔이가 왕이 됨.
(17) 지혜로운 막내 사위	① 장모와 장인이 막내 사위를 가난하다 무시했음. ② 장인이 '웅덩이의 물을 다 마실 수 있다'고 허세를 부리며 만약 마시지 못할 경우 재산을 나눠준다는 각서를 씀. 사위가 웅덩이로 흘러드는 강물을 막게 하여 위기를 모면함. ③ 이후로 장인과 장모가 사위를 인정함.
(18) 똑똑한 아이	① 인재를 찾기 위해 왕이 길을 떠남. ② 왕은 농부에게 물소가 하루에 얼마나 땅을 갈 수 있는지 묻자 쩔쩔매는 아버지 대신 아이가 왕이 타고 온 말이 하루에 얼마나 갈 수 있는지 되물어 위기를 넘김. 왕이 수소 세 마리를 주며 아홉 마리의 새끼를 만들어 오라며 그렇게 못하면 가족과 마을 사람들을 벌주겠다 하자 아이가 아버지가 동생을 낳아주지 않는다고 떼쓰며 울어 위기를 넘김. 왕이

(18) 똑똑한 아이	새 한 마리로 밥상 세 개를 차리라 하자 아이가 바늘을 주며 새를 요리할 칼로 만들어 달라고 하여 위기를 넘김. 이웃 나라에서 큰 우렁이를 보내 실로 꿰라는 과제를 내자 아이가 허리에 실을 묶은 개미로 우렁이 껍데기를 통과하게 함. ③ 아이는 왕국의 신하가 됨.
(19) 요술 부채를 가진 고아 범	① 부모의 유산으로 받은 부채만을 가진 고아 범은 부자 프엉의 집에서 물소지기 일을 했음. ② 물소 한 마리가 사라져 울고 있는 범에게 뭇할아버지가 나타나 범의 부채를 잃어버린 것을 찾아주는 요술부채로 만들어줌. 프엉은 요술부채를 탐내며 자신의 재산과 부채를 바꾸자 했으나 범이 부모의 유산이라며 거절함. 눈앞에서 죽어가는 거지 할아버지를 돕기 위해 어쩔 수 없이 범은 부자 프엉의 제안을 따름. ③ 거지 할아버지가 뭇할아버지로 변해 범에게 부채를 돌려주고 욕심 많은 프엉은 물소로 변하게 함.
(20) 황금 호박으로 부자된 아이	① 한 아이가 제비 다리를 고쳐주었는데 이듬해 그 제비가 씨앗을 물고와 이를 심음. ② 씨앗에서 큰 호박이 열려고, 그 호박을 자르니 금이 가득해 아이는 부자가 됨. ③ 이 소식을 들은 부자 푸엉이 제비 다리를 부러뜨린 뒤 고쳐주었는데 푸엉의 호박에서 뱀이 나와 푸엉을 물어 죽임.
(21) 백 마디 대나무	① 한 남자가 지주 영감의 딸과 혼인을 약속 받고 머슴 노릇을 해 주기로 했으나 3년이 지나 영감은 딸을 부잣집에 시집보내기로 결정함. ② 남자는 백 마디의 대나무를 가져 오면 딸과 당장 결혼시켜주겠다는 지주의 말을 믿고 산에 가서 뭇할아버지(붓할아버지, 산신령이라고도 표현함)의 도움으로 대나무를 떼었다 붙였다 하는 주문을 익히게 됨. 토막 난 대나무를 들고 간 남자는 주문으로 긴 백 마디 대나무를 만들고 영감과 부잣집 사돈까지 대나무에 달라붙게 함. ③ 영감이 살려 달라 애원하며 딸과 혼인을 허락함.
(22) 대나무 속 작은 여인	① 노부부에게 대나무 마디 안에 살 수 있을 만한 새끼손가락 크기의 아이가 태어나자 아이를 숲에 버림. ② 막내왕자가 숲에서 수박을 반쯤 먹다 버렸는데 나머지를 아이가 먹고 임신해 아이를 낳음. 사냥을 하다가 자기 아들을 본 왕자는 여자에게 청혼해 궁궐로 데리고 옴. 왕이 며느리와 며느리가 만든 옷과 음식을 보고 왕위를 물려줄 것이라 함. 새끼손가락 아이가 갑자기 커지고 부모님 은혜에 감사하는 뜻을 담은 음식을 준비함. ③ 왕이 며느리와 음식을 흡족해하며 막내왕자에게 왕위를 물려줌.
(23) 의사가 된 떰	① 떰이라는 이름의 가난한 남자가 마을에서 가장 예쁜 소녀를 좋아했는데 마을의 나쁜 사람이 소녀를 위협해 혼인하려 함. ② 바위를 던져 혼인을 막은 떰에게 앙심을 품은 나쁜 사람은 고을 관리에게 떰이 유명한 의사라고 거짓말하여 그 관리의 부인을 치료

(23) 의사가 된 떰	하도록 함. 떰은 처음에 못한다고 했다가 맞아 죽을 지경이 되자, 부인 앞에서 자기 바지를 걷어 올리며 계속 '아프다'라고 우스꽝스럽게 말해 웃음으로 관리 부인의 목의 가시를 빼냄. 왕도 떰을 소개받아 말을 하지 않는 공주의 병을 고쳐 공주가 세 마디 말을 하면 사위 삼겠다고 함. 떰이 공주 앞에서 계속 답답한 짓을 하자 공주가 세 마디 말을 함.(밥솥을 올려놓는데 밑돌 두 개만 써 계속 쓰러뜨리자 공주가 참다못해 돌을 한 개 더 넣으라는 말을 하는 식임) 왕은 아픈 백성들을 한곳에 모아 놓고 떰에게 이들의 병을 모두 고쳐 아무도 남아있지 않게 하라 함. 떰이 불치병 환자만 남게 한 후 그중 죽어가는 한 명의 환자를 태우니 모두 도망감. ③ 왕이 공주와 혼인시키려 했으나 떰은 마을의 예쁜 여자와 결혼하겠다고 함.
(24) 이물교혼	① (고귀한 존재가 천상에서 죄를 지어, 혹은 부모가 야자 열매인 코코넛을 먹거나 해골에 담긴 물을 마셔서) 징그러운 존재(개구리, 두꺼비 등 양서류나 코코넛이나 해골같이 생긴 둥근 모양)로 태어남. ② (일을 해주던 부잣집의 막내딸이 잠시 미남자로 변신할 때 엿보기도 함) 막내딸에게 청혼하여 승낙하자(승낙을 위해 하나의 화살로 새 아홉 마리 잡기, 아홉 지게 땔감 하기, 막내딸의 마음 얻기 등 시험을 치르는 경우도 있음) 혼인 후 멋진 모습으로 변신함.(여기서 끝나는 경우도 있음) 언니들이 질투하여 시련(언니들이 막내를 죽이려 하거나 먼 섬으로 보내거나 신랑의 껍질을 태움)을 겪음.(언니들 대신 장인이 사위를 인정하지 않고 딸을 다시 다른 사람과 혼인시키려는 경우도 있음) ③ 막내딸의 노력(섬에서 칼과 부싯돌로 살아가다가 연기를 내어 남편과 재회하기도 하고, 섬에서 닭을 키워 그 울음소리를 듣고 남편이 찾아오게 됨)이나 신랑의 노력(강아지, 고양이, 뱀을 구해주고 소원을 들어주는 물고기 꼬리를 얻기도 함)으로 진실이 밝혀지고 헤어졌던 부부가 결합하게 됨.
(25) 야수와 소녀	① 자식 없는 부부가 기도를 하자 도깨비가 딸을 낳으면 자기에게 시집보내라 하면서 소원을 들어주어 쌍둥이 딸을 낳음. ② 언니는 부잣집에 시집갔으나 곧 망해 도깨비에게 돈을 만들어달라고 부탁함. 도깨비가 거절해 언니가 앙심을 품고 독으로 도깨비를 죽임. ③ 동생의 눈물이 도깨비 위에 떨어지자 도깨비가 잘생긴 남자로 변해 살아남.
(26) 선녀와 나무꾼	① 사슴의 도움으로 나무꾼(그 이름을 장유라고 하기도 함)이 목욕하는 선녀(그 이름을 아즉이라고 하기도 함)의 옷을 훔침. ② 나무꾼이 금기를 어기고 아이 둘을 낳은 선녀에게 날개옷을 돌려줌.

(26) 선녀와 나무꾼	③ 선녀는 아이 둘을 안고(아이에게 빗을 주고 남겨 두는 경우도 있음) 하늘로 올라가고 나무꾼은 외롭게 살게 됨.(이 밖에, 나무꾼이 선녀 할머니의 도움으로 두레박을 타고 하늘로 올라가 선녀를 만난 후 줄을 타고 땅으로 내려갈 때 까마귀가 잘못된 신호를 주어 나무꾼과 아이가 바다에 떨어졌으나 용왕의 도움을 살아나 하늘에서 선녀와 함께 살 수 있게 되었는데 옥황상제가 까마귀의 죄를 물어 매년 음력 7월에 까마귀가 꼬리를 물어 다리를 만들어 선녀 아즉과 나무꾼 장유를 만나게 하였다는 내용이 추가되기도 함. 한편, 천상 세계에 살던 나무꾼이 천마를 타고 노모를 보러 내려갔다 온다 했는데 노모가 밥을 먹으라 하자 천마에서 내려와 말은 하늘로 올라가 버리고 나무꾼은 죽어 수탉이 되었다는 이본도 있음)
(27) 달 속으로 간 꾸이	① 친척집에서 양육되던 고아 꾸이(꿔이, 아이, 소년, 남자 등으로도 지칭됨)는 심한 장난으로 버려짐.(이 부분이 생략되기도 함) ② 신을 만난 꾸이는 생명을 살리는 나무를 얻고 더러운 물을 주면 안된다는 금기를 들음(자신이 죽인 호랑이(치타라고 하기도 함)를 어미가 나뭇잎으로 살리는 것을 보고 잎의 효능을 알게 된 경우도 있음. 이후 그 잎으로 죽어가는 할아버지를 살리자 그가 나뭇잎에 더러운 물을 주면 안된다는 금기를 알려줌.) 사람을 살리는 나뭇잎으로 부자를 살리고 부잣집 딸과 혼인함. 꾸이와 다툰(부인이 죽었다가 개가 내장을 내어준 덕분에 환생한 후 정신이 좀 이상해졌다고 하기도 하고, 자꾸 잊어버리는 병에 걸렸다고도 함) 부인이 금기를 어기고 나무에 더러운 물을 주자(부인이나 꾸이가 오줌을 쌌다고도 함) 나무와 꾸이가 달로 올라감. ③ 달(보름달이라 특정하기도 함)을 자세히 보면 나무와 사람(나무 밑에 앉아 있는 사람이라고도 함)이 있음.
(28) 신기한 물병	① 착한 남자가 까마귀로부터 참새를 살려주고(노루를 살려주기도 함) 신기한 물병을 얻어 집에 갖다 놓았는데 못생긴 아내가 물병의 물로 씻자 예뻐지고 흐른 목욕물이 밭의 파를 싱싱하고 크게 자라게 함. ② 남자는 예쁜 아내와 떨어지기 싫어 화상(畫像)을 갖고 다니며 논에서 일했는데 앙심을 품은 까마귀(벼를 못 쪼아 먹게 하자 앙심을 품었다 하기도 함)가 화상을 궁궐에 떨어뜨려 황제가 아내를 데려가 왕비로 삼음. 왕이 웃지 않는 왕비를 웃게 한 이에게 상을 내린다 하였는데, 남편이 큰 파를 들고 '파는 사면 내 사랑도 받아 달라'고 읊자 웃지 않던 왕비가 웃음. ③ 황제가 자기도 웃겨 보려고 옷을 바꿔 입자는 제안을 하자 황제옷을 입은 남자가 황제를 쫓아내고 왕이 됨.

(29) 아빠를 부르는 죽은 아이의 목소리	① 한 남자가 임신한 여인을 배반하고 다른 여인에게 가버림. ② 임신한 여인이 앙심을 품고 강물에 빠져 죽음. ③ 강물 속에서 죽은 아이가 아빠를 부르자 남자는 그 소리에 이끌려 물속으로 들어감.
(30) 아내 개심시킨 효자의 지혜	① 남편이 장사로 집을 비운 사이 며느리가 시아버지 수발을 소홀히 함. ② 남편이 아내에게 아버지를 살찌워 팔아먹자고 제안함. 시아버지가 몸이 좋아져 집안일을 많이 도움. ③ 남편이 팔자고 하니 며느리가 반대함.
(31) 네모난 뱀	① 게으른 남편이 아내에게 논에서 굉장히 길고 널따란 몸체를 지닌 뱀을 보아 놀라서 빨리 집에 돌아왔다고 거짓말을 함. ② 너무 크다는 아내의 지적에 뱀의 길이를 계속 줄이다 보니 결국 폭과 길이가 같은 네모난 뱀이 되어버림.
(32) 대나무에 걸린 밥솥	① 남편이 게으른 아내에게 밥솥을 대나무에 걸어놓으면 저절로 밥이 된다고 함. ② 부인이 그렇게 했는데 밥이 안 익었다고 의아해함.

이 연구에서는 조사된 민담을 인간관계 중심으로 나누어 분류해 보았다. 즉, 부모가 자녀와 관계 맺기, 자녀가 부모와 관계 맺기, 형제간의 관계 맺기, 남녀 사이의 관계 맺기, 부부 사이의 관계 맺기 등으로 나누어 그 양상을 살펴보았다. 이런 관점은 기본적인 인간관계를 중심으로 자녀서사, 남녀서사, 부부서사, 부모서사 등으로 기초서사의 영역을 나누는 문학치료학의 문제의식과 일치하며, 여기에 최근 새로운 논의가 일고 있는 형제서사[21]를 추가해 보았다.

수집된 자료에 형제나 자매의 문제를 다룬 민담이 다수를 차지하는 것이 특징적이다. (1)의 떡과 깜은 자매간, (2)~(6)까지는 형제간에 벌어진 사건을 다루었다. 여기서 형제란 '유사자기'로 이해해 보겠다. 유사한 존재들이어서 이들이 합심한다면 큰 힘을 형성하기도 하나 이들은 부모의 한정된 애정과 재화를 두고 경쟁할 수밖에 없는 숙명을 지녔다. 이런 경쟁이 서로의 성장을 이루어내기도 하지

21 김수연, 「문학치료 기초서사로서 형제서사 설정 문제: 인간관계 발달과정에 따른 관계적 사건과 심리적 자리를 중심으로」, 『문학치료연구』 47, 한국문학치료학회, 2018.

만 경쟁이 다툼으로 비화되기도 하고 유사자기의 성취가 강렬한 시기와 질투를 불러일으키기 쉬울 것이다.

형제관계와 관련된 민담이 많다는 것은 그만큼 갈등도 복잡하고 심각했음을 반영하는 것이라 볼 수 있지 않을까 한다. 비록 민담에서는 의붓자매(1), 의형제(7)로 제시되었으나, 민담의 나쁜 계모가 꼭 실제 계모가 아니라 친모의 환상적 변형이라 볼 수 있는 것처럼 이복형제나 의형제도 실은 형제관계의 변형으로 이해할 수 있을 것이다. 혹부리 여자도 형제서사의 범주에 넣었는데 이는 형제를 유사자기로 이해했기 때문이다. 유사한 자기의 성취는 자기 가능성의 실현이기에 모방의 욕구가 더 강하게 일 수 있다.[22]

(10)부터 (19)까지는 부모자식간의 관계를 다룬 것이다. 특히 자녀의 입장에서 부모를 어떻게 대해야 하는가라는 화두를 간직한 자녀서사가 많은데 그 중 양육자가 자녀를 버려도 자녀는 양육자를 살리거나(10), 보살피거나(11), 모시고 사는(12, 13) 등의 감싸기 태도를 보여주는 민담이 많다. (14)에는 과도하게 순종적이어서 웃음거리가 된 며느리가 등장한다. 한편, 〈무서운 괴물 마잔〉은, 〈해와 달이 된 오누이〉처럼 괴물 마잔을 조심하라는 엄마가 실은 마잔일 수 있는데, 아이들은 괴물이 된 엄마를 피해 도망하는 기지를 발휘했다.(15)

(16)은 잔인한 거짓말을 일삼는 꿔이를 더 이상 세상에 남겨두지 말아야겠다며 죽이려는 양육자가 등장한다. 꿔이는 거짓말로 위기를 모면할 뿐만 아니라 거짓말로 양부모를 죽게 만들었다. 이런 꿔이에게 거짓말로 왕이 되는 것까지 허용하는 결말이 이채롭다. 한편, (17)과 (18)은 부모서사에 해당하는데 무시했던 자녀(사위)가 오히려 부모를 곤경에서 구하거나, 어린 아이가 권위자인 아버지, 왕도 어쩌지 못하는 문제를 거뜬히 해결하는데 그 배경에는 아이라고 무시하지 않고 그 의견이 옳고 지혜로우면 따르는 이들이 존재했다.

22 이러한 맥락에서 〈흥부놀부〉처럼, 형제서사에 모방담이 많은 이유에 대해 통찰할 수도 있다고 생각한다.

(19)~(21)은 부자인 주인과 가난한 하인의 관계로 볼 수 있는 것들이다. 기초서사와는 성격이 다르다고 판단해 따로 분류해 빈부, 고용의 사회적 관계에 집중하고자 하였다. 이들 민담에서 부자는 인색하고 시샘이 많으며 성격이 나쁘고 탐욕스럽다는 공통된 성격을 가지고 있다. 그런 부자로 프엉이 반복해 나온다.(19, 20) 앞서 살핀 〈혹을 가진 두 여자〉에서 혹을 붙여온 여자 역시 부잣집 딸로, 낯선 도깨비들을 경계하는 태도로 퉁명스럽게 대하며 오직 자기 목적만 이루려 했기에 혹을 하나 더 얻었다.

(22)~(23)은 남녀서사이다. 대나무 마디에 살 수 있을 만큼 작은 존재로 표상된, 숲 속에 살고 있는 외롭고 미천한 여성에 대한 신의를 지켜 부인으로 맞은 왕자는 숲과 들에서 더 많은 지혜를 터득했던 여성의 도움으로 왕이 될 수 있었다.(22) (23)에서는 낙천적이고 유머러스한 성격과 기지로 위기를 극복하는 떰의 활약이 주요 내용인데, 떰이 왕의 사위를 제안 받았음에도 불구하고 고향의 첫사랑을 선택하는 결말이 나온다.

(24)는 징그러운 두꺼비나 개구리, 혹은 해골바가지나 코코넛처럼 생긴 허옇고 둥근 존재의 이면을 보고 혼인을 결정하는 여성이 등장하여 서로에 대한 신뢰와 애정으로 부부를 둘러싸고 벌어지는 일들을 함께 해결해 나아가는 부부서사이다. 신랑의 형상이나 시련의 세부적 내용은 다르나 〈구렁덩덩신선비〉와 서사의 틀을 공유한다는 점은 설화의 보편성과 전승의 힘을 새삼 깨닫게 한다. (25)도 〈미녀와 야수〉와 닮았고, (26)에는 견우직녀 얘기와 결합된 내용이 있지만 나무꾼이 수탉으로 변한 이본의 결말까지 한국의 〈선녀와 나무꾼〉과 동일하다.

(27)~(32)도 부부서사에 해당한다. (27)에서는 상대를 믿지 못하거나 한 쪽의 문제가 생겨, 부부가 함께 지켜야 할 금기를 어기게 되어 부부가 헤어지며, (28)에서는 예쁜 아내에 대한 과도한 집착으로 고난을 자초하였으나 결국 남편의 인내와 용기, 남편에 대한 아내의 믿음이 헤어진 두 부부를 결합하게 하였다. 한편, 믿었던 한쪽의 무책임한 배신은 (29)처럼 무서운 응징의 대상이 되기도 한다.

(30)에는 뜻이 맞지 않는 아내에게 직접 자신의 바람을 얘기하지 않고 스스로 깨닫도록 하는 지혜를 갖춘 남편이 등장한다. 게으르고 핑계가 많고 거짓말 잘 하는 것은 부부싸움의 일상적인 원인이 된다. (31), (32)는 이런 모습을 과장되고 희극적인 방식으로 보여주고 있다. 화를 내며 상대를 원망하는 대신 일상적이고 사소한 문제를 웃음으로 넘기는 데 있어 이런 소화(笑話)들이 큰 역할을 하지 않았을까 한다.

이처럼 베트남 민담은 다양한 인간관계를 맺고 살아왔던 베트남인들이 오랜 시간에 걸쳐 공유했던 관계의 윤리를 설득력 있게 제시하고 있다. 형제관계의 갈등과 해법을 다룬 민담의 내용이 많은 것이 특징적인데 이는 형제[경쟁자] 사이의 갈등의 복잡성과 심각성을 말해주는 것으로 볼 수 있다. 부모자식 관계에서는 부모를 보살피는 효(孝)가 중시되기는 하지만 위해(危害)를 가하는 부모에 저항·반격하거나 무력한 부모를 대신해 똑똑한 아이가 나서는 경우도 있었다. 남녀관계나 부부관계에서는 신의의 윤리가 강조되었다.

5. 결론

이 연구는 이주민설화조사 결과를 바탕으로 이루어졌다. 베트남 설화 제보자의 수는 22명에 달한다. 한국에 이주해 살고 있는 이들은 자국의 설화와 이야기문화의 전통으로 한국의 이야기문화를 더 다채롭고 풍요롭게 하는 데 기여할 것이다. 확보된 베트남 설화에 대한 자료 중 많은 편수를 보유한 작품은 〈의붓자매 떰과 깜〉(8편), 〈쩌우까우 유래〉(7편), 〈형제와 별나무〉(7편), 〈아기장수〉(6편) 등이다. 1편만이 제보된 경우도 흥미로운 자료들이 많이 있었다.

이들의 특성을 신화, 전설, 민담으로 나누어 살펴보았을 때, 신화 자료는 『영남척괴열전』에 있는 내용들이 다소 변형되어 전승되고 있음을 보여주고 있다. 시조신 신화는 여전히 베트남인의 자부심의 원천이자 사회 통합의 상징적 매개로 기능하고 있다. 한편, 전쟁을 끝내고 생업이 편안해지도록 바라는 마음에서 전쟁영웅과 농사영웅을 신으로 추앙하기도 했다. 낙용군, 뭇할아버지와 같은 신화적 상상은 전설과 민담으로 계속 이어지기도 한다.

전설 자료에는 베트남 역사와 관련된 것들이 많았다. 고대와 중세에 이어 베트남 독립운동, 베트남전쟁에 이르기까지 베트남인들은 전설을 통해 아픈 패배의 기억을 간직하는 한편, 승리를 거둔 영웅의 행적을 칭송하였다. 전설이 교과서가 되고 전설 속 장소가 역사의 현장이 되었기에 베트남인들의 독립에 대한 열망이나 외세에 저항하려는 의지가 강한 것이 아닐까 한다. 한편, 전설 자료에는 유래담도 많았는데. 이러한 유래담은 베트남인의 생활문화나 환경을 그들의 시각으로 이해하는 방식을 드러내주었다.

다양한 민담 자료를 어떻게 분석할까 고민한 끝에 결국 이야기가 '어떻게 살아야 하나'라는 윤리적 질문에 스스로 답하는 양식이라고 여기고, 사회적 관계[倫] 안에서 바람직한 관계 맺기의 방식[理]을 통찰하게 하는 문학치료 이론을 활용하였다. 삶의 문제가 다양한 맥락과 관계에서 발생하고 그 해법이 상황과 맥락에 따라 다르듯이 베트남의 민담은 다양한 삶의 문제 상황을 서사적으로 전개 시키면서 탐구하고 답변을 마련해 왔다. 그래서 어떤 일관된 경향성을 발견하긴 힘들었다.

그러나 실제 삶에서처럼 이야기에서도 중요한 것은, 다양한 해법이 있을 수 있다는 유연한 앎이지 하나의 해법을 고수하는 것이 아니다. 이런 의미에서, 유사한 설화라도 다른 해법을 제공하거나, 우리에게 없는 이야기를 통해 삶의 문제를 이해하는 지평을 넓혀가게 하는 베트남 민담이 문학치료의 서사자원이 될 수 있다고 판단된다. 특히 문화적 백지 상태에서 나오는 낯선 민담에 대한 다양한 반응이 자기서사의 진단에 유용하리라.[23]

문학치료학의 영역뿐만 아니라 새로운 이야기를 확보하기 위

23 김민수, 앞의 논문, 183쪽.

해 국가나 민족 단위의 경계를 넘어 스토리텔링의 원천을 확보하는 일도 중요하다. 타문화의 정수(精髓)라 할 수 있는 설화를 적극적으로 수용하는 작업은 곧 문화적 나르시시즘을 극복하며 타자와 더불어 새로운 이야기의 생산으로 나아갈 수 있는 길이 될 것이다. 또한 이는 나르시스를 사랑하는 에코echo가 자신의 목소리를 찾도록 돕는 일이기도 하니 이주민을 존중하며 포용하는 사회통합에 기여할 것이라 기대한다.[24]

또한, 현재를 다문화사회라고 규정하며 다문화 문식성 및 그에 대한 교육의 중요성을 강조하고 있는 현실이다.[25] 다문화 문식성을 기르기 위해선 우선 타문화에 대해 흥미를 가지고 알려해야 한다. 알게 되면 보이는 것이 달라지며, 이에 따라 타문화를 이해하며 해석하는 문식성literacy의 능력도 신장되기 마련이다. 이렇듯 다문화 문식성의 기초인 타문화에 대한 흥미를 자극할 수 있는 교육자료로서 설화만한 것이 없을 것이다.

한편, 현장에서 이야기를 나누는 연구자의 경험은 곧 제보자가 어떤 이야기를 품은 사람인가를 알게 되는 타자의 정체성의 확인 과정이자, 유사한 이야기를 떠올리며 '우리는? 나라면?'이라고 상상하면서 '나'의 해석적 정체성을 새삼 일깨우는 과정이었다. 또한, 승리하는 아기장수를 확신하고, 환검의 평화를 갈망하게 되는 '나'의 정

24 에코는 헤라 여신의 노여움으로, 남이 먼저 말하기 전에는 단 한 마디도 먼저 말을 할 수 없도록 말의 능력을 빼앗겼다. 에코는 오직 남이 말을 먼저 할 경우에만 그의 마지막 말을 반복할 수 있을 뿐이었다. 이렇게 에코는 단지 나르시스의 메아리, 나르시스의 되울림으로서 존재하기에 자기 목소리를 낼 수 있는 자립적인 주체는 아니다. 김상봉, 『나르시스의 꿈』, 한길사, 2002, 239쪽 참조. 한국의 이주민들은 어쩌면 에코의 운명을 지닌 존재가 아닐까 한다. 에코가 한국과 한국인을 사랑하는 것을 알지만 나르시스 같은 한국인은 에코를 참된 타자로 인정하지 않고 에코 안에서 자기 자신만을 발견하기 때문이다. 나르시스와 에코가 서로 주체적 대화를 통해 에코가 자립적인 타자이자 주체로서 설 수 있을 때, 에코와 같은 이주민은 우리 사회의 진정한 성원이 되며, 나아가 문화 발전에 기여할 수 있는 존재가 될 것이다.

25 윤여탁, 「다문화 사회의 문식성 신장을 위한 한국어교육의 전략: 문학교육의 관점을 중심으로」, 『새국어교육』 94, 한국국어교육학회, 2013; 김미혜, 「다문화 문식성 신장을 위한 문학교육의 방향 연구」, 『다문화사회연구』 6, 숙명여자대학교 다문화통합연구소, 2013.

체성 변화 과정이기도 했다. 이러한 경험을 통해 한창 이야기가 오갈 때 왜 '이야기꽃'이 피었다고 하는지, 어떻게 쩌우와 까우가 돌가루를 매개로 만나 전연 새로운 맛을 창조하는지[26] 체득할 수 있었다.

결국 다문화 문식성의 핵심은 타문화에 개방된 정체성을 갖는 것이다. 자신의 모습만을 사랑한 나르시스가 가진 자기동일성, 자기우월성을 극복하고, 혼란스러운 자기상실과, 융합을 위한 열림을 두려워하지 않는 것, 이것이 다문화 문식성 교육의 핵심이 되어야 한다. 이를 위해 감(感)하여 그 마음을 동(動)하게 할 만한 세계의 다양한 이야기들이 발굴되어야 하며, 타자의 목소리에 흥미를 가지고 귀를 기울일 수 있게 하는 교육 방안이 마련되어야 할 것이다.

참고문헌

김미혜, 「다문화 문식성 신장을 위한 문학교육의 방향 연구」, 『다문화사회연구』 6, 숙명여자대학교 다문화통합연구소, 2013.
김민수, 「다문화 설화작품과 현장적 소통방식의 문학치료학적 활용가능성: 남녀·부부서사를 대상으로」, 『문학치료연구』 49, 한국문학치료학회, 2018.
김상봉, 『나르시스의 꿈』, 한길사, 2002.
김수연, 「문학치료 기초서사로서 형제서사 설정 문제: 인간관계 발달과정에 따른 관계적 사건과 심리적 자리를 중심으로」, 『문학치료연구』 47, 한국문학치료학회, 2018.
김영순, 「전환학습 관점에서 본 이주민설화조사 연구자의 다문화감수성발달에 대한 연구」, 『문화교류연구』 8, 한국국제문화교류학회, 2019.
김정은, 「이주민 구술설화를 활용한 상호문화능력 신장의 교육 방안 연구」, 『고전문학과교육』 38, 한국고전문학교육학회, 2018.
다문화시대 한국학을 위한 이주민 설화 구술자료 DB 중 베트남 자료 156편.

26 까우 열매를 먹으면 쓰고 신맛이 나는데 쩌우와 같이 먹으면 그런 맛이 없어지며, 칼슘 성분의 회와 같이 씹으면 향기가 나고 맛이 있으며, 기를 내리고 소화를 잘되게 하는 작용을 한다고 한다. 쩐응옥템, 이지선 역, 앞의 논문, 168쪽.

무경 편, 박희병 역, 『베트남의 신화와 전설』, 돌베개, 2000.
박현숙, 「이주민 구술설화의 문화적 가치와 활용 방안: 이주민 대상 현지조사 자료를 중심으로」, 『구비문학연구』 49, 한국구비문학회, 2018.
신동흔, 「이야기문화의 세대별 양상과 경험적 담화」, 『구비문학연구』 17, 한국구비문학회, 2003.
______, 「구전 이야기의 갈래와 상호관계 연구」, 『이야기와 문학적 삶』, 월인, 2009.
______, 「새로운 한국어문학으로서 이주민 설화 구술의 성격과 의의」, 『국어국문학』 180, 국어국문학회, 2017.
오정미, 「이주민 설화 조사를 통해 본 새로운 다문화교육 방안」, 『구비문학연구』 47, 한국구비문학회, 2017.
윤여탁, 「다문화 사회의 문식성 신장을 위한 한국어교육의 전략: 문학교육의 관점을 중심으로」, 『새국어교육』 94, 한국국어교육학회, 2013.
이현정, 「베트남 설화 〈토아이카인과 쩌우뚜언〉과 소설 〈토아이카인과 쩌우뚜언〉의 비교」, 『베트남연구』 16, 한국베트남학회, 2018.
전혜경, 「한국 베트남 민담 비교연구: 모기 기원담과 소의 기원담을 중심으로」, 『베트남연구』 8, 한국베트남학회, 2007.
______, 「한국-베트남 설화에 나타난 여성상 및 기층의식 비교연구: 한국의 『콩쥐팥쥐』와 베트남의 『떰깜』 비교를 중심으로」, 『베트남연구』 9, 한국베트남학회, 2009.
최귀묵, 『베트남문학의 이해』, 창비, 2010.
______, 『문학의 창으로 본 베트남』, 고려대학교출판문화원, 2017.
윌리암 J. 듀이커, 정영목 역, 『호치민 평전』, 푸른숲, 2003.
쩐응옥템, 이지선 역, 「베트남 생활문화 속에서 식물의 역할」, 『베트남연구』 2, 한국베트남학회, 2001.

● 이 글은 『고전문학과 교육』 제42집(한국고전문학교육학회, 2017. 12.)에 실린 동명의 논문을 재수록한 것임.

이주민 설화 조사를 통해 본 새로운 다문화교육 방안

오정미

1. 서론

이 글은 다문화교육을 위한 문학교육으로서 '이주민의 설화'를 제안하고, 이주민의 설화가 가진 다문화교육의 새로운 방안을 구체적으로 제시하는 것을 목표로 한다. 다문화교육은 다양한 학습자와 교육 목표 아래서 다층적인 방안으로 현재 실행되고 있으며, 초·중·고 공교육의 국어과에서 다양한 문학작품을 텍스트로 하여 다문화교육이 진행 중에 있다. 다양한 문화가 내재된 문학작품의 범교과적 활용으로 문화교육을 계획하여 학생들의 문화능력을 기르자는 주장처럼[1] 문학은 다문화교육에서 그 어느 때보다도 중요한 텍스트가 되고 있다. 그러다보니 문학으로 다문화교육을 어떻게 실천할 것인가, 또한 어떠한 문학 텍스트를 선정할 것인가 등이 중요한 담론으로서 활발히 연구되고 있는 상황이다.[2]

최근에 발표된 몇 편의 선행 연구들을 살펴보면 다음과 같다. 신현단 외 2인은 다문화교육의 목표를 다문화에 대한 '이해, 개방, 수용'의 태도를 기르는 것을 목표로 하여 중1 교과서에 실린 '연화, 호아렌'을 분석한 후 활용에 대한 사례를 제시하였다.[3] 그러나 주요 텍스트로 분석한 '연화, 호아렌'은 피부색의 차이로 갈등하는 다문화가정의 아이가 쓴 수필로, 제시하는 주제가 너무 교훈적이고 설명적이라는 한계를 보인다. 물론, 이러란 한계는 '연화, 호아렌'에만 나

1 한명숙, 「다문화시대의 범교과적 문화교육 탐구: 문학경험을 통한 문화능력의 함양을 중심으로」, 『새국어교육』 106, 한국어국어교육학회, 2016.

2 김성진, 「상호문화주의와 세계문학 교육」, 『문학교육학』 49, 한국문학교육학회, 2015; 임경순, 「다문화 시대 소설(문학)교육의 한 방향」, 『문학교육학』 36, 한국문학교육학회, 2011; 최영화, 「초등학교 국어 교실 현장의 다문화 교육 방향」, 『국어교육학연구』 34, 국어교육학회, 2009.

3 신현단·최영인·박성희, 「국어 교과에서의 다문화 관련 텍스트 분석과 선정, 활용의 준거 개발을 위한 사례 연구」, 『인문사회 21』 7(4), (사)아시아문화학술원, 2016.

타나는 현상은 아니다. 대부분의 다문화 관련 문학이 '연화, 호아렌' 처럼 이주민의 갈등, 소외 마지막으로 화해라는 정해져 있는 답처럼 서사가 진행되는 경향이 강하다. 그래서 신현단 외 2인이 밝힌 '이해, 개방, 수용'이라는 다문화 관련 텍스트에 대한 선정기준이 적절하며 효과적일지 의문이 든다.

다문화 관련 문학작품을 선정하는 문제에 대하여 집중한 또 다른 연구가 있다. 하근희는 다문화사회의 현실을 핍진하게 보여주는 작품, 문화적으로 공정한 시선에서 서술한 작품, 다문화로 인한 갈등 외에 다양한 갈등이 함께 드러나는 작품, 문화 간 유사성이 드러나는 작품, 독자의 수준을 고려하여 다문화 사회를 반영한 작품이라는 총 5가지의 작품 선정의 기준을 제시한 바 있다.[4] 이 연구 역시 선정기준을 마련한 데에는 의의가 있지만, 기준에 부합하는 작품이 구체적으로 무엇인지 실제적이고 다양하게 접근하지 못하는 한계를 보인다. 자칫, 추상적이고 원론적인 선정기준으로 전락할 수 있기 때문이다. 반면, 다양한 나라의 동화를 대상으로 한 정현선의 연구는 본 연구와 관련하여 주목된다.[5] 서구 중심으로 수용된 동화에서 벗어나 동아시아 중심의 전래 및 창작동화를 바탕으로 한 '올리볼리 그림동화'에 관한 연구는 설화를 다문화교육 차원에서 접근했다는 점에서 의의가 있다. 전래동화의 경우는 설화를 바탕으로 한 것이 대부분으로, 기존 초·중·고의 국어교과서에서 다문화교육적으로 접근하지 못한 설화를 텍스트화했다는 점에서 의의가 크다. 실제로 교과서에 수록된 다문화관련 문학은 창작동화 혹은 수필 그리고 현대소설에 집중되어 있는 상황으로, 다국적의 설화에 관심을 가진 정현선의 연구는 다문화교육에서 문학 장르의 다양화라는 의의를 가진다.

이외에도 다문화교육적 관점에서 국어교육에 관한 많은 연구가

4 하근희, 「초등 다문화교실에서 문학기반 다문화교육을 위한 작품 선정 기준 탐색」, 『교원교육』 30(4), 한국교원대학교 교육연구원, 2014.

5 정현선, 「다문화교육을 위한 미디어 콘텐츠 '올리볼리 그림동화'에 관한 연구」, 『문학교육학』 36, 한국문학교육학회, 2011.

축적되어왔다. 그러나 살펴본 선행 연구처럼 대부분이 교과서에 선정된 텍스트를 분석하고 선정기준을 마련하는 연구로, 다문화교육 목표에 부합하는 구체적 텍스트를 발굴하거나 다양한 문학 장르의 개발과 관련한 연구는 쉽게 확인할 수 없었다. 기존 텍스트의 문제점을 분석하는 수준에서 나아가지 못하고 있으며 더 효과적인 문학 작품이 무엇인가에 대한 답을 구체적으로 제시하지 못하고 있는 형편인 것이다. 이에 본 연구는 선행연구를 바탕으로 그 문제점을 적극적으로 수렴하여 해결책으로써 이주민의 설화를 제시하고자 한다. 이주민 설화란 현재 한국에서 살아가는 결혼이주여성, 유학생, 이주노동자와 같은 이주민이 직접 구술한 그들 모국의 설화를 의미한다. 그래서 현재까지 열외에 있었던 이주민 설화라는 새로운 문학 장르를 다문화교육을 위한 문학으로서 그 의의를 살펴본 후 다문화 교육의 새로운 교육 방안을 제시하고자 한다.[6] 이에 본 연구자는 연구팀과 함께 약 30회의 조사를 통해 25여 명의 이주민을 만나 이주민 설화를 들을 수 있었고, 지금까지 수집된 자료를 바탕으로 이주민의 설화가 다문화교육을 위한 문학텍스트로서 어떠한 교육적 가치를 가질 수 있는지 가늠하여 새로운 다문화교육의 방안을 모색하고자 하는 것이다.

2. 다문화교육 관점에서의 초·중·고 문학작품의 현황과 문제점

다문화교육에서 학습자는 주로 이주자였다. 다문화교육의 학습자는 다문화가정의 자녀 혹은 결혼이주여성이 대부분이었고, 한국

6 현재 본 연구자는 한국으로 이주해 온 결혼이주여성, 이주노동자, 유학생과 같은 이주민을 대상으로 '이주민설화'를 조사 연구하는 프로젝트를 총 14명의 연구자들과 함께 진행 중에 있다. 2016년 9월 1일부터 시작한 이주민의 설화 조사 연구는 〈다문화시대 한국학을 위한 이주민 설화 구술자료 DB 구축〉이라는 과제명으로 2019년 8월 31일까지 진행될 예정이다.

학생을 포함한 한국인들 즉 정주민이 다문화교육의 학습자가 된 지는 이제 몇 년 되지 않았다.

그러나 현재 학습자의 변화만큼 교육내용까지 변화된 상황은 아니다. 한국의 다문화교육의 현주소를 파악할 수 있는 공교육의 다문화교육용 텍스트를 살펴보면 다문화교육이 실제로 상호문화교육 차원에서 이루어지고 있지 않음을 확인할 수 있다. 초·중·고의 국어과에서 선정한 다문화 문학[7]에 대한 선행 연구를 살펴보면 정형화된 이주민과 정주민, 그리고 사건 속에서 유사한 주제의 다문화 문학이 초·중·고의 학생들에게 소개되고 있었다. 선입견과 편견으로 고통을 받는 이주민 그리고 부도덕한 혹은 시혜적인 태도의 정주민이 등장하는 다문화 문학이 재생산되고 있는 것이다. 이러한 상황은 선행 연구들이 정리한 초·중·고의 교과서에 실린 다문화문학을 살펴보아도 쉽게 확인할 수 있다. 먼저, 2009년에 개정된 고등학교 〈문학〉 교과서에 수록된 다문화 관련 문학작품이다.

〈표 1〉 고등학교 문학 교과서에 수록된 다문화 관련 문학작품[8]

장르	작품	출판사
시	하종오, 〈원어〉 하종오, 〈밴드와 막춤〉	동아출판사/천재교육 신사고
소설	김재령, 〈코끼리〉 김려령, 〈완득이〉 박범신, 〈나마스테〉	비상교과서 비상교육 미래엔
희곡	추민주, 〈빨래〉(뮤지컬 대본)	창비

고등학교 교과서에 실린 다문화 관련 문학작품은 사회적 차별로 인해 상처받는 이주민들의 이야기가 중심 서사로, 대부분의 작품에서 이주민과 정주민의 관계는 매우 정형화되어 있다. 이러한 현상은

7 다문화교육 관점에서의 문학을 통칭하여 다문화문학이라 하겠다.

8 김성진, 위의 논문, 40쪽.

초등학교에서부터 중학교까지 공통적이다. 중학교 1학년의 국어 교과서 문학을 살핀 김혜영의 논의[9]를 인용하면 문학작품의 내용이 국제결혼과 이주가 주된 사회적 맥락이고 갈등은 개인적, 사회적, 문화적 차이, 언어 문제, 놀림과 따돌림에서 연유한다고 한다. 또한 한국의 주변 사람들의 도움 혹은 같은 다문화가정의 도움이 갈등 해소의 압도적 계기가 된다고 밝히고 있다. 이처럼 도식화되고 정형화된 이주민과 정주민의 관계는 고등학교의 문학 교재뿐 아니라 중학교에서 선정한 문학에서도 그대로 확인할 수 있다.

〈표 2〉 중학교 1학년 국어 교과서 다문화관련 문학작품[10]

단원명	글의 종류	중심인물 배경	사회적 맥락	제시된 문제(갈등)	갈등 해소의 계기
자루니의 사랑편지	수기	타이	국제결혼	다문화 인물의 사회적 차이, 개인적 차이 또는 다른 이유로 어려움을 겪음.	아기 출산 후 시집 가족의 도움. 남편과 이웃의 도움으로 한국어 실력 향상.
달리는 차은	시나리오	필리핀	국제결혼	주요 갈등-육상부의 해산과 서울로의 전학. 부차적 갈등-필리핀 출신 새엄마와의 소통 문제, 친구들의 놀림.	육상을 다시 시작함. 새엄마의 따뜻한 보살핌.
내 이름은 로자찬	면담	타이	국제결혼	한국에서의 문화적 차이로 인한 어려움.	두 나라 간의 유사점 찾음.
연화, 호아렌	생활문	베트남	국제결혼	친구의 놀림, 정체성의 혼돈.	선생님과 부모님의 도움, 친구와의 화해, 사람들의 다양성에 대한 선생님의 언급, 연화의 이중언어 능력에 대해 친구들이 부러워함.

9 김혜영, 「다문화 교육 관점에서 국어 교과서 텍스트 분석」, 『학습자중심교과교육연구』 12(2), 학습자중심교과교육학회, 2012.

10 김혜영, 위의 논문, 133-134쪽.

단원명	글의 종류	중심인물 배경	사회적 맥락	제시된 문제(갈등)	갈등 해소의 계기
나는 대한이 엄마	생활문	타이완	국제결혼	나의 언어 문제, 아들 대한이에 대한 놀림.	담임 선생님의 대한이의 중국어 능력에 대한 언급.
나와 다른 아이	소설	방글라데시	이주	아이들의 따돌림.	담임선생님이 초대한 피겨스케이팅 올림픽 대표 선수의 미국에서의 어려움 언급, 선생님의 도움.

초등학교 교재에서도 중학교와 유사한 문제점을 쉽게 확인할 수 있다. 앞서 언급한 대로 초등학교에서 선정한 문학작품에도 동아시아 이주민에 대한 선입견과 편견 그리고 정주자의 태도가 중·고등학교와 크게 다르지 않다. 읽기 국어 교과서에 반영된 문학 속 이주민은 백인과 동남아시아의 이주민으로 나뉘어, 그에 따라 형상화된 이주민의 모습도 매우 이분법적이다. 백인 이주민이 환영받는 친구와 같은 존재라면 동남아시아 이주민은 동화적 입장에서 한국사회에 적응해야 하는 존재로 형상화되어 있다.

〈표 3〉 읽기 국어 교과서에 반영된 다문화 내용[11]

지향	소재	해당제재
다문화	베트남 신부	바다건너 불어온 향기(6-2)
	백인 학우	새 친구 제니(4-1)
	한국남편과 결혼한 아시안 신부	걱정 마(4-2)
	다문화 사이의 결혼	이모의 결혼식(1-2)

11 이동배, 「초등 국어 교과서에 실린 다문화 관련 텍스트 연구」, 『청람어문교육』 46, 청람어문교육학회, 2012, 86쪽.

이처럼 같은 문제가 되풀이되는 것은 무엇 때문일까. 다문화교육도 다른 교육과 마찬가지로 다양한 측면에서 접근되어야 할 텐데, 현재 공교육의 다문화교육을 위한 문학교육은 지나치게 정형화되어 있는 이주자와 정주자의 관계 속 줄거리의 문학 그리고 다양한 장르의 문학이 부재된 점이 가장 큰 문제이다. 다양성을 이해하고 서로를 존중하는 것을 목표로 한 다문화교육에서 다양성이 배제된 내용과 문학 장르라는 점은 모순이 아닐 수 없다.

그렇다면 가장 시급하게 먼저 고쳐야 할 점은 무엇일까. 문학을 통한 다문화교육을 할 때 선결되어야 할 첫 번째 문제는 제재의 선정인데, 이에 앞서 다양한 문학 장르의 필요성이다. 이주민들이 주인공인 창작동화와 현대소설 혹은 시가 주요 텍스트인 상황에서, 설화가 다문화교육을 위한 문학으로서 공교육에 적극적으로 수용되고 있지 못한 점은 큰 문제가 아닐 수 없다. 한국어교육에서 설화는 문화교육을 실천하기 위한 좋은 제재로 인정받아왔다. 오랜 세월 여러 사람의 가치관이 녹아 있는 설화는 각 민족 문화의 보편성과 특수성을 제시하기 위해 가장 좋은 문학으로 대표되고 있다. 초·중·고의 국어 및 문학 수업에서도 한국의 설화는 주요한 텍스트로 인정받으며, 많은 작품이 소개되고 있다. 또한 한국어교육에서도 한국설화는 외국인 학습자에게 한국의 보편 및 특수한 문화를 소개하기 위한 텍스트로 인정받고 있다. 다만, 다문화교육에서만 설화가 텍스트로서 적극적으로 활용되지 못하고 있다.

그런데 설화가 문학 및 문화교육에서 텍스트로 활용되는 것은 한국의 설화이기 때문이 아니다. 한국과 외국인 학습자에게 텍스트로서 가치를 발현하는 것은 '한국의 설화'여서가 아니라 '설화'이기 때문이라는 점에 주목해야 한다. 설화이기에 문학 교육적 가치뿐 아니라 문화 교육적 가치까지 효과적으로 발현되는 것인데, 본 연구자는 이러한 설화의 특성에 주목하여 이주민의 설화가 가진 다문화교육적 가치와 의미에 대하여 분석해보고자 한다. 다양성을 존중하고 서로의 같음과 다름을 함께 배워나가는 다문화교육에서 한국의 설화뿐 아니라 이주민의 설화도 충분한 교육적 가치가 재고되어야 하기 때문이다. 특히, 한국으로 이주해 온 이주민에게 직접 듣는 설화가 다문화교육적으로 가진 특별한 가치에 대해서도 함께 살펴볼 것이다.

따라서 3장에서는 한국에서 살아가는 이주민이 직접 구술한 설화를 통해 공교육뿐 아니라 한국의 다문화교육에서 전반적으로 지향해야 할 교육내용과 의의에 대하여 살펴보고자 한다.[12]

3. 이주민 설화의 다문화교육적 내용과 의의

3.1. 이주민 설화의 다문화교육적 내용

문학, 그중에서도 설화는 오랜 세월 각 민족의 보편 및 특수한 문화를 그대로 담고 있는 대표 문학이다. 특정한 주제 혹은 교훈을 설명하지 않고, 다른 문화의 특성을 흥미롭게 소개해주며 그 민족의 문화를 존중하게 하는 힘을 지닌 문학이 설화이다. 경제 및 사회적 위치로 재단하는 이주민에 대한 선입견과 편견 대신 흥미로운 경험과 지혜로 풀어쓴 설화는 학습자가 그 설화를 만든 민족에게 상호존중, 세계에 대한 이해라는 다문화교육을 경험할 수 있게 만든다. 구태의연하게 설명하거나 주장할 필요가 없이 설화는 자연스럽게 각국의 문화와 민족성을 소개하며, 나아가 서로의 문화를 존중하고 존경하게 만든다. 이것이 이주민 설화의 다문화교육적 의의라고 판단하며, 몇 편의 이주민의 설화를 제시한 후 구체적으로 다문화교육적 내용과 가치에 대하여 살펴보겠다.

12 2장에서 초·중·고의 다문화문학의 현황을 살핀 것은 공교육의 다문화교육의 문제점이 한국의 다문화교육의 문제점을 상징적으로 보여주는 좋은 사례이기 때문이다. 따라서 이 연구가 제시한 다문화교육 방안의 학습자는 초·중·고 학생들뿐 아니라 거시적 차원에서 다문화교육이 필요한 이주민과 정주민 모두이다.

3.1.1. 정주민 대상의 다문화교육적 내용

다문화교육의 대표 연구자인 뱅크스Banks의 말을 인용하면, 다문화교육은 지식만으로는 목표에 도달할 수 없으며, 핵심 목표를 '공감'과 '관심의 함양'에 두어야 한다고 한다.[13] '공감'과 '관심의 함양'은 사실 수많은 다문화교육 관련 연구에서 이미 밝힌 바 있는, 예컨대 '상호존중', '문화통합' 등의 교육목표와도 다를 바 없다.

그런데 새로울 바 없는 뱅크스Banks의 '공감'과 '관심의 함양'은 현재 한국의 다문화교육에서 다시 되새김질할 필요가 있다. 공감과 관심의 함양이란 지식 차원의 교육보다 마음으로 전하는 다양한 문화에 대한 존중과 이해를 의미한다. 자연스럽게 다양성을 경험하며 타자의 경험과 지혜에 공감하고 감동하는 이러한 과정이 뱅크스Banks가 강조한 공감과 관심의 함양이고 문학이 다문화교육에서 실천할 몫이기도 하다. 이러한 점에서 천편일률적인 서사 진행과 정형화된 인물관계로 채워진 초·중·고의 다문화문학은 진정한 공감과 관심의 함양의 측면에서 많은 문제들이 발견된다. 공감과 관심의 함양은 다양한 주제와 가치 속에서 가능할 텐데, 시혜적인 측면으로 국한되는 현재의 초·중·고의 대부분의 다문화문학은 진정한 공감과 관심의 함양을 이끌어내기에는 역부족이기 때문이다. 예컨대 피부색이 달라 고민하는 다문화가정의 아이, 그 아이를 놀리는 친구들, 그리고 그러한 상황을 타개하는 선생님의 모습은 반성과 교훈을 불러일으키기는 하나 진정한 공감과 관심의 함양을 형성하기에는 충분하지 않다.

타인의 감정과 생각을 나와 같다고 느끼며 이해하는 '공감'은 다문화교육에서는 타문화에 대한 이해와 존중을 통해 경험할 수 있다. 타문화에 대한 깊은 이해와 존중이 성립될 때 공감이라는 감정을 학습자가 경험할 수 있기 때문이다. 이에 뱅크스Banks가 강조한 공감과 관심의 함양을 실현하기 위해서는 무엇보다도 타문화에 대한 이해

13 Banks, A. J., 모경환·최충옥·김명정·임정수 역, 『다문화교육 입문』, 서울: 아카데미프레스, 2007, 72쪽.

와 존중이 교육목표여야 한다. 이러한 점에서 이주민의 설화는 뱅크스Banks가 언급한 '공감'의 측면에서 매우 탁월한 제재이다. 현지조사 과정에서 수집된 설화를 통해 '공감'이라는 다문화교육적 측면을 살펴보자.

> 게으르고 무능한 외동아들이 있었다. 외동아들을 걱정하던 아버지는 아들에게 금화 하나를 벌어오도록 시키고, 만약 벌어오지 못하면 절대 돌아오지 말라고 했다. 어머니는 아들이 걱정되어 금화 하나를 아버지 몰래 줬다. 아들은 어머니에게 받은 금화 하나를 들고 다음날 아버지에게 찾아갔다. 아버지는 금화를 건네받자마자 아들이 벌어온 금화가 아니라며 불 속에 금화를 던져 버렸다. 다음날 다시 쫓겨나는 아들에게 어머니가 금화 하나를 또 건네주면서 삼일 후에 돌아오라고 했다. 삼일 후, 아들은 금화 하나를 들고 다시 집으로 갔다. 아버지는 또 화를 내며 금화를 불 속에 던져버렸다. 다음 날, 아들은 어머니가 잠든 사이에 몰래 집을 나갔다. 그리고 아들은 한 달 후에 금화 하나를 들고 아버지께 찾아갔다. 아버지가 다시 그 금화를 불 속에 던져 넣으려고 했다. 그러자 아들이 안타까워하며 자신이 번 돈이라고 소리 지르며 아버지를 붙잡았다.
>
> 〈금화(엽전)〉[14]

이주민설화 조사에서 만난 4명의 사우디 유학생이 구술한 〈금화(엽전)〉라는 설화이다. 〈금화(엽전)〉는 사우디 학생 4명이 함께 공동으로 구술할 만큼 매우 대중적인 사우디의 설화이다. 부모의 사랑과 자식의 독립, 특히 자신이 직접 번 돈의 소중함이 무엇인가를 알려주는 〈금화(엽전)〉는 교훈적인 설화로, 사우디만의 특수한 문화보다 보편적인 인류의 가치관과 세계관을 서사화한 이야기이다. 지구의 반 바퀴를 돌아야 만나는 사우디라는 먼 나라의 설화 〈금화(엽전)〉에서 한국 학습자들은 자신들과 닮아 있는 공통점을 발견하게 되고, 나와 같다는 공감을 경험할 수 있다. 인류의 보편적 주제를 설

14 2016. 10. 28, 압둘라 르만 외 3인 구술.

파하는 설화를 통해 히잡을 쓴 다른 문화의 사우디인들이 나와 같음을 경험하게 되는 과정은 공감이라는 다문화교육의 실현이다. 결국 이러한 공감은 타문화에 대한 막연한 불신과 두려움 혹은 무시하는 왜곡된 태도를 변화하게 하는 첫걸음이 되어, 최종적으로 학습자가 타문화에 대한 이해와 존중을 배우게 한다. 설화를 통해 학습자는 타문화를 경험하게 되고, 그 속에서 나와 같은 세계관을 발견하며 타문화에 대한 이해와 존중이라는 공감의 다문화교육을 접하게 되는 것이다.

또한 한국의 설화와 매우 유사한 타국가의 설화, 즉 세계 광포설화는 공감이라는 측면에서 정주민 학습자가 타문화에 대한 이해와 존중을 경험하게 만드는 매우 좋은 텍스트이다. 나와 같다고 이해하며 느끼는 공감의 감정을 같은 서사의 이주민의 설화를 통해 정주민 학습자가 쉽게 경험하게 되는 것이다.

> 옛날에 소를 키우며 사는 우랑이라는 청년이 소의 지시에 따라 지상으로 목욕하러 온 선녀의 옷을 숨겼다. 그것이 직녀의 날개옷이었고 우랑과 직녀는 사랑에 빠졌다. 그러나 하늘의 규율을 어겼다는 이유로 두 사람은 곧 헤어지게 되었다. 직녀를 잊지 못한 우랑은 하늘로 간 직녀를 따라 갔지만 서왕모가 은하수로 둘의 사이를 막았다. 그러나 둘의 사랑에 감동한 까마귀가 매년 음력 7월 7일에 오작교를 만들어 우랑과 직녀를 상봉하게 해주었다.
>
> 〈우랑직녀〉[15]

중국에서 이주해 온 지 13년 차의 주경화 씨가 들려준 설화 〈우랑직녀〉이다. 한국의 〈선녀와 나무꾼〉과 〈견우직녀〉가 섞인 〈우랑직녀〉는 중국에서 매우 유명한 설화이다. 연구자들에게도 매우 익숙한 중국의 〈우랑직녀〉는 사실 보통의 한국인에게는 매우 낯선 이야기이다. 대부분의 한국인들은 〈선녀와 나무꾼〉과 〈견우직녀〉가 한국의 고전이라고 생각하기 때문이다. 그래서 타국가에 한국과 유사한

15 2017. 4. 5, 주경화 구술.

이야기가 존재한다는 사실은 정주민 학습자에게는 매우 흥미로운 사실이면서도 동시에 다문화교육에서 공감이라는 교육 효과를 기대할 수 있게 만든다. 〈우랑직녀〉와 같은 세계광포설화는 타문화를 나와 같게 만드는 공감의 측면을 실현시키는 것이다. 즉 세계 광포설화는 역사적으로나 사회적으로 민족의 이동은 자연스러운 현상이며 사람들의 삶이었다는 다문화사회에 대한 열린 시각을 제시해주며, 현재의 다문화사회에 대한 새로운 시각과 관념을 학습자에게 전달해 줄 것이다.

다음은 '관심의 함양'이다. 뱅크스Banks가 언급한 관심의 함양은 다문화교육적으로 접근해보면 세계 문화에 대한 흥미와 이해로 해석할 수 있다. 앞서 '공감'이 인류 문화의 '보편성'에 무게의 축이 있다면, '관심의 함양'은 문화의 '특수성'과 관련이 있다. 특히 호기심이 많은 어린 학습자일수록 관심의 함양은 다른 문화에 대한 새로움에서 탄생될 것이다. 나와 다른 문화에 대한 호기심이 흥미로 이어지면 그것은 최종적으로 관심의 함양과 맞닿아지기 때문이다. 그래서 낯선 화소로 채워진 타국의 설화는 관심의 함양을 일으킨다는 점에서, 다문화교육적으로 좋은 텍스트이다.

> 옛날에 신들의 옷을 수선하고 만드는 일을 하는 여자가 있었다. 여자는 점점 신들의 옷을 수선하고 만드는 일이 힘들고 재미가 없어지기 시작했다. 여자는 신들이 한번 만든 옷을 오랫동안 입고 있으면 좋겠다고 생각했다. 그래서 여자는 쉽게 찢어지거나 닳지 않을 짐승의 가죽으로 옷을 만들기로 결심했다. 여자는 신들에게 허락을 구하지 않고 짐승의 가죽으로 옷을 만들었다. 그 가죽 옷을 본 신들은 크게 화를 내며, 벌로 여자가 그 가죽 옷을 입고 평생을 살게 하였다. 그 가죽 옷을 입은 여자는 첫 번째 원숭이가 되었다.
>
> 〈첫 번째 원숭이〉[16]

필리핀에서 이주해 온 지 약 23년이 된 결혼이주여성 룻파네스

16 2016. 12. 21, 룻파네스 구술.

씨가 들려준 설화 〈첫 번째 원숭이〉이다. 원숭이가 어떻게 생겨났는지에 관한 유래담 형식의 〈첫 번째 원숭이〉는 '원숭이가 혹시 사람이 아닐까?' 혹은 '사람의 조상이 아닐까?'와 같은 어릴 적에 누구나 한 번쯤 상상해보았던 질문과 연관된 이야기이다. 맨 처음 원숭이가 어떻게 이 세상에 생겨났는지 그리고 인간과의 관계가 어떻게 형성된 것인지에 관한 〈첫 번째 원숭이〉는 낯설지만 매우 흥미롭게 다가오는 필리핀의 설화이다.

이처럼 〈첫 번째 원숭이〉는 한국의 정주민들에게는 매우 낯선 화소이며 서사를 가진 이야기이다. 최초의 원숭이가 신에게 벌 받은 사람이었다는 서사도 매우 낯설지만 원숭이라는 화소가 호랑이와 토끼에게 익숙한 한국 정주민에게는 매우 낯설고 흥미롭다. 필리핀의 자연문화가 원숭이가 많이 서식하는 환경이고, 그것을 그대로 반영한 이야기라는 점에서 〈첫 번째 원숭이〉는 문화의 특수성의 측면에서 필리핀에 대한 관심의 함양을 불러일으킨다.

이외의 조사 내용을 바탕으로 정리해보면, 베트남에서는 소와 까마귀, 몽골에서는 낙타와 쥐, 사우디에서는 당나귀 등이 자주 출현하는데 낯선 동물의 등장 자체는 흥미로움을 만들고 다시 관심의 함양으로까지 연결된다. 실제로 이주민 설화 조사에서 만난 이야기 속 동물들은 타국가의 자연 생태계의 특성을 조사자들에게 소개해주면서도 동시에 설화의 주인인 그 민족에게 관심과 흥미를 가지게 만들었다. 이국적인 소재가 다민족에 대한 관심의 함양을 불러일으킨 것이다. 예컨대, 외국인 학습자가 호랑이와 토끼가 많이 등장하는 한국 설화 속에서 한국의 자연 생태계 문화를 배우고 호기심을 가졌다면, 여기에서 끝나지 않고 학습자는 호랑이와 토끼가 풀어가는 이야기 속에서 한국만의 특수한 가치관과 문화를 배우게 된다. 마찬가지로 이주민의 설화 속 낯선 동물이나 환경과 같은 화소들은 한국학습자들에게 이주민 국가에 대한 호기심을 만들고, 그 가운데 이주민 국가에 대하여 지속적인 관심의 함양을 경험케 한다. 실제로 이주민의 설화 조사 현장에서 본 연구팀도 낯설고 새로운 이야기일수록 더 큰 호기심과 관심을 느꼈고, 이것은 다시 그 설화를 창조한 국가에 대한 관심의 함양으로 연결이 되었다. 즉 낯설고 다름에 대한 흥미는 다시 그 민족 문화에 대한 관심의 함양을 일으켜, 최종적으로 다문화교육의 목표인 세계 문화에 대한 이해를 실현시켜줬다.

그리고 '관심의 함양'은 설화가 가진 속성 때문에 더욱 빛을 발한다. 짧지만 강력한 화두를 하나씩 숨기고 있는 설화의 속성이 단편적인 흥미에서 끝나지 않고 지속적인 관심의 함양으로 연결하게 해준다. '사람이 편하자고 동물을 죽여서 그 껍질을 옷으로 삼는 것은 인간 문명의 자기중심적인 약탈성을 대변한다'고 한 신동흔[17]의 연구처럼 〈첫 번째 원숭이〉의 강력한 파장력은 가벼운 흥미에서 끝나지 않고, 다문화교육적 측면에서 지속적인 관심의 함양으로 귀결되게 하는 것이다. 마치, 〈첫 번째 원숭이〉가 필리핀에서 오랜 세월 구전될 수 있었던 것처럼, 정주민 학습자에게도 〈첫 번째 원숭이〉는 생명존중이라는 강력한 화두와 함께 필리핀에 대한 관심의 함양을 배가시키는 것이다.

따라서 이주민 설화가 모색하는 정주민 대상의 다문화교육적 내용은 공감과 관심의 함양의 측면에서 타문화에 대한 이해와 존중이다. 특히, 보편적 주제의 이주민 설화는 '나와 같다.'는 공감을 실현하고, 특수한 제재의 설화는 흥미를 일으키며 타문화에 대한 관심의 함양을 실천한다.

3.1.2. 이주민 대상의 다문화교육적 내용

'공감'이라는 교육목표 아래서 정주민 학습자가 타문화에 대한 '이해와 존중'을 학습했다면, 이주민 학습자에게 '공감'은 모국 혹은 부모 나라에 대한 '정체성과 자존감의 실현'을 학습시킨다. 한국 다문화사회의 현실을 고려해보면, 한국의 이주민들에게 정체성과 자존감은 한국문화로의 적응을 위해 반드시 선행되어야 할 교육목표이다. 결혼이주여성과 이주노동자, 유학생, 특히, 다문화가정 아이들

17 신동흔, 「새로운 한국어문학으로서 이주민 설화 구술의 성격과 의의: 다문화 문식성의 질적 심화와 확장을 위하여」, 『국어국문학』 180, 국어국문학회, 2017, 299쪽.

은 한국사회에서 이주자이면서 동시에 소수자의 입장에 있으므로, 무엇보다도 공감이라는 교육목표를 실현하기 위해서 나에 대한 정체성과 자존감의 실현이 필요하다. 이주민 스스로가 자신의 출신 국가에 대한 건강한 자존감이 형성되지 않은 채, 타문화를 이해하고 존중한다는 것은 불가능에 가깝기 때문이다.

> 카자흐스탄에는 '코르트'라는 우유로 발효한 전통 과자가 있다. 옛날에 러시아인에 의해서 카자흐스탄에까지 노예로 끌려온 한국인들이 있었고, 그들을 고려인이라고 부른다. 카자흐스탄인들은 감옥에 갇힌 고려인들이 불쌍해서 어린 아이들에게 '코르트'를 감옥 안에 던져주게 시켰다. 감옥을 지키던 러시아인들은 '코르트'가 돌멩이인 줄 알고, 카자흐스탄인들의 행동을 내버려뒀다. 처음에는 고려인들도 그것이 돌멩이인줄 알고 먹지 않았지만, 그것이 과자인 것을 알고 '코르트'를 먹으며 살 수 있었다. 카자흐스타인들과 고려인들은 '코르트'로 친구가 될 수 있었던 것이다.
>
> 〈'코르트'와 고려인〉[18]

카자흐스탄에서 유학 온 지 3년 차의 이주민인 아쓰바이에바 씨가 들려준 '코르트' 과자에 얽힌 이야기이다. '코르트'는 현재도 카자흐스탄에서 대중적으로 사랑을 받는 과자이다. 카자흐스탄인들이 건넨 '코르트' 덕분에 고려인들이 살 수 있었다는 위의 설화는 역사 차원에서 세계 문화를 배울 수 있게 하는 좋은 텍스트이다. '고려인'이라는 어휘를 통해 한국인의 이주의 역사를 배우고 오늘날 한국의 다문화사회를 역사적 차원에서 접근하게 만들기 때문이다.

특히, 이주민과 정주민의 관계에 대하여 유연하게 바라볼 수 있게 하는 〈'코르트'와 고려인〉은 한국으로 이주해 온 수천 명의 카자흐스탄인들에게 건강한 자존감과 정체성을 형성하게 하는 좋은 설화이다. 〈'코르트'와 고려인〉에는 다음과 같은 다문화교육적 내용이 구체적으로 있다. 첫째, 누구든지 이주민이 될 수 있고, 이주민과

18 2017. 3. 24, 아쓰바이에바 구술.

정주민의 관계가 상황에 따라 늘 변화할 수 있다. 둘째, '코르트'라는 과자가 가진 다문화적 의미, 정주민과 이주민의 소통을 상징하는 '코르트'의 중요성은 다문화교육적으로 매우 중요한 의미를 가진다. 마지막으로 정주자의 입장에서 고려인들을 도운 카자흐스탄인들의 행동은 현재를 살아가는 이주민 입장의 수많은 카자흐스탄인들에게 그들의 자존감을 북돋아주기에 충분하다.

이처럼 이주민의 설화는 이주민의 자존감을 고취시키는 문학텍스트로서 다문화교육적 의미가 충분하며 최종적으로 타문화에 대한 이해를 바탕으로 한 '공감'이라는 교육목표에 매우 효과적임을 알 수 있다.

'관심의 함양'의 측면에서 접근할 수 있는 이주민 대상의 다문화교육의 첫 번째 목표는 정체성의 회복이다.

> 옛날 옛날에 따뜻한 할아버지와 차가운 할아버지가 내기를 하였다. 차가운 할아버지가 먼저 9일 동안 이 세상을 다 얼리겠다고 했다. 그러자 따뜻한 할아버지가 얼린 것을 모두 녹여 바다로 만들겠다고 호언장담 했다. 따뜻한 할아버지가 모든 것을 다시 녹였다며 승리에 기뻐하자, 차가운 할아버지가 소의 발을 가리키며,
>
> "소의 발은 아직 얼어있네."라고 말하였다. 얼어있는 소의 발을 확인한 따뜻한 할아버지가 화가 나서, 소의 발을 찍었고, 그 후로 소의 발은 두 쪽으로 갈라지게 되었다.
>
> 〈9일 동안의 추위〉[19]

몽골에서 남편을 만나 결혼한 후 한국으로 이주해 와서 산 지 12년 차인 툭스자르칼 씨가 구술한 〈9일 동안의 추위〉라는 몽골의 설화이다.

몽골의 겨울은 매우 춥다. '소의 발이 어는 겨울이 왔다.'라는 속담이 있을 만큼 몽골의 겨울은 한국에 비해 매우 춥다. 이외에도 추위에 관한 다양한 이야기들이 있다. 이주민설화 조사에서 만난 몽골

19 2016. 12. 14, 툭스자르칼 구술.

국적의 이주노동자이신 노로브남 씨가 들려준 〈9일 동안의 추위〉에 관한 인터뷰 내용이다.

> 어린 9일. 그리고 그 다음 9일, 중간에 있는 9일은 청, 청소년, 청소년이랑 비슷해요. 이끄라고 그러면. [조사자: 청년?] 청년. 9일. 청년 9일이고, 그 다음은 늙은 9일이에요. 늙은 9일. 그러니까 이렇게 해가지고 제일 그 추울 때가 이 중간에 있는 [조사자 1: 청년 9일?] 청년 9일이에요. 그래서 그 이때 그, 그 9일, 9일마다의 특징을 이야기하거든요. 그 중에서 그 제일 어려운 그 9일은 소꼬리가 얼어 부러지는 9일이 있어요. [조사자들: 소꼬리?] 네. 소꼬리가 얼어서 부러지는 9일이 있어요. 그때가 제일 추운 때야. 추울 때야. 부러지는 9일이 있어요. 그때가 추운 때야, 추울 때야. [조사자: 그게 그냥 말이에요? 아니면 진짜 꼬리가 부러져요?] 그러니까 그 꼬리가 그렇게 부러져 가지고 이렇게 짧은 꼬리 가진 소 자주 봐. (생략)

소꼬리가 잘려나갈 만큼 춥다는 몽골의 9일 동안 청년 겨울에 관한 이야기는 앞서 툭스자르칼 씨가 구술해 준 〈9일 동안의 추위〉와 같이 몽골의 날씨에 관한 이야기이다. 흥미와 감동뿐 아니라 설화를 통해 몽골이라는 국가의 계절과 날씨를 알 수 있다.

이처럼 국가의 자연 및 사회 등의 다양한 문화를 기억하게 하는 설화는 이주민에게 잊혀가는 모국에 대한 기억, 그리고 정체성으로 연결이 된다. 어릴 적, 부모님이 들려준 혹은 책에서 읽었던 모국의 설화는 이주민에게 잊거나 부정하던 모국에 대한 관심 나아가 건강한 정체성의 확립으로까지 다문화교육적 효과를 기대해 볼 수 있다. 캄보디아에서 이주해 온 디다넬 씨와 포유미네 씨의 설화 조사과정에서 실제로 연구자가 확인한 관심의 함양이라는 측면의 다문화교육과정의 사례를 소개하면 다음과 같다.

> "포유미네 씨가 이렇게 많은 말을 하는 것을 처음 봤어요. 항상 잘 말하지 않는데…"

디다넬 씨가 활짝 웃으며 설화를 구술하는 포유미네 씨를 보며 조사팀에게 한 말이다. 적극적이고 쾌활한 디다넬 씨와 달리 포유미네 씨는 매우 어두운 표정이었다. 그런데 묻는 말 외에는 입을 꽉 다물고 있던 포유미네 씨가 어느 순간부터 디다넬 씨보다도 더욱 적극적인 모습으로 변해있었다. 그것은 설화를 구술하기 시작하면서의 변화로, 포유미네 씨는 디다넬 씨와 함께 설화를 구술하면서 매우 즐거운 표정으로 변하였던 것이다. 설화를 구술하는 과정에서 디다넬 씨와 포유미네 씨는 잊었던 캄보디아의 여러 관습과 문화를 설명하며 캄보디아인으로서의 정체성을 되찾고, 그 과정은 관심의 함양이라는 다문화교육의 한 장이었다. 이주민의 설화가 다문화교육을 위한 좋은 텍스트라는 점과 함께 이주민의 설화 구술이 가지는 다문화교육의 새로운 교육 방안을 제안하는 바이다. 즉 이주민 설화의 서사가 가지는 다문화교육적 가치뿐 아니라 이주민이 직접 모국의 설화를 구술하는 과정 속에서도 이주민 대상의 건강한 다문화교육의 방안을 모색할 수 있었다.

마지막으로 설화는 다문화가정의 2세들에게도 엄마 혹은 아빠 나라에 대하여 관심의 함양을 실천할 수 있는 매우 효과적인 텍스트이다. 설화의 흥미로운 서사는 어린 학습자에게 낯선 엄마와 아빠 나라에 대하여 호기심을 갖게 하고, 자신의 정체성과 관련한 관심의 함양으로 연결이 된다. 예컨대, 설화 〈9일 동안의 추위〉는 흥미로운 서사 속에서 자연스럽게 몽골의 날씨와 계절 나아가 자연문화에 대하여 다문화가정의 2세들에게 지식을 전하면서, 동시에 몽골이라는 나라에 대한 지속적인 관심을 가지게 할 것이다. 그리고 이러한 과정은 건강한 정체성 확립으로 연결될 것이다.

따라서 공감과 관심의 함양의 측면에서, 이주민의 설화는 이주민 자신과 그들의 2세에게 모국에 대한 정체성과 자존감을 획득하게 만들 것이다. 특히, 설화의 구술은 잊혀가던 모국에 대한 환기를 불러일으키며, 정체성과 자존감이라는 다문화교육적 내용을 실현시킬 것이다.

3.2. 이주민 설화 구술이 가지는 다문화교육적 의의

수많은 문학 중에서도 설화, 이주민의 설화가 가지는 다문화교육적 가치는 이제 범박하게 말할 필요가 없다. 그렇다면 한국어로 번역된 이주민의 설화, 예컨대 '올리볼리'와 같은 자료를 활용하는 데 나아가 이주민이 직접 구술한 설화의 다문화교육적 가치가 무엇인가에 대하여 구체적으로 제시할 필요가 있다. 즉 문헌 자료를 번역한 다국적의 설화와 한국에서 살아가는 이주민에게 직접 조사한 이주민 설화의 차이점에 대하여 비교할 필요가 있는 것이다. 이주민의 설화를 조사하는 과정에서 확인한 다문화교육적 가치는 다음과 같다.[20]

우선, 이주민에게 직접 듣는 설화는 한국 다문화사회에서 적응하며 살아가는 이주민이 직접 선택한 설화라는 점에서 다문화교육적 의의를 가진다. 수많은 모국의 설화중에서도 이주민이 집중하여 구술하는 설화에는 현재 한국에서의 삶과 직·간접적으로 연관성을 가질 수밖에 없는 서사가 존재한다. 물론, 기억하는 설화를 우선적으로 구술하거나 유명한 설화를 구술하는 경향도 있지만, 설화라는 구비문학의 특성상 자기서사가 반영된 설화를 선택하고 변형시켜 구술하는 양상을 이주민의 설화조사에서 확인할 수 있었다. 예컨대, 결혼이주여성의 경우 모성과 관련한 설화를 구술하는 특성을 보이기도 했으며, 또한 동일한 결혼이주여성일지라도 한국 거주 기간에 따라 선정한 설화의 유형이 다름을 확인할 수 있었다.

필리핀에서 이주한 지 17년이 된 결혼이주여성인 룻파네스 씨는 유창한 한국어 실력으로 현재 영어 강사를 하고 1남 1녀의 자녀를 둔 단란한 가정의 아내이자 어머니이다. 한국에서 성공적인 문화적응을 한 룻파네스 씨는 이주민에 대한 선입견을 안타까워하며 이주민의 설화 구술 조사에 적극적으로 응한 화자였다. 그녀는 한국인

20 '이주민 설화 구술의 가치'에 대해서는 조사가 더 축적된 후 후속 논문에서 통계를 내서 구체적으로 밝힐 예정이다. 다만, 본 연구에서 개괄적인 내용을 제시한다.

들이 이주민에 대하여 가난과 같은 선입견과 편견을 가진 것에 대하여 안타까워하며, 적극적으로 조사에 임하였다. 그래서 룻파네스 씨는 한국사회에 알리고 싶은 필리핀의 문화와 사회 등과 관련한 설화들을 주로 구술하는 특성을 보였다. 예컨대, 화산, 열대과일, 섬 등에 관한 설화를 통해 필리핀의 생태 및 사회문화를 한국인들에게 알리고자 하였고, 필리핀의 철학과 가치관을 자랑스러워하며 <첫 번째 원숭이>와 같은 설화를 주로 구술하였다. 추측건대, 10년 이상의 한국에서의 삶을 산 이주민의 경우, 이미 성공적인 문화적응을 한 상태로, 룻파네스 씨와 같은 이주민들은 개인의 문화적응보다 모국에 대한 위상을 한국에 알리고자 하는, 즉 존중과 자존감이라는 다문화교육 차원의 설화를 구술하는 경향이 강했다.

몽골에서 온 두 아이의 엄마인 툭스자르칼 씨는 주로 몽골의 어머니와 관련된 설화를 구술하는 특성을 보였다. 툭스자르칼 씨는 몽골에서 부유한 집의 막내딸이면서 고학력자로, 한국에서의 사회 및 경제적 위치가 몽골의 삶에 비해 낮은 편이다. 그러다보니 툭스자르칼 씨는 두 아이의 엄마로서의 정체성이 한국의 문화적응에서 매우 중요하게 작용하고 있는 이주민이었다. 이러한 연유로 툭스자르칼 씨가 주로 구술한 설화에는 몽골의 계절, 동물에 관한 우화 등도 있지만, 유독 모성과 관련한 설화를 집중적으로 구술하는 특성을 보였다. 이주민으로서 문화적응을 해야 하는 것은 동일한 상황이지만, 특히, 어머니로서 한국이라는 낯선 땅에 적응해야 하는 툭스자르칼 씨와 같은 결혼이주여성들에게 모성에 관련한 설화는 문화적응을 위한 특별한 이야기였던 것이다. 이처럼 이주민이 구술하는 모국의 설화에는 문화적응과 관련한 다문화교육적 내용도 담겨 있었다. 이주민이라고 통칭되지만, 각각의 다른 입장에서 문화적응을 해야 하고, 그 다름을 실제로 담아낼 수 있는 텍스트가 이주민이 구술하는 설화였다.

유학생의 경우는 결혼이주여성과 달리 독립, 사랑, 유머와 같은 주제의 설화를 구술하는 특성을 보였다. 예컨대, 젊은 20대의 유학생들은 주로 인류 보편의 교훈을 주는 서사, 그중에서도 '독립, 지혜'

가 주요 키워드인 경우가 대부분이었다. 사우디의 유학생들이 처음으로 구술한 설화가 젊은 청년이 부모로부터 독립하여 돈을 버는 서사의 '금바(엽전)'인 것은 결코 우연이라 할 수 없다. 홀로 고향을 떠나 독립하여 한국에서 살아가는 유학생들에게 특별할 수밖에 없는 모국의 설화였던 것이다. 설화의 구술조사를 통해 20대의 청년 유학생들에게 '독립', '지혜'와 같은 키워드가 한국의 문화적응에서 무엇보다 필요한 다문화교육의 내용임을 확인할 수 있었다.

이처럼 이주민이 직접 구술한 설화에는 문헌을 번역한 설화에는 존재하지 않는 특별함이 있다. 한국에서 살아가는 이주민이 구술한 설화는 한국의 문화적응과 긴밀한 관계가 있는 이야기들로, 문헌 자료를 번역한 텍스트와 비교할 수 없는 다문화교육적 가치를 지닌다고 할 수 있다.

다음으로 다민족의 다양한 설화를 경험할 수 있다는 점에서도, 이주민이 직접 구술하는 설화에는 다문화교육적 의의가 담겨 있다. 문헌으로 번역된 다민족의 설화는 반복적으로 답습되는 경향이 강하다. 언어적 한계 때문에, 한국에 소개된 다민족의 설화는 대부분이 반복적으로 번역되거나 활용된다. 또한 국가를 대표하는 각국의 광포설화가 반복적으로 소개되기도 하는데, 이주민이 직접 구술한 설화에는 광포설화 외에도 작은 마을의 전설, 소수민족의 문화가 담긴 설화 등이 포함되어 있다. 물론, 이주민이 구술하는 가운데 설화의 서사가 왜곡되거나 변형되기도 하지만, 오히려 왜곡과 변형의 과정 속에서 다문화교육에서 간과해서는 안 되는 중요한 내용을 찾을 수도 있다.

이처럼 이주민이 직접 구술하는 설화에는 다문화교육적 차원에서 접근할 수 있는 특별한 의미들이 있는데, 설화의 내용이 가지는 다문화교육적 의의뿐 아니라 설화를 구술하는 과정 속에서 얻을 수 있는 다문화교육적 의의도 크다. 설화를 구술하는 과정 자체가 하나의 다문화교육 방안이 될 수도 있는 것인데, 이는 추후 논의를 통해 구체적으로 밝히도록 하겠다.

4. 맺음말

설화는 다문화사회에서 새롭게 주목받는 문학이다. 외국인 학습자를 대상으로 한 한국어교육에서도 한국의 설화는 문화교육과 한국어교육을 위한 좋은 텍스트로 평가되어 활용되고 있다. 그러나 초·중·고와 같은 공교육을 비롯하여, 다양한 다문화교육 현장에서 설화는 적극적으로 수용되어 활용되지 못하고 있다. 예컨대 현재의 초·중·고에서 선정한 다문화문학은 정형화된 이주자와 정주자 그리고 서사구조를 가진 창작동화, 현대소설, 혹은 시가 대부분이다.

이러한 상황에서 이주민의 설화는 뱅크스Banks가 강조한 '공감'과 '관심의 함양'이라는 측면에서 다문화교육을 실천하기에 매우 좋은 텍스트라는 점을 확인할 수 있었다. 그래서 이주민의 설화가 다문화교육의 여러 문제점을 해결할 새로운 방안이라는 점을 제안하며 2장에서는 선행 연구를 바탕으로 현재의 초·중·고의 다문화문학의 현황과 문제점을 분석하였다. 3장에서는 문학 장르의 다양화와 '공감'과 '관심의 함양'이라는 교육목표 아래서 이주민의 설화를 소개하고 분석하였다. 현재 한국에서 살아가는 이주민을 대상으로 조사한 설화의 다문화교육적 의의를 살핀 것이다. 그 결과, 이주민 설화에는 현대의 다문화문학에는 존재하지 않는 다양한 역사성과 문화적 관점이 발견되었고, 설화 자체가 하나의 다문화문학임을 확인하였다. 그리고 한국에서 살아가는 이주민이 직접 구술한 설화의 다문화교육적 가치도 확인하였다. 문헌으로 번역된 다민족의 설화에는 존재하지 않는 문화적응과 관련한 다문화교육적 가치가 이주민이 구술한 설화 속에 존재함을 확인하였고, 동시에 이주민의 설화 구술 과정 속에서 모색될 수 있는 다문화교육의 새로운 방안도 함께 고찰하였다.

참고문헌

김성진, 「상호문화주의와 세계문학 교육」, 『문학교육학』 49, 한국문학교육회, 2015.

김혜영, 「다문화 교육 관점에서 국어 교과서 텍스트 분석」, 『학습자중심교과교육연구』 12(2), 학습자중심교과교육학회, 2012.

신동흔, 「새로운 한국어문학으로서 이주민 설화 구술의 성격과 의의: 다문화 문식성의 질적 심화와 확장을 위하여」, 『국어국문학』 180, 국어국문학회, 2017.

신현단·최영인·박성희, 「국어 교과서에서의 다문화 관련 텍스트 분석과 선정, 활용의 준거 개발을 위한 사례 연구」, 『인문사회 21』 7(4), (사)아시아문화학술원, 2016.

오정미, 『다문화사회에서의 한국의 옛이야기와 문화교육』, 한국문화사, 2017.

윤여탁, 「다문화교육에서 문학교육의 지향과 다문화 교사 교육」, 『다문화사회연구』 6(1), 2013.

이동배, 「초등 국어교과서에 실린 다문화 관련 텍스트 연구」, 『청람어문교육』 46, 청람어문교육학회, 2012.

임경순, 「다문화 시대 소설(문학)교육의 한 방향」, 『문학교육학』 36, 한국문학교육학회, 2011.

정현선, 「다문화교육을 위한 미디어 콘텐츠 '올리볼리 그림동화'에 관한 연구」, 『문학교육학』 36, 한국문학교육학회, 2011.

최영화, 「초등학교 국어 교실 현장의 다문화 교육 방향」, 『국어교육학연구』 34, 국어교육학회, 2009.

하근희, 「초등 다문화교실에서 문학기반 다문화교육을 위한 작품 선정 기준 탐색」, 『교원교육』 30(4), 한국교원대학교 교육원구원, 2014.

한명숙, 「다문화시대의 범교과적 문화교육 탐구: 문학경험을 통한 문화능력의 함양을 중심으로」, 『새국어교육』 106, 한국국어교육학회, 2016.

Banks, A. J., 모경환·최충옥·김명정·임정수 역, 『다문화교육입문』, 아카데미프레스, 2007.

● 이 글은 『구비문학연구』 제47집(한국구비문학회, 2017. 12.)에 실린 동명의 논문을 재수록한 것임.

이주민 구술설화를 활용한 상호문화능력 신장의 교육 방안 연구

김정은

1. 서론

구비설화는 전승되는 과정에서 그 서사만의 고유성을 유지하면서도, 구연자의 해석과 욕망, 청자의 반응에 따라 변이되는 역동성을 가지고 있다. 이런 구비설화의 특징은 일반적인 문화의 특성과도 연결된다. 문화 역시 고유성으로 정체성을 형성하며 유지되지만, 동시에 고정되는 것만이 아니라, 시대의 흐름과 다른 문화와의 조우로 끊임없이 새로운 문화를 창출하는 역동성을 가진다. 한국사회에서 다양한 문화가 공존하는 양상이 가속화되면서,[1] 동질성을 기반으로 정체성을 형성해 나가는 문화현상의 연구보다, 다양하고 낯선 문화와 잘 접속하고 소통하는 능력 즉, '상호 문화적 능력intercultural competence'[2]이 활발히 제기되고 있다. 다양한 문화가 공존하는 현대

1 2017년 법무부 출입국의 통계에 따르면 국내에 체류하는 외국인은 204만 9,441명이다. 법무부 출입국 외국인 정책 본부, 『2016년 출입국 외국인정책 통계연보』, 2017. 6, http://www.immigration.go.kr. (검색일 2018. 4. 11.)

10년 전인 2006년(91만 명, 전체 인구의 1.9%)보다 2배 이상 증가한 규모로 전체 인구의 4%로 증가했다. 특히 베트남이 미국을 제치고 중국에 이어 두 번째로 체류 외국인이 많은 국가가 되었다. 파이낸셜뉴스, 2017. 6. 21, http://www.fnnews.com/news/201706211304361563

2 "복합적인 채널을 통해 수많은 지식과 가치들을 공유하고, 상호성을 이해하고 존중하며 소통할 수 있는 능력"이 국어과 교육의 핵심역량으로 논의되며 수업모형이 제시 되었다. 고희성, 「상호문화적 소통 능력을 위한 융복합교수-학습 방안 연구: 국어와 도덕 교과의 '배려'를 중심으로」, 『국어교육학연구』 51, 국어교육학회, 2016. 상호문화적 능력에 대해 "다른 나라, 다른 문화의 사람들과 효과적으로 소통할 수 있는 능력"으로 문학을 통해 타인의 체험에 실제적으로 참여하는 공감하고 반응하는 양상에 주목한 논의가 있었다. 김혜진, 「한국어 학습자의 문화 능력 향상을 위한 설화 교육 연구」, 서울대학교 석사학위논문, 2009, 18쪽. 다문화사회에서 요구되는 상호문화능력을 획득하기 위해서는 문학을 넘어 민족 간 상호문화 이해의 근간이 되는 민속 교육에 대한 설계가 논의되기도 했다. 이성희, 「다문화사회에서 상호문화능력 신장을 위한 한국 민속 교육의 설계」, 『한국민족문학』 43, 부산대학교 한국민족문화연구소, 2012. 많은 논의가 있지만, 앞의 세 논문 이외에 더 주목한 논의는 다음과 같다. 김성진, 「상호문화주의와 세계문학 교육」, 『문학교육학』 49, 한국문학교육학회, 2015; 김혜

인에게 낯설고 이질적인 것을 어떻게 인정하며 소통해 갈 수 있을지가 우리의 삶의 과제가 된 것이다. 이런 관점에서 구비문학은 자신의 고유성을 잃지 않으면서도 '소통', '상호성', '교감', '공감'의 성격으로 새로운 변화를 생성하기에 이미 다문화 연구에서 많은 주목을 받아왔다.[3] 문화의 소통 측면에서 문학을 중심으로 하는 연구가 많은 것을 문학작품의 감상 이유를 '자기서사의 변화'에 주목하는[4] 문학치료의 기본 관점으로 생각해 볼 수 있다. 문학작품은 '경험하지 않은 사건'에 감정을 이입하고 상상하게 해서, '타자의 서사'를 나의 서사로 현재화하게 하는 특징이 있어 이질적인 요소에 공감하게 하는 호소력이 있다. 우리가 상호 문화적 능력을 신장하고자 하는 이유는 낯설고 이질적인 문화를 통해 어떻게 우리 자신에 대해 진정으로 이해하고 변화할 수 있을까 하는 문제로 생각해 볼 수 있다. 상호문화를 논한 짐멜G. Simmel이 문화란 "자신에게 출발해서 자신에게 이르는 길"[5]이라고 말했던 것처럼, 다양한 문화적 배경을 접속하고 소통할 기회를 늘리는 과정에서 서로 상이한 문화로 혼란과 갈등도 있겠지만, 낯설고 이질적인 이주민 문화로는 자기 자신의 문화나 삶을 더 명확히 성찰할 동력이 될 수 있다.

진·김종철, 「상호 문화적 능력 향상을 위한 한국의 '흥' 이해 교육」, 『한국언어문화학』 12, 국제한국언어문화학회, 2015; 임경순, 「다문화 시대 소설 교육의 한 방향」, 『문학교육학』 36, 한국문학교육학회, 2011.)

3 오정미, 『다문화사회에서의 한국의 옛이야기와 문화교육』, 한국문화사, 2015; 이성희, 「다문화역량 신장을 위한 동아시아 이야기 콘텐츠의 주제론적 접근: <콩쥐팥쥐>와 <섭한이야기>를 중심으로」, 『다문화와평화』 11, 성결대학교 다문화평화연구소, 2017; 하은하, 「한국어교육을 위한 동아시아 설화 비교 연구: 한국, 베트남, 태국의 <나무꾼과 선녀>를 중심으로」, 『인문논총』 31, 서울대학교인문과학연구소, 2017.

이주민 구술설화 대상의 선행연구는 다음과 같다. 신동흔, 「새로운 한국어문학으로서 이주민 설화 구술의 성격과 의의」, 『국어국문학』 180, 국어국문학회, 2017; 오정미, 「이주민 설화 조사를 통해 본 새로운 다문화교육 방안」, 『구비문학연구』 47, 한국구비문학회, 2017.

4 정운채, 「자기서사의 변화 과정과 공감 및 감동의 원리로서의 서사의 공명」, 『문학치료연구』 25, 한국문학치료학회, 2012, 372쪽.

5 최성환, 「다문화주의의 개념과 전망」, 『철학탐구』 24, 중앙대학교 중앙철학연구소, 2008, 301쪽.

본 연구자는 이주민들을 대상으로 각인되었거나 전승하고 싶은 모국의 구비설화를 한국어로 구술하게 하고 그것을 자료로 구축하는 한국학중앙연구원의 토대연구 지원사업을 진행 중이다.[6] 서울, 경기, 경상도에 있는 다문화도서관, 각 지역의 다문화센터, 다문화복지센터, 이주민 인권 단체 등을 알아가며 소개로 이주민을 만나고 있고, 한국어로 이주민이 어릴 때부터 들었던 설화를 자료로 만들고 있다. 이주민이 한국어로 구술하는 그들의 구비설화는 21세기 다양한 문화의 시대에 상호문화를 소통할 기회를 늘릴 수 있는 것만이 아니라, 문학적으로 이주민의 전통사유를 접하게 해준다. 더 나아가 이를 통해 한국인과 이주민 문화의 경계를 넘어 많은 사람들이 이질적이고 낯선 문화와 조우하게 하면서, 다문화 교육의 떠오르는 화두인 '상호문화능력'을 질적으로 신장해 가며, 인류가 살아가면서 겪는 '삶의 문제'에서 '삶의 가치'를 통찰하게 하는 통로로 활용될 수 있다. 이주민 설화의 구술은 쉽게 이해할 수 없는 이주민 각 문화의 세계관과 정체성을 설화의 낯설고 인상 깊은 화소와 상징적 배열로 고유하게 전승하는 기능과 동시에, 청자에게는 보편적 인간이 겪는 삶의 문제와 연결되어 상징적 의미를 다의적으로 생성하게 하는 역동성을 가지기 때문이다.

본 연구자가 한국에 거주하는 이주민을 만나 모국의 설화를 직접 듣고 채록하는 과정에서 느낀 구술문화의 성격은 '기억의 각인'과 '마음의 감응'이었다. 사건의 상황이나 인물의 행위가 한국의 구비설화나 외국의 설화지만 기억에 각인된 설화들과 얼핏 비슷한 요소를 비교하다 보면, 오히려 우리와 거리가 있는 비현실적이고 낯선 상상의 세계라서 이질적이라고 생각했던 부분들의 이미지와 상징이 더 반복되어 떠오르게 되는 경향이 있었다. 그러다 그 낯선 문화의

6 본 연구자가 참여하는 이주민 설화 현지 조사 작업은 한국학진흥사업단 한국학 분야 토대연구지원 사업으로, 과제명은 〈다문화시대 한국학을 위한 이주민 설화 구술자료 DB 구축〉이다. 2016년 9월에서 2019년 8월까지 총 14명의 연구자들과 진행 중이다. 한국으로 이주해 온 결혼이주여성, 이주노동자, 유학생을 대상으로 하여, 본 연구자는 작년 9월부터 27명의 화자를 서울, 경기도, 경상도 지역을 돌아다니며 만나왔다.

상징들이 인간으로서 살아가며 겪는 반복적이고 근원적인 삶의 문제와 맞닿게 되는 것을 통찰하게 될 때, 그들의 삶의 방식에 감응하게 되는 경험을 반복했다.

이는 구비설화가 해결할 수 없을 것 같은 삶의 원형적 문제를 짧은 이야기의 형식으로 기억에 각인시켜 이해하고 극복하도록 하는 구축물이기 때문일 것이다. 구비설화는 '상징적 표상'으로 표층적으로는 낯설고 특이하고 인상적이며 다소 불편한 화소로 자신과 다른 삶의 요소가 있는 타자에 대해 관심을 가지게 하면서도, 심층적으로는 이질적인 화소의 상징적인 '또 다른 의미의 작동'을 파악하게 하며, 반복되는 인간관계의 문제에 대해 자신의 삶과 연결하여 마음을 감응하게 하는 특징이 있다. 이주민의 문화적 사유가 응축된 설화를 구술하고 듣는 과정은 각 나라의 낯설고 이질적인 화소로 구축된 삶의 문제를 풀어내는 방식을 기억에 각인하게 하면서, '이질성과의 마주침'을 통한 '삶의 실현'에 더 주목하게 하는 역할을 할 수 있다. 이를 다문화 교육의 방안으로 제시하고자, 이주민 구술설화와 연관된 상호문화능력 신장 교육의 구성요소를 살펴보고, 설화가 전승하는 보편적이지만 심오한 삶의 문제를 서사적 화두로 쟁점화하여, 이를 활용해 낯설고 이질적인 문화에 어떻게 문화적으로 감응하며 상호문화능력을 신장할 교육 내용을 생성해 낼 수 있을지 살펴보고자 한다.

2. 이주민 구술설화와 연관된 상호문화능력 신장 교육의 구성요소

'상호문화'는 독일의 사회학자 짐멜G. Simmel의 철학적 접근으로 시작되어, 앞서 연구사에서 살펴본 것처럼 현재에도 많은 한국어교육에 영향을 미치고 있는 상황이다. 본 논의에서는 이탈리아 교육자인 마달레나 드 카를로De Carlo, Maddalena의 관점에 주목하게 되었다.

카를로의 이론은 이질성, 다양성, 정체성과 같은 현대 다문화 사회의 특징을 토대로 '상호문화교육'을 제시하면서도, 그중에서 정체성을 유지하며 문화를 교류하는 '구술성'을 중시하고 있기 때문에, 이주민이 구술하는 설화의 상호문화적 특성을 잘 살펴볼 수 있게 한다. 카를로는 미국의 심리학자 브루너J. Bruner의 구술적 원칙을 받아들여, "개인으로 하여금 자기가 그 안에서 자기자리를 찾을 수 있는 세계를 상상하도록 도와준다는 것"[7]을 강조한다. 구술성을 통해 '상징적 표상'과 '가치'를 드러내고 그것을 서로 얽히게 하는 교환과정으로, 다양한 문화 사람들을 '화자의 지위를 가진 사람으로 인정'[8]하는 과정을 중시하는 카를로의 이론은, 이주민을 설화를 전승하는 지위를 가진 사람으로 인정하는 과정을 중시하는 본 논의와 연결될 수 있다.

연구자가 실제로 이주민 설화를 구술할 사람을 찾고, 그들이 구술하는 설화를 듣는 과정에서 이주민들은 문화적 주체가 되는 것을 볼 수 있었다. 처음에는 쑥스러워하다가 적극적으로 이야기를 전승하는 주체가 되어, 자신에게 각인된 설화가 무엇이 있는지 기억을 더듬어 보기도 하고, 연구자들을 만나기 전에 모국에 있는 할머니, 어머니 등에게 전화를 걸어 설화의 내용을 확인하기도 했으며, 그것도 여의치 않은 화자들은 모국의 책을 구해서 읽은 내용을 기억해 내며 한국어로 구술하는 적극적 태도를 보이기도 했다. 이와 같이 구술설화를 통해 문화를 공유하고자 하는 이주민의 태도가 가능한 것은, 인류 보편적 가치를 가진 설화로 이주민에게 부여하는 가치인 '인정', 한국에 없는 독특한 설화를 전승할 수 있는 주체로 호명되어 이주민의 개별성을 확인해주는 가능성인 '유일성', 집단 차원에서 일부 가치를 공유하고 있는 집단의 일원임을 인정받을 필요성인 '유사성'[9]에 의해 '정체성'을 드러내고 있기 때문이라 판단할 수 있다.

7 마달레나 드 카를로, 장한업 역, 『상호문화 이해하기: 개념과 활용』, 한울, 2011, 115쪽.

8 위의 책, 54쪽.

9 카를로는 "타인과의 관계라는 차원은 (타인이 우리에게 부여하는 가치인) 인정, (우리

카를로는 “모국의 문화를 이해함으로써 모든 문화에 속하는 기제를 이해할 수 있다.”라고 주장했는데, 이는 “자기 확신의 상대적 감각을 개발한다는 차원의 교육”으로, 상대성 감각은 다른 문화에 속하는 개념과 상황이 낯설어도 그것을 받아들일 수 있게 해준다는 것이다.[10] 이를 위해 마찬가지로 이주민이 모국의 설화를 구술하는 과정에서 모국의 문화를 더 긍정하게 하며 이해할 수 있는 기제로 활용할 수 있고, 그것을 바탕으로 모국의 구비설화가 가지는 ‘상징적 표상’과 ‘가치’를 전승하며 상대적 감각을 신장하는 교육을 구성해 볼 수 있다.

구비설화는 화자도 자신의 방식으로 이해하여 전승하고, 청자도 듣기만 하는 것이 아니라 자신의 방식으로 해석하게 된다. 구비설화의 ‘상징적 표상’은 다른 나라의 낯설고 이질적인 화소일 때 표면적으로 쉽게 알아차리기 어려울 때도 있지만, 오히려 그렇기 때문에 자꾸 생각하게 하면서, 잠재적이고 숨겨진 의미와 가치를 찾아내어 그 이면을 사유하게 하는 특징이 있다. 이주민이 구술하는 설화의 ‘상징적 표상’을 통해 ‘가치’를 통찰하게 한다면, 문화에 대한 상대적인 감각을 키우며 소통하게 되는 과정에서 자연스럽게 상호문화능력을 신장할 수 있을 것으로 기대된다.

그렇다면, 이주민 구술설화를 활용했을 때 이러한 이론을 바탕으로 어떤 교육요소가 중심이 되어야 할지 살펴보고자 한다. 문화에 대한 상대적 감각을 신장하게 하는 데 주목할 수 있는 이주민 구술설화의 특징 중에 하나는 한국설화에서 볼 수 없는 이질적이고 낯선 ‘화소’이다. 상대적 감각을 키우기 위해서는 낯선 화소의 ‘상징적 표상’에 대해 생각하며, 화소로 인한 사건 등에서 생성되는 대립자질을 파악하고 그 대립을 해결함으로써 생기고 있는 삶의 가치가 무엇

의 개별성을 확인해주는 가능성인) 유일성, (일부 가치를 공유하고 있는 집단의 일원임을 인정받을 필요성인) 유상성에 의해서 드러난다.”라고 했다. 위의 책, 114쪽.

10 위의 책, 55쪽.

인가를 파악할 수 있어야 한다.[11] 이주민들의 구비설화는 표면과 이면의 차이를 서사적으로 상징화하여 다양한 가치를 생성하는 특징이 있어, '삶의 가치'를 하나가 아니라 다양하게 사유하며 상대적 감각을 신장하게 하는 기제가 될 수 있다. 특히 낯선 문화의 이질성에 대해 숨겨진 가치와 의미를 찾아내는 과정에서, 자신이 가진 가치의 상대성을 인식하며 문화에 대해 열린 사고와 사유를 하게 된다.

이주민 구술설화로 상대적 감각을 키워낼 때, 설화를 통해 표현된 '상징적 표상'이 삶의 문제를 여러 각도에서 사유하는 것만이 아니라 인류의 삶 속에서 문화적 보편성으로 자기 자신과도 연관된 가치의 문제임을 파악해 가는 과정 역시 필요하다. '상호문화적'으로 이주민만이 아니라 다양한 문화 속에서 살아가는 정주민 역시 이런 상대적 감각을 키워냄으로써, 자신이 생각하는 가치나 문화, 사유를 더욱 풍성하게 할 수 있다. 이를 위해 본 논의에서는 상호문화능력을 신장하기 위한 교육적 요소로 '상징적 표상'이 생성하는 가치가 무엇인가를 밝혀내는 문화교육방법을 제시하고, '이질성 : 동질성'의 상징적 대립에 주목할 때, 어떤 삶의 문제가 드러나는지 '서사적 화두'[12]로 명명해 보고자 한다.

11 대립자질의 개념은 이미 레비스트로스 등의 구조주의 신화학에서 제기되었던 것으로 대립되는 자질로 대립구조를 형성한다는 것이다. C. I. 레비스트로스, 안정남 역, 『야생의 사고』, 1999, 한길사.

설화가 화소를 통해서 어떻게 삶의 문제를 핵심적으로 통찰하는 이야기를 생성하는가를 살펴봤을 때 발견될 수 있는 것 중에 하나가 '대립자질'이다. '대립자질'은 레비스트로스의 대립구조, 막스뤼티의 양극성, 융 심리학의 대극성, 나가자와 신이치의 대칭성 등으로 다르게 표현되지만, 근원적이라고 생각하는 것들이 서로 대립짝을 이루면서 의미화 되어 있다는 것이 설화의 기본적인 발상이라 할 수 있다. 쉽게 어울리지 않는 대립적인 화소들이 어울려 있으면서 의미를 생성하는 방식이라는 것이다. 이를 통해 이질적인 삶과 죽음의 사이, 동물과 인간의 사이에서조차도 동질성과 대칭성을 찾아내며, 인간의 인지로 모두 정의하거나 이해할 수 없을 것 같은 삶의 모순적 지점을 상징적으로 구조화하며 풀어낼 수 있게 된다. 김정은, 「설화의 서사문법을 활용한 자기발견과 치유의 이야기 창작 방법 연구」, 건국대학교 박사학위논문, 2016, 3쪽.

12 설화는 매우 다양한 화소가 서로 연결되어 구조를 만드는데, 여기서 서사적 화두란 불교에서 수행자가 궁구하는 근본문제서 확장해, 설화의 대립자질로 형성되는 삶의 근원적

'서사적 화두'란 재현되는 설화를 통해 각인되는 삶의 문제를 말한다. 서사적 이야기의 화소, 대립항, 순차구조가 배열되어 결합되었다고 해서 모두 구비설화로 전승되는 것은 아니다.[13] 낯설고 비현실적인 화소로 기억에 각인되어 전승될 수 있는 이야기에는 대립적인 양항의 상징성을 다의적으로 해석하게 하는 삶의 근원적인 물음이 있다. 구술된 설화의 서사적 화두는 가슴을 '탁'치고, 혀를 내두르며 기존의 가지고 있는 가치를 의심하게 하는 특징이 있다.

한국어로 구술된 이주민 설화에서 상대적 감각을 키우기 위해 서사적 화두를 추출해 내는 까닭은, 이주민과 정주민의 경계를 넘어 이질적이고 신이한 화소가 이끄는 서사의 방향으로 개인적 경험과 삶을 통찰하게 하는 과정에서, 공감보다 더 역동적인 '문화적 감응'을 형성하게 하는데 도움이 될 것으로 기대되기 때문이다. 이질적인 타자의 문화 정체성과 우리 고유의 문화적 사유가 상호 소통적이고 융합적으로 '움직일 수 있는 마음'을 경험하고 확장하게 하는 특성을 '문화적 감응'이라 할 때, 이주민 구술설화에서 한국 설화에서 접하지 못했던 낯설고 이질적인 화소 중에 우리나라 설화나 이미 알고

문제를 말한다. 김정은, 위의 논문, 22쪽. 이를 확장해서, 설화는 핵심화소로서의 대립자질로 두 개 이상의 대상을 두고 관계를 형성하며 서사적 화두를 생성하는데, 설화의 서사원리를 통해 어떤 삶의 문제를 각인하게 하는가를 서사적 화두로 논의했었다. 김정은, 「〈꽁치 닷 발 주둥이 닷 발〉 설화에 나타난 탐색과 문답의 서사원리 연구」, 『한국고전연구』 38, 한국고전연구학회, 2017, 142쪽. 신동흔은 형태적 구심은 순차적 구조라면, 의미적 구심을 '서사적 화두'로 상정할 수 있다고 하고, '서사적 의미의 축을 이루는 쟁점적 문젯거리'로 정의하고, 〈신바닥이〉를 예시로 설화 분석에서 서사적 화두를 중심으로 의미를 분석하는 방법을 제시한 바 있다. 신동흔, 「서사적 화두를 축으로 한 화소-구조 통합형 설화 분석방법 연구」, 『구비문학연구』 46, 한국구비문학회, 2017, 25쪽.

13 설화는 화소, 대립항, 순차구조인 서사문법의 요소가 있다고 해서 전승되는 것이 아니라 마음에 서사적으로 각인되는 것이 있어야 한다는 뜻이다. 예를 들어, 바리데기가 살을 살리는 살살이꽃, 피를 돌게 하는 피살이꽃, 숨을 쉬게 하는 숨살이꽃으로 오구대왕을 문지른다고 해서만 살아나는 것이 아니라, 서천서역국의 생명수를 먹어야만 깨어나는 것과 비교될 수 있다. 영화 〈프랑켄슈타인〉에서 뛰어난 두뇌, 심장, 건강한 몸 등이 조합되는 것만으로 생명이 생기는 것이 아니라 마지막 전기충격을 받을 때 눈을 뜰 수 있는 것도 마찬가지다. 이때 서천서역국의 생명수, 전기충격처럼 이야기를 일으켜 전승하게 움직이는 힘을 서사적 화두와 비유할 수 있다.

있는 설화의 화소와 비슷한 것은 없는지, 비슷한데 차이가 나는 것은 무엇인지 비교하는 과정을 통해, 삶의 새로운 가치를 획득해 갈 수 있게 된다. 이때 상대적 감각을 신장할 문화적 감응을 위해 먼저 이질적인 핵심화소를 찾고 그 화소로 상징된 대립자질의 의미를 파악하여, 다음으로 서사적 화두를 추출하고, 그 서사적 화두로 설화의 상징적 표상이 내포하는 가치를 생성하고, 그것을 문화적 상징으로 확장해서 해석하는 과정을 가진다. 이를 바탕으로 이주민 구술설화를 통해 상호문화능력을 신장할 교육요소를 구체적으로 실현해 가도록, 다음과 같은 6단계로 세분화하여 제시할 수 있다.

1단계 : 이주민 설화를 구술하기 혹은 듣기

↓

2단계 : 기억에 각인되는 이질적인 화소 찾기

↓

3단계 : 이질적 화소로 상징된 대립자질의 의미 파악하기

↓

4단계 : 핵심화소가 들어간 서사적 화두 생성하기

↓

5단계 : 서사적 화두로 상징적 표상이 내포하는 가치 생성하기

↓

6단계 : 삶의 가치를 문화적 상징으로 확장하기

1단계에서 본 연구자의 프로젝트팀들이 조사한 이주민 구술설화 자료를 교수가 들려줄 수 있고, 유학생 등의 이주민이 있는 교육현장이라면, 그들에게 설화를 구술하게 할 수도 있다. 이후 이주민 구술설화가 데이터베이스로 구축된다면 더욱 많은 활용이 가능해질 것으로 예상된다. 2단계에서는 한국인이 상호문화능력을 신장하고자 할 때, 한국의 구비설화의 동질적인 것과 이질적인 것을 비교하는 과정을 통해 기억에 각인되는 화소가 무엇인지 찾아내는 것이 필요하다. 다른 나라의 이주민 역시 모국의 설화와 비교하며 동질적이

고 이질적인 요소를 찾아가는 과정은 진정한 상호문화적인 태도이다. 3단계에서 대립자질을 찾을 때는 설화의 화소가 '상징적 표상'임을 인지하게 하고, 다양하게 해석될 여지를 열어주는 것이 중요하다. 4단계에서는 '서사적 화두'는 가치가 대립될 수 있는 질문의 형식으로 제시되어야 한다. 5단계에서는 그 서사적 화두에 대한 답을 스스로 찾아가는 과정이다. 6단계는 설화의 상징적 체계를 문화적으로 확장해 가는 과정이다. 설화의 상징적 표상으로 상대적 감각을 키워가며 상호문화능력을 신장하는 기제로까지 활용해 보기 위한 단계이다. 이에 관한 내용을 조사했던 이주민 구술설화로 다음 장에서 구체화해 보도록 하겠다.

3. 이주민 구술설화를 활용한 상호문화능력 신장의 교육적 내용

3장에서는 이주민 구술설화로 어떻게 상호문화능력을 신장할 수 있을지의 교육적 내용을 풀어내고자 한다. 다음의 수업은 상호문화에서 동질적 결합에 대한 욕망의 한계를 인지하고, 이질성으로 인한 소통의 장벽을 허무는 것과 표면과 이면의 사유를 통해 이질적인 것과 어떻게 관계를 생성할 수 있을지를 생각해보는 내용으로 구성했다. 인도네시아 설화인 〈뒤집어진 배산과 엄마산〉은 한국설화는 아니지만 전 세계적으로 많이 각인되어 있는 〈오이디푸스〉 신화와 비교하면서 '뒤집어진 배산'이라는 이질적인 화소가 지니는 상징적 표상이 무엇인가를 풀어냈다. 이때 6단계 상징체계를 문화적으로 확장해 갈 때, '뒤집어진 배'에 나타나는 근친상간의 욕망을 문화적으로 동질적인 것과의 결합을 추구하다 생긴 고착으로 해석해 보았다. 캄보디아 설화인 〈소녀와 호랑이〉는 한국의 〈혹부리 영감〉과 같은 모방담의 구조를 가진 이야기로, '호랑이'라는 화소를 보통 인간과 다른 이질적 존재의 상징으로 보고, 이와 어떻게 관계를 맺을지를 문화적으로 확장해서 상호문화능력을 신장할 서사적 화두를 생성하였다. 베트남 설화인 〈해골물과 코코넛 아이〉는 한국의 〈구렁덩덩신선비〉 등의 화두인 '표면 : 이면'에 대한 다양한 사유를 이끌어내는 설화로 다가서기 힘든 이질적인 타인과 어떻게 관계를 형성해야 하며, 그렇게 형성된 관계가 삶에 어떤 성장을 가지고 오게 하는가를 살펴보게 하는 방향의 해석을 했다.

3.1. 동질적 결합의 욕망으로 인한 고착 : 〈뒤집어진 배산과 엄마산〉과 〈오이디푸스〉 신화

이주민 설화 조사 중에는 이주민이 보고 자랐던 지역의 전설을 인상 깊게 전승하는 경우가 많다. 돌이 되고, 산이 되고, 강이 되고, 나무가 되고, 동물이 되는 전설에는 삶의 문제가 풀리지 못해 그대로 멈춰 있는 모습이 형상화되는 경우가 많다. 그런 설화들의 서사적 화두는 어떤 의미가 있는 것일까? 왜 그들의 삶은 그 자리에 멈췄는가의 서사적 화두를 던지며 계속 그들을 생각하고 통찰하게 하는 이야기 방식이 전설이다. 그러다 보니 그 문화의 특성이 더욱 많이 담겨있고 인간의 근원적인 욕망을 사유하게 할 때가 많다. 이주민들에게 전설을 듣는 것은, 사연 있는 그곳에 호기심이 생겨 한번 가보고 싶다는 생각이 들게 하기도 하고, 그 멀리 있는 산과 호수가 가까워지는 느낌을 받게 되는 흥미로운 문화체험의 장이 되기도 한다.

다음의 인도네시아 전설은 화자가 반둥 도시가 있는 서부 자바에서 자라면서 자신의 엄마에게 자주 들었던 이야기 〈뒤집어진 배산과 엄마 산(공주산): '구능 땅구반 쁘라후Gunung Tangkuban Perahu[14]'와 '구능 뿌뜨리Gunung Putri'〉이다. 이 설화는 2017년 10월 21일에 '안산 다문화 작은도서관'의 소개로 안산의 〈세계문화체험관〉에서 채록한

14 서부자바의 반둥에서 북면으로 30km 떨어진 곳에 위치한 활화산으로 고도 2,084m이다. 순다어로 땅꾸반은 '뒤집다', 쁘라후는 '배'라는 뜻이다. 멀리서 보면 뒤집힌 배 모양으로 생겼다. 임진숙, 『천 가지 이야기가 있는 나라 인도네시아』, 즐거운 상상, 2007, 63쪽.

이야기다.[15] 이야기를 들려준 인도네시아 출신의 수산티 화자는 조사 당시 42살로, 31살에 결혼을 해서 한국에 이주한 지 11년차로, 현재는 인도네시아 이주민을 대상으로 상담활동을 하고 다문화강사로 활동 중이다. 9살의 딸과 7살의 아들이 있다. 세 편[16]의 인도네시아 설화와 2편의 인도네시아 민속을 들려주었다. 그중 〈뒤집어진 배산과 엄마 산〉은 우리에게 익숙한 그리스로마 신화인 〈오이디푸스〉에도 있는 근친상간의 문제를 더 원형적으로 풀어내고 있다. 1단계로 다음의 서사단락을 바탕으로 교사가 구술해 볼 수 있다.

① 어느 나라에 왕에게 다이앙숭비라는 도도한 딸이 있었는데, 모든 왕자들과 결혼을 하려고 하지 않았다.
② 화가 난 왕이 공주를 숲에 내보내자, 숲에서 공주는 옷을 만들다 실수를 해서 나에게 도움을 주는 사람이 여자면 나의 동생으로 삼고, 남자면 결혼을 하겠다고 했다.
③ 그때 뚜망이라는 개가 옷을 들고 나타나자 공주는 개와 결혼을 하고 아들을 낳았다.
④ 아들은 아버지가 뚜망인 줄 모르고 자라고, 생일날 사슴을 잡고 싶어서 뚜망을 데리고 갔는데 사슴이 잡히지 않자 뚜망을 죽인다.

15 안산 다문화 작은도서관은 결혼이주여성, 이주노동자, 다문화자녀들을 대상으로 여러 독서모임과 강좌를 하고 있다. 그중 옛이야기와 동화책을 좋아해서 다문화 강사로 활동 중인 이주여성들의 '옛이야기 모임'이 있었는데, 그곳의 아홉 분이 이주민설화 조사에 참여를 해주셨다. 3분씩 나눠서 세 번의 이야기판을 진행했다. 인도네시아 출신 수산티, 우즈베키스탄 출신 사히스타, 태국 출신 사이암랏 화자가 서로의 이야기를 경청하며 이야기를 풀어냈고, 한 명이 신데렐라 유형의 이야기를 하자, 다른 화자들도 우리나라에도 있다며 그 유형의 이야기를 해주었다. 2시간 동안 아주 유쾌한 분위기에서 세 분이 번갈아 가며 이야기를 하고, 들을 때는 적극적인 청자가 되어 다른 나라에도 재밌는 이야기가 많다며 즐거워해서 주셨다. 화자를 섭외해주시고, 장소를 제공해주신 다문화 작은도서관 정은주 부관장님께 감사의 마음을 전한다.

16 이날 수산티 화자가 구술한 설화는 〈배 뒤집어진 산과 엄마산의 유래〉, 〈의붓자매 바왕 메라와 바왕 뿌띠〉, 〈시티누르바야의 이룰 수 없는 사랑〉(중국의 양산백 설화와 비슷), 민속으로 〈바다에서 초록색을 입으면 안 된다〉, 〈밤에 빗자루를 쓸면 바보가 되고, 아침에 쓸면 돈을 못 번다〉의 의미를 구술하였다. (조사자: 김정은, 황승업, 강새미)

⑤ 아들은 엄마에게 고기를 가져다주어 함께 먹었는데, 엄마가 뚜망이 어디갔냐고 물었더니, 그 고기라고 대답했다.
⑥ 화가 난 엄마는 아들을 때려 머리에 상처를 냈고, 아들은 떠난다.
⑦ 많은 세월이 흘러 아들이 고향으로 돌아오는 길에서 예쁜 여자를 만나 사랑에 빠지게 되어 결혼을 하기로 했다.
⑧ 예쁜 여자는 머리에 상처를 보고 자신의 아들임을 알고 엄마라고 말했지만, 아들은 무조건 결혼을 해야 한다고 했다.
⑨ 그러자 엄마는 타따룸이라는 강을 하루 동안 막아서 호수를 만들고 배를 만들어 띄워야 결혼을 하겠다고 했다.
⑩ 아들이 하루 사이에 호수를 막고 배를 만들고 있자, 엄마는 새벽에 우는 닭을 더 일찍 울게 했다.
⑪ 아들이 새벽인 줄 알고 엄마랑 결혼을 못하게 되어 슬퍼하며 멈췄는데, 계속 밤이었다.
⑫ 자신을 속인 엄마에게 화가 난 아들이 배를 던지자 '땅꾸반 쁘라후(뒤집어진 배)'라는 산이 생겼다.
⑬ 엄마는 산으로 숨었는데, 그 산은 엄마가 숨겨진 모습이라서 '뿌뜨리(엄마, 공주)'라고 한다.
⑭ 엄마를 계속 찾던 아들은 호수에 몸을 던졌다.

2단계는 이질적이고 핵심적인 화소를 찾는 과정이다. 설화의 서사를 형상화하는 이야기의 최소 요소를 '화소'라고 한다. 전설은 그 지역, 그 문화를 대변하는 독특한 화소로 호기심을 자아내면서도, 인류가 살아가면서 겪을 수 있는 욕망의 문제를 충격적으로 와 닿게 하는 특징이 있다. 수산티 화자는 고향에서 산꼭대기가 뒤집어진 배처럼 생긴 높은 산을 어릴 때부터 보고 자랐고, 엄마는 그 산을 보며 이 이야기를 했다고 한다. 인도네시아의 활화산이 이런 사연을 가지고 있다는 지역적 특수성도 있으면서, 〈오이디푸스〉 신화와 비슷한 삶의 문제를 이야기하고 있는 것이 흥미롭다. 그러나 〈오이디푸스〉 신화와 다르게 '예언'을 핵심화소로 사건이 진행되는 순차구조가 아니면서, 〈뒤집어진 배 산과 엄마 산〉은 '욕망과 관계'에 더 집중하게 하는 특징이 있다.

이 전설에는 독특한 화소가 많다. 배가 뒤집어져 산이 되기까지 독특한 화소들이 맞물리고 있는데, '도도한 공주'와 '개'의 '이물교혼', 아버지인 개를 아들이 죽이는 '부성살해', 엄마와 결혼하고 싶은 아들의 '근친상간'까지 원형적이고 심층적인 욕망을 드러내는 요소들이 가득하다.

이 설화에서는 아들이 던진 '뒤집어진 배'가 가장 각인되므로 핵심화소가 된다. 배는 호수는 물론 강으로 바다로 '질주'하며 가보지 못한 새로운 땅을 가보게 하는 속성이 있다. 그러나 산으로 올라간 배는 더 이상 움직일 수 없다. 배가 금기도 무시할 수 있을 정도로 질주하는 아들의 '욕망'을 상징한다면, 그것이 '뒤집어졌다'는 것은 욕망이 멈추고 좌절되었다는 것을 보여주는 동시에 그 욕망의 자리에 머묾으로서 '고착'해 있는 것을 깨닫게 해준다.

이를 통해 3단계인 '움직임 : 머묾', '질주 : 고착', '이동 : 정지'의 대립자질로 설화가 구축되어 있다는 것을 알 수 있다. 이와 같은 핵심화소와 대립자질을 활용해 4단계인 "왜 아들의 배는 드넓은 강으로 질주하지 못하고 산에 뒤집어진 배로 고착되었는가?"의 서사적 화두를 생성할 수 있다.

그런데 고착된 것은 아들뿐이 아니다. 엄마이기 전에 도도한 공주였던 다이앙숭비 역시 이 대립자질의 성향을 가진다. 도도함을 이유로 다른 나라 왕자들을 거부하며, 공주는 왕인 아버지의 성을 떠나지 않으려 한다. 개와 결혼을 하지만 공주에 머물러 있는 삶은 바뀌지 않는다. 젊은 아들이 사랑에 빠질 정도로 늙지도 않는다. 수산티 화자는 자신의 엄마에게 들었던 대로 숨어 있는 엄마의 모습을 한 '엄마산'이라고 전승 했지만, Putri(뿌뜨리)는 공주를 뜻하는 말이기도 하다. '아들의 탄생으로 엄마'가 됐지만, 영원히 성장하지 않고 '정지된 공주'의 시간이 함께 고착되어 있음을 보여주는 산의 이름이다.

이 공주가 타인과 교류를 원하게 된 것은 어쩔 수 없이 숲으로 쫓겨났을 때다. 누군가 자신에게 와주길 간절하게 바라자 뚜망이라는 개가 나타난다.

"만약에 누가 나한테 도와주시면은, 그러면 나는 그 사람이랑 만약에 여자시면은 나한테 동생 만들고, 아니면 만약에 남자면 나는 그 남자랑 결혼한다."고. 그런데 그 자기 도와주는 그 사람이 아니라, 한 어떤 개, 강아지. [조사자: 강아지가요?] 예, 예. 강아지가 옷이가 떨어졌어요. 그러니까 자기 스스로 옷을 또 갖고 오는 사람이는 개에요. 그 개 이름은 뚜망이에요. [조사자: 뚜망?] 예, 근데 뭐 벌써 그 마을 나오니까, 그 개랑 결혼해요. [조사자: 개랑 결혼을 했어요?] 예, 개랑. 근데 몰라, 그거 이야기에 개면은. 그 개는 원래 뭐 신 같은 거 개, 강아지 있으니까 결혼했다가 애도 낳고. (전사 : 황승업)

수산티 화자가 공주에게 온 개를 자연스럽게 동물보다 신적인 존재로 인식하고 전승하는 장면이다. 이야기에 나오는 동물적인 존재에는 신성이 있음을 자연스레 연결하는 인도네시아 사람들의 사유를 볼 수 있다. 이후에 아들이 하루 사이에 강을 막아 호수를 만드는 것 역시 아버지가 신적인 존재였기 때문이라고 덧붙였다.[17] 수산티 화자의 말처럼 이 이야기에서 '개'라는 존재는 수성(獸性)적 존재이면서도 신성(神性)을 가진 양면성이 있다. 여기서 또 한 가지, 개는 나의 소망에 충직한 뚜망이라는 개로 공주는 여전히 자신이 살던 곳에서 살게 된다. 변화를 싫어하고 익숙한 것을 계속 유지하고 싶은 '지속' 혹은 '정지'의 힘이 공주에겐 있다. 그래도 자신만의 삶에서 개를 남편으로 받아들이자 새로운 생명인 아들을 낳게 되는 변화가 생겨, 산의 이름처럼 공주이자 엄마인 두 정체성을 가지게 되었다.

5단계는 설화의 의미 생성단계인데, 이 부분은 교사가 학습자의 자기서사와 맞물려 다양하게 해석될 여지가 있음을 열어두어야 한다. 본 연구자는 다음과 같이 해석해 보았다. 아버지로부터 신성과 수성의 욕망을, 어머니에게 인성을 받은 아들은 영웅적인 존재가 될 수도 있었다. 그러나 사슴 대신 아버지인 개를 죽여서 먹고, 어머니의 분노로 성을 떠나고 아들은 다시 돌아와 어머니와 사랑에 빠지며

17 근데 아들이 보니까 아빠는 강아지잖아요. 그러니까 아빠가 좀 신처럼 하니까 빨리 완성할 수 있나봐요. (전사: 황승업)

영웅의 삶을 살아내지 못한다. 부성살해 모티프는 영웅신화에 자주 등장한다. 프로이드는 이를 어머니와의 성애적 욕망 때문으로 보았지만, 부성살해를 문화적인 상징으로 해석할 때는 아들이 아버지 시대를 넘어서 새로운 삶의 패러다임으로 나아갈 때, 부성을 넘어서는 새로운 가치관과 새로운 문화의 주역이 된다는 것으로 생각해 볼 수 있다. 단지 친부를 직접 살해하는 것은 인륜적으로 불편하기 때문에 주몽이나 그리스 신화의 영웅들처럼 '길러준 아버지'와 '낳아준 아버지'를 다르게 하거나, 동물성으로 표현하여, 기존의 부성, 기존의 가치관, 기존의 문화를 넘어서 도전하는 나이가 되었음을 상징하는 것이다. 뚜망을 죽이고 뚜망을 먹은 아들은 이제 다른 사람이 되었기에 엄마의 세계에 머무를 수 없어 쫓겨난다. 여기까지라면 영웅의 행보다. 그러나 아들은 다시 고향으로 돌아온다. 아들을 쫓아낸 엄마는 다시 공주의 시간에 머물러 있다. 엄마가 공주의 시간에 머물러 있는 존재가 아니라 엄마의 정체성을 가지고 있었다면, 아들은 고향에 돌아왔다 다시 다른 세계로 나아가 자기 삶의 주인공을 상징하는 영웅이 되었을 수도 있었다. 그러나 머물러 있는 힘이 강한 엄마와 다시 만난 아들은 다시 공주로 멈춰진 엄마의 세계에 머무르려고 한다. 그리고 아들을 떠나려고 거짓말을 한 엄마에 대한 원초적 분노감은 배를 산으로 던지게 하고, 그 단계에 고착된 모습으로 남겨진다.

6단계로 이러한 '근친적 욕망'을 상호문화능력 교육의 관점에서 '동질적 결합의 욕망'으로 상징하여 해석해 볼 수 있다. 아들은 익숙한 문화, 자신과 동질적인 문화와 결합하고자 하는 욕망이 강하다. 그 결과 뚜망의 힘을 이어받아 하루 만에 뚝딱 만든 아들의 배는 드넓은 세상을 질주하며 타자를 만나고 이질성과 마주치며 살아갈 도구가 못 되고, 익숙하고 변화하지 않는 어머니와의 동질적인 결합을 위한 욕망이 되어버려 움직이지 못하는 산에 정지되고 고착되어 버렸다. 어머니가 흐르는 강을 막아 호수로 만들라는 것도, 아들이 자신이 만든 호수에 빠지는 것도 고착과 연관될 수 있는 흐름이다. 변화를 거부하고 익숙한 것만을 취하고자 하는 근친 결합의 욕망에 스스로 사로잡힌 형상이 산의 모습에 그대로 반영되어 있는 것이다.

〈뒤집어진 배산과 엄마산〉설화는 뒤집어진 배 모양의 정상을 가지고 있는 활화산을 통해 인도네시아 사람들이 경계하는 삶이 무엇인지를 응축해 보여주는 이야기다. 그러면서 동시에 바다로 질주하지 못하는 배처럼 움직이지 않고 동질적인 것에 계속 머물고자 했을 때 벌어질 수 있는 '고착'의 문제를 우리 삶에서 어떻게 넘어설 수 있을까 하는 화두를 주어, 한 나라 문화만의 문제가 아닌 인간으로 살아가면서 넘어서야 할 보편적인 문제로 사유하게 한다. 익숙하고 동질적인 문화에 고착되어 산에 배를 멈춰 있게 할 것인지, 낯설고 이질적인 문화를 넘나들 수 있는 사유로 배를 강과 함께 흐르게 할 것인지는 이 이주민설화에 문화적으로 감응했을 때 쉽게 대답할 수 있게 된다.

3.2. 이질적 존재와의 관계 생성 : 〈호랑이와 두 소녀〉와 〈혹부리 영감〉

설화의 화소는 낯설고 비현실적인 존재나 공간으로 표현된다. 그리고 그런 비현실적인 존재와 현실의 존재가 관계를 맺으며 사건이 형성된다. 인간이 아닌 존재들이 말을 하고, 환상의 존재와 만나기도 한다. 때론 인간보다 못한 동물이라고 생각하고 무시했는데, 인간보다 신이한 능력을 가진 존재들인 경우가 많다. 설화에서 낯선 존재를 등장하게 하는 것은 관습적인 사유의 방식을 당연한 것으로 받아들이지 않게 함으로써 지각을 새롭게[18] 하고자 하는 고도의 서사 전략으로 생각해 볼 수 있다.[19] 이렇게 낯설고 환상적인 화소를 설화의 상징성으로 현실과는 다른 삶의 방식, 즉 다른 문화를 가진

18 '낯설게 하기'는 예술에서 관습적인 기호체계를 낯설게 만들고 파괴시켜서 언어의 물질적 과정 자체를 두드러지게 하여 우리의 지각을 새롭게 한다는 것이다. 언어를 당연한 것으로 받아들이지 않음으로써 우리의 의식 또한 변화되는 것이다. 테리 이글턴, 김명환 외 역, 『문학이론입문』, 창작과비평사, 2015, 126쪽.

19 이에 대해서는 선행연구에서 '설화의 서사문법'으로 논했다. 설화는 서사문법에 따라 양항적으로 배열되어, 낯선 화소를 통해 차이를 지각하게 하는 대립자질을 선택하고 결합하며 상징적인 맥락을 형성해 통합되는 서사의 방향을 구축한다. 김정은, 앞의 논문, 23쪽.

이질적인 존재로 생각해 볼 수 있다. 설화가 이런 이질적인 존재들과 관계를 맺으면서 삶을 환기하게 하는 것을 문화에 접목해, 이질적인 문화와 어떻게 감응하며 보다 나은 삶의 가치를 획득해 갈 수 있을까 하는 논의로 확장할 수 있다. 다음의 설화를 통해 더 자세히 논해보고자 한다.

〈호랑이와 두 소녀〉 설화는 2018년 2월 6일에 진주시 'YWCA 다문화 작은도서관'에서 채록한 이야기다.[20] 이야기를 들려준 캄보디아 출신의 썸마카라 화자는 조사 당시 30살로, 26살에 결혼을 해서 한국에 이주한 3년 6개월 차의 주부로 첫 딸을 임신한 상황이었다. 프로젝트의 의의를 듣고 기억을 해내려고 노력하며 일곱 편[21]의 캄보디아 이야기를 들려주었는데, 그중 〈호랑이와 두 소녀〉는 준비를 해 와서 처음 들려준 이야기로, 약 9분 동안 구연되었다. 1단계 설화의 내용을 인지하는 것으로, 모방담의 구조를 가진 〈호랑이와 두 소녀〉설화의 서사단락은 다음과 같다.

① 가난한 집에 14살 소녀가 고구마를 캐다 호미가 웅덩이 깊숙이 빠지게 되었다.
② 소녀가 누구든지 호미를 꺼내주면 뭐든지 다해서 은혜를 갚겠다고 했다.
③ 호랑이가 나타나 호미를 찾아줄 테니, 자신의 머리에 상처를 치료해 달라고 한다.

20 진주시 'YWCA 다문화 작은도서관'에 결혼이주여성들을 대상으로 한국어와 다문화 교육을 하고, 다문화도서관을 통하여 이주여성들을 다문화강사로 육성하고 활동할 수 있도록 지원하는 곳이다. 이날 총 8명의 연구원들이 가서, 네팔 화자 3명, 베트남 화자 2명, 캄보디아 화자 1명, 중국(한국계) 화자 1명을 세 팀으로 나눠서 설화를 조사했다. 썸마카라 화자는 이 프로젝트의 의의에 대해 자세히 알고 싶어 했고, 이후 7편의 민담을 구술하였다. 화자를 연결해주시고 장소를 제공해주신 진주YWCA 관계자 분들께 감사의 마음을 전한다.

21 썸마카라 화자가 구술한 설화의 순서는 〈호랑이와 두 소녀〉, 〈도끼와 깨진 도자기〉, 〈백만장자 음식 냄새 맡은 가난한 부부〉, 〈프놈산과 할머니〉, 〈완벽한 여자와 사치스러운 여자〉, 〈토끼와 할머니〉, 〈낑껑뱀〉이다. 썸마카라 화자는 프로젝트의 의의를 듣고 2편의 이야기를 준비해오고, 함께 했던 중국화자가 이야기를 꺼낼 때마다 기억나는 5편의 설화를 더 이어갔다. (조사자: 김정은, 황승업, 강새미)

④ 소녀가 호랑이 머리의 구더기가 가득한 상처를 치료하는데, 호랑이는 자신의 상처에서 냄새가 나냐고 자꾸 물었다.
⑤ 소녀는 냄새가 나지만 아무 냄새도 안 난다고 계속 대답했다.
⑥ 호랑이는 보자기를 가져오게 해서 가득 채워주고는 집에서 가족을 불러서 문을 닫고 보라고 했다.
⑦ 보자기에는 금이랑 악세서리가 가득이어서 소녀는 부자가 되었다.
⑧ 옆집에 사는 부자 소녀가 어떻게 부자가 되었는지를 듣고, 고구마를 캐러갔다.
⑨ 호미를 일부러 던져서 호랑이를 만났는데, 호랑이가 상처를 고쳐달라며 냄새가 나냐고 물었는데 계속 냄새가 너무 심하다고 대답을 했다.
⑩ 호랑이가 보자기를 주면서 가족과 방에서 문을 닫고 풀어보라고 했다.
⑪ 보자기에서 독사가 나와 소녀와 가족 모두가 죽게 되었다.

〈혹부리 영감〉의 모방담 구조와 동일한 이 설화의 교훈을 서사적 화두 없이 해석해서 가난한 소녀와 부자 소녀의 대립적인 서사 방향만 비교한다면, '착한 사람은 복을 받고 나쁜 사람은 벌을 받는다.'가 된다. 이렇게만 해석하면 다른 설화의 교훈과 큰 차이를 보여주지 않는다.

구비설화의 서사적 화두는 각인되는 것에서 시작하면 좀 더 그 의미에 다가가기 쉬워지는데, 주로 설화에서 각인되는 것은 비현실적이고 낯설지만, 주의를 집중하게 하는 화소일 때가 많다. 1단계로 이 설화에서 비현실적이고 환상적인 화소는 '말하는 호랑이', '복도 주고 벌도 주는 호랑이'로, 이 호랑이는 일반적인 사람과는 다른 이질적인 존재다. 특히 '상처로 인해 냄새가 나는 호랑이'라는 것이 이 설화를 각인되게 하는 화소의 핵심문제다. 가난한 소녀가 하나뿐인 호미를 찾을 길 없어 외친 절박한 말에 이 호랑이가 나타난다. 이 호랑이는 무섭고 두려운 존재면서도, 머리에 상처로 냄새까지 심하게 나서 더욱 쉽게 다가가기 어렵다. 하지만 가난한 소녀는 호랑이에게 냄새가 나지 않는다고 한다. 여기서 상처로 인해 생긴 호랑이의 '고

약한 냄새'는 〈혹부리 영감〉의 '혹'처럼 감추고 싶은 치부나 콤플렉스를 상징적으로 표현한 것으로 생각해 볼 수 있다. 냄새가 나냐는 반복되는 질문은 자신을 도와주겠다고 하는 소녀의 마음을 시험하는 기능을 하는 동시에 타자와 관계맺기를 두려워하는 호랑이의 마음도 보게 하기 때문이다. 머리의 상처는 관계를 맺지 못해 생긴 또 다른 상처이기도 하다.

3단계로 두 소녀가 호랑이를 대하는 태도에서 대립자질을 찾아볼 수 있다. 소녀는 호미를 가져다준 은혜를 갚기 위해 아픈 호랑이의 마음을 헤아리며 구더기 하나하나를 없애주고 상처를 치료해준다. 이런 소녀에게 호랑이는 원조자가 되어 절박했던 가난의 문제를 해결해 주는 존재가 된다.

반대로 부자 소녀는 가난한 소녀가 어떻게 부자가 되었는지에만 관심이 있다. 부자 소녀에게 호랑이는 부자가 되기 위한 도구일 뿐이다. 냄새나는 호랑이의 마음을 헤아리지 않고 냄새가 난다고 면박을 주자 호랑이는 부자소녀를 응징하는 징치자가 된다. 호랑이는 방의 문을 닫으라고 한다. 독사에게 도망치지 못하게 하려는 징치의 의미도 있지만, 상징적으로 소통, 교감을 닫은 마음이 그들에게 독이 되어 온 형상이기도 하다.

4단계로 이렇게 화소로 인해 생긴 사건과 그 사건의 서사적 방향을 보여주는 모방구조의 비교로, "호랑이는 왜 가난한 소녀에겐 부자를 만들어주는 원조자가 되고, 부자 소녀에게는 벌을 가하는 징치자가 된 것일까?" 하는 서사적 화두를 추출할 수 있게 된다. 이는 〈혹부리 영감〉에서 두 혹부리 영감이 도깨비를 대하는 태도와 연관될 수 있는 화두와 동일하다.

5단계는 화두를 통한 해석단계이다. 이렇게 분석해 가면 거창한 것 같지만, 이미 많은 화자가 이 점을 내재하고 이야기한다. 이야기를 다 끝내고 썸마카라 화자는 이 이야기가 말하고자 하는 내용이 무엇인가에 대해 다음과 같은 말을 덧붙였다.

그 얘기하는 내용은. 첫 번째 소녀는 진심으로 고마운 마음으로 그 상처를 치료해주고 욕심 없이 그냥 은혜를 갚기 위해 제대로 해주는 건데, 두 번째 소녀는 욕심 때문에 그런, 일부로 거짓말해서 이렇게 했으니까. 그래서 나쁜 결과 받는. (〈호랑이와 두 소녀〉 中, 전사 : 강새미)

썸마카라 화자가 서사적 화두라는 말을 사용하지 않았지만, 호랑이를 대하는 두 소녀의 태도에서 이미 서사적 화두의 답을 찾고 있는 것을 볼 수 있다. 가난한 소녀는 욕심 없이 자신의 호미를 가져다준 고마운 행위를 먼저 생각하며 대했고, 부자소녀는 기존의 편견 혹은 거부감을 그대로 드러내어 호랑이를 적으로 만들었다. 핵심화소인 호랑이는 양면적인 존재다. 주인공이 어떻게 관계를 생성하는가에 따라 원조자가 되기도 하고 징치자가 되기도 한다.

구비설화의 많은 이질적 존재들이 이런 양면성을 가진다. 〈혹부리 영감〉의 도깨비만이 아니라 이무기, 귀신도 마찬가지다. 그런데 이야기들은 이런 이질적인 존재, 나와 다른 삶의 방식을 가진 존재와 어떻게 관계를 형성하느냐에 따라 삶의 질이 크게 달라진다고 말한다. 모방담은 동일한 화소로 서로 다른 삶의 서사방향을 명확히 보여주며, 하나를 마음에서 선택하게 하는 방식의 구조다. 비교를 통해 행위만을 보고 관계를 생성했을 때 낯설고 이질적인 존재도 내 삶의 원조자가 될 수 있고, 편견으로 거부하고 교감을 닫을 때는 징치자가 되기도 한다는 것을 각인해주기 위한 이야기 구조다.

6단계로 설화의 상징적 다의성으로 이 이주민 설화의 서사적 화두를 이질적인 다양한 문화와 어떻게 감응하며 살아갈 것인지로 넓혀 생각해 볼 수 있다. 타 문화와 교감하고자 할 때, 호랑이의 '상처 냄새'로 상징되는 약점, 치부, 부정성을 중심으로 관계를 가지지 않고, 자신의 호미를 가져다 준 행위만을 보고 교감을 하는 가난한 소녀처럼 관계를 생성하는 것이다. 호랑이를 선뜻 교감하기 두려운 낯선 문화의 상징으로 볼 때, 이 이야기는 독사에 물리는 부자소녀처럼 기존의 가치로 이질적인 문화를 대하게 되는 함정에 빠지지 않아야 함을 각인하게 하고, 가난한 소녀처럼 이질적인 문화를 '행위와 관계'의 문제로 바라볼 수 있는 내면의 힘을 생성하게 한다. 결국 문화적 감응은 이질적인 존재와 어떤 태도로 관계를 생성할 것인가에서 시작됨을 캄보디아 설화를 통해 생각해 볼 수 있다.

3.3. 표면과 이면의 사유를 통한 관계의 성장 : 〈해골물과 코코넛 아이〉와 〈구렁덩덩신선비〉

이주민 설화를 조사하다 보면, 한국의 설화와 비슷한 화소가 나오거나, 순차구조로 풀어가는 방향이 비슷하면서도 그 이야기만의 고유성이 있는 이야기들을 만나게 된다. 풀어가는 것은 비슷한데 그 나라만의 특이한 화소가 나온다. 그중 하나가 〈해골물과 코코넛 아이〉 설화였다. 〈아기장수〉의 화소와 〈구렁덩덩 신선비〉가 가지는 대립자질의 속성을 보여주고, 〈두고도 거지(신바닥이)〉와 비슷한 서사의 방향을 비교하게 하는 이야기다.

〈해골물과 코코넛 아이〉 설화는 2017년 12월 9일에 경산시 '다문화벗들 성바오로 배움터'에서 채록한 이야기다.[22] 이야기를 들려준 베트남 출신의 부티프엉 화자는 조사 당시 27살로, 20살에 결혼을 해서 한국에 이주한 7년차의 주부로 6살의 딸과 3살의 아들이 있다. 다섯 편[23]의 베트남 이야기를 들려주었는데 모든 이야기가 긴 서사로 완결성 있고 한국의 설화에서도 비슷하게 전승된 설화를 선택

22 경산시 다문화벗들 성바오로 배움터는 결혼이주여성과 다문화자녀들을 대상으로 한국어와 다문화교육을 하고, 백합식품으로 일자리를 제공하며 이주여성들이 공부를 하러 올 수 있는 여건을 마련해 주는 곳이다. 이날 베트남 부티푸엉 화자가 5편, 캄보디아 출신의 씨앙리티아 화자가 5편의 전설과 민담을 구술하였다. 화자를 연결해주시고 장소를 제공해주신 이갑조 수녀님께 감사를 드린다.

23 이날 부티푸엉 화자가 구술한 설화는 총 5편으로, 〈의붓자매 떰과 깜〉(한국의 콩쥐팥쥐계열), 〈백 마디 대나무〉(욕심 많은 주인 딸과 혼인하기), 〈형제와 별나무〉(흥부놀부의 화소), 〈해골물과 코코넛 아이〉, 〈탄동장수〉(아기장수 계열)이다. 조사자들이 조사를 하러 간다고 알리자, 배움터의 수녀님들과 부티푸엉 화자와 씨앙리티카 화자가 모국의 책들을 구해서 함께 한국어로 바꿔보고 어려운 부분들은 수녀님들의 도움을 받아 외운 것을 구술한 것이다. (조사자: 김정은, 황승업, 강새미)

해 구술한 것이 특징이다. 그중 〈코코넛바가지〉의 이야기는 13분 동안 구연한 이야기다. 1단계인 〈해골물과 코코넛 아이〉 설화의 서사단락은 다음과 같다.

① 가난해서 부잣집에서 일하며 사는 부부에게 50살이 넘도록 아이가 생기지 않았다.
② 하루는 햇볕이 쨍쨍 내리쬐는 여름날 아내가 숲속으로 나무를 하러 갔는데, 목이 몹시 말랐지만 물을 찾을 수 없었다.
③ 죽을 것 같아서 옆에 있던 해골의 물이라도 마셨는데, 해골물이 너무 맛있었다.
④ 몇 달이 지나자 아내는 임신을 하고, 남편은 갑자기 죽게 되었다.
⑤ 9개월 10일 만에 아기가 태어났는데 팔도 다리도 없이 동그란 코코넛 박 모양이었다.
⑥ 데굴데굴 구르는 아이는 자신을 버리지 말아 달라고 하고, 그 말을 들은 엄마는 슬펐지만, 정성껏 키웠다.
⑦ 시간이 흘러 아이는 집을 나가 돈벌이를 하고 싶다며, 부잣집의 소 떼를 몰러 가겠다고 했다.
⑧ 부잣집 사람은 코코넛바가지를 보고 황당했지만, 밥도 적게 먹고 돈도 적게 받을 것 같아서 일을 시켰다.
⑨ 바가지는 데굴데굴 굴러다니며 소를 잘 몰고 다니자, 소들이 모두 통통하게 살이 쪄서 부자는 아주 좋아했다.
⑩ 하인들이 일이 많아 소몰이를 하는 바가지에게 밥을 가져다 줄 사람이 없어서, 세 딸들에게 교대로 밥을 가져다주라고 했는데, 첫째와 둘째는 바가지를 무시했지만, 막내딸은 친절했다.
⑪ 어느 날 막내딸이 밥을 가지고 있는데, 피리소리가 나서 가만히 가보니 멋진 총각이 피리를 불면서 소들에게 풀을 먹이고 있었는데, 가까이 가니 총각은 사라지고 바가지만 있었다.
⑫ 바가지가 부잣집 딸과 결혼을 하고 싶다고 엄마에게 조르자, 부자는 자신의 딸과 결혼을 하려면 사금 한 항아리, 비단 10 마, 돼지 10마리, 맛술 10 항아리를 가져오라고 했다.
⑬ 어머니가 바가지에게 포기하자고 했는데, 약속한 날에 모두 준비되었다.
⑭ 부자가 당황해서 세 딸들을 불러 물어보자, 첫째와 둘째는 못생

긴 바가지하고 결혼할 수 없다고 하고, 막내딸은 결혼하겠다고 했다.
⑮ 결혼식을 올리려는 순간 바가지는 보이지 않고 멋진 신랑이 서 있었다.
⑯ 바가지는 관리시험을 봐서 대사가 되었는데, 대사로 가면서 아내에게 부싯돌 한 개, 칼 한 개, 계란 두 알을 주었다.
⑰ 두 언니는 동생을 없애고 바가지의 아내가 되고 싶어서 막내를 꾀어서 배를 타고 나가 바다에 밀어버리자 고래가 한입에 삼켜 버렸다.
⑱ 막내딸은 남편이 준 칼로 고래의 배를 갈라 살아남았지만 무인도였다.
⑲ 부싯돌로 고래를 구워 먹으며 생활하고, 계란 두 개가 부화하니 암탉 수탉이 되었다.
⑳ 세월이 흘러 지나가는 배를 보고 수탉이 큰소리로 꼬끼오 울자 배가 다가왔는데, 바가지였다.
㉑ 바가지는 아내를 구한 것을 비밀로 하고, 동네 사람들을 불러 음식을 대접했다.
㉒ 두 언니는 바가지와 결혼을 할 생각으로 기뻐하고 있었는데, 잔치가 끝날 때 막냇동생이 나타나자 부끄러워서 집을 나가 돌아오지 않았다.

부티프엉 화자 외에 2018년 3, 4월에 이와 비슷한 베트남 출신의 이주민들에게서 2편의 설화가 더 채록되었는데, 그 화자들은 이 설화의 제목을 〈코코넛 해골을 먹은 아이〉, 〈코코넛 아이〉로 전승하였다. 부티프엉 화자는 둥근 형태로 분리가 안 되고 붙어 있는 기이한 아이의 모습을 전승하는 과정에서 한국인들이 잘 이해할 수 있도록 하는 데 많은 노력을 했다. 한국에 있는 '박'과 '바가지'에 빗대면서, "코코넛 같이 딱딱하고 동그란 것"이라고 덧붙이고 제목을 〈바가지〉라고 했다. 이는 한국인들과의 문화적 소통을 위해 생긴 변이로도 생각해 볼 수 있는데, 일단은 부티프엉 화자가 정한 제목과 다른 베트남 화자들에게 코코넛이 반복적으로 나와 〈해골물과 코코넛 아이〉라고 제목을 정했다. ③의 단락에서 목이 너무 말라서 살고자 해골물을 먹었더니 해골처럼 둥근 아이가 태어난 것으로 구술했다면, 다른 화자들은 코코넛인 줄 알고 해골물을 먹었더니 코코넛 같은 아이가 태어난 것으로 이야기 하였다. 이 단락을 제외하면 부티푸엉 화자가 전승한 설화는 다른 전승본들보다 상세하고 완결적으로 구술되었다.

2단계는 이질적 화소를 찾고 그 상징적 의미를 생각해보는 단계이다. 불완전한 형태의 둥그렇게 분리가 안 된 기이한 모습의 탄생은 우리나라 전설 중 〈아기장수〉 이본 중에서도 있는 화소다. 아기장수가 진짜 나라를 구하는 장수가 되고 안 되고는, 낯설어서 두렵게 느껴지는 존재를 대하는 타자들의 몫이다. 아기장수는 타자들이 가진 두려움으로 관계를 형성하지 못해서 장수의 삶으로 변형하지 못하지만, 바가지는 막내딸과의 관계를 생성해 멋진 신랑의 삶을 살 수 있도록 변형된다.

해골물을 먹고 생겨서, 해골의 형상으로 모든 몸이 뭉쳐 있는 둥근 형태의 아이인 '코코넛 바가지'는 이 설화의 핵심화소다.[24] 3단계 서사적 화두를 추출하기 위해 먼저 핵심화소를 둘러싼 대립항, 대립자질로 어떤 가치가 생성되는가를 살펴보겠다.[25] 〈구렁덩덩 신선비〉의 핵심화소인 '구렁이: 신선비'와 비슷하게 '코코넛바가지 : 멋진 총각'의 화소가 대립되게 하면서, '표면 : 이면'의 대립 자질을 형성한다. 화소의 속성이 아니라 관계의 속성으로 볼 때, '바가지와 세 딸'은 '빈 : 부', '남 : 여'가 있다. '바가지와 두 언니'의 대립으로 생긴 '귀와 천'의 대립인데, 처음에 가난하고 불완전한 바가지가 두 언

24 한 애기 나왔는데, 애기 좀 그렇게요. 팔도 없고, 다리도 없고, 그냥 금방 이야기한 바가지처럼 생겼어요. [조사자 1: 바가지처럼 생긴 아이가 태어났어요?] 네네. 근데 그 살로, [조사자3: 피부?] 네네. 그 생겼어요. 그 가면서 그냥 데굴데굴 굴렀어요. 발이 없잖아요. 그래서 엄마도 많이 좀 아프고 버리려고 했는데 그때 말했어요. "버리지 마세요. 저 키워주라." 고 했어요. (〈바가지〉 中, 전사: 강새미)

25 여기서 대립항이라는 기호를 사용하는 것은 기존의 가치를 개입해 판다는 것이 아니라, 설화 안의 대립으로만 보았을 때 발생하는 가치를 찾아내기 위해서다. 기호는 주체가 명명해주는 의미와 가치를 가지는 것이 아니라, 다른 기호와의 비교를 통해서 체계 내에서 자신의 가치를 획득한다. 김정은, 앞의 논문, 273쪽.

니들에게 무시당하는 천한 존재였지만, 신랑으로 변신하며 귀한 존재로 변신하고, 이후에 두 언니는 시샘으로 온전한 삶을 살지 못하면서 귀와 천의 의미가 바뀌게 된다. '두 언니 : 막내딸'의 대립은 '기존의 가치 : 새로운 가치'로 두 언니들은 기존의 가치로 코코넛바가지의 겉모습만을 보고 판단하는 반면, 막내딸은 다른 사람들이 보지 못하는 새로운 시선으로 코코넛 바가지의 이면을 볼 수 있는 존재가 된다. 이를 바탕으로 '기존의 문화 : 새로운 문화'의 대립자질까지 상호문화교육의 측면에서 생각해 볼 수 있는데, 이는 뒤에서 살펴보도록 하겠다.

코코넛바가지는 뭉쳐져 있는 표면만이 아니라 피리를 부는 이면을 발견한 막내딸의 안목으로 변신하게 되는 것이다. 막내딸은 기존의 관계가 새로운 관계를 방해하면서 고립되지만, 자신의 안목으로 변신하게 한 신랑의 도움으로 위기를 해결하고 온전한 삶을 살아가는 방향의 서사를 읽어낼 수 있다. 이를 바탕으로 보면, 대립구조는 비슷했던 〈구렁덩덩신선비〉에서 구렁이신랑의 허물을 간직하게 하는 것은 상대방의 약점, 콤플렉스, 부족한 부분 등을 받아들일 수 있는가 하는 부부관계의 신뢰를 상징한다고 할 수 있는데, 이 금기를 막내딸이 어기면서 이후에 막내딸이 갖은 고난을 겪고 신랑되찾기를 하며 관계를 회복하는 것과 달리, 코코넛바가지는 막내딸의 위기를 예견하고 무인도에 떨어진 막내딸을 구하는 조력자가 된다는 점에서 구조적 차이를 보인다.

코코넛바가지의 순차구조와 막내딸의 순차구조는 반대의 방향으로 움직인다. 덩어리인 코코넛바가지는 겉보기에 부족하고 불완전해 보인다. 일반적인 사람들이 생각하듯이 '해골물로 인해 덩어리로 나온 바가지가 과연 인간다운 삶을 살 수 있을까?' 하는 어머니의 걱정과 태도가 곧 이 이야기의 화두로 시작된다. 여기서 4단계인 서사적 화두를 생성해 볼 수 있다. 코코넛바가지를 대하는 사람들의 시선으로 생각했을 때, 이 서사의 화두는 '불완전하게 바가지로 태어난 인간이 어떻게 자신의 삶을 실현하며 살아갈 수 있을까?'일 것이다. 여기에는 어머니의 걱정처럼 바가지가 일반적인 사람 노릇을 하며 살기 어렵다는 대립항이 전제되어 있는 것인데, 모두의 전제와는 다르게 바가지는 그런 모습으로도 소몰이 등의 일을 잘 수행해낸다. 그리고 뭉쳐져 있어서 보이지 않았을 뿐인 자신의 이면을 알아보는 막내딸과 결연하여 자신의 모습을 변형시킨다.

5단계는 생성된 화두로 설화를 해석하는 단계이다. 불완전하고 미성숙한 표면으로 결핍이 있는 존재로 세상 사람들에게 인식되었던 '코코넛바가지'가 자신의 이면을 알아봐 주는 막내딸과의 관계 확장을 통해 결핍을 해소하며 자신을 변형할 수 있게 된다.

〈구렁덩덩신선비〉에서는 금기가 있고, 언니들의 시샘으로 '떠남 → 신랑되찾기'의 순차구조로 막내딸이 신랑을 되찾기까지 어렵게 길을 찾고 새각시와 경쟁하여 관계를 회복한다면, 〈코코넛바가지〉에서는 언니들의 시샘으로 인해 무인도에 갇히는 '고립 → 생존 → 발견'의 순차구조를 볼 수 있다. 코코넛바가지와 다르게 막내딸은 부잣집에서 많은 것을 가지고 태어났다. 더욱이 막내딸은 두 언니들과 다르게 남들이 보지 못하는 코코넛바가지의 또 다른 모습까지 볼 수 있는 능력도 있고, 이를 통해 새로운 관계도 맺을 수 있는 적극성도 있어, 두 언니들이 시샘하고 질투할 정도로 훌륭한 남편까지 갖게 된다. 그러나 이야기는 여기서 해피엔딩으로 끝나지 않는다. 시샘하는 두 언니로 인해 고래의 뱃속에 갇히고 섬에 고립된다. 이런 섬이라는 고립의 화소로 해석할 때, '새롭게 형성된 관계로 인해 섬처럼 단절된 삶을 어떻게 해결하며 다른 존재로 거듭나는가?'의 서사적 화두가 막내딸에게도 생기게 된다. 기존의 관계였던 두 언니들의 시샘으로, 다 갖춰진 것 같은 막내딸 역시 바가지처럼 자신의 존재를 변형하고 성장해야 할 과제가 주어진 것이다. 이런 의미에서 무인도라는 공간은 관계의 단절인 곳인 동시에 새로운 관계를 생성할 수 있는 이중적인 속성으로 생각할 수 있다. 〈구렁덩덩신선비〉의 두 언니들은 기존의 가치와 다른 선택을 한 막내딸이 가지고 있는 허물을 태움으로써 시련이 생기게 한다면, 〈해골물과 코코넛 아이〉의 두 언니들은 막내딸을 고립시킨다. 두 언니들의 시기심만이 문제는 아니다.

여기서 문화적 상징으로 연결되는 6단계로 나아갈 수 있는 지점이 있다. 두 언니들로 인한 막내의 고립은 시샘을 넘어 새로운 가치, 새로운 문화와 접속하고자 하는 사람들에게 기존 가치와 문화가 얼마나 폭력적일 수 있는가를 보여주는 상징적 행위이기도 하다. 이때 신랑은 신부의 위기를 예견하고 칼, 부싯돌, 계란을 준다. 칼은 시기와 질투로 자신을 가둔 고래 뱃속 같은 기존의 관계와 가치관의 폭력을 절단하게 한다. 부싯돌은 불을 생성하여, 죽은 고래 고기로 막내딸이 살아낼 수 있게 한다. 죽음을 상징하는 것 같은 해골에서 물이 생기고, 그 물로 바가지라는 생명이 생성된 것과 연결해 볼 수 있겠다. 둥근 계란이 수탉과 암탉이 되는 것은, 불완전하고 미성숙한 존재라는 타인들의 시선을 받았던 코코넛 바가지 안에 이미 멋진 신랑이 세팅되어 있었던 것과 연관된다. 비주류·소수자 문화를 상징할 수 있는 코코넛바가지가 관계를 확장하고 변형하며 자신의 존재를 만들어 간다면, 주류·다수자의 문화 속에 있었던 막내딸은 새로운 관계를 형성하기 위해서 두 언니로 상징되는 기존의 건강하지 못한 관계, 가치관, 문화를 가를 힘이 필요하다. 이런 힘은 다름 아닌 코코넛바가지였던 신랑을 통해 얻게 된다. 소수자로 소외되었던 바가지가 막내딸 삶의 조력자가 된 것이다. 물론 바가지는 신부의 시련을 예견하지만 자신과 함께 대사의 길로 동행하게 하지 않는다. 세 가지의 물건을 주지만 그것을 어떻게 사용하는가도 순전히 막내딸의 몫이다. 막내딸은 세 가지 물건을 통해 자신에게 주어진 어려움을 극복해 내고, 무인도에서 혼자 살아낼 힘을 얻은 후, 다시 바가지를 만난다.

모든 것이 뭉쳐 있어 그 존재의 가치를 알아차리기 힘든 코코넛바가지의 형태는 보통의 인간보다 이질적이고 기이해, 기존의 의식과 문화 수준에서 바라본다면, 바가지의 인간적 가치까지 평가 절하되기 쉽다. 이는 한국설화 〈두고도 거지〉의 주인공이 단명의 운명을 바꾸기 위해 부자인 부모와 집을 두고도 거지가 되어 돌아다니다가 부잣집의 하인이 되었을 때, 거지 혹은 하인으로만 평가 절하되는 것과 마찬가지다. 주류와 다수의 시선인 두 언니가 보았을 때는 박

혹은 코코넛처럼 '뭉쳐 있는 형태'에만 집중하게 되어 편견으로 바라보게 될 뿐이다. 그러나 비주류의 문화, 소수자의 문화와 교감하고자 하는 막내딸이 어느 날 갑자기 멋진 남성의 모습을 스치듯 본 것처럼 박 안에 다른 모습을 분명히 내재한 존재다.

〈해골물과 코코넛 아이〉 설화는 '보통의 인간보다 못한 존재'로 보인다는 삶의 문제를 '관계 확장'을 통해 해결하며 삶을 변형해 가는 모습에서 가치를 생성하는 것을 볼 수 있다. 미성숙하고 불완전해 보여 타인과 다른 이질적이고 기이한 인간이지만 관계의 확장을 통해 자신이 가지고 있던 능력, 지혜가 드러나며 자신의 모습을 변형할 수 있었다. 모든 것을 가지고 있었던 막내딸이 불완전하고 이질적인 존재와 교감하고 관계를 형성해서 멋진 신랑을 얻게 되자, 기존의 문화를 대변하는 두 언니는 '접속하고 변화한 사람'에 대한 심술과 질투로 막내딸을 고래 뱃속에 갇히게 해서 손과 발이 있어도 바가지처럼 움츠러들게 한다. 하지만, 막내딸은 그 시련으로 인해 기존의 관계와 문화를 단절하고 자신의 삶을 갱신하며 새로운 관계, 새로운 문화로 성장할 내면의 힘을 가질 수 있었다. 주류 문화의 막내딸이 소외된 문화의 코코넛바가지와 관계를 생성하여 문화적으로 감응했을 때, 보통의 인간보다 못한 존재처럼 보였던 코코넛바가지는 멋진 신랑으로 삶이 변형되었고, 딸은 오히려 섬 같은 기존의 문화에서 벗어나 새로운 문화를 융합할 수 있는 존재로 성장했음을 보여주는 이야기다. 코코넛바가지와 막내딸이 던지는 서사적 화두로 삶을 변형하고 관계를 성장하며 삶의 가치를 생성하는 과정에 동참하다 보면, 어느새 설화로 응축된 베트남 사람들의 삶의 방식에 감응하게 되는 것을 알 수 있다.

4. 결론

다양한 문화의 시대에 필요한 상호문화능력을 신장하기 위한 방법으로 이탈리아 교육학자 카를로의 구술성에 주목하고, 한국에 거주하는 이주민이 구술한 설화 자료를 바탕으로 '상징적 표상'이 생성하는 '다양한 가치'를 바탕으로 상대적 감각을 키워낼 수 있는 교육요소와 교육내용을 구체적으로 제시했다.

카를로의 논의를 넘어서기 위해 다양한 문화와 접속하고 공감하고 소통하는 데, 한국에서 구술된 이주민 설화가 기여할 수 있는 방법 중에 하나로 서사적 화두를 통한 문화적 감응력의 확장을 교육요소로 논했다. 구비설화로 문화적 감응력을 확장할 수 있는 것은 낯설지만 호소력 있어 각인되는 화소의 다양한 해석이 가능하기 때문이다. 이 글에서는 이주민 설화의 서사적 화두가 제시하는 삶의 방식에 감응되는 것이, 설화의 상징적 표상으로 응축된 그 문화에 감응되는 길이라고 생각하고, 그 문화가 제시하는 독특한 화소로 어떤 삶의 가치가 생성되어 그 문화의 사유 방식으로 마음이 움직이게 되는가를 살펴보았다.

이주민 설화를 듣는 과정은 늘 새로운 화소를 만나는 일이 된다. 새로운 화소를 만나는 것은 응축된 그들 문화의 또 다른 이면을 만나는 과정이 된다. 그 나라 사람들의 고유한 삶의 방식을 응축한 것이 낯설고 이질적인 화소들이기 때문이다. 서사적 화두가 전승하는 서사방향은 이런 낯선 상상의 사건들에 감응하게 하는 것이었다.

익숙하고 동질적인 것만을 결합하고 싶은 삶의 방식으로 사는 것은 편안해 보이지만, 인도네시아 설화의 '뒤집어진 배산'처럼 그 자리에 고착되기 쉽다. 이질적인 낯선 문화는 '상처로 냄새나는 호랑이'를 만난 것처럼 다가가기 어려운 일이 되기도 한다. 그러나 부자소녀처럼 편견에 빠지지 않고, 가난한 소녀처럼 행위와 관계의 문제로 접근한다면, 그 문화는 우리 삶에서 가치 있는 보석이 무엇인지를 발견하게 하는 힘이 될 수도 있다. 우리와 달라서 낯선 문화는 뭉쳐져 있는 '코코넛 바가지'처럼 거부감을 가지거나 평가절하하게 될 때가 있다. 그러나 아직 미지의 문화라 알 수 없을 뿐이다. 〈해골물과 코코넛 아이〉에서 말하는 서사적 화두에 감응된다면, 이주민 설화로 우리도 막내딸처럼 알려지지 않아 뭉쳐져 있는 것 같은 문화와 관계를 형성하며 새로운 삶의 가능성으로 자신을 구성해 갈 수 있을 것이다.

이주민 설화를 들으면서 한국 설화에서 접하지 못했던 낯설고 이질적인 화소 중에 우리나라 설화나 이미 알고 있는 설화의 화소와 비슷한 것은 없는지, 비슷한데 차이가 나는 것은 무엇인지 '상징적 표상'을 비교하는 과정은 삶의 새로운 가치를 획득해 가는 일이 된다. 이 글에서는 이주민 설화가 가진 상징적 표상이 형성하는 가치 중 '동질적 결합의 고착', '이질성과의 마주침', '표면과 이면의 사유를 통한 관계 생성'에 집중해 해석했지만, 앞으로 더 다양한 상징의 해석으로 이주민 설화가 다양한 문화시대를 살아가는 우리의 삶과 문화를 더욱 풍성하게 이해할 수 있는 초석이 되리라 생각한다.

참고문헌

고희성, 「상호문화적 소통 능력을 위한 융복합교수-학습 방안 연구: 국어와 도덕 교과의 '배려'를 중심으로」, 『국어교육학연구』 51, 국어교육학회, 2016.

김성진, 「상호문화주의와 세계문학 교육」, 『문학교육학』 49, 한국문학교육학회, 2015.

김정은, 「설화의 서사문법을 활용한 자기발견과 치유의 이야기 창작 방법 연구」, 건국대학교 박사학위논문, 2016.

_____, 「〈꽁치 닷 발 주둥이 닷 발〉설화에 나타난 탐색과 문답의 서사원리 연구」, 『한국고전연구』 38, 한국고전연구학회, 2017.

김혜진, 「한국어 학습자의 문화 능력 향상을 위한 설화 교육 연구」, 서울대학교 석사학위논문, 2009.

김혜진·김종철, 「상호 문화적 능력 향상을 위한 한국의 '흥'이해 교육」, 『한국언어문화학』 12, 국제한국언어문화학회, 2015.

신동흔, 「서사적 화두를 축으로 한 화소-구조 통합형 설화 분석방법 연구」,

『구비문학연구』 46, 한국구비문학회, 2017.
______, 「새로운 한국어문학으로서 이주민 설화 구술의 성격과 의의」, 『국어국문학』 180, 국어국문학회, 2017.
오정미, 『다문화사회에서의 한국의 옛이야기와 문화교육』, 한국문화사, 2015.
______, 「이주민 설화 조사를 통해 본 새로운 다문화교육 방안」, 『구비문학연구』 47, 한국구비문학회, 2017.
이성희, 「다문화사회에서 상호문화능력 신장을 위한 한국 민속 교육의 설계」, 『한국민족문학』 43, 부산대학교 한국민족문화연구소, 2012.
______, 「다문화역량 신장을 위한 동아시아 이야기 콘텐츠의 주제론적 접근: 〈콩쥐팥쥐〉와 〈섭한이야기〉를 중심으로」, 『다문화와평화』 11, 성결대학교 다문화평화연구소, 2017.
임경순, 「다문화 시대 소설 교육의 한 방향」, 『문학교육학』 36, 한국문학교육학회, 2011.
임진숙, 『천 가지 이야기가 있는 나라 인도네시아』, 즐거운 상상, 2007.
정운채, 「자기서사의 변화 과정과 공감 및 감동의 원리로서의 서사의 공명」, 『문학치료연구』 25, 한국문학치료학회, 2012.
최성환, 「다문화주의의 개념과 전망」, 『철학탐구』 24, 중앙대학교 중앙철학연구소, 2008.
하은하, 「한국어교육을 위한 동아시아 설화 비교 연구: 한국, 베트남, 태국의 〈나무꾼과 선녀〉를 중심으로」, 『인문논총』 31, 서울대학교인문과학연구소, 2017.
C. I. 레비스트로스, 안정남 역, 『야생의 사고』, 한길사, 1999.
마달레나 드 카를로, 장한업 역, 『상호문화 이해하기: 개념과 활용』, 한울, 2011.
테리 이글턴, 김명환 외 역, 『문학이론입문』, 창작과비평사, 2015.

● 이 글은 『고전문학과교육』 제38집(한국고전문학교육학회, 2018. 6. 30.)에 실린 논문을 일부 수정 보완한 것임.

다문화 설화작품과 현장적 소통방식의 문학치료학적 활용 가능성: 남녀·부부서사를 대상으로

김민수

1. 서론

문학치료학은 처음 태동[1]한 이래 서사에 대한 고민[2]을 주춧돌 삼아 많은 선행 연구자들의 결실 위에 발전해왔다. 이를 토대로 최근 문학치료의 영역은 인간의 근원에 대한 탐구에서부터[3] 실제 상담과 치료[4], 그리고 서사지도[5]와 스키마 이론과의 접목[6]에 이르기까지 그 학문적 넓이와 깊이를 더해가고 있다. 이 외에도 수많은 연구가 문학치료의 발전을 위해 힘을 보탰으나 지면의 한계상 일일이 열거하기 어렵다. 인간이 문학을 향유하며 자신들의 서사를 문학에 투영하면[7], 문학치료학은 '인간이 곧 문학이며 문학이 곧 인간이다'라는 관점[8]아래 문학과 인간의 서사를 돌보기 위해 다각도로 노력해왔다.

1 정운채, 「시화에 나타난 문학의 치료적 효과와 문학치료학을 위한 전망」, 『고전문학과 교육』 1, 청관고전문학회, 1999, 165-187쪽.

2 김정애, 「문학치료학의 '서사'개념의 정립 과정과 적용 양상」, 『문학치료연구』 13, 한국문학치료학회, 2009, 9-33쪽 등.

3 박재인, 「한중일 조왕서사를 통해 본 가정 내 책임과 욕망의 조정 원리와 그 문학치료학적 의미」, 건국대학교 박사학위논문, 2015.

4 황혜진·김정애·조은상, 「문해력 신장을 위한 문학치료 실행연구 시론」, 『문학치료연구』 12, 한국문학치료학회, 2009, 105-139쪽; 김혜미, 「폭력서사의 진단 및 개선을 위한 문학치료 프로그램 연구: 학교폭력을 중심으로」, 건국대학교 박사학위논문, 2017.

5 김정희, 「남녀관계의 위기와 지속에 대한 서사지도 구축과 문학치료 활용 연구」, 건국대학교 박사학위논문, 2018.

6 나지영, 「인지역동 스키마 이론과의 연계를 통한 문학치료학 서사이론 발전 방향 연구」, 건국대학교 박사학위논문, 2016.

7 "모든 문학적 글쓰기는 자신의 이야기이면서 동시에 자신의 이야기가 아니다. 인간이 표현하는 문학적 글쓰기는 자신의 내부에서 나오는 것이므로 기본적으로 자신의 이야기이지만 상상력의 힘을 빈 허구적 글쓰기이므로 실제 자신의 이야기가 아니기도 하다." 배영의·김성범, 「문학치료의 텍스트 해석학적 이해에 대한 고찰: 폴 리쾨르의 은유, 상징, 내러티브 해석학적 이해를 중심으로」, 『문학치료연구』 42, 한국문학치료학회, 2017, 42쪽.

8 정운채, 「문학치료학의 서사이론」, 『문학치료연구』 9, 한국문학치료학회, 2008,

한편, 문학치료가 빠르게 발전해오는 동안 우리나라는 다문화 사회라는 명칭에 익숙해졌다. 그리고 다문화사회로 진입하게 될 것이라는 전망을 마주한지도 꽤 오랜 시간이 지났다. 여러 학계에서는 다문화 사회를 맞이하기 위해 사회 변동의 폭을 예측하고 적응하고자 다양한 연구와 의견을 제시하였다. 일반적으로 한 국가나 집단 내 다양한 문화를 가진 집단이 공존하거나, 전체 인구의 5%가 외국인인 경우 다문화 사회라고 한다. 문화를 기준으로 할 때 우리나라는 이미 다문화사회에 진입했고, 2016년 전체 인구의 4%가 외국인이었으므로 인구 수치상으로도 이제 다문화 사회는 완전한 현실이 될 것이다.[9] 더 이상 다문화 가정을 만나거나 한국인이 된 외국인을 만나는 것이 TV에서나 가능한 먼 이야기가 아니라 우리 주변에서 흔하게 일어나는 일이 된 것이다.

그러나 이제까지 다문화에 대한 연구와 논의들은 현장중심적, 정책적 접근이 많았고 그 결과 또한 포용이나 본질적인 해결이 아닌 충격을 완화하는 지원 개념에 그치고 있다. 다문화 가정에 많은 직·간접적 사회자원의 지원이 이루어졌고, 사람들의 인식 개선을 위한 다양한 제도적 장치들이 마련되었다. 그러나 아직도 다문화 가정이 한국사회에서 적응하고 생활하는데 아무런 불편도 없다고 말하기는 쉽지 않은 상황이다. 결과적으로 다문화 사회에 관한 긴 시간동안 다양한 연구가 있었음에도 불구하고 아직 완전하게 해결되지 않은 상태이다. 그러므로 새로운 방식으로 접근해 볼 필요가 있다.

247-278쪽.

9 2016년 기준 결혼이주자는 15만 명에 육박하며, 전체 혼인 중 다문화 혼인의 비율도 7~8%대에 이른다(통계청 발표자료, 2016 다문화 인구동태 통계 참조, http://kosis.kr). 이러한 수치는 더 이상 다문화 가정이 한국사회에서 별개로 취급될 수 있는 존재가 아니라 이미 한국 사회의 일부로써 작동하고 있음을 인지하고 상생할 방법을 찾아야 함을 의미한다. 특히 '가정'이 후대를 생산하여 사회구성원으로서 성장시키는 토대임을 감안하면 앞으로 다문화 가정의 영향력이 한국 사회에서 줄어들 가능성보다는 늘어날 가능성이 더 높음을 짐작할 수 있다.

본 논문은 다문화설화를 조사하는 과정[10]에서 수집된 다문화 설화가 단순히 DB로써 남을 것이 아니라 연구를 통해 문학치료학적으로 활용될 가능성을 타진해보고자 한다. 다문화 설화라는 개념이 명확하게 규정되었다거나 그 명칭이 구체적으로 널리 쓰이는 상황이 아니기 때문에 혼란을 겪을 수 있다. 이러한 혼란을 최소화하기 위해 우선 본고에서 다루는 다문화설화작품은 국내 체류 중인 외국인이 구술한 본국의 설화를 그 대상으로 한다. 이주민이 직접 구술한 본국의 설화가 통·번역 과정에서의 개입과 손실을 가장 잘 줄일 수 있는 자료라고 판단했기 때문이다. 그래서 그 대상으로 여러 나라에서 노동, 결혼 등을 이유로 한국에 가정을 이루고 사는 다문화가정 제보자들이 구술한 설화[11]〈말괄량이 깨오〉, 〈낑껑뱀〉를 대상으로 남녀서사, 부부서사의 핵심적 원리를 보여주는 지점을 분석한다. 그리고 이러한 설화분석이 문학치료 현장에서 어떤 작품서사로 활용될 수 있는지를 파악한다.[12] 좋은 작품서사를 찾는다는 것은 자기서사를 비추고 치료할 수 있는 새로운 거울을 찾는 것과 같으며 문학과 인간의 역동적인 상호작용[13]을 일으킬 수 있다. 다문화 설화작품이 조사되는 과정에서 행해지는 현장적 소통방식이 문학치료에 도움을 줄 수 있는 방향에 대해서도 고민해 볼 것이다. 이러한 고민이 문학

10 다문화시대 한국학을 위한 이주민 설화 구술자료 DB 구축사업(AKS-2016-KFR-1230004).

11 자료로 사용된 자료들은 연구팀에서 직접 채록한 것이며 구연내용을 그대로 전사한 것이어서 원형에 가장 가까운 형태로 전사되어 사용된다. 또한 생소한 개념이나 줄거리의 확인 및 정리 과정정도를 제외하면 구술중인 이야기에 대해 채록자는 거의 개입하지 않았다.

12 위와 같은 시각을 바탕으로 진행된 선행연구로는 신동흔, 「문학치료에서 외국설화의 활용 가능성 탐색: 그림형제 민담을 중심으로」, 문학치료연구 27, 한국문학치료학회, 2013; 하은하, 「결혼 이주 여성의 자아존중감 강화를 위한 내 복에 산다형 설화의 문학치료적 의미」, 『구비문학연구』 33, 한국구비문학회, 2011; 하은하, 「콩쥐팥쥐 설화에 나타난 부부 갈등 양상과 그 문학치료적 의미: 동아시아 신데렐라 유형과의 비교를 통해」, 『인문논총』 28, 인문논총, 2014가 있다.

13 정운채, 「문학치료와 자기서사의 성장」, 『우리말교육현장연구』 4(2), 우리말교육현장학회, 2010, 9쪽.

치료학의 자료적 저변을 넓히는 것은 물론이거니와 치료방식 발전에도 조금이나마 도움이 되기를 소망한다.

2. 다문화 설화의 작품서사적 가치 분석

문학치료에서는 인간관계의 양상에 따라 자녀, 남녀, 부부, 부모의 네 가지 서사를 기준으로 하고, 각 서사마다 가르기, 밀치기, 되찾기, 감싸기의 행동방식을 기본적인 서사 발현의 방식으로 보았다.[14] 실제 치료 과정에서는 자기서사 진단의 명료함을 위해 하나의 설화가 하나의 주된 작품서사를 드러내고 있다고 설정하고 분석에 임한다. 본고에서는 우선 다문화 설화를 분석할 때 가르기, 밀치기, 되찾기, 감싸기 등의 수준 분석은 잠시 후속연구로 미루어 두려고 한다.

좋은 서사를 통해 문학과 사람을 치료하는 것이 문학치료의 핵심적인 가치이고, 그 과정에서 사람이 가지고 있는 자기서사와 문학작품이 가지고 있는 작품서사는 서로 상호작용하게 된다. 본 논문은 우선적으로 좋은 서사를 발굴해내고, 서사분석을 통해 해당 설화들이 얼마나 남녀서사와 부부서사의 핵심적인 가치를 구성해가고 있는지 드러내는 것을 목표로 한다.

본고에서 다문화 설화작품으로 캄보디아와 태국 설화를 선정한 이유는 두 설화가 모든 국가의 다문화설화가 가진 보편성을 담보하기 때문에 선정한 것이 아니다. 두 작품이 문학치료에서 언급하는 남녀서사, 부부서사의 핵심 가치를 가장 잘 보여주고 있기 때문에 문학치료에서 활용하기에 적합한 서사라고 판단했기 때문이다. 분명히 여러 나라의 여러 설화가 존재하고 있는 만큼 더 적합한 서사를 찾아내고, 분석하여 실제 과정에 적용하는 노력은 지속되어야 할

14 정운채, 「자기서사진단도구 개발을 위한 기초서사척도」, 『고전문학과 교육』 14, 한국고전문학교육학회, 2007, 215쪽 참조.

것이다. 그러나 이러한 시도 자체가 적은 상황에서는 우선적으로 적합한 텍스트를 대상으로 분석을 시도할 수밖에 없다. 앞으로 이 주제에 관해 많은 연구자들에 의해 다양한 논의와 결과가 축적된다면 보다 정교한 서사 작품 선정이 가능해 질 것이다. 우선적으로 주 인물의 서사를 형성하는 과정을 밝히며, 그 서사가 가진 치유적 힘을 확인하는 것이 다문화 설화 작품서사 분석의 첫걸음이 될 것이다.

남녀서사는 우리들이 남자 또는 여자로 살아갈 때에 작동하는 기초서사로, 그 주안점은 '선택'이다. 남녀서사는 '세상'보다는 '나'를 중심에 두고, '법칙'보다는 '소망'을 중심에 두어 '선택'하는 인간 문제를 다루고 있는 기초 서사라고 할 수 있다.[15] 부부서사는 우리들이 남편 또는 아내로 살아갈 때에 작동하는 기초서사로, 그 주안점은 '지속'이다. 부부서사는 '나'보다는 '세상'을 중심에 두고, '소망'보다는 '법칙'에 중심을 두어 '지속'하는 인간 문제를 다루고 있는 기초서사라고 할 수 있다.[16]

네 가지 서사 중에서 특별히 남녀·부부서사에 집중한 이유는 한국사회에서는 다문화 사회를 진단할 때 결혼이주에 초점을 맞추고 있기 때문이다. 다문화 사회를 구성하는 인원들은 굉장히 다양하지만 유학이주나 노동이주보다 결혼이주의 형태가 다문화 사회를 형성하고 영향력을 끼치는 데 가장 큰 역할을 하고 있다. 다문화 가정이 형성되면 2세를 생산하면서 새로운 한국사회의 일원으로 받아들여지는데, 이 과정에서 가장 밀접하게 작동하는 서사가 남녀·부부서사이다. 그런 의미에서 볼 때 한국 다문화 사회를 이해하는 데 가장 중요한 서사는 남녀, 부부서사일 것이다. 또한 한국의 행복하고 조화로운 다문화가정과 구성원들의 안정적인 정착을 위해서라도 가장 먼저 이해되어야 할 서사가 남녀·부부서사이다. 두 서사는 완전히 같은 서사라고 보기에는 다른 부분도 있고 지향하는 가치도 다르지만, 아주 다른 서사라고 단언하기도 어려울 정도로 서로 밀접한 관

15 정운채 외, 『문학치료학의 분야별 연구 성과』, 문학과 치료, 2013, 115쪽.

16 위의 책, 145쪽.

련이 있다. 일반적인 경우 남녀서사에서 부부서사로의 이행은 삶의 여정에서 연장선상에 놓여있기 마련이다. 사람마다 삶의 양상이 다르기에 반드시 연장선상에 있다고 보지 않더라도 두 서사가 긴밀한 연관관계가 있다는 점까지 부정하기는 어렵다.[17]

2.1. 남녀서사에 해당하는 설화 〈말괄량이 깨오〉

우선 남녀서사에 해당하는 설화 〈말괄량이 깨오〉[18]를 살펴보도록 한다. 〈말괄량이 깨오〉는 태국 설화로 줄거리를 정리하면 다음과 같다.

① 한 부부가 신이 구슬을 주는 꿈을 꾸고 아이를 낳았다.
② 부부는 아이의 이름을 깨오라고 지었다.
③ 깨오는 굉장히 말괄량이같은 성격으로 자라났다.
④ 어느 날 왕자가 성 밖으로 나가 연을 날리다가 바람이 불어 연을 놓쳤다.
⑤ 놓친 연이 깨오 앞에서 떨어졌다. 깨오는 연을 주워 자신의 것이라고 했다.
⑥ 왕자가 연을 쫓아와 깨오에게 연을 달라고 했으나 깨오는 돌려주지 않았다.
⑦ 왕자가 연을 돌려주면 깨오를 왕궁으로 데려가겠다고 약속하자 깨오가 연을 돌려주었다.
⑧ 왕자가 궁으로 돌아간 뒤 시간이 지나도 깨오를 왕궁으로 부르

17 "남녀서사와 부부서사가 아주 긴밀하게 연결되어 있을수록 부부서사는 훨씬 더 안정적일 것이다. 그렇지 않으면 부부서사가 전개되어야 할 그 지점에 남녀서사가 개입하게 된다."(정운채, 앞의 논문, 2008, 255쪽)는 분석을 보더라도 두 서사가 서로 영향을 주고받는 관계를 형성하고 있음을 알 수 있다. 이런 시각으로 진행된 연구(김혜미, 「영화 〈지금 사랑하는 사람과 살고 있습니까〉에 나타난 부부의 위기」, 『영화와 문학치료』 1, 서사와문학치료연구소, 2009)가 있다.

18 파일명: 태국_F002_20161114_03_와닛차_0001. 2016년 11월 14일(월) 13:00-16:30, 서울특별시 서대문구 이화여자대학교 대학원기숙사 세미나실에서 와니차와 닛차진시리와닛(태국, 여, 1990년생, 유학 5년차)가 구연하고 박현숙·김민수가 조사하였다.

지 않았다.

⑨ 깨오는 부모님에게 왕자와의 약속을 설명하고 왕에게 직접 가 이야기 해 달라고 했다.

⑩ 깨오의 부모가 왕에게 깨오와 왕자와의 약속에 대해 말하자 왕은 화를 냈지만 왕비는 약속을 지키라고 했다.

⑪ 왕의 군사들이 깨오를 데리러 왔으나 깨오는 금 가마를 가져오지 않으면 가지 않겠다고 고집을 부렸다.

⑫ 왕은 할 수 없이 금 가마를 보내 깨오를 왕궁으로 데려왔다.

⑬ 왕은 깨오를 없애기 위해 깨오에게 수메르 산을 가져오지 못하면 죽이겠다고 말했다.

⑭ 깨오가 수메르 산을 가지러 가는 길에 도사를 만났다.

⑮ 도사는 깨오의 이야기를 듣고 날 수 있는 배, 산을 자를 수 있는 칼을 주었다. 그리고 얼굴을 바꾸어 준 뒤 예전 모습으로 돌아갈 수 있는 탈을 주었다.

⑯ 깨오는 날 수 있는 배를 타고 수메르 산에 가서 칼로 산을 잘라왔다.

⑰ 왕은 당황했지만 깨오가 약속을 지켰으므로 어쩔 수 없이 깨오와 왕자를 결혼시키려고 했다.

⑱ 왕자는 다른 나라의 공주와 결혼하고 싶어 집을 떠났다가 거인에게 잡혔다.

⑲ 깨오가 나는 배를 타고 거인 왕국에 가 칼로 거인을 죽이고 탈을 벗어 예쁜 얼굴로 왕자에게 갔다.

⑳ 왕자는 깨오와 사랑에 빠져 같이 밤을 보내고 아내의 증표로 깨오에게 반지를 주었다.

㉑ 왕자는 본국으로 돌아간 후 죽은 거인의 복수를 위해 친구 거인이 왕자의 나라로 쳐들어 왔다.

㉒ 깨오가 거인과 싸우는 과정에서 거인이 깨오의 배를 차자 깨오의 배에서 딸 셋이 태어났다.

㉓ 깨오가 출산할 때의 피가 묻은 천으로 거인을 때리자 거인이 죽었다.

㉔ 깨오가 왕자에게 돌아가 자신이 과거의 그녀라고 말하자 왕자는 믿지 않았다.

㉕ 깨오가 반지를 보여주자 왕자는 깨오를 믿었고 깨오가 탈을 벗자 깨오는 예쁜 얼굴로 돌아왔다.

㉖ 왕자는 깨오를 알아보고 결혼하여 행복하게 살았다.

다소 생소한 설화작품일 수 있어 자세하게 줄거리를 나열하였다. 〈말괄량이 깨오〉는 크게 두 사건을 중심으로 볼 수 있다. 첫 번째 사건은 깨오가 왕자를 만나서 왕궁으로 가는 과정이다. 줄거리 ①-⑫에 해당한다. 두 번째 사건은 왕궁을 나와 깨오가 겪는 모험으로 줄거리 ⑬-㉖에 해당한다. 두 사건 모두 깨오를 중심으로 서사가 전개된다. 그러므로 전체적인 서사를 이끌어 가는 핵심 인물은 깨오라고 볼 수 있다.

> 어느 날 그 나라의 왕자가 밖에 놀러가겠다고 이렇게 왕이랑 왕비한테 알려두고 밖에 놀러가서 연을 이렇게 날리는 놀이 했어요. 연 놀이? 연 놀이 하는데 바람이 너무 세서 연이 놓쳐 가지고 이렇게 날아갔어요. [조사자: 날아갔어요?] 네, 되게 멀리 날아갔는데 깨오 앞에서 떨어졌어요. 그래서 깨오는 그거 주워가지고 이렇게 자기 꺼라고 이렇게 왕자한테 얘기했어요. 왕자가 이렇게 막 주우려고 뛰어가는데, 깨오는 돌려 주지 않고 내 꺼라고 이렇게 얘기하고 그렇게 왕자는 그 속에는 되게 화가 나고 그랬는데 근데 뭐 연을 가지고 싶으니까 그냥 "연을 주면 내가 왕궁으로 데려가 줄게." 막 이렇게 얘기한 거라서 깨오는 그래서 연을 돌려줬어요.

우선 깨오의 성격을 먼저 살펴보는 것이 작품의 서사를 이해하는 첫걸음이 될 것이다. 위에 언급된 부분을 볼 때 가장 눈에 들어오는 것은 깨오의 당당함이다. 왕자가 연을 달라고 하지만 왕궁으로 들어갈 기회를 얻기 전까진 연을 돌려주지 않는다. 결국 왕자는 깨오를 왕궁으로 초대하고 싶지 않았으나 연을 돌려받기 위해 약속을 한다.

> "내가 왕자랑 약속했는데, 왕자가 안 오는 거예요. 부모님이 직접 가서 왕한테 이렇게 얘기 해주세요." 이렇게 해가지고 그래서 부모님이 왕궁에 가서 왕에게 이렇게 얘기 했더니 왕이 너무 화가 났어요. 막 이렇게 천한 사람들이 왜 이렇게 나한테 막 이런거 달

> 라고 이렇게 해가지고 근데 왕비는 착한 분이셔서 데려오라고 이렇게 얘기 했어요. 그래서 데려오는 날에 깨오는 집 앞에서 막 기다리고 이렇게 그 군인들은 막 데려오러 왔는데 어 그냥 왔어요. 그래서 깨오는 "나한테 금 가마로 싣고 가지 않으면 나는 안 간다." 이렇게 얘기 해가지고 그래서 고집을 부려서 그래서 왕은 어쩔 수 없이 금 가마를 보내서 데려갔어요.

깨오는 왕자가 약속을 지키지 않자 부모에게 궁에 가 자신의 약속을 지키라는 말을 해 달라고 요청한다. 일견 깨오가 주체적인 인물이라면 스스로 궁에 가 왕자에게 약속을 지키라고 말하는 것이 옳다는 생각이 든다. 그러나 깨오는 연을 돌려주는 조건으로 왕자의 '초대'를 약속받았으므로 스스로 궁으로 가지 않았다. 약속을 지키라며 왕자를 찾아가는 것 자체가 왕자가 약속을 지키지 않아도 되게 만드는 행위이기 때문이다. 이런 깨오의 행동을 입증해주는 부분이 궁에서 초대가 왔을 때 바로 수락하지 않고 황금가마를 요청하는 장면이다. 군사들이 궁으로 데리러 가기 위해 집 앞까지 왔으나 오히려 황금가마를 요청하는 데서 자신이 황금 가마를 타기에 전혀 부족함이 없는 인물이라는 자신감이 엿보인다. 이런 당당한 표현과 자기인식은 "내 배꼽 아래 선그뭇 덕으로 먹고 입고 잘 삽니다."라고 말하며 내 삶의 주인공은 나임을 주장[19]하고 전상신에 오른 가믄장아기의 자기인식에 버금간다. 첫 번째 사건에서 집중해야 할 부분은 깨오가 자신이 원하는 것을 표현했다는 것이다. 그 기저에는 자기자신에 대한 존중과 자기 가치에 대한 확고한 믿음이 자리 잡고 있다.

> 숲에서 도사를 만났는데 그 도사는 왜 여기 오냐구 물어봤더니 깨오는 이렇게 이렇게 얘기 해 주고 나서 도사는 그 도와주려고 이렇게 해서 신비한 물건들을 줬어요. (중략) 깨오 말 같이 생긴 얼굴을 벗을 수 있게 막 이렇게 그런 것도 줬나요? 주문을 해 줘가지고

19 신동흔, 『살아있는 한국신화』, 한겨레출판, 2014, 338쪽 참조.

그래서 [조사자: 그러니까 그걸 풀 수 있는 주문 같은 걸 알려주고?] 음, 약간 뭐라 해야 되죠? 말 같이 생긴 얼굴을 탈로 만들어서 이렇게 쓰고 벗을 수 있는 이렇게 바꿨어요. [조사자: 가면 같은 걸 줬다는 거예요?] 그 약간 이 탈을 벗으면 예쁘게 생긴 얼굴이고 탈을 쓰면 그대로인 얼굴

왕자와 약속한 대로 궁에 초대받은 깨오는 처음에는 왕에게 인정받지 못한다. 깨오를 떼놓기 위해 고민하던 왕은 깨오에게 수메르 산을 잘라 오면 왕자와 결혼시키고 그렇지 못하면 궁에서 내쫓겠다는 시험을 낸다. 깨오는 수메르 산을 구하러 가는 길에 도사를 만나 하늘을 나는 배와, 산도 자를 수 있는 칼, 얼굴을 바꿀 수 있는 탈을 얻는다. 지금까지 문학치료 이론과 서사분석을 통해 깨오가 보여주는 남녀서사의 핵심 '나의 소망' 그리고 '선택'의 모습을 살펴보고 있다. 그런데 이러한 서사분석을 통해 잘 드러나지 않는 부분이 인물들 간의 관계를 도식화함으로써 드러나기도 한다. 작품의 서사를 조금 더 입체적으로 이해하고 해석하기 위해서는 다른 방법론의 도움을 받을 필요가 있다. 본고에서는 왕과 거인이 가지는 의미의 미묘한 차이를 드러내고 해석하기 위해 그레마스의 행위항 도식[20]에 대입해 보기로 한다.

이에 따르면 주체는 깨오이며 조력자는 도사, 적대자는 왕/거인, 대상은 왕자로 정리할 수 있다. 또 대상의 파송자에서 수령자로의 전이는 왕이 파송하여 깨오가 수령하는 것으로 볼 수 있다. 보통의 행위도식항에서는 적대자와 파송자의 역할이 같은 경우는 드물다. 그러나 자식을 독립시키고 새 가정으로 보내는 일이라면 이런 관계적 도식도 설정 가능할 것 같다. 이를 도표로 정리하면 다음과 같다.

20 A. J. Greimas, *Sémantique structurale*, Paris: Larousse, 1966, pp. 172-191. 자세한 설명은 송효섭, 『설화의 기호학』, 민음사, 1999, 90쪽 참조.

왕(파송자)	→	왕자(대상)	→	깨오(수령자)
		↑		
도사(원조자)	→	깨오(주체)	←	적대자(왕/거인)

핵심적인 두 번째 사건의 시작과 함께 서사의 구성을 정리해 보았다. 깨오의 남녀서사에 집중해서 보았을 때 눈 여겨 볼 화소는 얼굴을 바꿀 수 있는 탈이다. 깨오가 탈을 쓰면 원래 얼굴이 되고 탈을 벗으면 예쁜 다른 사람이 된다. 깨오가 가진 탈은 변신, 새로운 정체성을 상징한다. 깨오가 예쁜 얼굴로 변했다는 것을 단순히 외모가 아름다워졌다고 보기 보다는 집을 떠나 모험을 하는 과정에서 진정한 자신의 모습을 발견했다는 하나의 상징으로 받아들일 수 있다.

> 거인에게 잡혀가가지고 왕자가 그래서 깨오는 그 소식을 듣고 왕자가 잡혀간 것을 듣고 그 비행선이랑 칼을 들고 거인왕국에 가요. 그래서 그 거인 나라에 가고 거인을 막 이렇게 [조사자: 물리쳐?] 네, 물리치고 죽였어요. [조사자: 죽여서?] 거인을 죽이고 탈을 벗어서 왕자한테 갔어요. 그래서 왕자는 사랑에 빠지고 그녀에게, 사랑에 빠지고 이렇게 한밤을 지냈어요. (중략) 거인이랑 싸웠을 때 이렇게 거인한테 그 뭐죠 그 거인이 발로 찼어요 깨오한테 배에다가 이렇게 그래서 배, 배에서 발로 찼더니 그 아이가 [조사자: 아이가 태어났어?] 네. 아이가 태어났어요. 딸 세 명이, 막 태어나고 그리고 그 출산할 때 이렇게 피로 물든 천 있잖아요. 그 천으로 이렇게 거인을 때리고 그 때려서 약간 그 그 피는 약간 좀 뭐라 해야 되죠? [조사자: 성스러운?] 힘이 있어서 거인의 약간 마법이 [조사자: 안 먹히는구나] 네. 거인이 죽었어요 그것 때문에. (중략) 깨오는 전쟁에서 이겨가지고 왕한테 인정도 받고 그리고 왕자한테 이렇게 탈을 자기가 그때 그녀라고 얘기했는데 처음에 왕자는 믿지 않았어요. 그래서 반지를 보여줬는데 아 그래서 왕자가 믿고 그리고 깨오는 탈을 벗었어요. 그래서 다들 이렇게 축하해주고 다들 신났고 "이렇게 예쁜 사랑이 있구나." 얘기하고 그래서 행복하게 살게 됐어요.

깨오는 왕이 내 준 과제를 해결했으나 왕자와 바로 결혼하지 못한다. 왕자는 다른 여자와 결혼하기 위해 궁을 나섰다가 거인에게 붙잡힌다. 깨오는 거인을 물리치고 자신의 진짜 모습을 왕자에게 보여준다. 그리고 왕자의 마음을 얻어 함께 하룻밤을 보낸다. 하지만 다른 거인이 나라를 쳐들어오고 깨오는 그 거인을 죽이는 과정에서 세 딸을 낳고 출산혈로 거인까지 물리친다. 새로운 생명을 상징하는 피로 거인을 물리치는 깨오의 모습은 신화에 등장하는 여신의 면모와 닮아있다. 이런 상징은 우리 마음속에 내재되어 있는 어떤 정신적 심성을 원관념이 생략된 형태로 나타내고 있다.[21]

반면 왕자는 깨오와 완전히 다른 성격이다. 왕자는 처음부터 제대로 자신의 의견을 표현하지 못하고 소극적인 모습을 보인다. 왕궁으로 초대하겠다는 약속은 왕자가 했지만 약속에 대한 반응은 왕이 보인다. 깨오에게 수메르 산을 베어오라는 임무를 준 것도 왕이고, 임무의 보상으로 결혼을 제시한 것도 왕이다. 이런 모습은 왕자가 자신의 일을 스스로 결정하지 못하고 부모의 영향력을 벗어나지 못하는 상황에 있음을 의미한다. 자신의 삶을 주체적으로 결정하고 표현하는 깨오와 완전히 대조되는 위치에 있는 셈이다. 앞서 그레마스의 행위항 도식 분석 과정에서 대적자에 왕과 거인을 함께 놓았는데, 이것은 왕과 거인이 동일한 존재라고 보았기 때문이다.

깨오가 수메르 산을 베어 옴으로써 왕이 준 임무를 성공적으로 수행하자 왕은 왕자와의 결혼을 허락할 수밖에 없는 상황에 처해 곤란해 한다. 왕자는 다른 여자와 결혼하겠다며 궁을 나선다. 왕자 역시 자신의 의견을 표현하며 깨오처럼 모험을 떠난 셈인데 여기서 왕자는 곧장 거인에게 붙잡히게 된다. 깨오가 대상인 왕자를 추구하는 것을 막아서는 적대자이자 왕자가 자신의 영역을 벗어나자 다시 자기 영역 안에 가두는 거인은 아버지인 왕의 이면으로 해석된다. 결과적으로 왕은 아버지로서 자식을 독립시키고자 하면서도 자신의 품에 두고 싶어 하는 파송자이자 적대자로서 서사 내부에서 작동한

21 권기호, 『현대 시론』, 경북대학교출판부, 1998, 37쪽 참조.

다. 그럼에도 불구하고 깨오는 마지막 위기까지도 해결한다. 거인이 죽음으로써 결혼허락을 받는 부분은 왕이 아버지로서 아들을 대하다 성인으로 인정하고 독립시키는 상황을 의미한다. 그리고 깨오는 가면을 완전히 벗어 버리고 왕자와 행복한 결말에 이르게 된다.

〈말괄량이 깨오〉는 자신에 대한 존중과 믿음을 바탕으로 자신이 원하는 바를 거침없이 추구하는 깨오와 대조적으로 부모의 소망, 영향력에서 쉽사리 벗어나지 못하는 왕자의 모습을 보여준다. 그리고 이를 통해 남녀 서사의 가장 핵심이라 할 수 있는 나의 소망과 그 선택[22]의 지점을 서사화하고 있다고 볼 수 있다.

〈말괄량이 깨오〉와 설화를 자녀서사의 핵심적 측면인 '나의 소망'과 '선택'에 집중하여 해석해 보았다. 깨오는 서사의 갈림길에서 결국 '자신'을 선택한다. 그리고 이런 선택이 남녀서사적 판단일 것이다. 자신의 소망을 선택하는 과정은 필연적으로 부모세계로부터의 분리를 동반한다. 그런 의미에서 〈말괄량이 깨오〉는 주변의 반대나 백안시를 무릅쓰고 배우자를 선택하고 결혼하는 사람들과, 그런 사람들이 구성한 다문화 가정의 핵심을 이해하는 데 도움을 줄 수 있는 설화작품으로서 문학치료적 가치가 충분하고 볼 수 있다. 또한 자존감이 낮아 스스로 자신의 문제를 결정하기 두려워하고 자꾸 부모(혹은 내담자의 인간관계에서 부모-자녀 서사를 구성하고 있는 책임자)에게 확인받으려는 사람들과의 내담과정에서 활용되거나 제시되기에 적절한 서사적 역량도 가지고 있다.

2.2. 부부서사에 해당하는 설화 〈낑껑뱀〉

부부서사의 핵심을 보여주는 설화는 〈낑껑뱀〉[23]이다. 이 이야기

22 정운채, 위의 논문, 2008, 263쪽 참조.

23 파일명: 캄보디_F_033_20161217_01_체아다비_0004. 2016년 12월 17일(토) 10:30-16:00, 강원도 횡성군 횡성읍 한우로 242번길 3에서 체아다비(캄보디아, 여, 1983년생, 결혼이주 8년차)가 구연하였고 박현숙·김민수가 조사하였다.

는 앞서 남녀 서사를 가진 설화처럼 행복한 결말로 끝나지 않는다. 그러나 이것은 부부생활의 결말을 상징하는 것이 아니라 전설이라는 장르적 특성[24]에 기인한 것이다. 전설은 작품 내부 상징들의 긴밀한 작용을 통해 불친절하지만 강렬하게 문제를 제기[25]하는데 이런 전설의 작동방식은 작품의 내적구조가 죽음으로 귀결된다고 하더라도 비극적으로 닫혀진 세계관적 구조를 갖지 않는다.[26] 그러므로 비극을 그대로 이해하기보다는 장르적 특성에 맞게 작품 내 외부의 반응을 통해 부부서사의 핵심 부분을 찾아내는 것이 올바른 작품서사 추출 방식일 것이다. 이야기는 캄보디아 설화 〈낑꼉뱀〉이다. 줄거리는 다음과 같다.

① 한 여자가 남편과 딸과 함께 평범하게 살았다.
② 남편은 다른 지역을 다니며 장사하느라 오랜 기간 집에 없었다.
③ 아내는 먹을 걸 찾아 마를 캐러 산 속에 다녔다.
④ 어느 날 아내가 산속에서 마를 캐다가 구덩이에 호미를 빠트렸다.
⑤ 호미를 꺼내지 못하고 있을 때 구렁이가 나타나 말을 걸었다.
⑥ 아내는 호미를 꺼내주는 대신 구렁이가 원하는 대로 해주기로 했다.
⑦ 구렁이는 호미를 꺼내주고 자신이 원하는 것을 말할 테니 저녁에 딸을 보내라고 했다.
⑧ 밤에 딸을 만난 구렁이는 딸에게 자신이 엄마와의 동침을 원한다고 말했다.
⑨ 밤에 뱀이 와서 아내와 동침하였다.
⑩ 몇 달 후 남편이 집에 돌아왔는데 아내가 임신해 있어서 외도를 의심하고 딸에게 물었다.

24 전설 주인공의 형상은 인간의 한계를 표현하는 실수에서 비롯된 예기치 않은 사태가 불행을 야기하여 주인공 스스로를 파멸에 이르게 하는 것으로 그려진다. 장덕순·조동일·서대석·조희웅, 『구비문학개설』, 일조각, 2006, 74-78쪽 참조.

25 김민수, 「한국 구비설화에 나타난 성적 욕망의 억압과 해소 양상 연구」, 건국대학교 석사학위논문, 2016, 65쪽 참조.

26 천혜숙, 「아기장수 전설의 형성과 의미」, 『한국학논집』 13, 계명대학교 한국학연구원, 1986, 147쪽.

⑪ 딸은 아버지에게 사실을 말 해 주었다.
⑫ 남편은 계획을 세우고 아내가 집에 없는 날 딸을 시켜 뱀을 집으로 불러 죽였다.
⑬ 남편은 죽은 뱀을 요리해서 다음 날 먹고 아내에게 냇가로 목욕을 가자고 했다.
⑭ 냇가에 가서 목욕을 할 때 남편이 아내를 칼로 찔러 죽였다.
⑮ 남편은 아내의 배를 찔렀는데 그 배에서 뱀 새끼들이 나와 세상에 퍼졌다.

〈낑꼉뱀〉은 남편이 집을 비운 사이 아내에게 사건이 발생하는 부분이 줄거리 ①-⑤에 해당한다. 그리고 부인의 결정에 따른 결과가 ⑥-⑨에 해당한다. 그리고 그 결과에 대한 남편의 반응이 ⑩-⑮에 해당한다. 처음 문제가 발생하고 그에 대한 해결책이 새로운 문제를 발생시킨다. 그리고 새로운 문제가 해결되면서 이야기가 끝나게 된다. 순차구조로 분석해 보면 '문제 발생'-'일시적 해결'-'문제 해결' 이라는 구조로 볼 수 있다. 줄거리 ⑥-⑨에서 부인의 문제 해결을 위한 노력이 새로운 문제를 발생시킨다는 점으로 보아 완전한 문제해결이 아니라 일시적 문제해결 이라고 보았다.

> 마 같은 거 캐러 다녔어요. 캐는데 대나무 앞에는 마도 엄청 많고 캐다가 이제 뭐 호미로 구멍 빠져 들었어요. 빠졌는데 아무리 꺼내도 안 되니까 꺼내려는데 거기 뱀이 있었어요. 그래서 뱀하고 막 이야기 해요. "내 호미를 주세요." "만약 네 호미를 주면 너는 나한테 뭘 해줄래?" "원하는 대로 해주겠습니다." 막 하고 그러니까 "알겠소 그럼 내가 주겠소. 내가 뭘 원하는지 어느 저녁에 다시 여기 와라 내가 얘기 해줄게." (중략) 그러니 와서 뱀하고 바람을, 믿을 수 없지만 옛날이야기 속이니까 이제 뱀하고 같이 잠도 자고 뭐 그런 거 했어요. (중략) 남편이 오더니 "내가 한 일 년 집에 없는데 왜 왔더니 마누라가 왜 임신했냐."

뱀은 전 세계 어느 설화에나 등장할 정도로 원형적이고 광포해 있는 상징이며, 그만큼 다양한 의미를 복합적으로 지니고 있다. 〈낑껑뱀>에서 뱀은 가장 근원적인 욕망을 상징한다. 남편이 돈을 벌기 위해 집을 비운 사이 집안을 책임지는 것은 아내의 몫이었다. 부부가 되어 한 가정을 꾸려 나갈 때에는 크고 작고, 중요하고 중요하지 않고를 떠나 각자 가정의 유지를 위해 맡은 역할이 있다.

여기서 아내가 맡은 역할은 남편이 집을 비운 사이 가정을 유지하는 것인데, 이를 위해 마를 캔다. 그러다 호미가 구덩이에 빠진 상황에서 뱀이 등장한다. 이 화소는 부인에게 문제가 발생해 기존에 맡아오던 가정의 유지 역할을 더 이상 수행하기 어려운 상황임을 의미한다.

뱀은 호미를 꺼내 주는 것을 조건으로 아내와 동침한다. 뱀이 호미를 꺼내 준 것이 아내의 부정과 연관되는 것은 호미를 빠트린 상황에서 아내가 한 결정 때문이다. 여기서 뱀은 욕망을 상징하고 호미는 가정에서 맡은 바 역할을 상징하는데, 아내는 자신의 맡은 역할을 위해 욕망과 타협한 셈이다. 이것이 결국 또 다른 문제를 야기하고, 가정의 파괴를 불러온다.

> 아 내가 목욕해줄게 해서 목욕하면서 이제 부인은 강가 가서 앞에서 옷 벗고 목욕하려했는데 남편이 부인을 죽였어요. 칼로 배를 찔렀어요. 찔렀는데 막 쉴 새 없이 뱀이 나와요. 다 애기 뱀 새끼 뱀이고 그러니까 남편은 아무리 뱀을 죽여도 이제 강가도 가고 너무 많으니까 다 잡아 죽일 수 없어요. 그럴 때부터 쭉 이제 뱀이 생긴 이야기 쭉 이야기 있었어요. 그래서 어디 가면 그런 속담 있어요. 바람피우는 속담인데, "냉리처럼 바람 피우고 애기 뱀 낳지 마라." 그런 속담 있어요.

남편이 집에 돌아왔을 때 아내가 임신해 있자 남편은 아내를 의심한다. 그리고 딸은 아버지에게 사실을 말한다. 남편은 꾀를 내어 아내가 없는 사이 딸을 시켜 뱀을 집에 들이고 뱀을 죽여 요리해 먹어 치운다. 그리고 함께 목욕하자며 아내를 강가로 데리고 가 죽인다. 위에 인용된 구술부분은 남편이 아내를 죽였을 때 뱀이 퍼져 나가는 결말부이다.

그러나 뱀을 다 없애지는 못했고 뱀은 세상에 퍼져 나갔다. 이러한 화소로 유추할 수 있는 것은 뱀이 욕망의 영속성 역시 상징한다는 것이다. 욕망은 인간의 근원적인 속성 중 하나로 언제나 옳은 것이라고 볼 수는 없지만 그렇다고 아예 배척할 수 있는 대상도 아니다. 그럼에도 불구하고 〈찡찡뱀〉전설은 아내가 뱀과 타협하여 문제를 해결한 것은 올바른 해결이라고 보지 않는다.

이 외에도 향유자들의 반응을 함께 살펴보면 다음과 같다. 〈찡찡뱀〉이야기를 전승하는 화자들은 이 이야기가 뱀이 생기게 된 유래라고 하면서 이야기를 구술하는 경우가 많았다. 그리고 본 조사에서의 화자는 찡찡뱀과 관련있는 속담까지 함께 구술하였다. 아내가 죽는 과정에서 뱀이 세상에 퍼졌다고 하는 것은 전승계층에게도 아내의 선택이 옳지 않은 것으로 받아들여졌음을 의미한다.

〈찡찡뱀〉에서 보여주고 있는 부부서사의 핵심적인 원리는 '지속'이다. 그리고 이 지속은 '가정의 지속'을 의미하는 것이 아니다. '신뢰의 지속'을 의미한다. 자신이 가정 내에서 맡은 역할을 다하기 위해 노력했을 뿐인데 아내는 죽어야 했다. 언뜻 보기에는 이 부분이 억울하게 보일 수도 있다. 그러나 이 이야기는 우리에게 겉으로 보기에 그럴싸한 '가정을 유지하는 것'과 가정의 형태가 이전과 같지 않더라도 '신뢰를 유지하는 것' 중 어떤 것이 더 옳은지 묻는다. 그리고 그에 대한 향유층의 결론은 엄마의 부정을 고발한 딸의 서사, 그리고 이야기와 함께 전하는 속담을 통해 잘 드러난다.

〈찡찡뱀〉 이야기는 부부서사의 핵심적인 부분을 잘 드러내고 있다. 이 이야기가 가장 명확하게 드러내는 서사적 갈림길은 '신뢰의 지속'으로 정리할 수 있다. 어떠한 부부관계에서도 믿음이 중요하지 않은 부부는 없다. 언어와 문화차이를 극복해야 하는 다문화가정에서 '신뢰'와 '지속'은 더욱 중요한 문제일 것이다. 〈찡찡뱀〉은 화두를 던지고 문제의식을 이끌어내는 전설의 방식으로 '신뢰의 지속'이 얼마나 중요한 문제인지에 대해 이야기하고 있다. 이 작품을 통해 언어와 문화 차이 속에서 가정을 유지하고자 노력하는 결혼이주 부부를 이해하거나, 실제 언어나 문화의 차이로 지속에 어려움을 겪는 다문화 부부들에게 가정을 유지하는 데 가장 중요한 요소를 제시할 수 있을 것이다.

3. 다문화 설화의 작품서사로서 활용 가능성

이제까지 남녀서사에 해당하는 작품으로 〈말괄량이 깨오〉를 선정하여 작품서사가 남녀서사의 핵심인 '나의 소망'과 '선택'에 있음을 분석하였다. 그리고 이런 서사가 실제 수많은 난관을 극복해 가면서 '자신의 선택'을 지켜 온 다문화가정을 이해하는 데 도움을 줄 수 있음을 확인했다.

부부서사에 해당하는 작품으로는 〈찡쩡뱀〉을 선정하고 작품서사가 부부서사의 핵심인 신뢰와 '지속'의 중요성을 역설하고 있음을 확인했다. 〈찡쩡뱀〉은 전설이라는 장르적 특성을 감안하여 향유자들의 이야기에 대한 인식도 함께 분석의 대상으로 삼았다. 이 작품은 언어와 문화 차이 속에서 가정을 유지하려는 다문화 가정을 이해하고 가정의 유지에 '신뢰의 지속'이 가장 핵심임을 알려줄 수 있을 것이다.

그러나 위의 다문화 설화들은 실질적으로 현재 임상이 진행되었거나 현장에서 작품서사로 사용된 이야기는 아니기 때문에 본 논문에서 제기된 가능성을 토대로 앞으로 연구와 활용이 병행되어야 할 것이다. 문학치료적 훈련을 받은 문학치료 상담사의 내적 세계는 다양한 작품서사들로 채워져 있고 그것은 내담자를 이해하고 진단하는 수단이 될 뿐만 아니라 치료적으로 사용할 수 있는 도구가 된다.[27] 이를 위해 다문화 설화 작품들이 활용될 경우 어떤 방식으로 활용이 가능하고, 어떤 효과가 있을지 가능성을 검토해보기로 한다.

27 장정은, 「정신분석적 관점에서 본 문학치료의 효용」, 『문학치료연구』 40, 한국문학치료학회, 2016, 22쪽.

우선 기존 문학치료에서 해 오던 방식[28]으로 자기서사에 문제가 있는 사람들에게 구분 없이 적용되는 것이다. 다문화 설화가 한국인을 대상으로 한 문학치료에 제시될 경우에는 오염을 방지할 수 있다. 조사 방법론이 적용되는 상황에서는 표본이나 대상자가 검사 문항의 의도나 해석 방식을 알고 있을 경우 그 표본이나 대상자의 대답이 정확한 답변의 가치를 지니고 있다고 보기 어렵다.[29] 심리검사의 경우 특히 내담자가 오염되었을 경우 제대로 된 검사가 어려워진다. 예를 들어 HTP검사 등을 행하는데 피검사자가 나무의 뿌리가 무엇을 의미하는지, 창문의 크기가 무엇을 의미하는지 이미 알고 있다면 솔직하게 자신의 방식대로 나무나 창문을 그리기보다는 자신이 원하는 결과를 도출하기 위해 그림을 그릴 가능성이 있다.

문학치료의 경우에도 피검자가 해당 설화를 이미 알고 있을 경우 자기서사와 작품서사의 반응에 집중하는 것이 아니라 기존에 알고 있던 결말에 집중할 가능성 역시 배제할 수는 없다. 그러한 측면에서 생소한 다문화 설화가 기존설화와 함께 검사나 치료에 사용 될 경우 문화적 백지 상태에서 나오는 다양한 반응이 피검자의 실제 자기서사를 명료하게 파악하는 데 도움이 될 수 있다.

반면 다문화 가정을 검사할 시에는 다문화 설화가 검사에 대한 거부감이나 접근장벽을 낮추는 요인으로써 작용할 수 있다. 다문화 가정의 오염을 방지해 주는 것은 기존 한국 설화가 해줄 수 있다. 결국 다양한 국적과 서사를 가진 설화가 함께 사용된다면 서로 상호보완하면서 검사의 정밀성을 높이는 데 도움이 될 것이다.

28 정운채는 인간이 곧 문학이며 문학이 곧 인간이라는 관점에서 그 치료의 대상인 서사를 인간관계의 형성과 위기와 회복에 관한 이야기로 정의했다. (정운채, 앞의 논문, 2008, 247-252쪽 참조.) 본 논문에서 말한 문학치료의 기존 방식은 이러한 전제를 바탕으로 작품서사와 자기서사를 다루는 방식을 의미한다.

29 실제로 같은 문항의 검사에서도 문항의 순서를 바꾸는 변화만으로도 답변의 경향이 달라진다. (이경수·송현주·손영우·황명진·박영실, 「통계조사방법에 대한 인지심리학적 접근」, 『통계연구』 13, 통계청, 2008, 149-181쪽 참조.) 그만큼 검사 및 조사과정에는 오염 및 변인요소들이 많기 때문에 정확성 확보를 위한 노력이 요구된다.

다문화 설화가 작품서사로써 활용되는 데 용이한 점은 현장성과 구술성에 있다. 세월의 검증을 거치며 생명력을 이어온 설화는 인생의 제반 문제를 전형적이고 상징적이며 심층적인 방식으로 함축한다.[30] 원형성은 구전설화가 가지는 기본적인 속성에 가깝다. 다른 설화가 그러하듯 다문화 설화 역시 삶의 중요한 문제들이 형성되고 해결되는 작품서사를 가지고 있다. 그러나 다문화 설화는 원형성뿐만 아니라 구술성과 현장성이라는 장점도 가지고 있다.

기존 외국 설화가 전해지는 과정은 대개 문헌에 의한 것이었다. 그리고 문헌에 의한 전파는 번역과정을 필수적으로 거쳐야 했다. 여기서 가장 우려되는 부분은 번역 과정에서 오는 손실이다. 번역자들이 문학보다는 해당 언어의 전공자인 경우가 많기 때문에 설화에 대한 인식이 부족하여 생기는 내용의 손실이 있을 수 있다. 또 번역 과정에서 한국의 정서를 고려하여 내용이 각색되는 경우가 있다.

> 아 일단 제목은 〈깨오나마〉래요. [조사자: 깨오남?] 깨오나마 에요. 근데 그 깨오남은 깨오는 여자 주인공 이름이고 남은 약간 말 같은 얼굴이에요. (웃음) 그래서 말 같은 얼굴인 깨오. 이렇게 번역하면 되는데 (중략) 그래서 그 깨오는 수메르 산에 가서 비행선을 타고 수메르 산을 가서 (손날로 내리친다.) 칼로 이렇게 칼로 수메르 산을 자르고 데려왔어요. 가져왔어요. 그 [조사자: 산을?] 왕궁으로. 그래서 왕이 되게 막 당황했고, 이렇게 할 수 있는 걸 생각하지 못해서 이렇게 했는데 그래서 어쩔 수 없이 왕자랑 결혼을 시켜야 되는 건데 왕자는 도망갔어요.

위의 인용부분은 실제 구술 과정에서 조사자와 화자의 대화 내용이다. 현재 다문화 이주민에게서 설화를 채록하는 방식은 현지인에게 한국어로 듣는 방식이기 때문에 위에서 우려되는 원형적 서사의 손실을 최대한 줄일 수 있다. 설화 구술 현장에서 조사자와 화자의 대화가 가능하기 때문이다. 모르는 부분이나 언어적으로 옮기기

30 신동흔, 앞의 논문, 2013, 10쪽.

애매한 부분들에 대해 현장에서의 대화, 그리고 대화 이외의 의사소통수단들(표정, 몸짓)을 통해 맥락의 오차를 줄여나갈 수 있다. 또한 부족한 해당 국가에 대한 정서나 인식을 상황에 따라 즉시 보강할 수 있다. 이런 방식을 통해 구술문학이 가진 현장적 역동성과 소통성이 최대한 발휘할 수 있고, 기존에 번역된 다문화설화를 사용할 때 발생하는 우려를 줄일 수 있다.

문학치료에서는 치료자가 작품서사를 매개로 내담자의 자기서사와 상호작용하여 치료를 진행한다. 또 상담자는 내담자가 자신의 정신세계를 왜곡 없이 충분히 드러낼 수 있도록 노력해야 한다.[31] 이러한 맥락의 연장선상에서 보면 자신이 알고 기억하는 설화를 구술하게 하는 것은 자기서사와 반응하여 기억하고 있는 작품서사를 언급하는 것이다.

> 남편은 먼저 숲에 가서, 원래는 뱀 만나러 가기 전에는 이런 말을 해요. 이런 말을 해야 그 뱀 나와요. 만나는 방식, 그 얘기하는 말이 있어요. "낑껌아 나 왔다." 이렇게 저렇게 말하면은 그 뱀이 나와요. 그래서 남편은 그거 알게 됐으니까 숲에 가서 칼로, 큰 칼로 가서 똑같은 말로 했어요. 본인 딸한테 몰래 물어보니까 딸 알려줬어요. 그래서 그 뱀 와서 그 남편은 그 뱀 죽여 버렸어요. 그 다음에 그 뱀은 요리로 만들어요. 어느 날 저녁식사는 만들어져서 부인이랑 딸이랑 같이 먹어요. 근데 까마귀는 그걸 보자마자 이렇게 말했어요. "이년아 그 고기 뱀 고기 먹구나!" 그렇게 노래처럼 불렀어요. 그래서 그 여자는 그 노래 부를 때는 눈물 흘렸어요. (중략) "오늘 우리는 호수, 호수 가서 같이 목욕하자." 그렇게 부인한테 데리고 갔어요. 근데 그때는 칼 같은 거 엄청 길었어요. 그거 들고 부인 데리고 호수 쪽으로 데리고 갔어요. 부인은 좀 느낌도 이상해 사실은. 그거 들고 가서. 좀 뭐가 남편 좀. 그래도 어쩔 수 없이 남편 데리고 가, 피할 수도 없고. 그냥 마음속에 좀 불편한 느낌 들어요.[32]

31 장정은, 앞의 논문, 18쪽.

32 〈낑껑뱀〉은 2018년 2월 6일(화) 오후, 진주 YWCA 다문화작은도서관에서 썸마카

> 근데 거기, 거기 도착하자마자, 그 샘물 그 앞에서 도착하자마자 여자가 그. 여자는 (위로 물을 붓는 동작하며) 이렇게 씻잖아요, 앉아다가. 남편은 몰래 뒤에서 칼로 이렇게 잘랐어요. 그 뱃속에서는 뱀이, 뱀이 많이 있어요. 뱀이 많이 있구, 근데 그 남편은 그 뱀, 애기 뱀 있잖아요. 그거 이렇게 죽였는데, 근데 어떤 뱀은 숲 속에 들어가구, 어떤 뱀은 물 속에 들어가구, 어떤 뱀은 나무에 올라가고. 그래서 지금은 어떤 뱀은 물속에서 살구, 어떤 뱀은 그냥 땅에 살구, 어떤 뱀은 나무에 살잖아요. 그거 남편에는 (칼 휘두르는 동작하며) 너무 이렇게 했잖아요. 발이 미끄러워서 칼로 넘어질 때 칼로 이렇게 자기 죽였어요. 그때부터 뱀이 이렇게 여러 종류도 있고 또 사는 곳도 다르게 됐어요. [조사자 1 : 남편도 죽은 건 아니죠?] 남편도 죽였어요. 자기가 하다가 발이 미끄러워서 넘어질 때 이거 다쳤어요. [조사자 1 : 아 다 죽었네요. 딸만 살았군요.] 네, 딸만 불쌍해요.[33]

위의 인용 부분은 각각 다른 화자들이 구연한 〈낑껑뱀〉이다. 첫 번째 인용부를 보면 아내가 남편이 자신을 죽이려 하고, 자신이 바람피운 사실이 들켰다는 사실에 대해 어느 정도 눈치채고 있다. 그리고 남편이 뱀을 죽이는 장소도 자신의 집이 아니라 숲속이다. 두 번째 〈낑껑뱀〉에서는 아내를 죽인 남편이 아내 배에서 쏟아지는 뱀들을 죽이기 위해 칼을 휘두르다 자신도 죽는다. 그리고 딸을 불쌍하게 생각하는 화자의 의식이 반영되어 있다. 이처럼 설화의 변이부분이 기존에 구전되던 다른 변이형을 구술하는 것일 수도 있지만, 자기서사의 반영으로 변이가 발생했을 가능성도 배제할 수 없다. 현재 문학치료 방식에서는 작품서사를 제시하고 그것에 반응하는 자기서사를 진단했다. 물론, 기존 방식은 충분히 효과를 입증해왔다.

라(캄보디아, 여, 1988년생, 결혼이주 3년차)가 구술하였고, 김정은·황승업·강새미가 조사하였다.

33 〈낑껑뱀〉은 2017년 10월 14일 오후, 경기도 안산시 세계문화체험관에서 렉가나(김혜나)(캄보디아, 여, 1988년생, 결혼이주 10년차)가 구술하였고, 김정은·황승업·강새미·이원영이 조사하였다.

여기에 덧붙여 본고에서는 스스로 설화를 구술하게 하여 그 안에 반영된 자기서사를 진단하는 방식을 제안하고자 한다. 만약 구술한 설화에 자기서사가 반영된 부분이 있다면 설화를 구술하게 하는 과정에서 직접적으로 자신의 이야기하기를 꺼리는 내담자의 자기서사를 비추어 볼 수 있으리라 기대된다. 그리고 설화 구술을 통해 자기서사 진단이 가능해진다면 자기서사 진단에 새로운 방식으로써 활기를 불어넣을 수 있다.[34]

다문화 설화를 활용할 수 있는 다른 방안으로는 다문화 가정에 적용해 볼 수 있다. 전술하였듯, 이제 한국사회는 다문화 사회에 진입하였고 더 이상 다문화가정은 특별한 존재가 아니라 우리 사회 구성원의 일부로 여겨지고 있다. 이런 시대적 분위기 속에서 그간 문학치료의 주된 대상이 한국인이었다는 점을 고려하면 대상의 범위를 넓게 설정해 볼 필요가 있다. 다문화가정을 대상으로 현재 문학치료의 성과를 이끌어낸 한국설화로 활용해도 어느 정도의 성과가 기대된다. 체계적인 진단 과정과 치료에 대한 연구업적이 쌓였기 때문이다. 그리고 설화가 가진 원형성은 국적과 인종을 넘어 인간의 기본적인 자기서사 치료에 도움을 줄 수 있다.

그러나 이주민들이 원주민과 함께 형성한 가정, 그리고 그들이

34 이야기판은 '이야기하기'를 권장한다. (심우장, 「이야기하기의 구술성에 대하여」, 『구비문학연구』 24, 한국구비문학회, 2007, 411쪽.) 그 이야기는 '어릴 때 어른들에게 듣던 이야기'일 수도 있지만 '내가 살아온 이야기'일 수도 있다. 만약 자신의 이야기를 구술하는 데 큰 거부감이 없는 화자라면 처음부터 자신의 이야기를 하는 것보다는 설화를 구연하다가 자연스럽게 생애담을 구연하는 것을 더 편안해한다. 실제로 다문화 설화를 구술하는 현장에서는 설화를 구연하다가 그 설화와 관련하여 자신의 생애담을 구술하는 경우를 흔히 찾아볼 수 있다. 생애담을 이야기하다가 특정 주제와 연관된 설화를 구연하기도 하고 반대로 설화를 이야기하다가 생애담을 언급하는 경우도 있다. 순서는 달라질 수 있으나 이야기가 이야기를 부르는 상황은 문학치료의 상황에서 도움이 될 수 있다. 우선 설화를 구술하다가 자연스럽게 생애담을 추가 조사함으로써 구술치유적으로 접근할 기회가 생긴다. (구술치유에 관한 연구는 김종군, 「구술생애담 담론화를 통한 구술 치유 방안」, 『문학치료연구』 26, 한국문학치료학회, 2013을 참조.) 그러나 본고에서는 다문화 설화 작품의 현장적 소통방식에 의한 자기서사 파악 가능성에 더 중점을 두고 있으므로 현장적 소통방식을 통한 생애담 연구와 그 문학치료학적 적용방식에 대해서는 추후 연구를 기대하기로 한다.

겪어온 자기서사를 좀 더 면밀하게 드러내고 이해하기 위해서는 문화적 소통을 위한 다문화 설화 연구가 지금부터라도 시작되어야 한다. 이제 다문화 가정을 한국사회의 구성원으로서 포용한 만큼 그들의 정서와 서사가 담긴 이야기도 받아들여질 필요가 있다. 다문화 가정의 개인이 새로운 사회에 적응하기 위해 겪어온 갈등과 그 과정이 축적된 자기서사를 이해하는 것, 그리고 다문화 가정이 형성되면서 갖게 된 집단서사의 왜곡, 편향화 된 부분을 해소[35]하기 위한 수단으로써 다문화 가정을 위한 서사를 마련하는 것은 문학치료의 활용가치를 높이는 일이 될 것이다. 다문화설화에 대한 필요를 충족시키는 방식에는 여러 가지가 있겠지만, 가장 양질의 자료를 확보하는 방법은 다문화 구술설화를 활용하는 것이다.

4. 결론

본고에서는 다문화 시대를 맞이하여 문학치료학에서 다문화 설화가 어떤 서사적 힘을 가지고 있는지 살펴보았다. 뿐만 아니라 어떤 식으로 활용될 수 있고, 현장적 소통 방식이 문학치료과정에 어떻게 활용될 수 있는지 그 가능성을 제안했다.

우선 〈말괄량이 깨오〉는 자신의 가치를 믿고 자신이 원하는 바를 거침없이 선택하고 표현하는 깨오의 모습을 통해 남녀서사의 핵심적인 부분인 '나의 소망'과 그 '선택'을 잘 드러내고 있다. 이런 서사는 주변의 반대를 무릅쓰고 배우자를 선택하고 결혼하는 사람들과, 그런 사람들이 구성한 다문화 가정의 핵심을 이해하는데 도움을 줄 수 있다.

〈낑껑뱀〉에서 아내는 지속을 위해 노력했지만, 그 노력이 '신뢰의 지속'이 아니라 '형식의 지속'을 지향했다는 점에서 '지속'에 실

35 배영의·김성범, 앞의 논문, 45쪽 참조.

패한다. 그 모습을 통해 실제 부부서사의 핵심이 '신뢰의 지속'임을 드러냈다. 두 이야기는 부부서사로써 '소통/신뢰의 지속'에 대해 이야기하고 있어 언어와 문화 차이 속에서 가정을 유지하고자 노력하는 결혼이주 부부를 이해하거나, 실제 가정을 유지하는 데 가장 중요한 요소를 제시할 수 있을 것이다.

이렇게 작품서사로써 충분한 가치를 지닌 다문화 설화가 현재 문학치료 방식에 적용된다면 한국설화만으로 구성된 서사진단과정에 추가되어 내국인에게는 오염을 방지하면서 외국인들에게는 진입장벽을 낮추는 동시에 검사 정밀성을 높이는 역할을 할 수 있다. 또한 다문화 설화가 작품서사로써 활용되는데 용이한 점은 현장성과 구술성에 있다. 이를 통해 기존에 외국 설화가 전해오는 번역 과정에서 발생하는 서사의 손실을 줄일 수 있다. 현장성을 살려 내담자에게 설화를 구술하게 한다면 그 속에서 자기서사를 진단하는 실마리를 찾을 수 있다. 이런 방식이 잘 적용된다면 기존 자기서사 진단에 도움이 될 것으로 기대된다.

다문화 설화를 활용할 수 있는 다른 방안으로는 다문화 가정에의 적용이다. 다문화 설화가 연구됨으로써 문학치료 대상의 범위를 넓히고, 이주민이나 다문화 가정의 서사를 발견하고 치료할 수 있다. 이는 당면한 다문화 사회에서 문화/사회적 위험요인을 기회요인으로 바꿀 수 있는 가능성을 내재하고 있다.

본 논문에서는 여러 가지 가능성을 거칠게 제시하였다. 다문화 설화의 개념을 다소 협소하게 한정지은 것이나, 해당 설화 작품에 대한 로컬리티의 반영이 미비한 부분은 본 연구가 가지는 한계라 할 것이다. 앞으로 다문화 설화가 문학치료에 온전히 활용되고 다문화 사회를 살아가는 우리들에게 일조하기 위해선 다문화 설화에 대한 더 세밀한 후속 연구와 뒷받침 되어야 할 것이나, 이를 감안하더라도 다문화 구성원들에 대한 이해를 높일 수 있는 새로운 관점을 제시했다는 측면에서 본 연구의 의의가 있다.

참고문헌

권기호, 『현대 시론』, 경북대학교출판부, 1998.

김민수, 「한국 구비설화에 나타난 성적 욕망의 억압과 해소 양상 연구」, 건국대학교 석사학위논문, 2016.

김정애, 「문학치료학의 '서사'개념의 정립 과정과 적용 양상」, 『문학치료연구』 13, 한국문학치료학회, 2009.

김정희, 「남녀관계의 위기와 지속에 대한 서사지도 구축과 문학치료 활용 연구」, 건국대학교 박사학위논문, 2018.

김종군, 「구술생애담 담론화를 통한 구술 치유 방안」, 『문학치료연구』 26, 한국문학치료학회, 2013.

김혜미, 「폭력서사의 진단 및 개선을 위한 문학치료 프로그램 연구: 학교폭력을 중심으로」, 건국대학교 박사학위논문, 2017.

______, 「영화 〈지금 사랑하는 사람과 살고 있습니까〉에 나타난 부부의 위기」, 『영화와 문학치료』 1, 서사와문학치료연구소, 2009.

나지영, 「인지역동 스키마 이론과의 연계를 통한 문학치료학 서사이론 발전 방향 연구」, 건국대학교 박사학위논문, 2016.

박재인, 「한중일 조왕서사를 통해 본 가정 내 책임과 욕망의 조정 원리와 그 문학치료학적 의미」, 건국대학교 박사학위논문, 2015.

배영의·김성범, 「문학치료의 텍스트 해석학적 이해에 대한 고찰: 폴 리쾨르의 은유, 상징, 내러티브 해석학적 이해를 중심으로」, 『문학치료연구』 42, 한국문학치료학회, 2017.

정운채, 「시화에 나타난 문학의 치료적 효과와 문학치료학을 위한 전망」, 『고전문학과 교육』 1, 청관고전문학회, 1999.

______, 「문학치료와 자기서사의 성장」, 『우리말교육현장연구』 4(2), 우리말교육현장학회, 2010.

______, 「자기서사진단도구 개발을 위한 기초서사척도」, 『고전문학과 교육』 14, 한국고전문학교육학회, 2007.

______, 「문학치료학의 서사이론」, 『문학치료연구』 9, 한국문학치료학회, 2008.

송효섭, 『설화의 기호학』, 민음사, 1999.

신동흔, 「문학치료에서 외국설화의 활용 가능성 탐색: 그림형제 민담을 중심으로」, 『문학치료연구』 27, 한국문학치료학회, 2013.

______, 『살아있는 한국신화』, 한겨레출판, 2014.
______, 「문학치료학 서사이론의 보완·확장 방안 연구: 서사 개념의 재설정과 서사의 이원적 체계」, 『문학치료연구』 38, 한국문학치료학회, 2016.
심우장, 「이야기하기의 구술성에 대하여」, 『구비문학연구』 24, 한국구비문학회, 2007.
이경수·송현주·손영우·황명진·박영실, 「통계조사방법에 대한 인지심리학적 접근」, 『통계연구』 13, 통계청, 2008.
장덕순·조동일·서대석·조희웅, 『구비문학개설』, 일조각, 2006.
장정은, 「정신분석적 관점에서 본 문학치료의 효용」, 『문학치료연구』 40, 한국문학치료학회, 2016, 9-37쪽.
천혜숙, 「아기장수 전설의 형성과 의미」, 『한국학논집』 13, 계명대학교 한국학연구원, 1986.
하은하, 「결혼 이주 여성의 자아존중감 강화를 위한 내 복에 산다형 설화의 문학치료적 의미」, 『구비문학연구』 33, 한국구비문학회, 2011.
______, 「콩쥐팥쥐 설화에 나타난 부부 갈등 양상과 그 문학치료적 의미: 동아시아 신데렐라 유형과의 비교를 통해」, 『인문논총』 28, 인문논총, 2014.
황혜진·김정애·조은상, 「문해력 신장을 위한 문학치료 실행연구 시론」, 『문학치료연구』 12, 한국문학치료학회, 2009.
Greimas, A. J., *Sémantique structurale*, Paris: Larousse, 1966.

● 이 글은 『문학치료연구』 제49집(한국문학치료학회, 2018. 10.)에 게재된 것을 재정리한 것임.

이주민 설화 조사 참여 연구자의 다문화감수성에 관한 연구

김영순·오영섭

1. 서론

한국 사회 구성원의 5%가 이주민이며 우리의 일상생활에서 이주민을 보는 것이 더 이상 낯설지 않다. 다문화사회로 변화되어가는 추세에 따라서 한국인들의 다문화에 대한 인식이 변화되어가야 함에도 불구하고, 여전히 의식 수준이 따라가지 못하는 것이 현실이다. 김이선 외가 수행한 한국여성정책연구원의 2018년 국민 다문화수용성 조사 결과 보고서에 따르면 국민들의 다문화에 대한 인식의 정도, 즉 다문화수용성은 3년 전과 비교하면 53.95점에서 52.81점으로 하락한 것으로 나타났다. 특히 이주민들과 교류하고자 하는 의지는 오히려 낮아지고, 이주민들이 일방적으로 한국 사회에 동화되기를 바라는 기대는 증가하고 있다. 여전히 일반 국민의 68%는 주변에서 이주민들을 접촉한 적이 없으며, 국민의 5% 정도만이 다문화교육에 참여할 기회를 제공받았다.[1]

이 보고서에 따르면 학력 수준이 높은 소위 전문가 집단에도 예외는 아니다. 학력과 다문화수용성이 비례하며, 대학원 이상 졸업자들이 다문화수용성이 가장 높은 것으로 나타나지만, 이 또한 감소하고 있는 추세이며, 실질적으로 이주민과 교류하고자 하는 적극적인 태도는 다른 집단과 동일하게 감소되는 경향을 보이고 있다. 따라서 고학력 전문가라고 해서 이주민을 더 많이 접촉하고 다문화교육의 혜택을 받음으로 인해서 다문화에 대한 인식이 나을 것이라는 보장이 없다.

상기 조사보고서의 내용과 같이, 한국 사회는 단일민족사회의 한계에 대한 국민의 인식은 점점 분명해지는 반면에, 다문화사회에 대한 인식은 확고하게 자리를 잡지 못하는 전환기적인 상황에 놓여

1 김이선·최윤정·윤지소·이재경·문희영·이명진·양계민, 「2018년 국민 다문화수용성 조사」, 『한국여성정책연구원 연구보고 2018-60』, 여성가족부, 2019.

있다. 그러므로 정부와 학계는 사회변화에 적합한 방향으로 시민성을 재구성하고 그 일환으로 다문화에 대한 인식수준이 발달하도록 적극적인 대응이 필요하다.[2]

이런 점에서 본 연구의 목적은 다문화와 관련된 이주민 설화조사 국책연구 수행 경험이 있는 박사급 연구자들의 다문화감수성 발달 과정을 살펴보는 것으로 설정하였다. 이주민과 대면하면서 현장에서 활동하는 실천가와 연구자 등 전문가들의 다문화감수성은 이주민들이 한국사회에 적응하는데 적절한 도움을 제공하고, 이주민과 선주민 사이의 소통과 화합의 가교역할을 하며, 정책적으로 학문적으로 건강한 다문화사회의 기반을 다지는 밑거름이 된다는 점에서 매우 중요하다.

전문가들이 다문화감수성을 확보하는 과정을 다룬 선행연구를 살펴보면, 주로 예비교사를 대상으로 진행되거나 유아 및 초중등 교육을 담당하는 교사에 초점을 두고 있다.[3] 하지만 이주민들을 직접적으로 접촉하고 연구를 수행하는 연구자를 대상으로 다문화감수성의 변화를 다룬 연구는 매우 부족하다.

그러므로 이주민을 접촉한 연구자들의 다문화감수성 발달 과정과 원인을 다룬 본 연구를 통해서 앞으로 이주민을 현장에서 접촉하는 현장 전문가들과 전문연구자들의 다문화감수성 발달에 의미 있는 시사점을 제공하고, 더 나아가서 일반 국민의 다문화감수성 향상에 기여할 것으로 기대한다.

본 연구의 연구문제는 다음과 같다. 첫째, 이주민설화조사에 참여한 연구자들의 다문화감수성은 연구프로젝트 참여를 전후로 어떻게 발달하였는가? 둘째, 다문화감수성 발달에 있어서 다문화경험에 대한 비판적 성찰은 어떠한 시사점을 가지는가?

2 위의 논문, 213-222쪽.

3 김영순, 『다문화교육의 이론과 이론가들』, 북코리아, 2017.

2. 이론적 논의

문화적 차이를 인식하는 태도인 다문화감수성multicultural sensitivity은 상호문화역량, 문화적 감수성, 다문화의사소통역량 등으로 연구자마다 다른 용어를 사용하여 설명하고 있으며 다른 구성요소로 정의한다. 하지만 대체적으로 인지, 정서, 행동을 포괄하는 차원에서 문화적으로 다른 집단과 효과적으로 의사소통을 하고 상호작용을 하기 위해서 개인이 갖추어야 할 필수적 요소라고 할 수 있다.[4] 이런 다문화감수성은 정적인 개념이 아니라 역동적인 개념으로서 다문화와 관련된 교육이나 경험을 통해서 일생동안 변화하고 발달하는 과정적인 개념이다.[5]

다문화감수성의 발달에 관하여 널리 알려진 이론은 Bennett의 다문화감수성발달모형Developmental Model of Intercultural Sensitivity, DMIS이다. DMIS는 문화 차이에 대한 감수성을 부정, 방어, 최소화, 수용, 적응, 통합이라는 6개의 발달단계로 구성하고 있으며, 다문화감수성이 자민족중심주의에서 민족상대주의로 발달할 수 있다고 설명한다.[6] Bennett을 기반으로 한 다문화감수성 분석틀은 다음 〈표 1〉과 같이 나타낼 수 있다.

4 G. M. Chen & W. J. Starosta, "The development and validation of the intercultural sensitivity scale," *Human communication*, 3, 2000, pp. 1-15.

5 L. C. West, *Evaluation the Intercultural Sensitivity Scale With Counselors in International Schools*, Virginia: Regent University, 2009.

6 M. J. Bennett, "Becoming interculturally competent," In J. Wurzel. (Ed.), *Toward multiculturalism: A reader in multicultural education*, Newton, MA: Intercultural Resource Corporation, 2004, pp. 62-77.

〈표 1〉 다문화감수성 분석틀

발달수준	영역	세부 내용	발달단계
[1수준] 부정	인지	문화적 차이를 인지 못함	[하위 단계] 자민족 중심주의
	정의	타문화를 무시함	
	행동	타문화를 부정함	
[2수준] 방어	인지	자문화를 기준점으로 인식	
	정의	자신의 세계관 유지	
	행동	타문화에 대한 방어, 차별적 행동	
[3수준] 최소화	인지	자문화와 타문화 유사성인식	
	정의	타문화차이를 경시함	
	행동	자문화를 우월하게 인식, 타문화를 경시함	
[4수준] 수용	인지	문화적 차이를 인식하기 시작	[상위 단계] 민족 상대주의
	정의	문화의 차이에 대한 호기심	
	행동	문화적 차이를 수용	
[5수준] 적응	인지	자신의 지식과 의도적으로 연결	
	정의	문화적 정체성을 확장함	
	행동	타문화를 의도적으로 공감함	
[6수준] 통합	인지	문화적 차이를 실제적으로 인식	
	정의	문화적 유연성을 내면화함	
	행동	다문화를 이해하고 즐김	

출처: 김영순·김금희·전예은, 2013, 12; 정지현·김영순, 2012, 145-147에서 재구성.

〈표 1〉에서 보는 바와 같이, DMIS는 다문화감수성을 일련의 연속적인 발달단계로 구체화하여 다문화감수성의 수준을 예측 가능하게 한 이론적인 강점이 있지만, 구체적으로 어떠한 원인에 의해서 그러한 발달과 변화가 일어나는 지에 대하여는 연구자마다 의견이 다르다. 다문화 감수성에 영향을 미치는 요인은 크게 개인적 요인과 특정 요인으로 구분할 수 있다.[7] 성별, 연령, 경제적 수준, 학력 등

7 박미희, 「유아교사의 다문화감수성 영향요인에 대한 연구」, 인하대학교 박사학위논

의 인구통계적 요인과 자아존중감, 민족정체성, 인권의식, 소수자에 대한 태도 등의 인지적, 정서적 요인이 다문화감수성에 영향을 주는 것으로 나타났다. 하지만 이러한 요인이 다문화감수성에 어떠한 영향을 미치는지에 대한 합의된 의견은 없다. 경험 변인에 있어서, 타문화에 대한 접촉경험이 다문화감수성 영향을 미치지만, 피상적이고 형식적인 경험보다는 일상생활에서의 비형식적이고 질적인 경험이 다문화감수성을 증진하는데 효과가 있는 것으로 나타났다.[8] 이런 점에서 다문화감수성이 단순히 교육참여 혹은 학습경험을 통하여 변할 수 있는 것이 아니라, 성찰과 반성의 과정을 수반하는 경험이 개인이 가지고 있는 다문화와 관련된 인식과 정서를 바꾸는데 효과가 있다는 것을 시사한다.[9]

본 연구는 이러한 다문화감수성의 발달을 설명하는 데 있어서 보완적으로 전환학습이론을 사용하고자 한다. 전환학습transformative learning은 Mezirow가 주창한 성인학습이론의 대표적인 이론으로서 성인학습자가 극적인 사건 혹은 의미 있는 경험을 통해서 자신이 가지고 있던 기존의 사고방식 혹은 신념과 같은 참조체계를 반성하고 새로운 관점으로 전환하는 과정을 설명한다.[10]

전환학습에서 중요한 개념은 경험, 비판적 성찰, 개인의 발달의 3가지이며, 특히 비판적 성찰은 개인의 경험이라는 학습자원으로부터 개인의 발달이라는 학습결과로 이어지게 하는 중요한 요인이 된

문, 2019.

8 김혜숙·김도영·신희천·이주연, 「다문화시대 한국인의 심리적 적응: 집단정체성, 문화적응, 이데올로기와 접촉이 이주민에 대한 편견에 미치는 영향」, 『한국심리학회지: 사회 및 성격』 25(2), 2011, 51-89쪽; 이성희·김현수·심경화, 「보육교사의 다문화감수성 관련변인 탐색」, 『한국가족복지학』 19(2), 2014, 321-340쪽; P. J. Pedersen, "Assessing intercultural effectiveness outcomes in a young-long study abroad program," *Intercultural Journal of Intercultural Relations* 34, 2010, pp. 70-80.

9 박미희, 앞의 논문.

10 고대장, 「실직자의 새일 찾기 과정에 나타난 전환학습 경험 내러티브 탐구: 권고사직으로 실직한 중년 가장 사례」, 아주대학교 박사학위논문, 2019.

다.[11] 그러므로 본 연구는 전환학습에서 핵심적인 역할을 하는 비판적 성찰에 주목하고자 한다.

전환학습에서 비판적 성찰을 세 가지 형태로 구분하는데, 내용 성찰, 과정 성찰, 전제 성찰이 있다.[12] 첫째, 내용 성찰content reflection은 일어난 사건에 대하여 역으로 생각하는 것으로서, 자신이 경험한 내용 자체에 대한 성찰이며, 이것은 의미체계meaning scheme에 대한 전환을 일으킨다.

둘째, 과정 성찰process reflection은 행동의 동기나 관련된 요인들을 숙고하는 것으로서, 경험을 다룬 방식이나 문제해결 전략이나 과정에 대한 성찰이며, 이것은 의미체계의 전환을 일으킨다.

셋째, 전제 성찰premise reflection은 개인의 가치관에서 작동하고 있는 전제나 가정, 신념 등에 대하여 성찰하는 것으로서, 이는 의미관점meaning perspective에 대한 전환을 일으킨다.

〈표 2〉 비판적 성찰

성찰의 유형	성찰의 내용	성찰의 결과	전환의 정도
내용성찰	이미 일어난 사건에 대하여 성찰	의미체계 전환	단순한 전환
과정성찰	행동의 근원과 관련 요인에 대한 성찰	의미체계 전환	단순한 전환
전제성찰	가치관 등 근본적인 전제에 대한 성찰	의미관점 전환	심오한 전환

출처: 히로세, 2018, 22; Kitchenham, 2008, 115에서 재구성.

〈표 2〉에서 보는 바와 같이, 내용 성찰과 과정 성찰을 통해서 의미체계의 전환이 일어나고, 전제 성찰을 통해서 보다 깊은 차원의 변화인 의미관점의 전환이 일어난다. 그러므로 비판적 성찰은 개인

11 히로세 준꼬, 「일본결혼이주여성의 문화적응과정과 전환학습에 관한 연구」, 창원대학교 박사학위논문, 2018.

12 J. Mezirow, "Transformation theory of adult learning," In M. R. Welton (Ed.), *In defense of the lifeworld*, New York: State University of New York Press, 1995, pp. 39-70; 고대장, 앞의 논문.

의 경험에 대한 성찰을 통해서 개인의 의미체계, 더 나아가서 의미관점까지도 전환을 일으켜서 개인의 발달을 도모하는 핵심적인 요소라고 할 수 있다.

본 연구는 다문화에 대한 경험이 다소 미흡한 서사문학전문가들인 연구참여자들이 이주민 설화조사라는 연구프로젝트를 통하여 이주민을 접촉하면서 다문화 감수성이 발달하는 과정을 전환학습이론에 비추어 설명하고자 한다. 다시 말해서, 본 연구가 채택한 전환학습이론의 비판적 성찰은 연구참여자들은 이주민을 접촉하는 과정에서 자민족중심주의적인 의미체계와 의미관점이 민족상대주의적인 의미체계와 의미관점으로 전환하는 과정을 적절하게 설명할 수 있다.

이상의 다문화감수성발달과 전환학습에서의 비판적 성찰에 관한 이론적 논의를 정리하면, 다음 〈표 3〉와 같다.

〈표 3〉 다문화감수성 발달과 비판적 성찰

발달단계	발달수준
[1단계] 자민족중심주의	[1수준] 부정 [2수준] 방어 [3수준] 최소화
비판적 성찰	내용 성찰 과정 성찰 전제 성찰
[2단계] 민족상대주의	[4수준] 수용 [5수준] 적응 [6수준] 통합

〈표 3〉에서 보는 바와 같이, 다문화감수성의 1수준에서 3수준에 해당하는 자민족중심주의로부터 다문화감수성의 4수준에서 6수준에 해당하는 민족상대주의로 전환하는 데에는 있어서 비판적 성찰이라는 전환학습 경험이 요구된다. 비판적 성찰은 내용, 과정, 전제를 성찰하면서 자신이 가지고 있던 의미체계 혹은 의미관점의 전환을 발생시킨다. 그러므로 전환학습 경험은 자민족중심주의에서

민족상대주의로 다문화감수성을 발달시킨다.

3. 연구방법

3.1. 연구방법 및 연구참여자

본 연구는 질적 연구방법으로서 사례연구방법을 수행하였다. 사례연구는 동시대의 현상 즉, 사례를 깊이 있게 그리고 실제 세계의 맥락에서 탐구하는 연구방법이며, 특히 현상과 맥락이 명확히 구분되지 않은 상황에서 이루어지는 연구방법이다.[13] 본 연구는 이주민 설화조사 연구프로젝트라는 공통적인 맥락을 가진 한국인 전문가들의 다문화감수성이 어떻게 발달하고 있으며, 왜 그러한 발달이 일어났는지를 설명하는 것이므로, 본 연구는 이러한 연구의 목적에 질적 사례연구가 가장 적합하다고 판단하였다.

본 연구의 연구참여자들은 이주민 설화 구술자료 DB 구축이라는 연구주제로 3개년 연구프로젝트(2016-2019)에 참여한 K대학교 전임연구원 4명이다. 이 연구프로젝트를 통해서 아시아 20여 개국에서 온 120여 명의 다양한 유형의 이주민들로부터 1,493여 편의 설화, 신화, 민담, 전설, 생애담 등의 각종 구술자료가 수집되었다. 연구참여자들의 공통점은 이들이 대부분 여성이며 설화, 신화, 문학치료 등을 전공한 국문학 박사들이다. 이들은 설화조사팀의 팀장으로서 역할을 수행하는 과정에서 다양한 국적과 다양한 이주유형의 이주민을 직접적으로 접촉하면서 이주민들의 설화를 채집하고 정리하였다. 연구참여자들은 연구프로젝트를 참여하기 이전에 다문화사회에 대한 구체적인 인식이 없었으며, 이주민을 진지하게 접촉한 경

13 R. Yin, *Case study research: Design and methods*, Thousand Oaks, CA: Sage Publication. 신경식·서아영·송민채 역(2016). 『사례연구방법』. 서울: 한경사, 2014.

험이 없었다. 본 연구의 연구참여자 특성은 다음 〈표 4〉과 같다.

〈표 4〉 연구참여자의 특성

연구참여자	나이	성별	학력	역할	조사지역	연구기간	접촉한 이주민(명)
1	48	여성	국문학 박사	1조 팀장	강원, 서울, 경기 인천, 전라, 경상	1~3차년도	51명
2	43	여성	국문학 박사	2조 팀장	충청, 서울, 경기 인천, 전라, 경상	1~3차년도	50명
3	38	남성	국문학 박사	3조 팀장	경상, 서울, 경기 인천, 전라	1차년도	20명
4	45	여성	국문학 박사	3조 팀장	경상, 서울, 경기 인천, 전라	2~3차년도	48명

3.2. 자료수집 및 분석

자료수집은 3단계로 실시하였다. 첫째, 서면 인터뷰를 하였다. 연구계획서와 연차별 보고서에 기술된 연도별 계획 및 연구원별 역할을 토대로 인터뷰 질문지를 개발하였다. 연구참여자들에게 서면으로 요청하였으며, 2019년 5월 한 달 동안 서면 인터뷰를 실시하였다. 서면인터뷰질문지의 내용은 다음 〈표 5〉와 같다.

〈표 5〉 인터뷰 질문

구분	질문내용
I. 연구자의 역할과 연구수행내용	Q1. 연구 수행시 본인의 역할과 연구수행 내용에 대하여 연도별로 나누어서 설명해 주시겠습니까?
II. 연구자의 다문화 경험	* 각 질문에서 연차별로 구분하여 연구수행 경험을 설명해 주세요. Q2. 연구참여자(구술자)의 인원, 출신 국가, 이주민 유형(노동자, 결혼이주여성, 유학생, 난민 등)은 어떠합니까?

구분	질문내용
II. 연구자의 다문화 경험	Q3. 특별히 기억을 갖게 된 연구참여자(구술자)는 누구이며, 그 이유는 무엇입니까? Q4. 연구참여자 중에서 구술과 관계없이 그들의 이주경험에 대하여 이야기를 들었다면, 어떤 이야기였습니까? Q5. 귀하는 해당년도의 연구수행 전, 연구수행 중, 연구수행 후 이주민에 대한 귀하의 생각의 변화는 어떠합니까? Q6. 연구와 수행하면서 귀하가 정주민인 한국인이 이주민에게 가져야 하는 마음가짐은 무엇이라고 생각합니까? Q7. 이주민 구술자와 접촉하면서, 이주민 연구에서 귀하에게 가장 요구되는 것은 무엇이라고 생각하나요? Q8. 이주민 커뮤니티를 직접 보고 들으면서 느낀 점이 있습니까? Q9. 설화 중에서 가장 기억에 남는 설화는 무엇입니까? 그 이유는 무엇입니까?
III. 연구결과의 개인적·사회적 기여	Q10. 연구결과를 통해 우리 사회의 이주민 연구, 사회통합 등 지속가능한 다문화사회를 위해서 기대되는 바는 무엇입니까? Q11. 귀하는 연구참여를 통해서 어떤 분야의 전문성을 키울 수 있었습니까?

둘째, 서면 인터뷰에서 핵심 질문을 중심으로 심층인터뷰 질문지를 구성하였다. 인터뷰에서 심층적으로 확인하고자 했던 내용은 본 연구의 연구문제인 연구참여자들의 연구프로젝트참여 전후의 변화에 대한 Q5, 연구결과의 사회적 기여에 대한 Q10, 연구결과를 통한 연구자로서의 역량 강화에 관한 Q11이었다. 연구자들은 2019년 6월 초에 60분 동안 집단 심층 인터뷰를 진행하였다.

셋째, 연구참여자들이 연구 참여 기간에 연구프로젝트와 관련하여 학술지에 게재한 논문을 수집하고 분석하였다. 연구참여자들이 발표한 논문은 3편이었으며, 연구참여자들의 다문화감수성 및 다문화교육에 대한 의견을 본 연구에 참고자료로 활용하였다.

본 연구는 서면 인터뷰와 심층 인터뷰를 통해서 얻은 자료를 반복비교분석법을 통해서 연구참여자들의 다문화감수성 발달 경험에 대한 내용을 범주화하였다.[14] 특히 주제를 범주화할 때, 전환학습이론의 비판적 성찰과 다문화감수성발달모형DMIS을 사용하여 범주화하였다.

4. 연구결과

4.1. 다문화감수성 발달 현황

1~3년 동안 이주민 설화조사연구에 연구자로 참여한 연구참여자들은 개인별로 수준의 차이가 있지만, 대체적으로 다음과 같은 변화가 있었다. 연구참여자들은 연구 참여 이전에는 자민족중심주의 수준에 있었지만, 연구 참여 이후에는 민족상대주의 수준으로 발달한 것으로 나타났다. 다음 〈표 6〉은 연구참여자들의 다문화감수성 발달을 요약한 것이다.

〈표 6〉 연구참여자별 다문화감수성 발달

연구 참여자	자민족중심주의			민족상대주의			수준 변화
	부정	방어	최소화	수용	적응	통합	
1		○				●	4단계 상승
2			○			●	3단계 상승
3		○			●		3단계 상승
4		○			●		3단계 상승

○: 연구프로젝트 참여 이전, ●: 연구프로젝트 참여 이후

14 유기웅·정종원·김영석·김한별, 『질적연구방법의 이해』, 서울: 박영사, 2012.

4.1.1. 연구참여자 1

연구참여자 1은 연구를 수행하기 전에 다문화사회에 대한 인식이 없었으며, 문화적 차이에 대하여 생각해 본 적이 없었다. 연구참여자 1은 학교라는 공간에 있는 유학생들만을 접촉할 수 있었다. 하지만 설화연구자로서 연구에 참여하면서 이주민들이 우리 주변에 많다는 것을 비로소 인식하고, 이주민들이 자신의 시야에 들어오기 시작했다.

> 저는 일단 다문화에 대한 인식이 별로 없었어요. 그러니까, 아, 한국에 이렇게 많은 이주민들이 와 계시다는걸 제 주변에는 많지 않았기 때문에. 예. 별로 인식은 못하고 있었고, … 단순하게 설화 연구자로서 관심을 갖고 일단, 어, 이 사업에 시작을 하게 됐구요. … 근데 막상 해보니까 너무 주변에 많은 거예요. … '아 우리 한국이 다문화 사회가 맞구나!'라는 걸 그 부분을 인식하게 됐고, 왜냐면 길에서 예전에는 한국 사람들밖에는 전에는 안 보였거든요. … 이 조사를 하기 시작하면서부터 외국 사람들, 그러니까 이주민들이 눈에 너무 많이 보이는 거예요. 예. 그래서 이렇게 세상을 바라볼 때 오히려 그, 시각이 다양해졌다고 해야 하나요. (연구참여자 1, 심층 인터뷰)

더 나아가서 연구참여자 1은 연구프로젝트를 통하여 수많은 설화를 정리하면서 인류문화의 보편성과 특수성에 대하여 내면화하는 단계에 이르렀다. 이런 점에서 연구참여자 1은 방어적 단계의 자민족중심주의에서 통합적 단계의 민족상대주의로 발달하였다.

> 연구 수행 과정에서 채록된 수많은 설화는 인류 보편성과 민족 고유의 특수성을 담고 있는 서사이다. 설화 결과물은 한국사회 구성원으로서의 이주민의 다름을 이해할 수 있는 기반이 되며, 인류 보편의 동질적 문제에 대해 함께 고민하고 대안을 마련하는 사회 구성원의 한 일원임을 인정하는 인식 개선의 주요한 역할을 담당할 수 있을 것으로 기대한다. (연구참여자 1, 서면 인터뷰)

4.1.2 연구참여자 2

연구참여자 2는 다른 연구참여자들과 다르게 연구프로젝트 참여하기 이전에도 다문화사회에 대한 진지한 관심을 가지고 연구를 진행하고 있었다. 연구참여자 2는 학술발표를 통해서 결혼이주여성을 대변하는 목소리로서 역할을 하고 있었다. 연구참여자 2는 결혼이주여성은 경제적 여건 때문에 한국에 팔려온 마치 〈심청전〉의 심청이라는 선입견을 가지고 있던 한국 사회를 비판하면서, 결혼이주여성들은 마치 〈단군신화〉의 웅녀와 같은 존재로서 한국사회를 새롭게 발전시킬 수 있는 원동력이라고 주장하였다. 그럼에도 불구하고 연구참여자 2는 자신의 이러한 주장도 머리로 알고 주장한 내용이었으며, 구체적인 경험이 없었다. 하지만 연구참여자 2는 연구에 참여하면서 여전히 이주민에 대한 자신의 선입견과 편견이 많다는 것을 알게 되었으며, 자신의 이론적 주장이 실제로 맞는다는 것을 인식하게 되었다.

> 우선 저는 전과 후가 어, 이 굉장히 큰 그 인간적으로도 연구자로서도 변화가 있었는데. 우선 조사를 하면서 나도 아닌 척 했으나 이주민에 대한 엄청난 선입견과 편견이 있었구나. 그분들이 어떤 생활이 어려울 것이다. 우울할 것이다. 뭐 이런 식의 선입견이 있었는데 … 근데 그때 사실 저는 확신이 없었어요. 그러니까 머리로 쓴 논문이지. 마음으로 이분들에 대한 진짜 그런 건 아니였던 거 같아요. 이번 하면서 이분들은 팔려 온 게 아니라 … 실제로 아 정말 내가 그때 쓴 논문이 맞구나. 아. 웅녀였구나. 지금 한민족, 한민족 강조하는 대한민국에 일종의 다양한 민족의 문화를 뿌리를 전파하고 다문화사회라는 새로운 시대를 열어가는 진짜 웅녀 같은 존재들이구나라는 확신이 들었어요. (연구참여자 2, 심층 인터뷰)

연구참여자 2는 이주민들에 대한 부정적 이미지를 잊고 이주민들의 문화를 존중하고 동질감을 느끼게 되었다. 설화와 같은 이주민들의 문화적 자산은 한국의 사회통합에 중요한 역할을 한다고 확신하고 있다. 그러므로 연구참여자 2는 최소화 단계의 자민족중심주의에서 통합적 단계의 민족상대주의로 발달하였다.

> 이주민의 설화를 들으며 자연스럽게 가난과 같은 부정적 이미지를 잊고 각국에 대하여 호기심을 가지고 나아가 그들을 존중하게 되는 마법을 경험하였다. 필리핀의 설화를 들으며 그들의 생명존중 사상에 감탄하게 되었고, 한국과 똑같은 베트남 설화를 들으며 우리와 같다는 동질감을 느낄 수 있었던 것이다. 따라서 이주민을 통해 조사된 각국의 다양한 구술 자료는 특히, 사회통합이라는 측면에서 큰 역할을 하리라 확신하는 바이다. (연구참여자 2, 서면 인터뷰)

4.1.3. 연구참여자 3

연구참여자 3은 연구를 수행하기 전에 다문화에 대한 막연한 생각만을 가지고 있었다. 연구참여자 3은 이주민들이 사회적으로 불평등한 대우를 받고 있을 거라고 생각했지만, 연구에 참여하면서 이주민들을 접촉하면서 이주민 문제를 심각하게 느끼고 있었으며, 해결하려는 의지를 보여주었다. 연구참여자 3은 1차년도 연구에만 참여하고 이후에 해외 파견으로 이주민이 된 상황이 되면서, 연구수행 중에 만난 이주민의 경험이 자신의 경험으로 인식하게 되었다.

> 연구수행 전에는 이주민에 대한 사회적 불평등이나 편견의 여지를 막연히 인지하고 있는 정도였다면 연구를 수행하면서는 그들의 실제 경험을 통해 막연한 문제의식을 갖고 있던 이주민 문제의 심각성과 그 해결의 시급성에 대해 보다 선명하게 인식할 수 있게 되었다. 또한 1년차 사업 종료 시점 이후로 본인 스스로가 해외 이주민의 입장으로 살게 되면서 연구 수행 중 만났던 이주민들의 경험들을 직접적으로 체험하는 상황에 이른 것도, 본인이 다문화 문제에 대한 관심을 지속하고 심화할 수 있게 한다. (연구참여자 3, 서면 인터뷰)

더 나아가서 연구참여자 3은 한국인과 이주민을 비교하고 문화적 차이를 인정하면서 문화보편성에 근거하여 이주민의 삶에 대하여 공감대를 형성하고 차별적 인식을 거두어 내야 한다고 말하고 있다. 연구참여자 3은 공감과 감정이입을 통해서 이주민을 이해하기 위해 노력하며 타문화의 입장에서 현실을 바라본다는 점에서 방어적 수준의 자민족중심주의에서 적응 수준의 민족상대주의로 발달하였다.

> 그들의 문화와 외모, 언어와 인식 상에 한국인과의 차이점이 있는 것은 분명하지만, 보다 심층적으로는 그들이 살면서 인식하고 있는 삶의 문제나 감정의 문제들이 한국인의 그것과 다를 바 없다는 것을 확인하게 되었다. 따라서 그들이 한국인과 다를 것 없는 삶의 목표와 문제, 갈등, 감정 등을 지니고 있음을 명확히 이해함으로써 당연시 되고 있는 인식적 차별의 시선들을 거두어낼 필요가 있다. (연구참여자 3, 서면 인터뷰)

4.1.4. 연구참여자 4

연구참여자 4는 연구참여 이전에 이주민에 대한 거리감과 긴장감이 있었다. 본인의 말과 행동이 이주민이라는 생소한 사람들에 대하여 상처를 주게 되지 않을까 하는 생각 때문에 이주민들을 만나는데 거리감을 두었다. 하지만 연구를 참여하면서 그러한 긴장감이 사라지고 한국인들을 만나듯이 자연스러운 감정 형성과 이주민들에 대한 공감으로 변화되었다.

> 저에 대한 변화를 먼저 말씀해 드리면. 긴장감에 대한 거거든요. 이주민을 대할 때 실수하지 않을까. 뭔가 되게 인권이라고 되게 예민한 문제에 대해서 저는 인식하지 못한 상태에서 제가 실수하지 않는 것 그런 것들에 대해서 정말 많이 신경을 쓰고 있었었다면 이제는 되게 이 연구가. 이제는 연구에서 되게. 자유로워졌어요. 긴장감에서. 그 부분이 저한테 되게 긍정적이구요. … 조사를 수행하면서 동네 사람들을 만나듯이 자연스럽게 아이교육 이야기도 하고, 조사 앞뒤로 남편과 시부모님 흉도 함께 잠깐 잠깐 보면서 레포를 형성할 수 있었습니다. (연구참여자 4, 심층 인터뷰)

연구참여자 4는 설화조사를 통해서 다양한 문화에 심취하면서 문화의 이질성을 수용하였으며, 더 나아가서 이주민들이 사유하는 방식으로 본인의 마음에 이주민들의 가치관을 이해하게 되었다. 연구참여자 4는 학술지 논문에서 자신의 변화를 '기억의 각인'과 '마음의 감응'이라고 표현하였다. 이런 점에서 연구참여자 4는 방어적 수준의 자민족중심주의에서 적응 수준의 민족상대주의로 발달하였다.

> 본 연구자가 한국에 거주하는 이주민을 만나 모국의 설화를 직접 듣고 채록하는 과정에서 느낀 구술문화의 성격은 '기억의 각인'과 '마음의 감응'이었다. 사건의 상황이나 인물의 행위가 한국의 구비설화나 외국의 설화지만 기억에 각인된 설화들과 얼핏 비슷한 요소를 비교하다 보면, 오히려 우리와 거리가 있는 비현실적이고 낯선 상상의 세계라서 이질적이라고 생각했던 부분들의 이미지와 상징이 더 반복되어 떠오르게 되는 경향이 있었다. 그러다 그 낯선 문화의 상징들이 인간으로서 살아가며 겪는 반복적이고 근원적인 삶의 문제와 맞닿게 되는 것을 통찰하게 될 때, 그들의 삶의 방식에 감응하게 되는 경험을 반복했다. (연구참여자 4, 학술지 논문)

4.2. 다문화감수성 발달에서의 성찰적 요인

본 연구는 연구참여자들의 다문화감수성 발달이 전환학습발달과 유사하다고 보며, 전환학습이론에서 중요한 역할을 하는 비판적 성찰이 연구참여자들의 생각을 전환시킨 요인으로 본다. 본 연구에서 연구참여자들은 본인이 가지고 있던 이주민과 타문화에 대한 자신의 지식, 행동, 가치관 등을 성찰하였다. 본 연구는 전환학습이론에서의 비판적 성찰 분석 틀을 활용하여 각 수준의 성찰 내용과 성찰의 결과를 분석하였다. 다음 〈표 7〉은 연구참여자들이 수행한 비판적 성찰을 분석하고 요약한 것이다.

〈표 7〉에서 보는 바와 같이, 전환학습이론의 비판적 성찰에 비추어 본 연구에서 연구참여자들의 비판적 성찰을 내용 성찰, 과정 성찰, 전제 성찰의 3가지 수준으로 구분하였지만, 일부는 중첩되어 나타났다. 연구결과 상위주제로는 유능하고 주체적인 결혼이주여성,

〈표 7〉 연구참여자들의 비판적 성찰

성찰 수준	상위 주제	의미 단위
내용 성찰	유능하고 주체적인 결혼이주여성	• 유능하고 한국어가 유창한 스토리텔러 • 행복하고 주체적인 여성
	한국에서 삶의 기반을 다지는 노동자와 유학생	• 자신의 미래를 설계하고 준비함 • 자기계발에 대한 적극적인 투자
과정 성찰	교육자 및 연구자로서 역량강화	• 문학교육자에서 문화교육자로 발전 • 문화특수성과 문화보편성의 조화
	인간관계의 확대	• 여성으로서 동질감 • 인간으로서 연대의식
전제 성찰	타문화에 대한 선입견	• 삶의 질이 낮은 이주민 • 모국문화에 자부심이 없는 이주민
	자문화에 대한 재인식	• 타문화를 존중하지 않는 한국인 • 이중적 잣대를 가진 한국인

한국에서 삶의 기반을 다지는 노동자와 유학생, 교육자와 연구자로서의 역량 강화, 인간관계의 확대, 타문화에 대한 선입견, 자문화에 대한 재인식이다.

4.2.1. 유능하고 주체적인 결혼이주여성

연구참여자들은 연구프로젝트를 수행하기 이전에는 공통적으로 결혼이주여성들에 대한 선입견을 가지고 있었다. 연구참여자들의 지식에는 결혼이주여성들은 일반적으로 한국어가 서툴며, 가정살림을 못하고, 가정생활이 불행하다는 선입견이 있었다. 하지만 연구참여자들은 연구를 통해서 만난 결혼이주여성들이 선주민 여성들만큼이나 유능하고 행복한 가정생활을 누리고 있었으며, 모국의 설화를 적극적으로 구술할 만큼 자신의 문화를 자랑스러워하는 주체적인 여성이었다고 자신의 기존 지식을 수정하였다. 이것은 비판적 성찰의 유형 중에서 내용 성찰에 해당하는 것으로서, 자신의 선지식을 역으로 생각하면서 자신이 가지고 있던 의미체계가 전환되었다고 할 수 있다.

(1) 유능하고 한국어가 유창한 스토리텔러

연구참여자 1은 결혼이주여성들이 한국어로 소통이 잘 안 되고 살림을 한국에서 배울 거라고 생각했으나, 연구를 통해서 만난 여성들이 한국어가 유창하고 살림을 잘하는 유능한 여성들이라는 생각으로 바뀌었다. 연구참여자 4은 결혼이주여성들에 대하여 구체적인 인식을 가지고 있지 않았으나, 연구를 통해서 결혼이주여성들이 애정과 의지를 가지고 적극적으로 모국의 설화를 구술하는 뛰어난 스토리텔러라고 인식하였다.

> 크게 달라진 점이라고 하면 일단 한국어가 굉장히 서툴거다라고 생각했는데. 실제 오히려 이분들의 한국어는 굉장히 유창했었고, 예. 그리고 더 놀라웠던 건 제가 그분들한테 김장 담는 법을 배워요. (연구참여자 1, 심층 인터뷰)

> 안산에서 만난 ○○○ 화자는 도서관에서 적극적으로 활동하면서 중국의 재밌는 이야기를 맛깔스럽게 하는 특징이 있었는데, 이야기의 문법이 몸에 체득된 사람이라는 생각이 들었습니다. 어떤 이야기도 맛깔나게 하는 힘이 있는 구술자로 다른 나라 이야기를 들을 때도 와서 적극적으로 참여했습니다. 진주에서 만난 캄보디아 출신은 □□□는 임신을 하고 있었는데, 구술하면서 캄보디아 이야기를 태어날 아이에게 들려주고 싶다는 생각을 하게 되었다며, 조사를 하는 2시간의 과정에서 점점 적극적으로 변화한 구연자였습니다. (연구참여자 4, 서면 인터뷰)

(2) 행복하고 주체적인 여성

연구참여자 2는 연구조사 이전에도 결혼이주여성에 대한 관심을 가지고 학문적으로 결혼이주여성의 목소리를 대변하고자 하였다. 하지만 연구참여자 2는 자신이 알고 있는 것이 머리로만 알고 있는 추상적인 지식이며, 이 또한 결혼이주여성이 불행하고 생각하는 선입견에 근거한 것이었다. 연구에서 직접 만난 결혼이주여성들은 적극적이고 주체적인 여성이었다. 연구참여자 4는 자신의 선지식과 달리 삶의 만족도가 높으며 행복하게 삶의 만들어가는 모습을 가진 결혼이주여성의 삶을 보면서 인상적이었다고 말하면서, 결혼이주여성에 대한 자신의 의미체계를 전환하게 되었다.

> 우선 조사를 하면서 나도 아닌 척 했으나 이주민에 대한 엄청난 선입견과 편견이 있었구나. 그분들이 어떤 생활이 어려울 것이다. 우울할 것이다. 뭐 이런 식의 선입견이 있었는데 … 근데 너무나 만난 이주 여성분들을 보면 공통점은 적극적이고. 주체적이고. 호기심 많고. 사교적이고. 그리고 실제로 아 정말 내가 그때 쓴 논문이 맞구나. 아. 웅녀였구나. (연구참여자 2, 심층 인터뷰)

> 안산에서는 통일교로 이주한 경력을 말씀하셨는데, 삶의 만족도가 높았던 것이 인상적이었습니다. 키르기스스탄 분들이 영턱으로 소개되어 오는데, 구연자의 경우 옆집에 자신의 친구가 이사 오게 해서 외롭지 않고 즐겁게 삶을 만들어가는 모습도 좋았습니다. (연구참여자 4, 서면 인터뷰)

4.2.2. 한국에서 삶의 기반을 다지는 노동자와 유학생

연구참여자들은 연구 참여 이전에는 공통적으로 이주노동자와 외국인 유학생에 대한 선입견을 가지고 있었다. 연구참여자들에게 이주노동자들은 대부분 한국인 사업주로부터 착취와 인권유린을 당하는 사회적 약자이며 수동적인 존재였다. 하지만 연구에서 만난 노동자들은 행복하고 경제적으로나 정신적으로 풍요로우며 적극적으로 한국에서 자신의 미래를 준비하고 있었다. 그뿐만 아니라 연구참여자들은 유학생들에 대한 구체적인 인식이 없었으나, 연구를 통해서 만난 유학생들 역시 한국에 온 목적이 분명하고, 자신의 미래를 위하여 한국에서 준비한다는 것을 알게 되었다. 이를 위해서 노동자와 유학생들은 자기계발에 투자하고 적극적이고 열정적으로 준비하였다. 이것은 연구자들의 의미체계에 영향을 주는 내용 성찰에 해당된다.

(1) 자신의 미래를 설계하고 준비함

연구참여자 1은 연구를 시작하기 전에 이주노동자들이 경제적인 이유로 한국에 왔기 때문에 고용주로부터 경제적인 착취를 당하지만 항거할 수 없는 존재, 임시적인 이주민으로 여겼다. 하지만 연구를 통해서 만난 이주노동자들이 국내에서 경제적으로나 인간적으로도 좋은 대접을 받았으며 모국의 경제적 수준에 비해 윤택하고 삶의 만족도가 높았다. 그러므로 이주노동자들은 가능하면 한국에 계속해서 정착하기를 원하였다.

> 제가 만났던 분은 어쨌거나 그 사장님이 뭐 이렇게 숙소나 이런 것들을 대접을 뭐 다 대접을 해주고 지금 아내랑 같이 사는 집도 마련해 주고 그러면서 본인들이 만족도가 굉장히 높았었구요. 그 다음에 돈을 많이 벌어도 꼭 한국에 살겠다고 돌아가겠다고 생각하시지 않으셨어요. 그러니까 차라리 돈을 벌어서 내 나라, 내 집, 그러니까 내 고향에 땅을 사고 건물을 다 사 놓고 계시더라고요. 그래서 네팔 분도 저보고 지금 땅이 있고, 집을 지어 놨으니까 카트만두에 놀러오라고. 집을 쓸 수 있게 해주겠다고 할 정도로 돈은 벌어서 거기서 이제 투자하고 뭐, 그 다음에 고향에 사람들 잘 먹고 살 수 있게만 해줘도 한국에서 계속 있고 싶다. 네. 정착을 하고 싶어 하시더라고요. (연구참여자 1, 심층 인터뷰)

외국인 유학생들 역시 한국에 온 목적의식이 분명하였다. 한국에서 배우고 고국으로 돌아가서 하고 싶은 일에 대한 미래 설계가 구체적이었으며, 한국에서의 유학 생활을 통해서 미래를 준비하였다.

> 유학생들은 한국에서 공부를 하고 나서 고향으로 돌아가서 자기 나라에 돌아가서 해야 될 꿈이 굉장히 많았어요. 어, 나는 여기서 한국어에서 뭘 배워서 그 미래에 대한 설계가 아주 구체적이었구요. 예. 그래서 그.. 인터뷰를 하고 대만이나 또는 태국으로 돌아간 친구들도 있는데 그 친구들이 그러니까 이 자기가 학위를 따고 했던 그 한국에서의 경험들 가지고 자기 나라에 가서 그 펼치고 싶어 하는 꿈들이 한국어와 관련된 분야도 있었고, 또 어떤 친구는

행위 예술 이런 것들도 있었구요. 그 되게 다양하게 어쨌거나 이 한국에서의 유학 생활을 경험으로 해서. (연구참여자 1, 심층 인터뷰)

(2) 자기계발에 대한 적극적인 투자

연구참여자 2가 만난 이주노동자들은 노동 이외의 시간에 자기계발을 위한 투자를 하고 있었다. 한국에서 자신의 가치를 높이기 위하여 한국어를 공부하고, 이를 위하여 미디어를 활용하거나 한국 사람을 찾아다니며 학습활동을 하였다. 연구참여자 4가 만난 외국인 유학생들은 더 나은 단계로 발전하기 위하여 도전하고 노력하였으며, 취업 때문에 마음을 졸이기도 하였다. 이러한 이주노동자와 유학생들의 모습은 선주민 직장인들과 대학생들이 자신의 가치를 높이기 위해서 적극적으로 자기계발에 투자하는 모습과 다를 바가 없다.

그래서 제가 그때 느꼈던 게 뭐냐면. 어… 굉장히 공부 열심히 하시더라고요. 제가 제 책도 드리고 나중에는 택배도 보내드리고 그랬는데 굉장히 혼자 막 유튜브로 한국어 공부도 하시고, 그 막 전북 진안이라서 마이산 앞이라 주말에 다른 분들은 쉬는 날, 막 자기 기숙사에서 자기 바쁘신데, 이분은 일부러 마이산 가서 한국 사람들 만나는 거예요. (연구참여자 2, 심층 인터뷰)

유학생의 경우에는 계층의식이 많이 보였어요. 그 도전의식과 그 적극성과 그 열정. 인도 친구는 어마어마해서. 여학생이었어요. ○○○라는 석사 과정을 하고있는 친구예요. 논문 남겼어요. 그 친구는 어학을 다닌 친구였어요. … 그 칠레 친구는 여기 있는 기업이나. 아니면 정 아니면 안되면 정말 일본의 기업이라도 이렇게 남아서 여기서 일을 하고 싶다. 취준생인 친구도 있었는데 취업이 잘 안되니까 지금 현실적으로 (연구참여자 4, 심층 인터뷰)

4.2.3. 교육자 및 연구자로서 역량강화

연구참여자들은 이주민설화조사연구에 참여한 이후에 이주민 설화 및 이주민과의 만남에 비추어서 자신이 국문학전공자로서 자신의 연구와 교육 방식에 대하여 성찰하였다. 이것은 비판적 성찰의 유형 중에서 과정 성찰이며, 내용 성찰보다도 한 단계 더 행동의 동기나 요인에 관하여 숙고하면서, 자신이 가진 의미체계에 전환을 발생시킨다. 연구참여자들은 연구참여 이후에 국문학전공자로서의 개인역량 및 문화적 지식에 있어서 다문화 인식 전환이 있었음을 알 수 있다.

(1) 문학교육자에서 문화교육자로 발전

연구참여자 2는 이론 연구에 머물던 수준에서 이주민과 그들의 설화를 접하면서 연구의 틀이 확장되었으며 문학교육자에서 문화교육자로서 역량이 강화되었다. 연구참여자 3은 서사문학의 연구관점이 국내에서 세계로 확장되었으며, 자신을 다문화 서사 전문가로서 발전하였다고 자평한다.

> 제 역량이 부끄럽지만 많이 신장했다고 생각합니다. 그러니까 이게 뭐라고 할까. 그때는 이제 어떻게 보면 관심이 있고 그래서 학문적으로 이론을 공부하고. 그런 수준이었다면. 지금은 어찌됐건 어, 이제 웬만한 나라에 우리나라의 그 주요 이주민들의 모국의 설화들을 다 어느 정도 다 안다고 생각하고요. 부끄럽지만 지금 3차 년도에는 사실 굉장히 많이 겹쳤었어요. 이야기가. 이제 다 알겠는 거죠. 네, 틀이 잡힌거죠. 그러니까 제가 사실 설화로 문화 교육을 하는 것에 대한 논문을 그 동안 써왔었는데. 사실 그때는 제가 설화연구자로서 신념으로 설화를 넓게 활용하고자 얘를 문학 교육으로 쓰자였던 건데. 지금은 반대로. 진짜 문화 교육자가 된 거 같아요. 문화 교육자로서 정말 설화만큼 좋은 텍스트가 없구나를 확인하는 자리였던 거 같아요. (연구참여자 2, 심층 인터뷰)

연구 참여를 통하여 본인이 얻은 가장 큰 성과는, 본인의 연구 분야인 '서사'에 대한 시야의 확장이다. 기존 한국 전통 서사의 가치를 재발견하고 알리는 차원에 연구의 관점이 한정되어 있었다면, 세계 각국의 훌륭한 이야기 문화를 접하게 됨으로써 연구의 관점을 세계적인 범위로 확장할 기회가 되었다. 이에 본인은, 1년의 짧은 기간 연구에 참여했을 뿐이지만, 그 시간을 통해 다문화 서사

전문가, 궁극적으로는 서사문학 연구자로서의 역량을 강화할 수 있었다고 평가한다. (연구참여자 3, 서면 인터뷰)

(2) 문화특수성과 문화보편성의 조화

연구참여자 1, 4는 연구 참여 이전에는 국문학을 기반으로 한 한국문학 및 한국문화에 대한 특수성에 머물러 있었다. 하지만 연구에 참여한 이후에 이주민들이 들려준 설화 및 문화를 통해서 인류의 보편적 가치와 문화에 눈을 뜨게 되었으며, 문화의 특수성과 보편성이 조화된 의미체계로 전환되었다.

연구자로서. 이게 역량 강화될 수밖에 없었을 게 한국의 이야기만 알고 그나마 유명한 독일 민담이나 요런 것들만 알고 있다가 어, 막상 만나서 이야기를 해보니까 아, 원래 이제 이게 저희가 원래 설화가 전파설이 있고, 누군가가 전해줬을 거라고 하는 전파설과 이제 인류 보편성, 자연 발생적으로 각 나라에서 그 인류가 고민하고 있는 문제들을 같은 이야기들로 구현이 된다라고 하는 그런 것들이 있는데. 저희는 그쪽을 믿고 있었던 건데 실제 만나보니까 너무 똑같은 이야기가 많은 거죠. 네, 그래서 어쨌거나 비교 연구 쪽에서는 상당히 이제 많이 확장되었다? 이렇게 말씀 드릴 수 있을 거 같고. (연구참여자 1, 심층 인터뷰)

저는 문화, 설화를 처음 공부할 때는 첫 논문도 그렇고요. 2차 년도 때는 설화를 통해서 문화의 보편성에 되게 관심이 많았다면 3차 년도는 연구자로서 달라진 거는 문화적인 이질성에 대해서 관심이 많아지고, 그 이질성을, 설화적인 상상력을, 어떻게 그 간극을 어 좀 메워나갈 수 있을까라는 부분들에 대해서 많이 이제는 역량을 그쪽으로 더 쓰이고 싶구요. 특히 아까 뭐 인도네시아, 정말 인도네시아스러웠지. 왜냐면 지진과 태풍과 그런 게 많다 보니까 전설들이 어 뭐, 주는 느낌들이 나라마다 특히 전설이. 되게 달라서 전설에 대한 해석 능력이 더 저는 깊어진다고 생각을 하고요. (연구참여자 4, 심층 인터뷰)

4.2.4. 인간관계의 확장

연구참여자들은 모두 여성이며 연구에 참여하면서 만난 이주민들도 대부분 결혼이후여성들이다. 이런 점에서 연구참여자들은 결혼이주여성의 이야기를 듣고 보면서 여성으로서 동질감을 느끼고, 동시대와 동일한 국가에서 살아가는 인간으로서 연대의식을 가지게 되었다. 연구참여자는 여성과 인간으로서 자신의 행동을 성찰하고, 그 결과로서 자신의 인간관계 영역이 확장되었다. 이는 과정 성찰로서 자신의 행동과 그 근원을 반성하는 것이다.

(1) 여성으로서 동질감

연구참여자 1은 여성으로서 자신의 삶과 결혼이주여성의 삶이 같다는 것을 느끼고 감정이입이 되었으며, 결혼이주여성이 겪는 문제는 바로 한국여성의 문제라고 생각하였다. 연구참여자 4는 연구를 위해서 결혼이주여성들과 라포를 형성하는 과정에서 여성으로서 동일한 삶의 문제를 공감하게 되었다.

> 제가 지금 인식이 달라진 부분도 그거거든요. 아, 다른 나라에서 왔기 때문에 문화도 다르고, 어, 생각하는 것도 다르고 이런 것들이 다 다를 거라고 생각을 했는데. 막상. 이 나라에 오니까 삶이, 여성의 삶이 똑같다는 거죠. 임신, 출산, 육아, 직장 생활. 이런 것들이 제가 느끼는 그대로다. 감정이입이 그대로 되는 거예요. 그래서 오히려 서로가 좀 동지. 공감하는 부분. 또, 시부모님 모시고 살았으니까 또 시댁과의 문제 이런 것들. 그분들이 외국인으로서 겪어야 됐던 뭐. 한국 언어의 어려움. 이런 것들은 뭐 그분들이 가진 어떤 특성이겠지만 오히려 여성으로서의 동질성은 훨씬 더 많이 느껴서 이분들의 이 자료가 우리가 여성의 문제, 한국의 여성 문제 또는 인류의 여성 문제까지 같이 아우를 수 있는. 한국의 시집살이 담하고 전혀 다르지 않아요. (연구참여자 1, 심층 인터뷰)

> 조사를 수행하면서 동네 사람들을 만나듯이 자연스럽게 아이 교육 이야기도 하고, 조사 앞뒤로 남편과 시부모님 흉도 함께 잠깐 잠깐 보면서 레포를 형성할 수 있었습니다. 이 과정에서 자연스럽

> 게 여성의 삶의 과정에서 겪는 출산, 육아, 사회적 활동 등의 문제를 함께 나눌 수 사람들이 되면서, 이주민을 조심스럽게 대하던 마음이 자연스럽게 사라지게 되었습니다. (연구참여자 4, 서면 인터뷰)

(2) 인간으로서 연대의식

연구참여자 1은 출신 및 혈연에 근거한 한국의 지역주의를 비판하면서, 이를 넘어서서 이주민들을 대할 때 인간으로서 연대의식을 강조하였다. 연구참여자 3은 한국 사회가 이주민을 여전히 동화주의, 시혜 주의에 근거하여 지원한다는 점을 비판하면서, 연대의식으로 발전해야 한다고 생각하였다.

> 한국에서 출신 지역, 모교, 성씨 등 세부적으로 갈라서 그 속에서 동질성을 찾고 끈끈한 연대감을 모색하려는 경향을 이주민에게도 그대로 적용하여 국적, 피부색, 말투로 갈라서 이질성을 강조하고 차별이 이루어지고 있다. 이주민을 '나'와 다르지 않은 사람, 여성, 남성으로 바라보는 인식 개선이 필요하다. (연구참여자 1, 서면 인터뷰)

> 광주에서 만난 제보자의 권유로 동남아 이주민들의 다문화 행사에 참가할 기회가 있었다. 다양한 이주민들이 한 자리에 모여 환담을 나누고, 새로이 집단에 합류한 구성원들을 환영하는 자리였다. 낯선 타국당의 소수자로서 살아가는 이들이 같은 입장의 구성원들을 만나 웃음꽃을 피우는 모습이 훈훈하였지만, 그와 같은 자리에 한국인 구성원들의 참여가 적고, 참여한 한국인이라 하더라도 지원 단체의 관계자가 전부로서 남의 일처럼 한 걸음 떨어져 행사에 참여하고 있는 모습을 보았다. 이주민 커뮤니티에 대한 한국 사회의 방향성이 '지원'보다는 '연대'로 나아가야 함을 느끼게 하는 장면이었다. (연구참여자 3, 서면 인터뷰)

4.2.5. 타문화에 대한 선입견

연구참여자들은 부지불식간에 이주민들이 선주민인 한국인들보다 부족하다는 전제를 가지고 있었다. 특히 생활 및 문화 수준 등에서 그러한 선입견을 품고 있었지만, 연구를 통해서 만난 이주민들이 실제로는 다르다는 것을 알면서 자신의 전제가 깨지고 전환적 인식을 하게 되었다. 이것은 비판적 성찰 중에서 전제성찰을 보여준다.

(1) 삶의 질이 낮은 이주민

연구참여자 1은 매매혼으로 인하여서 결혼이주여성의 삶이 만족스럽지 않다고 생각했다. 하지만, 연구를 통해서 만난 대부분 결혼이주여성이 겪는 결혼과정이 다양하고, 결혼생활도 행복하다는 것을 알게 되었다. 연구참여자 2는 이주민들이 삶의 질이 낮고 불행하다는 전제를 가지고 있었다. 또한 이주민들도 이러한 선입견을 가지고 자신들을 바라봄으로 인해서 어렵다는 것을 알게 되었다. 하지만 연구를 통해서 이주민에 대한 이러한 전제가 잘못되었음을 알게 되었다.

> 결혼 이주는 결혼이 대부분 소개업체를 통해 이루어진다고 생각했었고, 남편과 삶에 대한 만족도가 크지 않을 수도 있다는 생각을 연구수행 전에 했었다. 연구수행 과정에서 구술자는 통일교, 연애, 지인 중매, 소개업체 만남의 계기는 다양했으며, 상당수는 통일교를 통해 결혼이 이루어졌고, 남편은 물론 가족과 종교적 교감이 컸다. 조사자가 만난 구술자 대부분은 매우 밝고 개성이 강했고, 주체적인 삶을 지향하고 있었다. (연구참여자 1, 서면 인터뷰)

> 미디어의 영향 때문일까. 본 연구자도 이주민의 삶의 질에 대하여 선입견을 가지고 있었다. 그러나 구술조사를 위해 만난 대부분 이주민들은 매우 적극적으로 한국에서 문화적응을 하고 있었으며, 자신들의 삶에 만족하고 있었다. … 제일 첫 번째 힘든 것은 문화 적응이 힘든 것을 자신이 이주민이다는 이유만으로 가지는 선입견. 그게 이제 시골의 경우는 무조건 밥만. (웃음) 그리고 무조건 너 가난해서 왔지. 내가 꿈이 있어서 온 것인데 가난해서 왔지. (연구참여자 2, 서면 인터뷰)

(2) 모국 문화에 자부심이 없는 이주민

연구참여자 1은 이주민들이 자신의 문화에 대한 자부심과 긍지가 없이 설화 조사에 참여한다고 생각하였다. 하지만 이것은 이주민들이 모국 문화에 대한 자부심이 없다는 것은 연구참여자의 선입견이었다. 연구참여자 2도 역시 이주민들이 설화 조사에 경제적인 이유로 참여할 거라는 전제를 가졌다, 하지만 이주민들이 모국 문화에 대한 정체성과 자존심 때문에 적극적이고 능동적으로 참여하였음을 알게 되었다.

> 구술자들이 소개자, 조사자와의 약속 때문에 의무적으로 이야기판에 동참하거나 이야기판 동참에 부담감을 갖고 강요받는 느낌을 받지 않을까 하는 염려도 있었지만, 자신의 모국의 이야기와 문화를 알린다는 사명감으로 참여하는 구술자가 많았다. 구술자의 적극성으로 최고 4회까지 만나서 인터뷰를 진행한 구술자가 2명, 3회까지 만나서 인터뷰를 진행한 구술자가 3명이고, 대부분 2회까지 인터뷰를 진행할 수 있었다. (연구참여자 1, 서면 인터뷰)

> 설화 구술이 이주민 삶에 도움이 될까. 설화 구술을 하는 대부분의 이주민들은 매우 적극적이고 능동적으로 조사에 임했다. 1시간에 1만원의 상품권밖에 지급되지 않음에도 불구하고 구술을 위해 미리 사전조사를 하고 설화를 구술하는 모습을 보여주었다. 많은 이주민이 설화 구술을 통해 자존감을 회복하고 모국에 대한 정체성을 확립해 나가는 모습이 확인되었다. (연구참여자 2, 서면 인터뷰)

4.2.6. 자문화에 대한 재인식

연구참여자들은 연구를 통해서 이주민들을 만나면서 그동안 인식하지 못했던 자문화에 대하여 새롭게 인식을 하게 되었다. 이주민의 시선으로 보는 한국문화 및 한국인의 모습을 통해서 자문화중심적인 관점에서 문화상대적인 관점으로 전환하는 계기가 되었다. 이는 비판적 성찰의 유형 중에서 전제 성찰에 해당한다.

(1) 타문화를 존중하지 않는 한국인

연구참여자 1은 이주민의 한국문화적응에 대한 구술을 통해서 자문화에 대하여 성찰하게 되었다. 이주민들의 문화와 비교하여 상대적으로 한국인들이 타문화나 사생활을 존중하지 않거나, 허례허식이 없으며, 호칭에 민감하다는 것이다.

> 일단은 뭐 사생활의 보호가 잘 안 된다. 그래서 어딜 돌아다녀도 다 시어머니한테 연락이 온다는거. 동네 사람들이 너네 며느리 어디 갔다. 그러니까 자기가 츄리닝만 입고 어디를 가도 시어머니한테 연락이 와서 너무. 네. 개인 사생활이 너무 없다. 또 어떤 일본분은 한국 사람들이 아무 때나 놀러 온다. (웃음) (연구참여자 1, 심층 인터뷰)

> 한국적인 문화가 각 나라에서 가진 것들과 어려움이 있대요. 그런데 문제는 그런 것들에서 보통은 지금은 이해를 한다는 거예요. 그러니까 제사 문화도 음식도 너무 많이 차린다. 딱 꼭 필요한 추모하는 돌아가신 분에 좋아했던 것들만 차리면 좋은데 그게 아니라는 거고. 뭐 이런 것들이 다 뭐 별로라고 생각을 했다는 거죠. 그리고 호칭도 본인들은 나이가 많아야 형님인데 나이가 자기가 더 어린대도 나이 많은 동서가 자기한테 형님이라고 부르는 거 자체도 뭐 이런 호칭도 용납이 안 된다는 거예요. 자기네 문화와 다르니까. (연구참여자 1, 심층 인터뷰)

(2) 이중적 잣대를 가진 한국인

연구참여자 1, 4는 연구를 통해서 이주민의 외모나 모국의 경제적 수준으로 이주민을 폄하하고 하대하는 한국인의 이중적인 모습을 인식하게 된다.

> 서구적으로 생긴 이주민에게는 예의를 갖추지만 동양적으로 생긴 이주민에게는 하대하거나 무시하는 경향이 있다. 중국에 대한 한국인의 부정적 인식이 있다. 이주민을 대하는 한국인의 이중적 잣대가 있다. 예를 들면, 일상에서는 한국어를 잘한다고 평가하지만, 직장에서는 부족하다는 평가를 준다. (연구참여자 1, 서면 인터뷰)

> 많이들 몽골분이나 캄보디아분들 만났을 때는 자기도 대학을 나온 사람이고 여기서 정말 잘 할 수 있는 사람임에도 불구하고 기

본적으로 자신의 나라에 대해서 너무 낮게 취급하고, 또 자신을, 자신을 얼만큼 배운지도 모르면서 자신을 못 배운 사람 취급을 한다는 거죠. 그런 부분들에 대해서도 되게 많이 이야기하셨었고, 키르기스스탄분 같은 경우에는 일을 되게 많이 이미 다 배워서 온대요. 키르기스스탄분들은. 그랬더니 어떤 일이 있었냐면은 '한번 시집 갔다 온거 아니야?' 라는 오해를 하는 그게 키르기스스탄 사람들은 남자도 그렇고 여자도 그렇고요. (연구참여자 4, 심층 인터뷰)

5. 결론

본 연구의 목적은 이주민 설화 조사와 같은 다문화 연구프로젝트에 참여한 전문연구자들의 다문화감수성이 어떻게 변화되었으며, 왜 그러한 변화가 있었는지를 탐색하는 것이었다. 본 연구에 참여한 연구참여자들은 이 연구프로젝트의 전임연구원으로서 1~3년 동안 수십여 명의 이주민들을 만나서 각국의 설화 및 한국문화적응 등에 관한 구술자료를 수집하였다. 이런 과정에서 연구참여자들은 이주민을 집중적으로 대면하고 공감적인 대화를 나눈 경험을 가지고 있다. 본 연구는 연구참여자들이 연구프로젝트 참여 이전에 다문화에 대한 구체적인 인식과 경험이 없었기 때문에, 연구프로젝트 참여를 통해서 다문화에 대한 인식이 달라졌을 것이라고 가정하고, 연구프로젝트 전후의 다문화감수성 발달을 확인하였다.

본 연구의 결과는 다음과 같다. 첫째, 연구참여자들의 다문화감수성은 자민족중심주의에서 민족상대주의로 발달하였다. Bennet(2004)의 다문화감수성발달모형DMIS 관점에서 볼 때, 연구참여자들은 방어 혹은 최소화 수준에서 적응 혹은 통합의 수준으로 다문화감수성이 3-4단계 발달한 것으로 나타났다.

둘째, 연구참여자들의 다문화감수성 발달의 원인은 연구참여자들이 자신의 다문화경험을 비판적으로 성찰하였기 때문이다. 성찰의 내용을 살펴보면, 연구참여자들은 내용성찰을 통해서 결혼이주여성, 이주노동자, 외국인 유학생에 대한 본인의 추상적이고 단편적인 내용의 지식체계를 반성하고, 이주민들에 대한 구체적이고 전체적인 지식을 얻게 되었다. 연구참여자들은 과정성찰을 통해서 한국문학에 기반한 교육자와 연구자로서의 역량이 세계문학의 영역으로 확장되었으며, 문화보편성과 문화특수성가 조화된 관점을 가지게 되었다. 그뿐만 아니라 이주민과 동일한 여성으로서 동질감, 인간으로서 연대의식을 느끼면서 인간관계가 확장되었다. 마지막으로 연구참여자들은 전제성찰을 하면서, 이주민의 시선을 통해서 이주민과 타문화에 대하여 선입견과 자문화중심주의로 편향된 관점을 발견하였다. 이러한 비판적 성찰은 연구참여자로 하여금 전환 학습적 경험 즉, 다문화감수성의 발달에 영향을 주었다.

본 연구는 다문화사회에서 요구하는 전문가의 다문화감수성을 증진하는데 있어서 다음과 같은 시사점을 제시한다. 첫째, 본 연구는 다문화감수성발달을 위해서 비판적 성찰의 중요성을 강조한다. 선행연구에서 대체적으로 전문가들의 다문화감수성 발달을 인지·정서·행동적 측면으로 나누어서 교육프로그램을 제시한다.[15] 하지만 어떻게, 왜 그러한 다문화감수성 발달이 일어났는지에 대하여 구체적으로 제시한 연구는 미흡할 뿐만 아니라, 전문가들의 다문화감수성발달에 대한 연구는 거의 찾아볼 수 없다.

하지만 본 연구는 다문화관련 전문가들을 위하여 다문화감수성을 증진시키는 교육을 개발하는데 있어서 그들에게 단순히 문화와 관련된 지식을 전달하고 경험을 하게 하는데 그치지 않고, 자신의 지식과 경험과 가치관에 내재된 전제와 관점을 비판적으로 성찰할 수 있어야 함을 제안한다. 이런 점에서 다문화와 관련된 현장 전문가들에 대한 교육에서 비판적 성찰을 주요 교육내용으로 삼으며, 더 나아가서 자발적인 성찰과정을 촉진할 수 있는 프로그램을 개발할 필요가 있다.

15 문계완·배재정, 「다문화시대 전문가 집단의 문화적 역량증진을 위한 모형개발」, 『경영교육연구』 65, 2011, 413-441쪽.

둘째, 본 연구는 전문가들의 다문화감수성을 증진하기 위하여 더욱 체계적이고 지속적인 교육을 제안한다. 다문화사회에서 필요한 다양한 직종의 전문인력 수요가 증가하고 있으며, 이주민을 직접적으로 대면하는 전문인력에게 무엇보다도 다문화감수성이 요구됨에도 불구하고, 전문가의 다문화감수성 발달에 대한 연구는 거의 이루어지지 않았다.

본 연구는 서사문학전문가들의 다문화감수성 발달을 다루었지만, 앞으로 한국사회는 다양한 전문분야에 따른 다문화감수성 발달에 대한 연구들을 요구할 것이다. 직업별로 요구되는 다문화관련 이슈가 다르고, 다문화감수성의 세부 영역이 다소간에 차이가 있을 것이다. 그러므로 직업분야별로 교육프로그램을 구성하고 실시한 후에 효과를 검증하면서, 다양한 전문직종의 다문화감수성발달모형을 개발할 수 있다. 그리고 일회성 교육, 지식전달수준의 교육을 넘어서 체계적이고 지속적인 양성교육 및 보수교육이 이루어질 수 있도록 할 필요가 있다.

셋째, 본 연구는 다문화감수성 발달에 있어서 이주민은 필수불가결한 존재라는 점을 강조한다. 다시 말해서 이주민은 선주민을 포함하여 전문가들에게 다문화감수성을 지도하고 훈육하는 교사와 같은 존재이다. 본 연구에 참여한 전문가들은 처음에는 연구프로젝트를 매개로 이주민들을 만났지만, 이주민들이 직접 들려준 외국의 설화, 이주, 결혼생활, 한국문화적응 등의 이야기를 통해서 자신이 알게 모르게 가지고 있던 자민족중심적인 선입견과 편견을 반성할 수 있었다. 만약 이주민과의 접촉과 대화가 진지함과 깊이가 없는 피상적인 것이었다면, 전문가들의 다문화감수성 발달은 요원한 일이 될 수 있다.

그러므로 다문화감수성의 발달은 단순히 교육프로그램의 참여를 통해서 성취되기보다는 이주민을 만나고 교류하면서 비로소 시작된다고 할 수 있다. 이주민들은 국민의 다문화감수성을 증진시키는 데 있어서 없어서는 안 될 존재이다. 우리 사회는 이주민들로부터 배우고 성장할 필요가 있다.

참고문헌

고대장, 「실직자의 새일 찾기 과정에 나타난 전환학습 경험 내러티브 탐구: 권고사직으로 실직한 중년 가장 사례」, 아주대학교 박사학위논문, 2019.

김영순, 『다문화교육의 이론과 이론가들』, 북코리아, 2017

김영순·김금희·전예은, 「외국인 대학원생을 지도하는 한국인 교수자의 다문화 감수성에 관한 연구」, 『인문과학연구』 37, 2013.

김이선·최윤정·윤지소·이재경·문희영·이명진·양계민, 「2018년 국민 다문화수용성 조사」, 『한국여성정책연구원 연구보고 2018-60』, 여성가족부, 2019.

김정은, 「이주민 구술설화를 활용한 상호문화능력 신장의 교육 방안연구」, 『고전문학과 교육』 38, 2018.

김혜숙·김도영·신희천·이주연, 「다문화시대 한국인의 심리적 적응: 집단정체성, 문화적응, 이데올로기와 접촉이 이주민에 대한 편견에 미치는 영향」, 『한국심리학회지: 사회 및 성격』 25(2), 2011.

노희숙, 「북한이탈주민의 학습경험을 통한 의미관점 전환연구」, 아주대학교 박사학위논문, 2012.

리상섭, 「한국계 미국인 이민자 가족의 이문화 적응과 전환 학습」, *Andragogy Today: Interdisciplinary Journal of Adult & Continuing Education*, 10(2), 2007.

문계완·배재정, 「다문화시대 전문가 집단의 문화적 역량증진을 위한 모형개발」, 『경영교육연구』 65, 2011.

박미희, 「유아교사의 다문화감수성 영향요인에 대한 연구」, 인하대학교 박사학위논문, 2019.

박현숙, 「이주민 구술설화의 문화적 가치와 활용 방안: 이주민 대상 현지조사 자료를 중심으로」, 『구비문학연구』 49, 2018.

오정미, 「이주민 설화 조사를 통해 본 새로운 다문화교육 방안」, 『구비문학연구』 47, 2017.

유기웅·정종원·김영석·김한별, 『질적연구방법의 이해』, 박영사, 2012.

이성희·김현수·심경화, 「보육교사의 다문화감수성 관련변인 탐색」, 『한국가족복지학』 19(2), 2014.

이은숙, 「결혼이주여성의 가족생활에 나타난 다문화 전환학습 경험」, 아주대학교 박사학위논문, 2013.

정지현·김영순, 「생산직 이주근로자 고용 한국 회사 내 한국인 근로자의 다문화 감수성에 관한 연구」, 『교육문화연구』 18(4), 2012.

히로세 준꼬, 「일본결혼이주여성의 문화적응과정과 전환학습에 관한 연구」, 창원대학교 박사학위논문, 2018.

Bennett, M. J., "Becoming interculturally competent," In J. Wurzel. (Ed.), *Toward multiculturalism: A reader in multicultural education,* Newton, MA: Intercultural Resource Corporation, 2004.

Chen, G. M. & Starosta, W. J., "The development and validation of the intercultural sensitivity scale", *Human communication*, 3, 2000.

Kitchenham, Andrew, "The Evolution of John Mezirow's Transformative Learning Theory", *Journal of Transformative Education,* 6(2), 2008.

Mezirow, J., "Transformation theory of adult learning," In M. R. Welton (Ed.), *In defense of the lifeworld*, New York: State University of New York Press, 1995.

Park, K., "Transformative Learning: Sojourners' Experiences in Intercultural Adjustment," *Andragogy Today: Interdisciplinary Journal of Adult & Continuing Education*, 6(1), 2003.

Pedersen, P. J., "Assessing intercultural effectiveness outcomes in a young-long study abroad program," *Intercultural Journal of Intercultural Relations*, 34, 2010.

West, L. C., *Evaluation the Intercultural Sensitivity Scale With Counselors in International Schools*, Virginia: Regent University, 2009.

Yin, R., *Case study research: Design and methods*, Thousand Oaks, CA: Sage Publication. 신경식·서아영·송민채 역(2016). 『사례연구방법』. 한경사, 2014.

● 이 글은 『문화교류연구』 제8권 3호(한국국제문화교류학회, 2019. 8.)에 실린 동명의 논문을 일부 수정한 것임.

부록: 현지조사 결과 보고 및 자료 목록

신동흔 · 박현숙 · 김정은 · 오정미 · 이원영 · 엄희수

1. 현지조사 종합 개요

이주민을 대상으로 한 구술조사 사업은 한국학중앙연구원의 한국학 분야 토대연구지원사업의 일환으로 진행되었다. 연구 과제명은 "다문화 시대 한국학을 위한 이주민 설화 구술자료 DB 구축"이었으며, 조사연구는 2016년 9월부터 2019년 8월 말까지 만 3년에 걸쳐 진행되었다.

본 조사 연구는 구비문학 전공자들의 전문적인 현지조사를 통해 한국 다문화사회를 구성하고 있는 이주민들의 구술 담화를 원형 그대로 집대성하고자 한 것이었다. 현지조사 대상은 결혼이주민과 이주노동자, 외국인 유학생을 포괄하되, 결혼이주민에 우선순위를 두었다.

조사 내용은 이주민들이 한국어로 구연하는 모국의 설화자료를 녹음 채록하고 편집 정리하여 DB를 구축하는 것이었다. 신화와 전설, 민담 등 설화를 기본 대상으로 삼는 가운데 생애담과 신이체험담, 문화와 풍속 이야기를 포괄했고, 속담과 속신어, 금기어, 수수께끼, 민요 등도 곁들여서 수집했다. 기회가 닿는 경우 이주생활 과정에서 알게 된 한국 설화도 구술하도록 했다.

조사는 자발적 참여를 원칙으로 삼는다. 이주민들이 최대한 편안하고 자유로운 상태에서 자신이 아는 이야기들을 들려줄 수 있도록 진행하고 있다. 구연 과정에서 준비해온 메모를 참고할 수 있으나, 책을 보고 읽는 형태의 구술은 원칙적으로 배제한다. 기억을 매개로 한 구술이라야 자연스러운 언어표현과 함께 설화적 화소와 서사맥락이 살아날 수 있다고 하는 관점에 따른 것이다.

이주민이 직접 구술한 모국 설화와 속담 등의 구비문학 담화는 문화적 특수성을 반영하는 한편으로 범인류 차원의 보편성을 내재하고 있다. 그 이야기들은 한국인들에게도 충분히 재미있고 의미있는 것으로서, 미적·문화적 소통성을 발휘한다. 결혼이주자를 포함한 이주민들은 한국 사회의 엄연한 구성원으로서, 그들이 펼쳐내는 언어생활은 한국어문화의 실체를 이루고 있다. 이주민 구술담화 자료를 집대성하는 일은 한국 사회에서 주변부로 소외되어 있는 다문화 이주민들과 정서적 소통을 이루고 그들의 문화적 역량을 포용하는 과정으로서 의의를 지니며, 다문화 시대 한국학의 미래를 개방적으로 확장해 가기 위한 기초자료 확보라는 차원에서 중요성을 지닌다. 본 연구팀은 이러한 문화적·학술적 가치를 오롯이 살려내야 한다는 사명감을 가지고 3년간 최선을 다해서 자료조사 및 정리 작업을 수행했다.

본 조사연구에 참여한 연구인력은 다음과 같다.

- 연구책임자: 신동흔
- 공동연구원: 김영순, 황혜진
- 전임연구원: 박현숙, 오정미, 김정은, 조홍윤
- 연구보조원: 강새미, 김민수, 김자혜, 김현희, 엄희수, 이원영, 이승민, 한상효, 황승업

연구책임자와 공동연구원은 3년간 지속적으로 연구에 참여했으며, 박현숙·오정미 연구원과 이원영·한상효·김민수·김현희·엄희수·이승민 연구원도 3년간 조사연구 작업을 함께 했다. 전임연구원 중 조홍윤 박사는 1년차 연구를 마친 뒤 해외 대학에 부임했고, 김정은 박사가 이어서 2~3년차 연구에 참여했다. 김자혜· 황승업·강새미 연구원은 1~2년간 연구보조원 역할을 했다.

본 조사연구는 가능한 한 많은 제보자를 대상으로 양질의 결과물을 얻어낼 수 있도록 하기 위해 조별 작업 형태로 수행했다. 전임연구원을 조장으로 3~4명이 한 조를 이루는 가운데 제보자 탐색과 현지조사 진행, 녹음자료 전사 편집 작업 등을 진행했다. 연구책임자와 공동연구원은 따로 조에 소속되지 않고 자유롭게 조사연구에 참여하는 가운데 제반 작업을 뒷받침했다.

본 연구의 책임자인 신동흔 교수는 연구를 총괄적으로 설계하고 지휘하는 역할을 했다. 조사팀 구성과 조사 방향, 자료정리의 원칙

과 체계 및 구체적 방법까지 제반 연구과정을 챙겼다. 현지조사에도 폭넓게 참여해서 이주민 제보자와 소통하고, 이를 바탕으로 이주민 구술설화의 언어문화적 가치를 종합적으로 가늠하는 연구를 수행했다. 서울시 다문화공모전 심사 및 강연 참여 등을 매개로 역량 있는 제보자 섭외에도 한몫을 담당했으며, 조사연구 결과물 편집 교열을 통해 단행본 자료집 출간을 진행하는 작업에 주도적인 구실을 했다.

공동연구원인 황혜진 교수는 제보자 탐색에 일조하고 현지조사에도 참여하는 가운데, 가장 많은 자료가 산출된 베트남 설화에 대해 그 양상과 특징을 구체적으로 살피는 연구를 수행했다. 또다른 공동연구원 김영순 교수는 인하대 다문화융합연구소 소장을 맡고 있는 다문화 전문가로서, 연구팀에 다문화 이주민에 대한 올바른 접근방법을 제시해주는 한편 뛰어난 역량을 지닌 이주민 제보자들을 연결해주었다. 아울러 조사참여자들의 이주민에 대한 인식 변화에 대한 메타적 연구를 통해 본 연구사업의 문화적 가치를 맥락화했다.

네 명의 전임연구원은 조사연구 및 정리를 실무적으로 이끌어간 주역들이었다. 이주민 제보자 섭외와 연락을 담당하는 한편, 현지조사에 폭넓게 참여해서 이주민 제보자와의 현장적 소통 및 이야기 도출에 주도적 역할을 담당했다. 자료의 선별 정리와 DB화 과정에서도 전임연구원들은 핵심적 구실을 했다. 이야기판과 제보자 정보를 정리하고 각 자료의 구연상황과 줄거리(또는 개요)를 정리하며, 본문을 점검하고 교열하는 역할까지 제반 정리 과정을 주관했다.

연구보조원들은 조장과 함께 현지조사에 참여해서 이야기를 조사 수집하는 과정을 함께 했으며, 연구의 가장 어렵고도 중요한 작업인 구술자료 녹취 전사 작업을 수행했다. 구비문학 자료 조사정리의 원칙을 적용해서, 구술내용을 원형 그대로 살리는 한편으로 현장감을 살린 생생한 정리 작업을 성실히 행함으로써 본 조사연구 성과가 양질의 구술담화 DB가 될 수 있도록 하는 데 결정적인 역할을 했다. 녹취 전사는 원칙적으로 조사현장에 참여한 보조원이 수행하도록 함으로써 담화의 현장적 맥락이 오롯이 드러날 수 있도록 했다.

이주민 제보자들을 대상으로 한 조사연구는 기본적으로 다음과 같은 3단계의 과정으로 진행되었다.

〈표 1〉 이주민 설화 구술자료 조사 과정

1단계	2단계	3단계
이주민 섭외	이주민 구술 현지 조사	자료의 DB화 작업

1단계는 본 연구의 성패를 좌우할 만큼 매우 중요한 단계로, 구술의 주체가 되는 이주민 제보자 섭외 과정이다. 모국 설화를 한국어로 훌륭히 구술할 이주민을 섭외하는 데는 여러 난관이 있었다. 설화를 구술하는 것은 일상적 대화와는 다른 차원의 경험과 능력이 필요하거니와, 한국어 능력과 이야기 구술 능력을 함께 갖춘 이주민을 찾는 일은 쉽지 않았다. 힘들게 제보자를 섭외해서 만났지만, 설화 조사로 나아가지 못한 경우도 많았으며, 내용이나 표현상의 문제로 조사자료를 정리대상에서 제외하는 경우도 무척 많았다. 이와 함께, 또 하나의 어려운 점은 기본 조사 대상자였던 결혼 이주민들이 대개 경제 활동을 활발하게 하는 연령대의 분들이라는 점이었다. 제보자들은 바쁜 일상생활 일정 속에서 조사를 위해 힘들게 시간을 할애해야 하는 실정이었다. 조사팀은 조사를 위해 제보자의 일터를 방문해야 하는 경우도 있었고, 일을 마치고 퇴근한 제보자와 늦은 시간에 만나서 조사를 진행한 경우도 많았다. 결혼이주여성이 조사에 참여하는 데는 남편을 비롯한 가족과의 협의가 필요한 경우도 있었다. 이주민들의 구술이 성사되기까지 많은 노력과 설득이 필요했다.

이처럼 본 조사연구는 제보자 섭외부터가 쉽지 않았지만, 결과적으로 3년 동안 27개국의 136명의 제보자를 만나 약 1,500편의 자료를 확보할 수 있었다. 이런저런 이유로 정리대상으로 삼지 못한 사례를 제외한 수치다. 이런 성과를 거둘 수 있었던 것은, 본 조사팀의 노력 외에 무엇보다도 이주민 제보자들이 적극적인 관심과 열성을 가지고 구술에 나서 주었기 때문이었다. 2회 이상의 만남을 통해 좋은 자료를 구술해 준 제보자들이 여럿이었다. 이와 함께 제보자 섭외에 도움을 준 여러 기관들이 있었다. 경기도 화성문화원과 화성시 아삭도서관, 안산 다문화작은도서관, 하남시 성광교회, 동대문구 건강가정·다문화가족지원센터, 충주시 건강가정·다문화가족지원센터 청주시 건강가정·다문화가족지원센터, 춘천시 건강가정·다문화가족지원센터, 경산시 다문화벗들 성바오로배움터, 진주YWCA 다문화작은도서관, 대구 다문화교육연구소 등이 제보자 섭외와 조사 진행에 도움을 주었으며, 서울시 다문화동화 공모전 관계자의 도움도 큰 힘이 됐다. 영남대 이강옥 교수, 경희대 이성희 박사, 오숙민 작가와 송영림 작가 등 개인적으로 제보자 섭외에 도움을 준 분들도 계셨다. 그리고 조사에 참여한 이주민들이 훌륭한 소개자 겸 섭외자 구실을 해주었다. 이주민들은 모든 면에서 이번 조사연구의 가장 큰 주역이었다고 할 수 있다.

2단계에 해당하는 이주민 구술 현지조사는 조사자가 제보자와 현장에서 직접 만나서 이야기를 들으며 녹음과 녹화를 진행하는 과정으로, 조사연구의 실질적 중심에 해당하는 과정이다. 그것은 1차적으로 자료를 수집하는 과정이었지만, 정주자인 조사자들과 이주자인 제보자들이 서로 인간적·문화적으로 소통하고 교감하는 소중한 교류의 장이기도 했다. 조사팀은 제보자를 현장의 완연한 주인공으로 삼아 주도성과 자율성을 부여하되, 우호적이고 적극적인 청자로서 제보자와 상호작용하는 함께 즐겁고도 뜻깊은 이야기의 장(場)을 펼쳐가고자 했다.

본 연구팀의 현지조사는 조별 작업을 기본 형태로 삼아서 진행되었다. 전임연구원을 조장으로 하여 각기 3~4명으로 구성된 3개 조가 지역별로 움직이며 현지조사를 진행했다. 효과적인 조사 진행을 위해, 대상 지역을 공동조사 지역과 전담 조사지역으로 나누어 조사를 수행했다. 대다수 이주민들이 거주하고 있는 서울과 경인 지역 그리고 이동에 제한이 있는 제주 지역을 공동 조사지역으로 삼고, 강원·충청 지역과 전라 지역, 경상 지역을 각기 한 개 조가 맡아서 조사를 수행했다. 수도권에 한정하지 않고 전국 단위의 조사를 진행한 것은 지방과 농촌에 거주하는 이주민들의 자료를 폭넓게 포괄하기 위한 것이었다.

제보자 별 현지조사는 사전조사와 본조사, 보완조사 등 3단계로 진행한 것이 상례였다. 그 기본 체계는 다음과 같다.

〈표 2〉 제보자 별 현지조사의 기본 체계

사전조사	본조사	보완조사
전화통화 및 SNS를 활용한 이주민 미팅	현지 대면 조사	우수 화자 대면 보강 조사

사전조사는 전화통화와 SNS 등을 활용하여 이주민 제보자의 한국어 수준과 설화 구술 능력을 점검하는 한편으로, 제보자들로 하여금 본 조사연구의 취지와 방향을 인지하도록 함으로써 본조사가 효율적으로 진행될 수 있도록 했다. 제보자들은 사전조사 단계를 통해 대면조사에 필요한 준비를 해온 경우가 많았으며, 이를 통해 본조사를 원활하게 진행할 수 있었다. 여러 제보자들이 어린 시절부터 알고 있던 자국 설화를 노트에 적어오는 등 구술에 필요한 준비를 해온 상태에서 조사자와 만났다. 하지만 조사 취지를 충분히 이해하지 못해, 설화 구술을 제대로 행하지 못한 사례도 있었다. 이런 경우 필요에 따라 보완조사를 통해 본격 설화조사로 나아가기도 했다. 좋은 이야기들을 많이 가지고 있으면서 우수한 구술능력을 나타낸 제보자들에 대해서는 보완조사에 해당하는 대면조사를 추가로 진행해서 자료의 폭을 넓혀 나갔다. 1차 대면조사를 통해 조사 취지를 이해하는 한편 설화 구술의 재미와 가치를 체험한 제보자들은 보완조사 과정에서 더 자연스럽고 편안한 모습으로 다수의 설화를 구연한 경우가 많았다. 그 결과 보완조사를 통해 본조사 이상의 충실한 조사 성과를 거둘 수 있었다. 일부러 자국의 설화와 속담 등을 새롭게 찾아서 구연대상으로 삼은 사례도 적지 않았다. 본 연구팀의 현지조사 과정이 제보자들에게 자국 문화를 새롭게 학습하고 되새기는 기회를 준 셈이다.

마지막 3단계는 현지조사를 통해 수집한 구술담화 자료를 정리해서 DB화하는 과정이다. 구술내용 본문을 녹취해서 전사하는 작업이 핵심이지만, 그 외에 DB로서 체계와 활용성을 갖출 수 있도록 필요한 정보들을 함께 정리했다. 문자 텍스트 외에 음성과 사진, 영상 자료도 DB의 중요한 한 축을 이룬다. 구술자료 DB 항목별 구성 내용과 형태는 다음과 같다.

〈표 3〉 DB 항목의 구성과 형태

DB 항목	구성 내용	형태
구술자료 전사	제목, 구연정보, 구연상황, 줄거리, 주제어, 본문	텍스트(HWP)
구술자료 음원	이주민이 구술한 이야기 자료 녹음 음성	음성(WAV)
제보자 정보	제목, 제보자 간략 정보, 상세정보, 사진정보, 구술자료 목록	텍스트(HWP) / 사진(JPG)
이야기판 정보	제목, 조사지역, 구연정보, 이야기판 개요, 사진정보, 구술자료 목록	텍스트(HWP) / 사진(JPG)
구술 현장 영상	구술자료 및 채록 현장 동영상	동영상(MP4 & AVI)

표에 정리했듯이, 조사자료 DB 항목에는 구술자료 전사본과 구술자료 음원, 동영상 자료 등이 포함된다. 현장에서 수집된 음성과 동영상, 사진 등을 본 연구팀에서 개발한 메뉴얼에 의거해서 DB화했다. 통일된 기준에 따라 자료명을 부여하고, 각 자료마다 확장자를 제외한 자료명칭을 일치시킴으로써 각 항목이 자연스레 짝을 이룰 수 있도록 했다.

제보자 정보와 이야기판 정보를 포함해서 총 1,774편에 이르는 구술자료 DB에는 각각 자료 제목을 부여하고 조사일시와 장소, 제보자 기본정보, 조사자와 청중 정보, 구연상황, 줄거리(개요), 주제어 등을 제시함으로써 자료의 검색을 용이하게 하고, 자료에 대한 접근성과 가독성을 높였다. 웹서비스 이용자의 검색 편의를 위하여 동일유형 설화는 검색어를 통해서 확인 가능하도록 제목과 인물명, 지명 등을 통일시키고자 했다. 그리고 자료 본문은 내용 전개에 따라 적절히 문단을 나누고, 대화 부분을 분리 표시하는 등의 편집 작업을 통해 가독성을 높였다. 전사자료 편집은 기본적으로 『한국구비문학대계』의 방식을 준용했다.

제보자 정보 DB 자료는 개인의 사적 정보가 가능한 노출되지 않도록 개인 이력 정보를 간소화하는 대신, 구연 당시의 상황과 구연 태도, 구연자료의 특징적 면모를 드러내고 제보자별 구연자료 목록을 제시함으로써 화자로서 제보자의 특성이 잘 드러나도록 했다. 그리고 이야기판 DB 정보에는 각각의 이야기판 별 상황이 현장적으로 생생하게 전달될 수 있도록 했다. 이야기판 DB를 확인하면 해당 날짜의 상황을 종합적으로 알 수가 있다.

본 조사연구팀에서 보고 대상으로 삼은 모든 자료는 제보자들의 공개 동의를 거친 것이다. 제보자가 동의하지 않은 자료는 DB에서 제외했으며, 사진이나 영상 공개에 부동의한 경우 이 또한 DB화 및 공개 대상에서 제외했다.

본 연구팀은 이상의 과정을 거쳐 최종적으로 정리한 모든 DB자료를 정해진 기일에 맞추어 한국학중앙연구원 한국학진흥사업단에 제출했으며, 사업단에서 누구나 활용할 수 있는 아카이브 형태로 인터넷에 탑재하기 위한 작업을 진행중이다. 인터넷 탑재가 완료되면 한국학진흥사업 성과 포탈(http://waks.aks.ac.kr/)에서 모든 DB를 자유롭게 만나볼 수 있게 될 것이다.

2. 현지조사 결과 요약

2.1. DB 자료 현황

본 조사연구를 통해 산출된 DB 자료의 종합 통계는 다음과 같다. 보고대상으로 선별 정리한 DB 자료를 기준으로 한 통계다.

〈표 4〉 조사자료 종합 통계

항목	내역
제보자 출신국 수	총 27개국
제보자 수	총 136명
이야기판 수	총 145개
구술자료 DB 수	총 1,493편
구술 시간	총 16,432분

이야기판은 조사자와 제보자가 만남을 시작해서 마칠 때까지를 하나의 개수로 쳤다. 중간에 식사나 전화통화, 기타 이유로 잠깐 쉰 경우, 판을 나누지 않고 하나의 이야기판으로 쳤다. 하나의 이야기판은 짧게는 1시간 내외에서 길게는 4시간 이상 이어졌다.

이야기판 및 구술자료 통계를 지역별로 구분하여 제시하면 다음과 같다. 제보자의 거주지와 조사장소가 다른 경우도 간혹 있었는데, 이 경우 제보자 거주지를 기준으로 해서 통계를 산출했다.

〈표 5〉 지역별 DB 통계

지역	이야기판 수	구술자료 수
서울	43개	552편
경기·인천	41개	359편
강원	25개	240편
충청	12개	98편
영남	12개	157편
호남	10개	73편
제주	2개	14편

서울과 경인지역 등 수도권에서 이야기판과 자료가 많이 산출된 것은, 조사의 편의에 따른 결과는 아니다. 해당 지역에 이주민들이 집중적으로 거주하고 있는 데 따른 자연스러운 결과라 할 수 있

다. 특히 외국인 유학생은 생활기반을 수도권에 두는 경우가 대다수이다. 본 연구팀은 농촌 지역을 포함한 지방 권역 조사를 가능한 범위 내에서 성실히 추진했으며, 그 결과로 인구 비례와 크게 어긋나지 않는 조사 성과를 산출할 수 있었다.

다음으로, 구술자료 유형별 DB 통계를 나타내 보면 다음과 같다.

〈표 6〉 자료유형별 DB 통계

유형(갈래)	약호	구술자료 수
신화	M (Myth)	93편
전설	L (Legend)	368편
민담	F (Folktale)	574편
한국설화	KF (Korean Folktale)	6편
생애담	LS (Life story)	87편
속담	P (Proverb)	116편
기타(민속·문화)	E (Etc)	249편

본 조사연구는 계획 단계부터 설화를 기본 조사대상으로 삼았다. 설화가 지니는 언어문화적 가치를 고려한 결정이었다. 설화자료는 예상했던 대로 전설과 민담이 주종을 이루었다. 당초 민담보다 전설이 많이 수집될 것으로 생각했으나, 민담 구술이 더 많이 이루어진 것이 특징이다. 신화적 성격을 지니는 이야기도 생각보다 풍부하게 수집되었다. 단 설화 갈래는 그 경계가 명확하게 나뉘는 것이 아니어서, 갈래 귀속은 보는 관점에 따라 달라질 수 있음을 밝혀 둔다. 본 연구의 자료유형 분류는 전임연구원들의 판단을 따랐다. 유형 중 '한국설화'는 제보자들이 한국에 와서 생활하면서 알게 된 한국의 설화를 구연한 것에 해당한다. 한국계 중국인 제보자들이 중국에서 살면서 접한 설화를 구연할 경우 그 내용이 한국에서 전승돼온 설화와 같은 경우라도 자국 설화로 분류했다.

한국문화에서 전통 설화의 전승은 막바지 단계에 다다르면서 신화와 민담 채록은 점점 어려워지고 있다. 지역에 뿌리를 둔 전설 위주로 전승이 이루어지고 있는 형국이다. 이에 비해 이주민들이 구술한 설화에 민담이 많은 점은 특기할 사항이 된다. 그 이야기들은 경계를 넘어서 인간의 보편적 욕망과 삶의 문제를 응축하고 있어서 주목된다. 신화와 전설에 해당하는 자료들은 각 나라의 자연·문화적 특성을 반영한 것들이 많았는데, 인간과 세계에 대한 원형적이고 생태적인 사유와 공생적 세계관을 특징적 면모로 들 수 있다.

본 조사연구에서는 설화 외에 개인 생애담을 하나의 조사대상으로 포괄했다. 모국 생활담과 이주내력담, 한국생활담 외에 신이체험담 등 경험담류 이야기들이 여기 포함된다. 생애담은 수적으로는 적지만, 내용이 길고 풍부한 것들이 많아 조사성과의 중요한 부분을 차지한다. 특히 이주내력담과 한국생활담에 해당하는 자료 가운데 길고 재미있는 것들이 많았다.

본 연구팀은 구비문학의 또 다른 유형인 속담과 속신어도 적극 채록했다. 각국의 문화와 세계관이 단적으로 함유되어 있다고 보았기 때문이다. 속신어와 금기어, 관용어를 포함하여 100편 이상의 속담 구술자료를 확보했는데, 흥미로운 것들이 많았다. 한 자료에 다수의 소담이나 속신어를 설명한 사례들도 있어서, 실제로 다루어진 속담(속신어 포함)은 200종 이상이다.

한편, 조사 과정에서 각국의 문화와 풍속이 자연스럽게 화제에 올랐으며, 그 중 흥미로운 내용을 담고 있는 것들을 정리 대상으로 삼았다. 이들은 DB 분류항목상 '기타'로 분류돼 있다. 종교와 세시풍속, 명절, 축제, 음식문화 등에 대한 이야기들과 함께 각국의 신과 괴물에 대한 이야기도 다수 포함돼 있다.

2.2. 출신국별 제보자 내역과 구연 현황

앞서 설명했듯이, 본 조사연구의 결과로 DB화 대상으로 삼은 제보자는 27개국 출신 136명이며, 총 자료수는 1,493편이다. 제보자의 이주형태 별로 살펴보면 결혼이주여성이 84명(62%), 이주노동자가 11명(8%), 유학생이 37명(27%), 기타(영주귀국자, 한국 방문자)가 4명(3%)으로, 결혼이주여성 비중이 제일 높았다.

〈표 7〉

결혼이주여성	이주노동자	유학생	기타
84명	11명	37명	4명

제보자 연령대는 20대에서 70대에 걸쳐 있으며, 유학생의 경우 20~30대, 결혼이주민의 경우 30~50대에 해당하는 제보자가 많았다. 성별로는 대다수 제보자가 여성이었다. 결혼이주여성이 주요 조사대상이 된 데 따른 자연스러운 결과다.

다음은 제보자의 목록과 이주형태, 한국 거주 기간과 거주지역, 제보자별 조사 횟수와 구연 편수를 종합적으로 정리한 것이다. 참고로, 이주형태에 표기된 한국 거주 연차는 제보자별 첫번째 조사 당시를 기준으로 삼은 것이다. 구연 자료 가운데 2인 이상이 공동으로 구연한 것도 있는데, 공동구연에 해당하는 경우는 제보자별 구연 편수 항목의 괄호 속에 중복 병기했다. 중국 출신의 경우 한국계(조선족) 제보자를 구분해서 나타냈다.

〈표 8〉 출신국별 제보자 내역과 구연 편수

국적	인원	이름	성별	출생 년도	이주형태와 거주 기간	거주 지역	조사 횟수	구연 편수
네팔	4명	기리라주	남	1975	노동 8년차	경기	1회	15편
		비멀	남	1987	유학 10년차	경기	1회	13편
		스레스탄 졸티	여	1987	결혼 10년차	영남	1회	25편
		걸퍼나	여	1991	결혼 5년차	영남	1회	1편
대만	1명	사의진	여	1989	유학 2년차	강원	2회	14편
도미니카 공화국	1명	멜리사	여	1999	유학 2년차	서울	2회	7편 (공동2편)
러시아	4명	우정부	남	1941	기타 16년차	서울	1회	5편

국적	인원	이름	성별	출생 년도	이주형태와 거주 기간	거주 지역	조사 횟수	구연 편수
러시아	4명	안나가르캅축	여	1993	유학 3년차	영남	1회	7편
		김알라	여	1977	결혼 5년차	경기	3회	11편
		나탈리아	여	1983	결혼 14년차	영남	1회	8편
몽골	12명	툭스자르칼	여	1976	결혼 12년차	서울	2회	15편
		수흐바타르 (수흐바타르 알탄바가나)	여	1966	결혼 16년차	강원	4회	23편
		바야르사이한	여	1966	결혼 10년차	인천	1회	14편
		노로브냠	여	1970	노동 4년차	충청	1회	20편
		강투무르 (강부진)	여	1979	결혼 10년차	호남	1회	2편 (공동1편)
		솔롱고 (이솔미)	여	1980	결혼 10년차	호남	1회	1편 (공동1편)
		을찌마	여	1971	결혼 16년차	호남	2회	4편
		게델마	여	1972	결혼 14년차	경기	2회	8편
		온다르마	여	1973	결혼 12년차	경기	1회	3편
		바트	남	1986	노동 9년차	경기	1회	4편
		멀얼게렐	여	1983	결혼 14년차	인천	2회	21편
		톱신자르갈	여	1988	결혼 6년차	강원	1회	9편
미얀마	2명	쏘딴따아웅	여	1982	결혼 2년차	호남	1회	12편
		떼떼져 (김수진)	여	1992	기타	서울	1회	18편
베트남	23명	누구엔티미두이엔 (원지영)	여	1989	결혼 6년차	강원	2회	11편
		원황하이이옌	여	1997	유학 1년차	강원	1회	1편
		호민두	남	1997	유학 1년차	강원	1회	4편
		누엔티김퍼	여	1990	결혼 7년차	충청	1회	8편
		전티흐엉	여	1992	결혼 6년차	경기	1회	3편
		쩐티아이쑤언	여	1988	결혼 7년차	경기	1회	3편
		응웬후우퉁	남	1986	노동 7년차	경기	1회	4편

국적	인원	이름	성별	출생 년도	이주형태와 거주 기간	거주 지역	조사 횟수	구연 편수
베트남	23명	백옥장	여	1982	유학 10년차	인천	1회	5편 (공동5편)
		융티탄프엉	여	1988	유학 3년차	인천	2회	17편 (공동5편)
		띵티름 (이지우)	여	1983	결혼 9년차	충청	1회	6편
		부티프엉	여	1990	결혼 7년차	영남	1회	5편
		엔티터번 (이연아)	여	1984	결혼 11년차	호남	1회	6편 (공동3편)
		호티홍녀 (한수아)	여	1986	결혼 11년차	호남	1회	5편 (공동2편)
		팜티루엔 (김민주)	여	1987	결혼 10년차	충청	3회	11편
		쩐티빅프엉	여	1977	기타	서울	2회	14편
		저우티탄융	여	1985	결혼 9년차	강원	2회	8편
		누엔티한	여	1991	결혼 7년차	충청	1회	2편
		웬태휴	여	1987	결혼 12년차	충청	1회	7편
		이유나	여	1991	결혼 7년차	영남	1회	4편 (공동3편)
		찐티배트	여	1985	결혼 4년차	영남	1회	6편 (공동3편)
		도티탄 (이정민)	여	1989	결혼 9년차	서울	3회	21편
		부티킴하 (김하연)	여	1993	결혼 6년차	서울	1회	6편
		팜하뷔	여	1993	유학 1년차	서울	1회	9편
브라질	1명	레오나르도 (레오나르도 사투르니누 페헤이라)	남	1990	유학 6년차	서울	1회	13편
사우디 아라비아	4명	샤하드	여	1992	유학 2년차	서울	2회	8편 (공동8편)
		아델	남	1990	유학 3년차	서울	1회	3편 (공동3편)

국적	인원	이름	성별	출생 년도	이주형태와 거주 기간	거주 지역	조사 횟수	구연 편수
사우디 아라비아	4명	압둘라 르만	남	1990	유학 6년차	서울	2회	14편 (공동10편)
		힌드	여	1989	유학 2년차	서울	2회	7편 (공동7편)
스웨덴	1명	울루잔 미라	여	1998	유학 2년차	서울	1회	7편
아제르 바이잔	2명	레일라	여	1991	유학 5년차	인천	1회	8편
		피루자	여	1990	유학 2년차	인천	1회	11편
에스토 니아	1명	마레트루드	여	1998	유학 1년차	서울	1회	7편
우즈베 키스탄	3명	옵샤코바야나	여	1980	노동 10년차	서울	2회	7편
		샤히스타	여	1987	결혼 9년차	경기	1회	4편
		허율리나	여	1990	노동 6년차	경기	2회	11편
인도	3명	바수무쿨	남	1964	노동 25년차	호남	2회	12편
		파드마 (파드마 바티차크라바르티)	여	1992	유학 1년차	서울	4회	59편
		단야지	여	1993	유학 4년차	서울	1회	9편 (공동1편)
인도네 시아	3명	플레나 (플레나 스콜라스티가 그라티아)	여	1992	결혼 1년차	경기	1회	2편
		수산티	여	1976	결혼 12년차	경기	2회	8편)
		영산티	여	1977	결혼 10년차	경기	1회	4편
일본	13명	곤도 사끼에	여	1966	결혼 20년차	강원	1회	11편
		모우에 히로꼬	여	1967	결혼 19년차	강원	3회	20편
		모토야마 카즈에	여	1966	결혼 20년차	강원	1회	1편
		코마츠 미호	여	1969	결혼 20년차	강원	2회	29편
		이데이 유미	여	1977	결혼 15년차	경기	1회	12편
		노마치 유카	여	1974	결혼 6년차	인천	2회	40편

국적	인원	이름	성별	출생 년도	이주형태와 거주 기간	거주 지역	조사 횟수	구연 편수
일본	13명	마츠자키 료코	여	1982	노동 8년차	영남	2회	25편
		묘엔 이치로	남	1952	유학 3년차	영남	1회	2편
		마츠다 타마미	여	1976	결혼 7년차	영남	2회	20편
		토리카이 쿠미코	여	1977	결혼 11년차	경기	2회	11편
		이케다 마유미	여	1967	결혼 22년차	서울	2회	15편
		요시이즈미 야요이	여	1971	결혼 13년차	경기	1회	8편
		후카미즈 치카코	여	1974	결혼 13년차	경기	1회	5편
중국	11명	윤군	여	1981	결혼 8년차	서울	1회	11편 (공동8편)
		윤가사	남	1952	기타	서울	1회	8편 (공동8편)
		반소홍	여	1977	결혼 8년차	강원	1회	11편
		장웨이	여	1979	결혼 9년차	강원	1회	9편
		리칭후아	여	1976	결혼 17년차	서울	1회	11편
		황샤오링	여	1986	유학 6년차	서울	1회	12편
		티엔옌 (전연)	여	1979	노동 4년차	경기	2회	5편
		조림	여	1992	유학 3년차	서울	1회	16편
		천슈안 (진소연)	여	1979	노동 15년차	경기	1회	2편
		유연	여	1981	결혼 4년차	충청	2회	5편
		심죽령	여	1988	결혼 4년차	서울	2회	21편
중국 (한국계)	12명	김설화	여	1983	유학 9년차	서울	3회	43편
		주경화	여	1973	결혼 13년차	충청	2회	20편
		권화	여	1972	결혼 8년차	서울	1회	6편 (공동1편)
		동순옥	여	1971	결혼 20년차	서울	1회	4편 (공동1편)
		류정애	여	1980	결혼 8년차	경기	1회	9편
		이화 (이윤정)	여	1974	결혼 19년차	충청	2회	19편

국적	인원	이름	성별	출생 년도	이주형태와 거주 기간	거주 지역	조사 횟수	구연 편수
중국 (한국계)	12명	권경숙	여	1981	결혼 10년차	영남	1회	9편
		서청록	남	1962	노동 6년차	호남	1회	11편
		박영숙	여	1976	결혼 18년차	경기	2회	13편
		리하이리엔 (이해연)	여	1982	결혼 10년차	경기	1회	1편
		인춘매	여	1976	결혼 10년차	경기	1회	5편
		임향금	여	1978	결혼 10년차	영남	1회	11편
칠레	1명	브루노	남	1998	유학 2년차	서울	2회	17편 (공동2편)
카자흐스탄	8명	우쿠자노바 디나	여	1981	결혼 13년차	강원	3회	36편
		히아조바 나탈리아 (히아조바 나탈리아 바흐티야립나)	여	1982	결혼 11년차	강원	1회	6편
		사니아	여	1992	유학 6년차	서울	2회	46편 (공동41편)
		아쑤바이에바	여	1991	유학 3년차	서울	3회	65편 (공동41편)
		악지라	여	1997	유학 3년차	서울	1회	14편
		조팔리나	여	1995	유학 2년차	서울	1회	13편
		발누라	여	1986	유학 2년차	인천	1회	6편
		굴지라	여	1994	유학 1년차	영남	1회	7편
캄보디아	9명	소다니스	여	1986	유학 4년차	서울	1회	7편
		체아다비	여	1983	결혼 8년차	강원	2회	13편
		디다넬	여	1988	결혼 5년차	경기	1회	7편 (공동7편)
		렉가나	여	1988	결혼 10년차	경기	1회	4편
		포유미네	여	1988	결혼 6년차	경기	1회	7편 (공동7편)
		씨앙리티아	여	1986	결혼 7년차	영남	1회	6편
		텝쏙레앙 (박주희)	여	1986	결혼 10년차	경기	2회	9편

국적	인원	이름	성별	출생 년도	이주형태와 거주 기간	거주 지역	조사 횟수	구연 편수
캄보디아	9명	킴나이키	여	1991	결혼 6년차	강원	4회	28편
		썸마카라	여	1988	결혼 4년차	영남	1회	10편
키르기스스탄	1명	토레에바 아이자다 (정수진)	여	1980	결혼 16년차	영남	1회	14편
타지키스탄	1명	무나바르	여	1981	유학 2년차	서울	1회	11편
태국	4명	와닛차 (와닛차 진시리와닛)	여	1990	유학 6년차	서울	4회	55편
		사이암랏 (김수연)	여	1978	결혼 12년차	경기	2회	2편
		나우봉	여	1975	결혼 17년차	호남	2회	11편 (공동2편)
		누자리	여	1975	결혼 10년차	호남	2회	8편 (공동2편)
터키	1명	메르베에아한 (한미성)	여	1989	유학 3년차	인천	1회	10편
파라과이	1명	패트리시아	여	1996	유학 2년차	서울	1회	8편
필리핀	8명	수맘퐁엠마	여	1970	결혼 17년차	강원	1회	6편
		룻파네스	여	1974	결혼 24년차	경기	3회	22편
		니사 (유리나)	여	1968	결혼 17년차	호남	1회	2편 (공동1편)
		마리셀 (박세라)	여	1971	결혼 17년차	호남	1회	4편 (공동2편)
		마이린	여	1975	결혼 7년차	호남	1회	3편 (공동2편)
		멜로니	여	1985	결혼 7년차	경기	2회	8편
		메리안	여	1970	결혼 15년차	호남	1회	2편 (공동2편)
		마리사콘데 (오혜진)	여	1984	결혼 11년차	제주	2회	14편
홍콩	1명	채가오	여	1993	유학 4년차	서울	1회	26편
27개국	136명							1,493편

3. 조사의 성과와 활용 방안

본 조사연구는 한국적 다문화사회의 한 축을 구성하고 있는 이주민을 대상으로 양질의 구술담화 자료를 체계적으로 조사하고 정리함으로써 국문학, 다문화교육, 한국어교육, 여성학, 사회학, 문화콘텐츠학, 문학치료 등 여러 방면에서 활용할 수 있는 DB를 산출하는 데 목표를 두었다.

본 조사연구팀은 만 3년간 한국의 다문화 사회를 구성하는 이주민들을 만나 그들의 경험과 정서, 문화가 녹아든 이야기 자료를 수집하기 위해 최선을 다했다. 전국에 거주하는 다국적 이주민 가운데 모국 설화를 한국어로 구술할 능력을 갖춘 좋은 제보자를 백방으로 탐색했으며, 현지조사 과정에서 일련의 서사맥락을 갖춘 좋은 이야기 자료를 확보하기 위해 노력했다. 그 결과 중국과 베트남 등 이주민이 한국에 많이 들어와 있는 나라 외에 캄보디아와 몽골, 인도, 아제르바이잔 등 여러 국가 출신의 유력 제보자들과 만나 뜻깊은 현지조사를 수행할 수 있었다.

좀더 구체적으로 보면, 베트남 출신의 제보자와 중국 출신의 제보자가 각각 23명으로 가장 많았다. 이 중 중국은 한국계 제보자 12명을 포함한 숫자다. 이어서 일본 13명, 몽골 12명, 캄보디아 9명, 카자흐스탄과 필리핀 각 8명 순으로 많은 제보자가 자료를 구술했다. 이 외에 네팔과 러시아, 사우디아라비아, 태국 각 4명, 우즈베키스탄, 인도, 인도네시아 각 3명, 미얀마와 아제르바이잔 각 2명과 대만, 도미니카공화국, 브라질, 스웨덴, 에스토니아, 칠레, 키르기스스탄, 타지키스탄, 터키, 파라과이, 홍콩 각 1명의 제보자가 자료를 구술했다. 전체적으로 동북아시아와 동남아시아, 중앙아시아 여러 나라의 설화가 골고루 조사되었으며, 유학생 제보자를 중심으로 중동과 유럽, 중남미 지역 여러 나라의 설화도 구술되었다. 제보자 출신국 가운데는 그간 한국에 따로 설화가 소개된 적이 없는 나라들도 상당수 포함돼 있다.

본 조사연구에서 설화 구술에 가장 큰 구실을 한 이주민은 결혼이주여성들이었다. 그들은 한국사회의 일원이자 자국 문화에 대한 경험과 애정을 지닌 다문화 주체로서, 모국의 문화와 정신을 전달한다고 하는 사명감을 가지고 설화 구술에 임했다. 처음 조사팀을 만났을 때는 다소 낯설어하고 어색해하기도 했지만, 설화 구연상황으로 접어들고 나면 무척 적극적이고 열띤 모습으로 구술에 임한 경우가 많았다. 일을 마친 뒤 늦은 시각에 일부러 시간을 내서 여러 편의 설화를 들려준 경우도 있었다. 제보자들이 보완조사를 자청해서 2회 이상의 만남을 가진 사례도 많았다.

낯선 사람에 대해 경계하는 경향이 짙고 바쁜 일과에 쫓기고 있는 이주민들이 이렇게 설화 구술에 적극적인 태도를 나타내는 것은, 호의와 책임감 외에 설화 특유의 흡인력과 감발력에 힘입은 바 크다고 할 수 있다. 설화를 말하고 듣다 보면 자연스럽게 그 속에 빠져들어가 즐거움을 느끼게 된다. 아울러, 설화를 구술하는 과정에서 자신이 존중받는다는 느낌을 받는다는 점도 중요한 사항이 된다. 흥미로운 내용 속에 교훈과 감동까지 담고 있는 전통 설화는 문화적 힘을 대변하는 자랑거리가 되며, 구술 과정은 자연스럽게 즐거운 자기충족감으로 이어졌다. 결혼이주민들에게 설화구술 과정은 낯선 타국생활에서 쉽게 가질 수 없었던 특별한 경험이었다고 할 수 있다.

설화 구술자로서 결혼이주여성의 능력은 기대 이상이었다. 그들은 한국에 와서 생활하는 과정에서 생활에 필요한 한국어 구사능력을 훌륭히 갖추고 있었고, 이를 바탕으로 설화 구술을 무리 없이 이어나갔다. 어렸을 적에 어른들한테 들었던 이야기를 마음 깊이 기억하고 있는 제보자들과 성장 과정에서 이야기를 구술한 경험이 있었던 제보자들이 많았다는 것도 훌륭한 설화 구술의 바탕이었다. 동년배 한국 여성들과 비교하더라도, 결혼이주여성은 설화문화에 훨씬 더 익숙한 편이었다. 그리하여 본래의 맥락에 맞게 이야기를 자연스럽고 원활하게 구연할 수 있었다. 이번 조사연구를 통해 이들이 한국 언어문화의 새롭고도 중요한 주체임을 명확히 확인할 수 있었다.

유학생 및 이주노동자들의 자구 설화 구술도 매우 소중하고 가치있는 것이었다. 유학생들의 경우 학교에서 배웠거나 책에서 본 이야기, 또는 대중매체를 통해 접한 이야기들을 많이 구술했지만, 그 이야기들을 자기화한 상태에서 자연스럽게 흥미롭게 구연한 경우가 대부분이었다. 자국 설화를 제대로 알리고자 하는 의욕으로 좋은 자료를 열심히 찾아서 내용을 충실히 전해준 제보자들이 많았다. 젊은 이야기꾼이라고 칭해도 될 만한 화자들도 있었다. 유학생 제보자들의 활약으로 중동과 유럽, 중남미 지역 설화까지 수집할 수 있었던 것은 기대 이상의 성과였다.

이주노동자의 경우, 연구팀에서 다방면의 탐색을 거치며 많은 노력을 기울였지만 한국어 구사능력과 설화 구술 능력을 함께 갖춘 제보자를 만나는 일이 쉽지 않았다. 특히 좋은 남성 제보자를 확보하기가 어려웠다. 어렵게 만나 조사를 진행한 방글라데시 출시 자료를 질적 문제 때문에 최종 DB에서 제외하기도 했다. 힘든 여건 속에서도 11명의 이주노동자로부터 설화를 포함한 구술자료를 확보할 수 있었던 것은 그 자체로 의미 있는 성과였다고 자평하고 있다.

본 조사연구에서 전국의 여러 이주민을 대상으로 현지조사를 수행해서 1,500편에 이르는 광범위한 구술자료를 DB화한 결과는 문화적으로나 학술적으로 큰 의의를 지닌다. 본 조사연구의 성과는 다음과 같은 여러 방면에서 활용될 수 있을 것이다.

첫째, 문학 연구의 측면에서 구비문학 조사 연구의 기초자료로 활용될 수 있다. 이주민설화 구술자료 DB는 한국 구비문학 조사연구에 새로운 활력을 제공할 소중한 기초자료로 활용될 수 있다. 유능한 구연자가 제공한 양질의 구술자료를 통해 화자론, 연행론, 작품론, 설화 비교연구 등의 영역에 새로운 연구 대상을 제공해 줄 수 있다. 특히 '한국 속의 세계'로서 다문화 이주민의 구술자료를 한국문학 연구의 대상으로 포섭함으로써 연구의 지평을 세계적 범주로 확장할 수 있을 것이다.

둘째, 다양한 교육 현장의 상호문화 교육 자료로 활용할 수 있다. 그동안의 이주민을 대상으로 이루어진 한국어교육 및 문화교육은 한국문화로의 동화 방향으로 이루어져 왔다. 본 조사연구팀이 집대성한 이주민 설화 구술자료는 이주민이 자기 문화정체성 표출, 자긍심 향상, 주체적 삶의 지향을 위한 교육·문화 활동의 교재로 활용할 수 있다. 또한, 정주자의 이주민에 대한 상호문화 이해와 인식 전향을 위한 상호문화 교육자료로 요긴하게 활용할 수 있다.

셋째, 인접 학문연구의 저변 확대 및 학제간 융합연구에 활용할 수 있다. 입체적 현지조사를 통해 집적된 27개국의 설화와 생애담, 속담과 속신어, 문화와 풍속 이야기 등은 생활문화 제영역에 걸친 것으로서, 문학연구 외에 사회학, 문화인류학, 종교학, 철학, 역사학, 교육학, 여성학, 아동학, 복지학, 경제학, 정치학, 문화콘텐츠학 등 여러 인접 학문 연구의 저변 확대와 융복합연구의 상호 지평을 넓히는 데 기여할 수 있을 것이다.

넷째, 이주민을 대상으로 한 다양한 정책 마련의 기본 자료로 활용할 수 있다. 이주민 설화 구술자료 DB는 이주민의 모국에서의 체득한 개인적 경험부터 다양한 유형의 이야기를 아우르는 자료이므로 이주민의 고유문화와 인식체계를 고스란히 함유한다. 따라서 이 자료는 이주민 대상의 정책 마련에 있어서 유용한 지표가 되며 다양한 영역에서 다문화적 공존을 위한 정책이나 서비스, 갈등 해소를 위한 대안 마련에 효과적으로 활용할 수 있다.

다섯째, 새로운 문화콘텐츠 원천 스토리로서 문화산업에 활용할 수 있다. 이주민 구술담화 DB는 기존에 알려지지 않은 참신한 스토리텔링 원천자료로서 콘텐츠 산업을 위한 자원으로 폭넓게 활용할 수 있다. 특히 한국적이면서도 세계적인 성격을 지니는 미래 지향적 문화콘텐츠 개발의 씨앗이라 할 수 있다.

여섯째, 세계문화를 풍부하게 경험할 수 있는 문학교육 자료로 활용할 수 있다. 기존의 세계문화교육은 번역물을 통해서 제한적으로 이루어져 왔다. 그러나 본 조사연구팀의 이주민설화 구술자료 DB는 생활인의 질박한 언어로 세계의 다양한 이야기를 집대성한 자료이므로 다양하고 풍부한 세계의 문화를 한 자리에서 생생하게 경험할 수 있다.

본 조사연구의 성과는 연구참여자들의 노력만으로 이루어진 결과물이 아니다. 조사연구에 기꺼이 협조한 여러 기관 및 관계자들의 힘이 컸다. 무엇보다도 이 연구성과는 흔쾌히 제보자로 나서서 열성껏 이야기를 구술해 준 136명의 이주민 제보자들의 것이라고 할 수 있다. 이주민은 한국사회의 중요한 구성원이며, 그들의 이야기는 곧 우리의 이야기이다. 그것은 한국의 언어문화에 신선한 자극과 함께 발전의 동력을 줄 수 있다. 앞으로 본 조사연구의 성과가 여러 분야에서 요긴하게 활용되는 가운데 한국사회가 행복한 다문화적 공생사회로 발전해가는 데 기여할 수 있기를 기대한다.

4. DB 자료 총 목록

다음은 조사연구 결과로 제출한 구술자료 DB의 총목록이다. 목록은 총 145개 이야기판 별로 제보자와 국적, 자료유형, 제목 등을 제시했다. 이야기판은 현지조사를 수행한 날짜 순서로 제시했으며, 조사 지역은 동면(洞面)까지만 제시했다.

참고로, 아래 자료목록은 인터넷 아카이브로 서비스 예정인 DB 자료를 기준으로 한 것이다. 20권으로 출간되는 자료집 『다문화 구비문학대계』는 나라별·유형별로 자료를 재정리하는 한편으로, 단행본에 어울리게끔 자료 제목을 수정했다. 단행본에서는 자료를 재선별하고 편집하는 과정에서 DB 중 일부를 수록 대상에서 제외하기도 했다. DB 자료에 들어있는 이야기판 정보와 자료별 고유번호, 주제어 등을 생략하고 제보자 정보를 재기술하는 등 체재에도 변화를 준 상황이다. 단행본 자료와 DB 자료 사이에 차이를 둔 것은, 각각의 정체성을 오롯이 살리는 형태로 내용을 구성하는 것이 좋다고 보았기 때문이다.

모든 DB 자료는 2021년 10월부터 한국학진흥사업 성과포탈(http://waks.aks.ac.kr/site/immigrant/)에서 사용자들에게 제공중이며, 아래의 자료 목록을 색인으로 삼아서 자료를 검색할 수 있다. 모든 자료는 명칭의 맨앞에 조사날짜에 해당하는 8개의 숫자,

예컨대 '20160913'이나 '20161017' 등이 들어간다. 이어서 지역번호(서울 002, 경기 031, 인천 032, 강원 033, 충남 042, 대구 053, 제주 064 등 전화번호상의 지역 식별번호를 적용하되, 서울의 경우 자릿수 맞춤을 위해 02 대신 002로 표기)와 자료번호를 연결하는 식이다. 와닛차 제보자가 구술한 〈작은 도시락과 아들의 참회〉 같은 경우 자료 일련번호가 '20160913_002_001'이 되는 형태다. 그 다음 자료인 '프라카농 지역의 매낙 귀신'의 자료번호는 '20160913_002_002'가 된다. 다른 자료들도 마찬가지 방식으로 DB 고유번호를 지니고 있다. 목록에서는 번다함을 피하기 위해 이야기판별 자료 일련번호만 제시한다.

[1] 20160913 / 서울특별시 광진구 화양동

자료번호	제보자	국적	자료유형	제목
001	와닛차	태국	전설	작은 도시락과 아들의 참회
002	와닛차	태국	전설	프라카농 지역의 매낙 귀신
003	와닛차	태국	민담	금망둑어 쁠라부텅(1)
004	와닛차	태국	전설	우텅왕이 된 쌘뽐
005	와닛차	태국	민담	금소라 아이 쌍텅
006	와닛차	태국	민담	나무집을 갖고 태어난 공주
007	와닛차	태국	민담	악어 사냥꾼 끄라이텅
008	와닛차	태국	한국설화	우렁각시

[2] 20161017 / 서울특별시 광진구 화양동

자료번호	제보자	국적	자료유형	제목
001	와닛차	태국	민담	금망둑어 쁠라부텅(2)
002	와닛차	태국	속담	물속에 물고기가 있고 논에는 쌀이 있다
003	와닛차	태국	속담	그라디 물고기가 물을 받다

자료번호	제보자	국적	자료유형	제목
004	와닛차	태국	속담	장님이 안경을 받다
005	와닛차	태국	속담	구슬을 받은 원숭이
006	와닛차	태국	속담	물소에게 해금을 연주한다
007	와닛차	태국	속담	춤을 못 추면서 피리와 북을 나무란다
008	와닛차	태국	속담	이나오가 남을 나무라지만 자신도 그렇다
009	와닛차	태국	속담	강아지를 주고 고양이를 받다
010	와닛차	태국	속담	코끼리를 타고 메뚜기를 잡다
011	와닛차	태국	속담	죽은 코끼리를 연꽃잎으로 덮을 수 없다
012	와닛차	태국	속담	돌절구를 산 위로 옮기다
013	와닛차	태국	속담	닭은 털 때문에 예쁘고 사람은 화장 때문에 예쁘다
014	와닛차	태국	속담	바닷속에서 바늘을 찾는다
015	와닛차	태국	속담	닭이 뱀 발을 발견하고 뱀이 닭 젖을 발견한다
016	와닛차	태국	속담	깔라 안의 개구리
017	와닛차	태국	속담	집안에서 먹고 지붕에서 똥 싼다
018	와닛차	태국	속담	배 위에서 노를 젓지 않고 배 밖으로 발을 내민다
019	와닛차	태국	속담	호랑이를 피하려다가 악어를 만난다
020	와닛차	태국	속담	돼지 꼬리에 쌓이는 흙
021	와닛차	태국	속담	소 잃고 외양간 짓는다
022	와닛차	태국	속담	비행기를 보고 짓는 개
023	와닛차	태국	민담	열두 자매 낭십성과 거인의 딸 메리
024	와닛차	태국	민담	프라스톤과 반인반조(半人半鳥) 마노라
025	와닛차	태국	속담	쌀통에 빠진 쥐
026	와닛차	태국	민담	용의 딸 우타이테위

[3] 20161028 / 서울특별시 성북구 정릉동

자료번호	제보자	국적	자료유형	제목
001	압둘라 르만 & 샤하드	사우디 아라비아	민담	엽전(금화)
002	압둘라 르만 & 샤하드	사우디 아라비아	민담	남자와 금바
003	압둘라 르만	사우디 아라비아	민담	바보 주하 당나귀(1)
004	압둘라 르만	사우디 아라비아	민담	바보 주하 당나귀(2)
005	압둘라 르만 & 샤하드 & 힌드 & 아델	사우디 아라비아	민담	여자 귀신 셀리야
006	압둘라 르만 & 샤하드 & 힌드	사우디 아라비아	기타	손가락 귀신
007	압둘라 르만 & 아델	사우디 아라비아	민담	옴 알 아바야 귀신
008	압둘라 르만 & 아델	사우디 아라비아	민담	욕심쟁이와 구두쇠

[4] 20161103 / 서울특별시 동대문구 이문동

자료번호	제보자	국적	자료유형	제목
001	툭스자르칼	몽골	전설	바토르 장군
002	툭스자르칼	몽골	기타	몽골의 문화예절
003	툭스자르칼	몽골	전설	호랑이 털이 얼룩덜룩한 이유
004	툭스자르칼	몽골	신화	메르겐 신화
005	툭스자르칼	몽골	민담	고니와 결혼한 소녀
006	툭스자르칼	몽골	민담	쥐와 여우 그리고 까치

[5] 20161109 / 경기도 화성시 향남읍

자료번호	제보자	국적	자료유형	제목
001	룻파네스	필리핀	전설	칸라온화산 유래
002	룻파네스	필리핀	전설	과야바 유래
003	룻파네스	필리핀	기타	와꽉 귀신
004	룻파네스	필리핀	기타	영웅 닥터 호세
005	룻파네스	필리핀	민담	게으른 후안
006	룻파네스	필리핀	속담	말이 죽었는데 지푸라기가 무슨 소용이 있느냐

[6] 20161111 / 강원도 홍천군 북방면

자료번호	제보자	국적	자료유형	제목
002	모토야마 카즈에	일본	생애담	김장 날 시아버지에게 혼난 일

[7] 20161111 / 강원도 횡성군 횡성읍

자료번호	제보자	국적	자료유형	제목
001	체아다비	캄보디아	전설	프놈펜 유래
002	체아다비	캄보디아	민담	똠과 띠우의 사랑
003	체아다비	캄보디아	기타	고운 피부 만드는 법
004	체아다비	캄보디아	기타	골절 치료법
005	수흐바타르	몽골	민담	음흉한 여우
006	수흐바타르	몽골	생애담	부부의 교육관 차이
007	체아다비	캄보디아	전설	열두 자매 낭십성과 산이 된 거인의 딸
009	체아다비	캄보디아	기타	캄보디아의 절 문화
012	모우에 히로꼬	일본	민담	복숭아 동자 모모타로

[8] 20161112 / 강원도 횡성군 횡성읍

자료번호	제보자	국적	자료유형	제목
001	누구엔티미두이엔	베트남	민담	모자 바꿔 쓰고 살아난 일곱 형제

자료번호	제보자	국적	자료유형	제목
002	누구엔티미두이엔	베트남	전설	쩌우까우 유래
003	누구엔티미두이엔	베트남	속담	젓가락(숟가락)을 멀리 잡으면 멀리 시집간다
004	우쿠자노바 디나	카자흐스탄	민담	어머니의 심장
005	누구엔티미두이엔	베트남	전설	바위가 된 여인
006	우쿠자노바 디나	카자흐스탄	전설	제비 꼬리가 갈라진 이유
007	우쿠자노바 디나	카자흐스탄	전설	돔브라 악기 줄이 두 개인 이유
008	우쿠자노바 디나	카자흐스탄	속담	임신에 관한 금기

[9] 20161113 / 강원도 춘천시 사북면

자료번호	제보자	국적	자료유형	제목
001	장웨이	중국	민담	우렁각시
003	장웨이	중국	민담	칠색사슴
005	장웨이	중국	민담	돼지 삼 형제
006	장웨이	중국	민담	까마귀 속인 여우
007	장웨이	중국	민담	까마귀의 지혜
008	장웨이	중국	민담	벌거숭이 황제
009	장웨이	중국	속담	젓가락 끝을 잡으면 시집을 멀리 간다
010	장웨이	중국	속담	젓가락과 관련된 금기어
011	장웨이	중국	생애담	한국 문화와 중국 문화

[10] 20161114 / 서울특별시 서대문구 대현동

자료번호	제보자	국적	자료유형	제목
001	와닛차	태국	민담	말괄량이 깨오
002	와닛차	태국	속담	해골을 차는 말(馬)
003	와닛차	태국	민담	입에서 금꽃이 나오는 피꾼과 벌레가 나오는 마리
004	와닛차	태국	속담	궁중 동성애 렌 프완과 렌 싸왓

자료번호	제보자	국적	자료유형	제목
005	와닛차	태국	민담	머리카락에서 향기 나는 여인 낭봄험
006	소다니스	캄보디아	민담	똠과 띠우의 사랑
007	소다니스	캄보디아	속담	케이크는 그릇보다 클 수 없다
008	소다니스	캄보디아	전설	열두 자매 낭십성과 산이 된 거인의 딸 냉겅리
009	소다니스	캄보디아	기타	열 내리는 법(1)
010	소다니스	캄보디아	기타	딸국질하는 사람에게 하는 말
011	와닛차	태국	기타	눈 경련 위치에 따른 운세
012	소다니스	캄보디아	기타	눈다래끼 났을 때 하는 말
013	와닛차	태국	기타	눈다래끼 났을 때 하는 말
014	소다니스	캄보디아	기타	열 내리는 법(2)

[11] 20161115 / 서울특별시 광진구 화양동

자료번호	제보자	국적	자료유형	제목
001	압둘라 르만 & 샤하드 & 힌드	사우디 아라비아	민담	아빠를 닮은 구두쇠 아들
002	압둘라 르만	사우디 아라비아	민담	주하와 판사
003	압둘라 르만 & 샤하드 & 힌드	사우디 아라비아	민담	천일야화
004	압둘라 르만	사우디 아라비아	민담	주하와 거지
005	압둘라 르만 & 샤하드 & 힌드	사우디 아라비아	민담	할머니와 악마
006	압둘라 르만 & 샤하드 & 힌드	사우디 아라비아	전설	안타라와 아불라

[12] 20161117 / 강원도 횡성군 횡성읍

자료번호	제보자	국적	자료유형	제목
001	누구엔티미두이엔	베트남	민담	개구리 아들
002	누구엔티미두이엔	베트남	생애담	꾸우정 섬의 절
003	누구엔티미두이엔	베트남	기타	베트남의 식용 금기 동물
004	누구엔티미두이엔	베트남	전설	어머니를 구원한 아들의 효심
006	누구엔티미두이엔	베트남	민담	대나무 속 작은 여인
007	누구엔티미두이엔	베트남	민담	달 속으로 간 꿔이
008	누구엔티미두이엔	베트남	생애담	결혼으로 시작된 한국생활

[13] 20161117 / 강원도 횡성군 횡성읍

자료번호	제보자	국적	자료유형	제목
001	반소홍	중국	신화	남녀 인연을 맺어주는 신 유에라오
002	반소홍	중국	민담	견우와 직녀
003	반소홍	중국	민담	제공스님
005	반소홍	중국	전설	뉴위쩨이산의 약수
006	반소홍	중국	민담	승려 셋
007	반소홍	중국	전설	삼미서옥
008	반소홍	중국	민담	미녀사
009	반소홍	중국	민담	금색조
010	반소홍	중국	한국설화	청개구리
011	반소홍	중국	기타	괴물 야우꽈이
012	반소홍	중국	생애담	결혼과 한국생활

[14] 20161117 / 강원도 횡성군 횡성읍

자료번호	제보자	국적	자료유형	제목
001	모우에 히로꼬	일본	민담	접시를 세는 하녀의 원한
002	모우에 히로꼬	일본	전설	입 찢어진 여인
003	모우에 히로꼬	일본	민담	원숭이와 게의 싸움

자료번호	제보자	국적	자료유형	제목
004	모우에 히로꼬	일본	전설	잇큐의 꾀
005	모우에 히로꼬	일본	민담	주먹밥 할아버지
006	모우에 히로꼬	일본	민담	혀 잘린 참새
007	히아조바 나탈리아	카자흐스탄	생애담	외할머니의 카자흐스탄 이주와 정착
008	히아조바 나탈리아	카자흐스탄	민담	둥근 빵 칼라복과 꾀쟁이 여우
009	히아조바 나탈리아	카자흐스탄	속담	원숭이가 거울 속 자신을 보고 누구냐고 묻는다
010	히아조바 나탈리아	카자흐스탄	속담	더러운 음식을 먹으면 얼굴이 넓어진다
011	히아조바 나탈리아	카자흐스탄	민담	커다란 순무
012	히아조바 나탈리아	카자흐스탄	민담	암탉의 깨진 황금알

[15] 20161117 / 강원도 횡성군 횡성읍

자료번호	제보자	국적	자료유형	제목
001	우쿠자노바 디나	카자흐스탄	민담	섬 아가씨와 고양이
002	우쿠자노바 디나	카자흐스탄	속담	시작이 반이다
003	우쿠자노바 디나	카자흐스탄	속담	형제는 사이가 좋아야 좋고 동서는 사이가 좋아야 먹을 게 많다
004	우쿠자노바 디나	카자흐스탄	속담	새 새끼들이 둥지에서 보고 배운 대로 날아가서 그대로 행동한다
005	우쿠자노바 디나	카자흐스탄	속담	병은 나을 수 있어도 습관은 고치기 어렵다
006	우쿠자노바 디나	카자흐스탄	속담	며느리에게 이야기하는 것을 딸도 들어라
007	우쿠자노바 디나	카자흐스탄	속담	입을 조심해라
008	우쿠자노바 디나	카자흐스탄	속담	다시 들어올 문을 세게 닫지 마라
009	우쿠자노바 디나	카자흐스탄	속담	우물에 침을 뱉지 마라
010	우쿠자노바 디나	카자흐스탄	속담	어머니를 보고 그 딸을 며느리로 삼아라
011	우쿠자노바 디나	카자흐스탄	속담	말(言)로 돌을 깰 수 있다

자료번호	제보자	국적	자료유형	제목
012	우쿠자노바 디나	카자흐스탄	속담	혀는 관절이 없고 생각은 끝이 없다
013	우쿠자노바 디나	카자흐스탄	속담	말(言)이 지닌 힘에 관한 속담
014	우쿠자노바 디나	카자흐스탄	속담	머리는 자를 수 있어도 혀는 자를 수 없다
015	우쿠자노바 디나	카자흐스탄	속담	부모 은혜는 자식을 낳아야 알고 진정한 친구는 안 좋은 일이 있을 때 안다
017	우쿠자노바 디나	카자흐스탄	속담	엄마는 아이를 바라보고 아이는 바깥을 바라본다
018	우쿠자노바 디나	카자흐스탄	속담	아빠의 정은 고모부나 이모부만큼만 있다
019	우쿠자노바 디나	카자흐스탄	속담	울지 않는 아이에게 젖을 주지 않는다
020	우쿠자노바 디나	카자흐스탄	속담	양치기가 많으면 양이 굶어 죽는다
021	우쿠자노바 디나	카자흐스탄	속담	황소에게 생기는 일은 송아지에게도 생긴다
022	우쿠자노바 디나	카자흐스탄	속담	당나귀는 짐이 가벼울수록 게을러진다
023	우쿠자노바 디나	카자흐스탄	속담	훌륭한 사람에 관한 속담
024	우쿠자노바 디나	카자흐스탄	속담	얼굴과 감정에 관한 속담
025	우쿠자노바 디나	카자흐스탄	민담	용감한 엘링케 장군
026	우쿠자노바 디나	카자흐스탄	민담	지하국 사람을 물리친 쿨라타이 장군
027	우쿠자노바 디나	카자흐스탄	민담	노부부의 정성으로 얻은 옐토스토크

[16] 20161118 / 강원도 강릉시 초당동

자료번호	제보자	국적	자료유형	제목
001	코마츠 미호	일본	생애담	한국생활의 에피소드
002	코마츠 미호	일본	민담	복숭아 동자 모모타로
003	코마츠 미호	일본	민담	혹부리 영감
004	코마츠 미호	일본	민담	꽃 피우는 할아버지
005	코마츠 미호	일본	민담	용궁에 다녀온 우라시마타로
006	코마츠 미호	일본	민담	두루미 아내

자료번호	제보자	국적	자료유형	제목
007	코마츠 미호	일본	민담	대나무에서 나온 가구야공주
008	코마츠 미호	일본	민담	원숭이와 게의 싸움
009	코마츠 미호	일본	기타	요괴 갓파의 형상
010	코마츠 미호	일본	민담	주먹밥 할아버지
011	코마츠 미호	일본	민담	설녀 유키온나
012	코마츠 미호	일본	기타	저승강 산즈노가와
013	코마츠 미호	일본	민담	칠월칠석에 만나는 슈쿠조와 켄듀
014	코마츠 미호	일본	민담	쥐 사위 구하기
015	코마츠 미호	일본	기타	옛이야기 끝낼 때 하는 말
016	코마츠 미호	일본	민담	못된 너구리와 꾀많은 토끼
017	코마츠 미호	일본	기타	아키타현 나마하게 요괴
018	코마츠 미호	일본	기타	배꼽 떼어가는 오니
019	코마츠 미호	일본	기타	복숭아 동자 모모타로 노래
020	코마츠 미호	일본	기타	도깨비는 밖에 복은 안으로
021	코마츠 미호	일본	기타	설날 전래 놀이

[17] 20161119 / 서울특별시 중구 광희동

자료번호	제보자	국적	자료유형	제목
001	옵샨코바야나	우즈베키스탄	민담	커다란 순무
002	옵샨코바야나	우즈베키스탄	민담	둥근 빵 칼라복과 꾀쟁이 여우
003	옵샨코바야나	우즈베키스탄	민담	물고기 방생한 어부와 욕심 많은 아내
004	옵샨코바야나	우즈베키스탄	생애담	한국인 조모의 우즈베키스탄 강제 이주담

[18] 20161119 / 서울특별시 중구 광희동

자료번호	제보자	국적	자료유형	제목
002	우정부	러시아	민담	소원 들어주는 물고기 슈카와 게으른 아들

자료번호	제보자	국적	자료유형	제목
003	우정부	러시아	민담	바바야가의 거위백조에게 잡혀간 동생을 구한 누이
004	우정부	러시아	민담	바바야가를 물리친 소녀
005	우정부	러시아	민담	늑대와 함께 살게 된 꾀 많은 여우
006	우정부	러시아	민담	늑대에게 먹힌 새끼를 구한 어미 염소

[19] 20161121 / 강원도 고성군 토성면

자료번호	제보자	국적	자료유형	제목
001	호민두	베트남	민담	의붓자매 떰과 깜
002	호민두	베트남	신화	용과 불사조의 자손
003	호민두	베트남	기타	자장가 메유건(엄마는 아들을 사랑해)
004	원황하이이옌	베트남	전설	쩌우까우 유래
006	호민두	베트남	전설	설날에 먹는 떡 반쯩

[20] 20161127 / 충청북도 진천시 덕산면

자료번호	제보자	국적	자료유형	제목
001	누엔티김퍼	베트남	민담	똑똑한 소녀(1)
002	누엔티김퍼	베트남	민담	형제와 별나무
003	누엔티김퍼	베트남	민담	새엄마 이야기
004	누엔티김퍼	베트남	민담	의붓자매 떰과 깜
005	누엔티김퍼	베트남	민담	괴물 퇴치하고 공주와 결혼한 닷산
006	누엔티김퍼	베트남	민담	똑똑한 소녀(2)
007	누엔티김퍼	베트남	민담	야수와 소녀
008	누엔티김퍼	베트남	속담	나무 하나면 부러지나 여러 개면 안 부러진다

[21] 20161128 / 충청북도 충주시 단월동

자료번호	제보자	국적	자료유형	제목
001	주경화	중국(한국계)	신화	천지를 연 반고
002	주경화	중국(한국계)	신화	사람을 만든 여와
003	주경화	중국(한국계)	전설	바다를 메운 정위
004	주경화	중국(한국계)	신화	태양을 잡으러 간 화부
005	주경화	중국(한국계)	신화	염제와 황제의 다툼
006	주경화	중국(한국계)	전설	물을 다스린 대우
007	주경화	중국(한국계)	신화	물의 신 공공의 패배
008	주경화	중국(한국계)	신화	하늘을 기운 여와
009	주경화	중국(한국계)	민담	견우와 직녀

[22] 20161207 / 서울특별시 광진구 화양동

자료번호	제보자	국적	자료유형	제목
001	김설화	중국(한국계)	신화	세상을 창조한 반고
002	김설화	중국(한국계)	신화	하늘의 구멍을 메운 여와
003	김설화	중국(한국계)	신화	강의 신을 물리친 염제
004	김설화	중국(한국계)	민담	해와 달이 된 오누이
005	김설화	중국(한국계)	전설	달의 여인이 된 항아와 월병 유래
006	김설화	중국(한국계)	민담	자기 꾀에 넘어간 노새
007	김설화	중국(한국계)	민담	흥부와 놀부
008	김설화	중국(한국계)	민담	호랑이를 물리친 고슴도치
009	김설화	중국(한국계)	생애담	유치원 간식의 추억
010	김설화	중국(한국계)	민담	창포로 머리 감은 아름다운 처녀
011	김설화	중국(한국계)	민담	콩쥐와 팥쥐
012	김설화	중국(한국계)	민담	연이와 버들도령
013	김설화	중국(한국계)	민담	소리가 요란한 빈 통
014	김설화	중국(한국계)	민담	우렁각시

자료번호	제보자	국적	자료유형	제목
015	김설화	중국(한국계)	전설	해를 조정한 항아 부부 기리는 월병
016	김설화	중국(한국계)	민담	선녀와 나무꾼
017	김설화	중국(한국계)	민담	춘향전
018	김설화	중국(한국계)	신화	고구려를 건국한 주몽

[23] 20161214 / 서울특별시 동대문구 이문동

자료번호	제보자	국적	자료유형	제목
001	툭스자르칼	몽골	전설	뻐꾸기 전설
002	툭스자르칼	몽골	전설	개미와 올챙이와 구더기가 생겨난 이유
003	툭스자르칼	몽골	민담	어머니의 심장
004	툭스자르칼	몽골	속담	엄마의 사랑이 늘 자식한테 있고 자식의 사랑이 늘 바위 위에 있다
005	툭스자르칼	몽골	전설	9일 동안의 겨울 추위
006	툭스자르칼	몽골	속담	소 다리 어는 겨울이 왔다
007	툭스자르칼	몽골	전설	낙타의 뿔의 없어진 이유
008	툭스자르칼	몽골	전설	닭이 새벽에 우는 이유
009	툭스자르칼	몽골	민담	엄마의 선물

[24] 20161216 / 강원도 강릉시 교동

자료번호	제보자	국적	자료유형	제목
001	곤도 사끼에	일본	생애담	문화 차이와 말실수
002	코마츠 미호	일본	민담	삿갓 쓴 돌부처
003	코마츠 미호	일본	전설	잇큐의 꾀
004	코마츠 미호	일본	민담	고려장이 없어진 이유
005	코마츠 미호	일본	전설	낚시할 때 들려오는 오이테케보리의 유래
006	곤도 사끼에	일본	전설	화장실에서 휴지 주는 귀신

자료번호	제보자	국적	자료유형	제목
007	곤도 사끼에	일본	기타	한국과 일본의 제사와 민속 문화의 차이
008	코마츠 미호	일본	전설	입 찢어진 여인
009	곤도 사끼에	일본	민담	설녀 유키온나
010	코마츠 미호	일본	민담	삼 년 잠만보
011	코마츠 미호	일본	민담	야만바와 부적 세 장
012	코마츠 미호	일본	기타	야만바의 형상
013	곤도 사끼에	일본	전설	고양이가 열두 띠에 들지 못한 이유
014	곤도 사끼에	일본	민담	꽃 피우는 할아버지
015	곤도 사끼에	일본	민담	용궁에 다녀온 우라시마타로
016	곤도 사끼에	일본	민담	복숭아 동자 모모타로
017	곤도 사끼에	일본	한국설화	범일국사 탄생과 부부신이 된 정씨 여인
018	곤도 사끼에	일본	기타	딸꾹질 멈추는 법
019	곤도 사끼에	일본	민담	원숭이와 게의 싸움과 꾀많은 토끼

[25] 20161216 / 강원도 횡성군 횡성읍

자료번호	제보자	국적	자료유형	제목
001	우쿠자노바 디나	카자흐스탄	민담	말(馬)과 바꾼 세 가지 언어
002	우쿠자노바 디나	카자흐스탄	민담	노인과 지혜로운 젊은이의 동행
003	우쿠자노바 디나	카자흐스탄	민담	카즈바히의 세 가지 요술물건
004	우쿠자노바 디나	카자흐스탄	민담	용과 외눈박이를 물리친 자르뜨스트크
005	우쿠자노바 디나	카자흐스탄	민담	용감한 갠다바이와 애마(愛馬) 캐르쿠와
006	우쿠자노바 디나	카자흐스탄	기타	숫자 40의 의미

[26] 20161217 / 강원도 횡성군 횡성읍

자료번호	제보자	국적	자료유형	제목
001	수맘퐁엠마	필리핀	전설	닭이 땅을 파는 이유
002	수맘퐁엠마	필리핀	전설	거인이 누운 산
003	수맘퐁엠마	필리핀	전설	사라진 금바위
004	수맘퐁엠마	필리핀	생애담	한국에서의 결혼 생활
005	수맘퐁엠마	필리핀	생애담	죽었다가 살아난 사람
006	수맘퐁엠마	필리핀	기타	흡혈귀 아수왕
007	모우에 히로꼬	일본	민담	빨간 도깨비를 도운 파란 도깨비의 우정
008	모우에 히로꼬	일본	속담	밥 먹고 누우면 소가 된다
009	모우에 히로꼬	일본	속담	옷장의 옷을 안 입으면 비료가 된다
010	모우에 히로꼬	일본	민담	가뭄에 비를 내린 갓파의 정성
011	모우에 히로꼬	일본	민담	힘 약한 남자와 갓파의 거래
012	모우에 히로꼬	일본	기타	저승강 산즈노가와를 지키는 노부부
013	모우에 히로꼬	일본	민담	산속에 사는 식인 할머니 야만바
014	모우에 히로꼬	일본	민담	동물의 말을 알아듣는 모자
015	모우에 히로꼬	일본	민담	방귀쟁이 며느리
016	모우에 히로꼬	일본	민담	코가 길어지는 텐구의 부채
017	체아다비	캄보디아	전설	귀걸이 유래
018	체아다비	캄보디아	민담	흰 코끼리 왕의 딸
019	체아다비	캄보디아	속담	떡이 그릇보다 클 수 없다
020	체아다비	캄보디아	전설	뱀이 많이 생겨난 이유(낑껑뱀)
021	체아다비	캄보디아	전설	앙코르 와트 축조과정과 혼례 의식 유래
022	모우에 히로꼬	일본	민담	야만바와 부적 세 장
023	체아다비	캄보디아	생애담	캄보디아 모국에서의 삶
024	모우에 히로꼬	일본	민담	삿갓 쓴 돌부처
025	모우에 히로꼬	일본	전설	귀 없는 악사 호이치
026	체아다비	캄보디아	전설	야자나무와 구장덩굴

[27] 20161219 / 서울시 광진구 화양동

자료번호	제보자	국적	자료유형	제목
001	윤군 & 윤가사	중국	신화	세상을 창조한 반고와 인간을 만든 여와
002	윤군	중국	전설	하늘의 구멍을 막은 여와 돌
003	윤군 & 윤가사	중국	기타	액을 막아주는 붉은 줄
004	윤군 & 윤가사	중국	기타	중국의 살생 금기 동물
005	윤군 & 윤가사	중국	생애담	여우 퇴치하고 소심해진 강아지
008	윤군 & 윤가사	중국	민담	무시당한 막내의 과거 합격
009	윤군 & 윤가사	중국	민담	복숭아나무집 아가씨의 수수께끼
010	윤군 & 윤가사	중국	민담	편식하다 망한 양반
011	윤군	중국	생애담	금을 도둑맞은 할아버지
012	윤군	중국	속담	귀신은 노크를 네 번 한다
013	윤군 & 윤가사	중국	전설	한여름에 언 강을 건넌 누루하치

[28] 20161221 / 경기도 화성시 향남읍

자료번호	제보자	국적	자료유형	제목
001	룻파네스	필리핀	민담	원숭이와 거북이
002	룻파네스	필리핀	전설	신경초 마까히야 유래
003	룻파네스	필리핀	민담	무지개 전설
004	룻파네스	필리핀	민담	왜 해가 달을 따라가는가
005	룻파네스	필리핀	전설	바다가 짠 맛이 나는 이유
006	룻파네스	필리핀	민담	첫 번째 원숭이 유래
007	룻파네스	필리핀	전설	마우섬 유래

[29] 20170104 / 서울특별시 광진구 화양동

자료번호	제보자	국적	자료유형	제목
001	와닛차	태국	민담	아내로 변신한 거인 물리친 잔타코롬 왕자

자료번호	제보자	국적	자료유형	제목
002	와닛차	태국	전설	어머니와 결혼 할 뻔한 왕자(프라빠 톰불탑 유래)
003	와닛차	태국	전설	우사탑 바위
004	와닛차	태국	신화	곡물여신 파넷보섬
005	와닛차	태국	속담	머리를 만지지 마라
006	와닛차	태국	속담	책을 밟지 마라
007	와닛차	태국	속담	머리 쪽으로 발을 두지 마라
008	와닛차	태국	속담	밤에 손톱 깎지 마라
009	와닛차	태국	속담	밤에 휘파람 불지 마라
010	와닛차	태국	기타	빠진 이 던지는 풍습
011	와닛차	태국	속담	아기에게 예쁘다는 말을 하지 않는다
012	와닛차	태국	신화	배의 수호신 매야낭
013	와닛차	태국	전설	빠따니 신전 유래
014	와닛차	태국	기타	여자 내장 귀신 크라스

[30] 20170105 / 부산광역시 사상구 주례동

자료번호	제보자	국적	자료유형	제목
001	안나가르칸축	러시아	신화	전쟁 예고하여 가솔을 지킨 다마보이 신
008	안나가르칸축	러시아	전설	용과 싸운 영웅 다브린야 니케치치
009	안나가르칸축	러시아	민담	개구리 공주와 결혼한 이반 왕자
010	안나가르칸축	러시아	민담	염소로 변한 이반슈카와 죽음에서 소생한 알료누슈카
012	안나가르칸축	러시아	민담	불새를 잡으러 간 이반 왕자
013	안나가르칸축	러시아	민담	지혜로운 소녀 마샤와 어리석은 곰
014	안나가르칸축	러시아	민담	바바야가의 거위백조에게 잡혀간 동생을 구한 누이

[31] 20170106 / 대구광역시 중구 대안동

자료번호	제보자	국적	자료유형	제목
001	마츠다 타마미	일본	민담	마을을 부자로 만든 게으름뱅이 네타로
002	마츠자키 료코	일본	민담	우엉과 무와 당근 색의 유래
003	마츠다 타마미	일본	전설	부모의 싸움을 멈추게 한 죽은 딸의 그림
005	마츠자키 료코	일본	민담	실수로 아버지를 죽게 한 딸의 후회
006	묘엔 이치로	일본	전설	입 찢어진 여인
008	마츠자키 료코	일본	전설	화장실의 하나코상
009	마츠다 타마미	일본	민담	복숭아 동자 모모타로
010	마츠자키 료코	일본	민담	용궁에 다녀온 우라시마타로
012	마츠자키 료코	일본	민담	대나무에서 나온 가구야공주
013	묘엔 이치로	일본	민담	두루미 아내
014	마츠다 타마미	일본	전설	귀 없는 악사 호이치
015	마츠자키 료코	일본	민담	삿갓 쓴 지장보살
018	마츠자키 료코	일본	신화	양잠의 신 오시라사마
019	마츠다 타마미	일본	민담	빨간 도깨비를 도운 파란 도깨비의 우정
021	마츠자키 료코	일본	민담	설녀 유키온나
023	마츠자키 료코	일본	전설	타자와코호수 물 마시고 용이 되어버린 타츠코
024	마츠자키 료코	일본	전설	용이 되어 토와타코호수에 살게 된 하치코
025	마츠다 타마미	일본	전설	용이 준 구슬로 만들어진 섬 만주와 간주
026	마츠다 타마미	일본	전설	신라 장수를 위한 진혼제
027	마츠자키 료코	일본	전설	무사 타이라노 마사카도와 스가와라노 미츠자네의 비극
029	마츠다 타마미	일본	전설	고양이가 열두 띠에 들지 못한 이유

자료번호	제보자	국적	자료유형	제목
033	마츠다 타마미	일본	신화	가난의 신과 함께 살고자 부신을 쫓아낸 부부
036	마츠다 타마미	일본	민담	혀 잘린 참새
037	마츠다 타마미	일본	민담	혹부리 영감
038	마츠자키 료코	일본	민담	텐구의 요술 도롱이
039	마츠다 타마미	일본	민담	토끼 눈이 빨갛게 된 유래
042	마츠자키 료코	일본	신화	바위 속에 몸을 숨긴 태양신 아마테라스

[32] 20170111 / 서울특별시 광진구 화양동

자료번호	제보자	국적	자료유형	제목
001	김설화	중국(한국계)	전설	아리랑 유래
002	김설화	중국(한국계)	전설	양귀비꽃 유래
003	김설화	중국(한국계)	전설	경국지색의 여인 양귀비
004	김설화	중국(한국계)	전설	붉은 실로 인연을 맺어주는 월하노인
005	김설화	중국(한국계)	민담	이랑신과 싸워 산을 가른 조카
006	김설화	중국(한국계)	신화	용을 퇴치한 불의 신 나타
007	김설화	중국(한국계)	전설	단오 음식 쫑쯔 유래와 단오 풍습
008	김설화	중국(한국계)	전설	만리장성에서 운 맹강녀
009	김설화	중국(한국계)	민담	물고기 방생한 어부와 욕심 많은 아내
010	김설화	중국(한국계)	신화	박혁거세와 알영의 탄생
011	김설화	중국(한국계)	전설	마두금 악기 유래
012	김설화	중국(한국계)	민담	큰 물고기 물리친 작은 물고기 떼
013	김설화	중국(한국계)	전설	평강공주와 온달
014	김설화	중국(한국계)	전설	분꽃 유래
015	김설화	중국(한국계)	전설	백일홍 유래

[33] 20170112 / 서울특별시 광진구 화양동

자료번호	제보자	국적	자료유형	제목
001	황샤오링	중국	전설	나영에 대한 이야기(1)
002	황샤오링	중국	전설	나영에 대한 이야기(2)
003	황샤오링	중국	전설	나영에 대한 이야기(3)
004	황샤오링	중국	전설	어머니 때문에 실패한 영웅
005	황샤오링	중국	전설	붉은 꽃 신부
006	황샤오링	중국	전설	나영에 대한 이야기(4)
007	황샤오링	중국	전설	나영에 대한 이야기(5)
008	황샤오링	중국	전설	용과 봉황산
009	황샤오링	중국	전설	선초동 유래
010	황샤오링	중국	전설	낙파 유래
011	황샤오링	중국	전설	영웅 제린
012	황샤오링	중국	전설	수호신 온태보

[34] 20170112 / 인천광역시 부평구 삼산동

자료번호	제보자	국적	자료유형	제목
002	노마치 유카	일본	전설	대나무에서 나온 가구야공주와 후지산 유래
006	노마치 유카	일본	민담	의붓자매 고메부꾸와 아와부꾸
007	노마치 유카	일본	속담	밥 먹고 바로 자면 소가 된다
008	노마치 유카	일본	속담	밤에 휘파람을 불면 뱀이 나온다
009	노마치 유카	일본	속담	새 신발을 방 안에서 신은 뒤에 바로 밖으로 나가면 안 된다
010	노마치 유카	일본	속담	베개를 밟거나 넘어 다니지 말라
011	노마치 유카	일본	속담	밥을 남기면 눈이 부서진다
012	노마치 유카	일본	속담	빨간 펜으로 이름을 쓰면 안 된다
013	노마치 유카	일본	속담	젓가락으로 음식을 주고받지 말라
014	노마치 유카	일본	속담	옷을 반대로 입지 말라

자료번호	제보자	국적	자료유형	제목
015	노마치 유카	일본	속담	북쪽으로 베개를 놓고 자면 안 된다
016	노마치 유카	일본	속담	다른 사람의 옷에 붙은 머리카락을 떼 주면 안 된다
018	노마치 유카	일본	속담	잠꼬대하는 사람의 말에 대답하면 안 된다
022	노마치 유카	일본	속담	문지방을 밟으면 안 된다
025	노마치 유카	일본	민담	설녀 유키온나
026	노마치 유카	일본	기타	가고메 가고메 노래
027	노마치 유카	일본	기타	도랸세 놀이 노래
028	노마치 유카	일본	민담	복숭아 동자 모모타로
029	노마치 유카	일본	민담	코가 길어지는 텐구의 부채
031	노마치 유카	일본	민담	두루미 아내
033	노마치 유카	일본	민담	용궁에 다녀온 우라시마타로

[35] 20170118 / 경기도 화성군 향남읍

자료번호	제보자	국적	자료유형	제목
001	디다넬 & 포유미네	캄보디아	민담	쭈쭈 할아버지
002	디다넬 & 포유미네	캄보디아	전설	뱀이 많이 생겨난 이유(낑껑뱀)
003	디다넬 & 포유미네	캄보디아	기타	내장 귀신 압
004	디다넬 & 포유미네	캄보디아	민담	개가 귀신을 보게 된 사연
005	디다넬 & 포유미네	캄보디아	민담	귀신 집 이야기
006	디다넬 & 포유미네	캄보디아	신화	검은 할머니
007	디다넬 & 포유미네	캄보디아	생애담	결혼이야기

[36] 20170119 / 서울특별시 광진구 화양동

자료번호	제보자	국적	자료유형	제목
001	김설화	중국(한국계)	민담	백사전
002	김설화	중국(한국계)	민담	양산백과 축영대

자료번호	제보자	국적	자료유형	제목
003	김설화	중국(한국계)	민담	우랑과 직녀
004	김설화	중국(한국계)	신화	인간을 창조한 여와
005	김설화	중국(한국계)	전설	서호의 돌 향로
006	김설화	중국(한국계)	민담	은혜 갚은 까치
007	김설화	중국(한국계)	민담	돌밭에서 건진 화수분
008	김설화	중국(한국계)	민담	도깨비와 힘센 며느리의 씨름 시합
009	김설화	중국(한국계)	민담	방귀쟁이 며느리
010	김설화	중국(한국계)	민담	쇠 먹는 불가사리

[37] 20170203 / 서울특별시 광진구 화양동

자료번호	제보자	국적	자료유형	제목
001	패트리시아	파라과이	전설	거미줄 모양의 레이스 얀도띠 유래
002	패트리시아	파라과이	전설	전통 마떼차 유래
003	패트리시아	파라과이	신화	돗바 신을 화나게 한 따우와 게라나
004	패트리시아	파라과이	전설	거대한 마리아상의 유래
005	패트리시아	파라과이	전설	파라과이의 유명한 빵 수프의 유래
006	패트리시아	파라과이	생애담	아버지가 내쫓은 뽀라 귀신
007	패트리시아	파라과이	기타	파라과이만의 키스
008	패트리시아	파라과이	기타	시월 초하루에 먹는 음식 조빠라

[38] 20170207 / 서울특별시 광진구 화양동

자료번호	제보자	국적	자료유형	제목
001	아쑤바이에바	카자흐스탄	민담	카자흐스탄에 여섯 개의 동물 띠가 있는 이유
002	아쑤바이에바	카자흐스탄	기타	돼지를 먹으면 안 되는 이유
003	아쑤바이에바	카자흐스탄	민담	둥근 빵 칼라복과 꾀쟁이 여우
004	아쑤바이에바	카자흐스탄	전설	독립 영웅 카반바이바트르 전사

자료번호	제보자	국적	자료유형	제목
005	아쑤바이에바	카자흐스탄	민담	추위의 신 마로쓰
006	아쑤바이에바	카자흐스탄	민담	러시아 도깨비 조르트
007	아쑤바이에바	카자흐스탄	속담	재봉을 하기 전에 일곱 번 확인하고 한 번에 잘라라
008	아쑤바이에바	카자흐스탄	기타	이슬람의 설날 음식 나우르스 코제
009	아쑤바이에바	카자흐스탄	기타	밤에 쓰레기를 버리면 안 된다
010	아쑤바이에바	카자흐스탄	기타	나쁜 일이 생기지 않도록 나무를 세 번 두드리고 왼쪽 어깨로 돌아본 후 침을 뱉는다

[39] 20170219 / 전라북도 고창군 심원면

자료번호	제보자	국적	자료유형	제목
001	을찌마	몽골	기타	몽골의 문화
004	을찌마	몽골	민담	다섯 보살 덕분에 잘 살았던 바보
007	을찌마	몽골	민담	지혜 있는 까치의 말을 알아듣고 잘 살게 된 남자
008	을찌마	몽골	생애담	다문화 가정의 부모로서 느끼는 양육 문제

[40] 20170220 / 광주광역시 북구 금남동

자료번호	제보자	국적	자료유형	제목
001	바수무쿨	인도	생애담	한국 이주를 결심한 계기
002	바수무쿨	인도	생애담	식사 예절의 차이로 인한 에피소드
003	바수무쿨	인도	생애담	손으로 먹는 것에 대한 편견
004	바수무쿨	인도	기타	카스트 제도에 대한 오해
005	바수무쿨	인도	생애담	출산 후 소고기로 미역국을 끓여 준 시어머니를 원망한 필리핀 며느리
006	바수무쿨	인도	기타	인도의 삼신
007	바수무쿨	인도	기타	시바신의 가계

자료번호	제보자	국적	자료유형	제목
008	바수무쿨	인도	신화	가네샤의 얼굴이 코끼리인 이유(1)
009	바수무쿨	인도	신화	가네샤의 얼굴이 코끼리인 이유(2)

[41] 20170221 / 서울시 중구 광희동

자료번호	제보자	국적	자료유형	제목
001	옵샤코바야나	우즈베키스탄	민담	기러기와 여우
002	옵샤코바야나	우즈베키스탄	민담	미운 거위 새끼
003	옵샤코바야나	우즈베키스탄	민담	쫓겨난 강아지를 도와준 늑대

[42] 20170223 / 인천광역시 부평구 갈산동

자료번호	제보자	국적	자료유형	제목
001	바야르사이한	몽골	생애담	남편을 따라 한국에 오게 된 사연
003	바야르사이한	몽골	전설	마두금(머릉호르) 악기 유래
005	바야르사이한	몽골	기타	몽골인들의 말 사랑
006	바야르사이한	몽골	전설	낙타의 뿔이 없어진 이유
008	바야르사이한	몽골	기타	몽골의 명절 풍습
010	바야르사이한	몽골	전설	징기스칸 어머니의 지혜
013	바야르사이한	몽골	민담	거짓말쟁이 따승호타츠
015	바야르사이한	몽골	전설	낙타의 귀가 작고 당나귀 귀는 크게 된 유래
016	바야르사이한	몽골	전설	소의 신장이 여러 색으로 된 유래
018	바야르사이한	몽골	전설	물심부름 나왔다가 달 속으로 가버린 아이
019	바야르사이한	몽골	전설	까마귀 울음소리 유래
021	바야르사이한	몽골	민담	우물에 빠진 달을 건진 바보
022	바야르사이한	몽골	민담	왕의 종을 훔치려 한 바보
023	바야르사이한	몽골	민담	지혜로 명마를 되찾은 사람

[43] 20170313 / 충청남도 천안시 동남구

자료번호	제보자	국적	자료유형	제목
001	노로브냠	몽골	민담	꾀 많은 여우와 어리석은 늑대
002	노로브냠	몽골	민담	바보 늑대
003	노로브냠	몽골	민담	동물들의 나이 자랑
004	노로브냠	몽골	전설	징기스칸 어머니의 지혜
005	노로브냠	몽골	민담	용감한 사자
006	노로브냠	몽골	민담	어리석은 사자
007	노로브냠	몽골	신화	몽골의 조상 푸른 늑대
008	노로브냠	몽골	민담	유스걸데이 할아버지
009	노로브냠	몽골	민담	염라대왕을 속인 등징후
010	노로브냠	몽골	속담	까치가 울면 손님이 온다
011	노로브냠	몽골	속담	비가 온 후 우비를 쓴다
012	노로브냠	몽골	기타	겨울 추위와 숫자 9
013	노로브냠	몽골	신화	사계절이 생긴 이유
014	노로브냠	몽골	전설	자장가 유래
015	노로브냠	몽골	민담	아이들을 잡아가는 망그스
016	노로브냠	몽골	기타	골짜기 속 놋쇠 국자와 마른 불 속 금
017	노로브냠	몽골	민담	의적 더러밴드
018	노로브냠	몽골	신화	마모스 기원 신화
019	노로브냠	몽골	신화	메르겡 신화
020	노로브냠	몽골	기타	몽골의 장례문화

[44] 20170319 / 부산광역시 진구동 서면

자료번호	제보자	국적	자료유형	제목
001	권경숙	중국(한국계)	민담	까마귀의 지혜
002	권경숙	중국(한국계)	민담	토끼와 거북이
003	권경숙	중국(한국계)	민담	산을 옮긴 우공
005	권경숙	중국(한국계)	전설	백사전

자료번호	제보자	국적	자료유형	제목
011	권경숙	중국(한국계)	민담	소년 병사 장가
016	권경숙	중국(한국계)	전설	숫자 250이 욕이 된 이유
017	권경숙	중국(한국계)	기타	중국의 설 문화
019	권경숙	중국(한국계)	기타	중국의 저승관
022	권경숙	중국(한국계)	기타	만두에 관한 속신

[45] 20170324 / 강원도 원주시 개운동

자료번호	제보자	국적	자료유형	제목
001	수흐바타르	몽골	전설	맑은 타미르강 유래
002	수흐바타르	몽골	전설	마두금 악기 유래
003	수흐바타르	몽골	기타	불귀신 순쓰
004	수흐바타르	몽골	민담	나무 아래 사이좋은 동물들
005	수흐바타르	몽골	전설	낙타가 열두 띠에 들지 못한 이유
006	수흐바타르	몽골	전설	호랑이 털이 얼룩덜룩한 이유
007	수흐바타르	몽골	민담	둥근 빵 칼라복과 꾀쟁이 여우
008	수흐바타르	몽골	민담	커다란 순무
009	수흐바타르	몽골	민담	물고기 방생한 어부와 욕심 많은 아내(1)
010	수흐바타르	몽골	민담	구두 한 짝을 잃은 공주

[46] 20170324 / 서울특별시 광진구 화양동

자료번호	제보자	국적	자료유형	제목
001	아쑤바이에바 & 사니아	카자흐스탄	기타	카자흐스탄의 문화와 역사
002	아쑤바이에바 & 사니아	카자흐스탄	기타	카자흐스탄의 여유로운 분위기와 결혼 풍경
003	사니아	카자흐스탄	민담	코즈코르페시와 바얀술루의 슬픈 사랑

자료번호	제보자	국적	자료유형	제목
004	사니아	카자흐스탄	민담	정신을 빼앗긴 노예 망고르트
005	아쑤바이에바 & 사니아	카자흐스탄	기타	동쪽 부족 나이만
006	아쑤바이에바 & 사니아	카자흐스탄	기타	남쪽 부족의 혼인 풍습과 정절 의식
007	아쑤바이에바 & 사니아	카자흐스탄	전설	투르크 민족의 전사 알파무스
008	아쑤바이에바 & 사니아	카자흐스탄	민담	소금과 동물의 갈비 그리고 회전초
009	아쑤바이에바	카자흐스탄	기타	손톱은 밤에 깎으면 안 된다
010	아쑤바이에바	카자흐스탄	기타	문지방을 밟으면 안 된다
011	아쑤바이에바 & 사니아	카자흐스탄	기타	왼손은 부정을 탄다
012	아쑤바이에바 & 사니아	카자흐스탄	기타	아기가 태어난 40일 후에나 볼 수 있다
013	아쑤바이에바 & 사니아	카자흐스탄	기타	소금을 엎지르면 싸움이 난다
014	아쑤바이에바 & 사니아	카자흐스탄	기타	아기가 처음 걸을 때 두 다리를 실로 묶은 후 존경 받는 사람이 자른다
015	아쑤바이에바 & 사니아	카자흐스탄	기타	노간주 나무로 집을 털어내야 나쁜 액이 없어진다
016	아쑤바이에바	카자흐스탄	민담	게으른 형제
017	사니아	카자흐스탄	민담	게으른 삼형제
018	아쑤바이에바 & 사니아	카자흐스탄	기타	집을 지키는 신 다마보이
019	아쑤바이에바 & 사니아	카자흐스탄	민담	욕심 많은 사람
020	아쑤바이에바 & 사니아	카자흐스탄	기타	눈썹만이 너를 지킬 수 있다
021	아쑤바이에바 & 사니아	카자흐스탄	기타	기도와 천국

자료번호	제보자	국적	자료유형	제목
022	아쑤바이에바 & 사니아	카자흐스탄	기타	문지방 사이를 두고 인사하면 안 된다
023	아쑤바이에바 & 사니아	카자흐스탄	기타	수요일에는 행운이 온다
024	아쑤바이에바	카자흐스탄	기타	휘파람을 집에서 불면 집 안이 텅 비게 된다
025	아쑤바이에바 & 사니아	카자흐스탄	기타	오른쪽 귀가 간지러워지면 누군가 내 칭찬을 하고 왼쪽 귀가 간지러워지면 누군가 내 욕을 한다
026	아쑤바이에바 & 사니아	카자흐스탄	기타	오른손이 가려우면 돈이 들어오고 왼손이 가려우면 돈이 나간다
027	아쑤바이에바 & 사니아	카자흐스탄	기타	월요일에는 먼 길을 떠나지 마라
028	아쑤바이에바 & 사니아	카자흐스탄	기타	같은 이름의 사람 사이에 앉으면 소원이 이루어진다
029	아쑤바이에바 & 사니아	카자흐스탄	기타	머리를 문 쪽으로 두면 안 된다
030	아쑤바이에바	카자흐스탄	기타	밤에 밖에 쓰레기를 버리지 마라
031	아쑤바이에바 & 사니아	카자흐스탄	기타	해가 질 때 자면 악몽을 꾼다
032	아쑤바이에바 & 사니아	카자흐스탄	기타	밥 먹을 때 거울을 보지 마라
033	아쑤바이에바	카자흐스탄	기타	해가 뜨기 전에는 가족에게는 악몽을 얘기하지마라
034	아쑤바이에바 & 사니아	카자흐스탄	기타	밥 먹을 때 말하지도 말고 듣지도 마라
035	아쑤바이에바 & 사니아	카자흐스탄	기타	이유가 없이 웃으면 바보가 된다
036	아쑤바이에바 & 사니아	카자흐스탄	기타	코르트 과자로 나눈 인정
037	아쑤바이에바	카자흐스탄	기타	텅 빈 물통을 들고 오는 여자를 만나면 실패를 맛보게 된다

자료번호	제보자	국적	자료유형	제목
038	아쑤바이에바	카자흐스탄	기타	숟가락이 떨어지면 손님이 온다
039	아쑤바이에바 & 사니아	카자흐스탄	기타	아기가 바라보는 곳에서 손님이 온다
040	아쑤바이에바 & 사니아	카자흐스탄	기타	제비는 복
041	아쑤바이에바 & 사니아	카자흐스탄	기타	복을 상징하는 일곱 동물

[47] 20170324 / 경상북도 경산시 사동

자료번호	제보자	국적	자료유형	제목
001	마츠다 타마미	일본	민담	대나무에서 나온 가구야공주
002	마츠다 타마미	일본	전설	소년장사 킨타로
003	마츠다 타마미	일본	민담	엄지동자 잇슨보시
005	마츠다 타마미	일본	민담	접시를 세는 하녀의 원한
006	마츠다 타마미	일본	생애담	기숙사의 귀신
008	마츠다 타마미	일본	전설	후쿠시마로 가는 손님
010	마츠다 타마미	일본	민담	너구리가 변한 주전자
011	마츠다 타마미	일본	민담	못된 너구리와 꾀많은 토끼

[48] 20170405 / 충청북도 충주시 단월동

자료번호	제보자	국적	자료유형	제목
1	주경화	중국(한국계)	민담	양산백과 축영대
2	주경화	중국(한국계)	전설	두견새 유래
3	주경화	중국(한국계)	민담	서유기 손오공 편
4	주경화	중국(한국계)	민담	서유기 저팔계 편
5	주경화	중국(한국계)	민담	서유기 사오정 편
6	주경화	중국(한국계)	전설	울음으로 만리장성 무너뜨린 맹강녀
7	주경화	중국(한국계)	전설	진시황제가 여자를 믿지 못했던 이유

자료번호	제보자	국적	자료유형	제목
8	주경화	중국(한국계)	민담	우랑과 직녀
9	주경화	중국(한국계)	민담	산을 옮긴 우공
10	주경화	중국(한국계)	전설	사마광과 물항아리
11	주경화	중국(한국계)	전설	단오 음식 쫑쯔 유래

[49] 20170415 / 전라북도 진안군 진안읍

자료번호	제보자	국적	자료유형	제목
001	서청록	중국(한국계)	민담	산소에서의 낮잠
002	서청록	중국(한국계)	생애담	산소귀신
003	서청록	중국(한국계)	전설	나무귀신
004	서청록	중국(한국계)	민담	산을 옮긴 우공
005	서청록	중국(한국계)	민담	팬더에 관한 재담
006	서청록	중국(한국계)	민담	물고기에 관한 재담
007	서청록	중국(한국계)	기타	고양이가 시신을 넘어가면 안 된다
008	서청록	중국(한국계)	기타	민간신앙
009	서청록	중국(한국계)	생애담	한국 이주담
010	서청록	중국(한국계)	전설	마오쩌뚱과 장개석
011	서청록	중국(한국계)	전설	백두산 괴물

[50] 20170428 / 강원도 원주시 개운동

자료번호	제보자	국적	자료유형	제목
001	수흐바타르	몽골	민담	대스승이 된 유목민 아들

[51] 20170501 / 인천광역시 부평구 삼산동

자료번호	제보자	국적	자료유형	제목
001	노마치 유카	일본	기타	지장보살 오지조사마에 대한 믿음
002	노마치 유카	일본	민담	삿갓 쓴 지장보살

자료번호	제보자	국적	자료유형	제목
003	노마치 유카	일본	신화	물에 빠진 아이를 구해준 지장보살
004	노마치 유카	일본	민담	나무부처 호토케사마 덕분에 부자된 사람
005	노마치 유카	일본	민담	관음보살 관논사마의 현몽으로 부자된 총각
006	노마치 유카	일본	전설	선인의 현몽으로 부자가 된 사람
007	노마치 유카	일본	전설	치수로 홍수 구제한 교키 스님
008	노마치 유카	일본	신화	칠복신 시치후쿠진을 재워주고 부자된 사람
009	노마치 유카	일본	기타	상인의 신 에비스와 머리를 좋게 만드는 다이코쿠
010	노마치 유카	일본	전설	복고양이 마네키네코 유래
011	노마치 유카	일본	신화	가난의 신 민보가미를 재워주고 보물 얻은 사람
012	노마치 유카	일본	신화	가난의 신 민보가미가 두고 간 선물
013	노마치 유카	일본	전설	우물에 빠진 천둥신 카미나리사마
014	노마치 유카	일본	기타	오니와 관련된 풍습
015	노마치 유카	일본	민담	야만바와 부적 세 장
016	노마치 유카	일본	민담	혹부리 영감
017	노마치 유카	일본	민담	꽃 피우는 할아버지
018	노마치 유카	일본	기타	추석에 물신에게 올리는 음식과 조상신을 위한 봉오도리 춤
019	노마치 유카	일본	민담	엄지동자 잇슨보시

[52] 20170511 / 경기도 수원시 영통구 매탄동

자료번호	제보자	국적	자료유형	제목
001	이데이 유미	일본	민담	복숭아 동자 모모타로
002	이데이 유미	일본	민담	용궁에 다녀온 우라시마타로
003	이데이 유미	일본	민담	토끼와 거북이의 경주

자료번호	제보자	국적	자료유형	제목
004	이데이 유미	일본	민담	선녀와 나무꾼
005	이데이 유미	일본	민담	두루미 아내
006	이데이 유미	일본	민담	혹부리 영감
007	이데이 유미	일본	민담	원숭이와 게의 싸움
008	이데이 유미	일본	기타	물귀신 갓파
009	이데이 유미	일본	기타	혀를 뽑아가는 염라대왕
010	이데이 유미	일본	기타	사람으로 변신하는 너구리와 여우
011	이데이 유미	일본	민담	엄지동자 잇슨보시
012	이데이 유미	일본	민담	혀 잘린 참새

[53] 20170512 / 서울특별시 광진구 화양동

자료번호	제보자	국적	자료유형	제목
001	사니아	카자흐스탄	전설	바이칼 호수
002	아쑤바이에바	카자흐스탄	전설	마르카콜 호수
003	사니아	카자흐스탄	전설	수염 없는 사기꾼 알다르코세
004	아쑤바이에바	카자흐스탄	민담	가축의 신 잰기 바바
005	아쑤바이에바	카자흐스탄	민담	악마 알바스트
006	아쑤바이에바	카자흐스탄	민담	뱀파이어 제스트르낙과 소릴
007	아쑤바이에바 & 사니아	카자흐스탄	민담	악귀 칸아약
008	아쑤바이에바 & 사니아	카자흐스탄	민담	물귀신 우베
009	아쑤바이에바 & 사니아	카자흐스탄	민담	물귀신 굴드르그식
010	아쑤바이에바 & 사니아	카자흐스탄	민담	마녀 김플
011	아쑤바이에바 & 사니아	카자흐스탄	민담	아이들을 잡아가는 무스탄 김플
012	아쑤바이에바	카자흐스탄	민담	용이 된 100년 뱀 아이다 하르

자료번호	제보자	국적	자료유형	제목
013	아쑤바이에바	카자흐스탄	기타	외눈박이 거인 데브
014	아쑤바이에바 & 사니아	카자흐스탄	기타	좋은 지니와 나쁜 지니 샤이탄
015	아쑤바이에바 & 사니아	카자흐스탄	기타	귀신 쫓는 풀 아드라스판
016	아쑤바이에바 & 사니아	카자흐스탄	속담	떠돌이는 회전초이다
017	아쑤바이에바 & 사니아	카자흐스탄	기타	복을 주는 하드라탄 할아버지
018	아쑤바이에바 & 사니아	카자흐스탄	기타	라마단
019	아쑤바이에바 & 사니아	카자흐스탄	민담	바보 늑대

[54] 20170515 / 경기도 수원시 장안구

자료번호	제보자	국적	자료유형	제목
001	류정애	중국(한국계)	생애담	결혼과 문화적응
002	류정애	중국(한국계)	민담	견우와 직녀
003	류정애	중국(한국계)	속담	까마귀를 보면 침 뱉어야 나쁜 일이 생기지 않는다
004	류정애	중국(한국계)	신화	태양을 쏜 허위
005	류정애	중국(한국계)	전설	월병 유래
006	류정애	중국(한국계)	민담	열두 띠 동물과 천적
007	류정애	중국(한국계)	전설	빨간 종이로 물리친 괴물 니엔
008	류정애	중국(한국계)	전설	열녀 맹강녀
009	류정애	중국(한국계)	민담	양산백과 축영대

[55] 20170527 / 광주광역시 동구 계림동

자료번호	제보자	국적	자료유형	제목
001	바수무쿨	인도	기타	인도 신화의 정수 라마야나, 마하바라타, 바가밧기타
002	바수무쿨	인도	신화	비슈누의 환신 라마의 영웅서사시 라마야나
003	바수무쿨	인도	신화	비슈누의 환신 크리슈나의 영웅서사시 마하바라타

[56] 20170602 / 강원도 원주시 개운동

자료번호	제보자	국적	자료유형	제목
001	수흐바타르	몽골	전설	징기스칸 어머니의 지혜
002	수흐바타르	몽골	전설	징기스칸 양아들이 된 차강
003	수흐바타르	몽골	전설	몽골 모자가 새 모양인 이유
004	수흐바타르	몽골	민담	물고기 방생한 어부와 욕심 많은 아내(2)
005	수흐바타르	몽골	민담	도둑 잡은 남질
006	수흐바타르	몽골	민담	여우와 늑대의 나이 자랑
007	수흐바타르	몽골	민담	꾀를 써서 치즈를 빼앗은 여우
008	수흐바타르	몽골	전설	까마귀가 검은 이유
009	수흐바타르	몽골	민담	늑대에게 알을 빼앗긴 까치
010	수흐바타르	몽골	민담	아내 개심시킨 효자의 지혜

[57] 20170603 / 전라남도 진도 진도읍

자료번호	제보자	국적	자료유형	제목
001	호티홍녀 & 엔티터번 & 메리안	베트남 & 필리핀	생애담	임신과 출산 육아 과정에서의 상처와 가족 사랑
002	엔티터번	베트남	민담	강가에 사는 귀신의 신부
003	엔티터번	베트남	민담	아빠를 부르는 죽은 아이의 목소리

자료번호	제보자	국적	자료유형	제목
004	호티홍녀	베트남	전설	쩌우까우 유래
005	호티홍녀	베트남	전설	어머니 구제한 효녀 율란
006	엔티터번 & 메리안	베트남 & 필리핀	기타	여자 내장 귀신 말라이(베트남)와 마라낭갈(필리핀)
007	호티홍녀	베트남	전설	두꺼비가 이를 갈면 비가 오는 이유
008	호티홍녀 & 엔티터번	베트남	전설	쥐가 열두 띠의 첫 번째가 된 이유
009	엔티터번	베트남	전설	검은 할머니 산 누이바냉

[58] 20170811 / 경기도 가평군 청평면

자료번호	제보자	국적	자료유형	제목
001	쩐티아이쑤언	베트남	전설	쩌우까우 유래
002	쩐티아이쑤언	베트남	생애담	베트남과 한국 문화의 차이
003	쩐티아이쑤언	베트남	기타	베트남의 임산부 금기 관습

[59] 20170921 / 서울특별시 마포구 신수동

자료번호	제보자	국적	자료유형	제목
001	리칭후아	중국	생애담	한국 정착 과정
002	리칭후아	중국	전설	가목사 유래
003	리칭후아	중국	신화	하늘을 연 반고
004	리칭후아	중국	신화	인간을 창조한 여와
005	리칭후아	중국	신화	시조가 된 남매 복희와 여와
006	리칭후아	중국	신화	태양을 쏜 후예
007	리칭후아	중국	신화	달의 여인이 된 항아
008	리칭후아	중국	민담	견우와 직녀
009	리칭후아	중국	전설	열녀 맹강녀
010	리칭후아	중국	민담	양산백과 축영대
011	리칭후아	중국	민담	해와 달이 된 오누이

[60] 20170922 / 인천광역시 중구 운서동

자료번호	제보자	국적	자료유형	제목
001	발누라	카자흐스탄	생애담	한국 정착 과정
002	발누라	카자흐스탄	전설	부라바이호수의 수수께끼 돌
003	발누라	카자흐스탄	기타	카자흐스탄의 대부 문화와 결혼 문화
004	발누라	카자흐스탄	전설	악사 코르타티라
005	발누라	카자흐스탄	민담	거짓말쟁이 알다르코세
006	발누라	카자흐스탄	기타	카자흐스탄의 며느리문화

[61] 20170924 / 경기도 의정부시 민락동

자료번호	제보자	국적	자료유형	제목
001	응웬후우통	베트남	생애담	취업과정과 한국 정착기
002	응웬후우통	베트남	민담	나라를 구한 아기장수 용이
003	응웬후우통	베트남	전설	두꺼비가 이를 갈면 비가 오는 이유
004	응웬후우통	베트남	민담	아내 개심시킨 효자의 지혜

[62] 20170924 / 경기도 의정부시 민락동

자료번호	제보자	국적	자료유형	제목
001	기리라주	네팔	생애담	한국인 아내와의 연애와 결혼담
002	기리라주	네팔	기타	네팔의 민간요법
003	기리라주	네팔	생애담	형의 간경화 치병 의례
004	기리라주	네팔	기타	계급에 따른 식용 고기의 종류와 염소 잡는 방법
005	기리라주	네팔	생애담	신이 기도를 들어주지 않은 이유
006	기리라주	네팔	기타	네팔 만두 모모
007	기리라주	네팔	기타	힌두교에 대한 네팔인의 인식
008	기리라주	네팔	생애담	민가에 나타난 호랑이
009	기리라주	네팔	민담	버팔로와 호랑이의 대결

자료번호	제보자	국적	자료유형	제목
010	기리라주	네팔	민담	쿠마리 귀신과 혼숙한 남자
011	기리라주	네팔	생애담	변소가 없던 시절의 네팔 모습
012	기리라주	네팔	속담	침을 모으면 강이 된다
013	기리라주	네팔	생애담	방귀냄새 때문에 이혼한 부부
014	기리라주	네팔	기타	네팔 결혼식에 올리는 음식
015	기리라주	네팔	기타	쿠마리의 의미

[63] 20171014 / 경기도 안산시 단원구 원곡동

자료번호	제보자	국적	자료유형	제목
001	전티흐엉	베트남	생애담	한국이주내력
002	전티흐엉	베트남	전설	환검호수
003	전티흐엉	베트남	민담	형제와 별나무
004	렉가나	캄보디아	생애담	결혼과정과 정착과정
005	렉가나	캄보디아	전설	여자산 남자산
006	렉가나	캄보디아	전설	뱀이 많이 생겨난 이유(낑껑뱀)
007	렉가나	캄보디아	전설	구렁이 독은 왜 없어졌을까
008	티엔옌	중국	신화	바다를 길들인 나타
009	티엔옌	중국	신화	신농씨의 백초
010	티엔옌	중국	민담	견우와 직녀
011	티엔옌	중국	민담	늑대가 왔어요
012	티엔옌	중국	속담	호가호위

[64] 20171021 / 경기도 안산시 단원구 원곡동

자료번호	제보자	국적	자료유형	제목
001	수산티	인도네시아	전설	뒤집어진 배 산과 엄마 산 땅구반 쁘라후
002	샤히스타	우즈베키스탄	민담	황금사과

자료번호	제보자	국적	자료유형	제목
003	샤히스타	우즈베키스탄	민담	동그란 반죽 칼라복과 꾀쟁이 여우
004	샤히스타	우즈베키스탄	민담	의붓자매 줌라트와 흠마트
005	사이암낫	태국	전설	메콩강 용의 불구슬
006	수산티	인도네시아	민담	의붓자매 바왕 메라와 바왕 뿌띠
007	수산티	인도네시아	기타	바다에서 초록색 옷을 입으면 안 된다
008	수산티	인도네시아	속담	밤에 빗자루로 쓸면 바보가 되고 아침에 쓸면 돈을 못 번다
009	샤히스타	우즈베키스탄	기타	새벽에 문을 열고 인사하면 복이 온다
010	사이암낫	태국	민담	머리카락에서 향기가 나는 여인

[65] 20171021 / 경기도 안산시 단원구 원곡동

자료번호	제보자	국적	자료유형	제목
001	박영숙	중국(한국계)	민담	마량의 신기한 붓
002	박영숙	중국(한국계)	전설	사마광과 물항아리
003	박영숙	중국(한국계)	민담	엄이도령
004	허율리나	우즈베키스탄	전설	사마르칸트의 썩지 않는 빵
005	허율리나	우즈베키스탄	전설	나브로스 날에 수말락을 먹게 된 이유
006	허율리나	우즈베키스탄	민담	물고기 방생한 어부와 욕심 많은 아내
007	박영숙	중국(한국계)	민담	물고기 방생한 어부와 욕심 많은 아내
008	허율리나	우즈베키스탄	민담	겨울 할아버지 마로스카
009	토리카이 쿠미코	일본	민담	원숭이와 게의 싸움
010	토리카이 쿠미코	일본	민담	두루미 아내
011	토리카이 쿠미코	일본	민담	용궁에 다녀온 우라시마타로
012	토리카이 쿠미코	일본	민담	꽃 피우는 할아버지
013	토리카이 쿠미코	일본	민담	복숭아 동자 모모타로
014	박영숙	중국(한국계)	전설	동곽선생과 늑대
015	박영숙	중국(한국계)	민담	세 스님

[66] 20171028 / 전라남도 순천시 해룡면

자료번호	제보자	국적	자료유형	제목
001	강투무르 & 솔롱고	몽골	생애담	한국인과의 연애와 결혼
002	강투무르	몽골	한국설화	해와 달이 된 오누이

[67] 20171029 / 전라남도 순천시 조곡동

자료번호	제보자	국적	자료유형	제목
001	마리셀	필리핀	생애담	어머니 앞에 나타나는 죽은 이모와 땅속의 흰 난쟁이
002	마리셀 & 마이린	필리핀	기타	필리핀의 민간요법
003	마이린	필리핀	생애담	큰 나무 거인신의 거래
004	마리셀 & 마이린 & 니사	필리핀	기타	태아를 먹는 아수왕
005	마리셀	필리핀	생애담	어머니에게 빙의하여 꾸짖은 흰 난쟁이
006	니사	필리핀	생애담	신의 몸주가 된 아버지

[68] 20171029 / 전라남도 순천시 해룡면

자료번호	제보자	국적	자료유형	제목
001	나우봉	태국	전설	메콩강 용의 불구슬
002	나우봉	태국	전설	프라카농의 매낙 귀신
003	나우봉	태국	기타	태국의 장례 문화
004	나우봉	태국	전설	작은 도시락과 아들의 참회
005	나우봉	태국	민담	금소라 아이 쌍텅
006	나우봉	태국	기타	태국의 나눔 문화
007	나우봉 & 누자리	태국	기타	내장 귀신 가스와 뻑
008	나우봉 & 누자리	태국	전설	소원 들어주는 따키안 나무(1)
009	나우봉	태국	기타	태국의 로켓 기우제

[69] 20171102 / 인천광역시 미추홀구 용현동

자료번호	제보자	국적	자료유형	제목
001	융티탄 프엉	베트남	생애담	유학생으로서의 삶
002	융티탄 프엉	베트남	민담	형제와 별나무
003	융티탄 프엉 & 백옥장	베트남	민담	의붓자매 떰과 깜
004	융티탄 프엉 & 백옥장	베트남	생애담	한국 유학생활
005	융티탄 프엉 & 백옥장	베트남	전설	나라 구하고 승천한 거인 영웅 댕잠
006	융티탄 프엉 & 백옥장	베트남	전설	두꺼비가 이를 갈면 비가 오는 이유
007	융티탄 프엉 & 백옥장	베트남	신화	산신과 수신

[70] 20171108 / 서울특별시 강북구 수유동

자료번호	제보자	국적	자료유형	제목
001	동순옥	중국(한국계)	전설	만두 가게로 성공한 꼬블리(고귀우)
002	권화 & 동순옥	중국(한국계)	생애담	결혼과 출산
003	권화	중국(한국계)	전설	동곽선생과 은혜를 모르는 뱀
004	권화	중국(한국계)	전설	남곽선생과 남우충수 고사 유래
005	권화	중국(한국계)	민담	물고기 방생한 어부와 욕심 많은 아내
006	권화	중국(한국계)	전설	단오 음식 쫑쯔 유래
007	동순옥	중국(한국계)	기타	중국 지역별 음식문화
008	권화	중국(한국계)	기타	신강 소수민족의 음식문화
009	동순옥	중국(한국계)	기타	유목민의 생활문화와 특성

[71] 20171108 / 경기도 화성시 향남읍

자료번호	제보자	국적	자료유형	제목
001	룻파네스	필리핀	민담	신데렐라 아바디하

자료번호	제보자	국적	자료유형	제목
002	룻파네스	필리핀	기타	짐승 카프리
003	룻파네스	필리핀	기타	악몽 귀신 바티바트
004	룻파네스	필리핀	민담	까마귀와 개
005	룻파네스	필리핀	민담	파인애플이 된 아이
006	룻파네스	필리핀	신화	목걸이와 빗을 가진 여자
007	룻파네스	필리핀	기타	시그빈 괴물
008	룻파네스	필리핀	기타	물귀신 벨벨루까
009	룻파네스	필리핀	기타	시체를 먹는 발발 귀신
010	룻파네스	필리핀	생애담	결혼과 새로운 삶

[72] 20171112 / 충청북도 청주시 가경동

자료번호	제보자	국적	자료유형	제목
001	이화	중국(한국계)	생애담	결혼이야기
002	이화	중국(한국계)	신화	세상을 창조한 반고
003	이화	중국(한국계)	신화	하늘의 구멍을 메운 여와
004	이화	중국(한국계)	전설	달의 여인이 된 항아와 월병 유래
005	이화	중국(한국계)	전설	울음으로 만리장성 무너뜨린 맹강녀
006	이화	중국(한국계)	전설	흑룡강 유래
007	이화	중국(한국계)	민담	황금구두 한 짝을 잃어버린 예센
008	이화	중국(한국계)	민담	은혜 갚은 족제비
009	이화	중국(한국계)	민담	변신 호랑이를 물리친 자매

[73] 20171113 / 충청북도 청주시 가경동

자료번호	제보자	국적	자료유형	제목
001	팜티루엔	베트남	생애담	결혼 이야기
002	팜티루엔	베트남	전설	하늘과 땅을 닮은 떡 반쯩과 반자이
003	팜티루엔	베트남	신화	백 개의 알을 낳은 시조신 락롱꿘과 어우꺼

[74] 20171118 / 전라남도 순천시 해룡면

자료번호	제보자	국적	자료유형	제목
001	나우봉	태국	민담	머리카락에서 향기 나는 여인 낭봄험
002	누자리	태국	전설	링산과 지탭 도시 유래
003	누자리	태국	전설	소원 들어주는 따키안 나무(2)
004	누자리	태국	전설	낭봄험탑과 흰코끼리탑
005	누자리	태국	전설	바삿강의 바삿다리 전설
006	누자리	태국	민담	열두 자매 낭십성과 여자 거인
007	누자리	태국	기타	태국의 민간요법
008	나우봉	태국	민담	열두 자매 낭십성과 거인의 딸 메리

[75] 20171118 / 전라남도 순천시 해룡면

자료번호	제보자	국적	자료유형	제목
001	쏘딴따아웅	미얀마	기타	미얀마 문화와 축제
002	쏘딴따아웅	미얀마	민담	공작의 깃털을 부러워한 까마귀
003	쏘딴따아웅	미얀마	민담	함정에 빠진 원숭이 무리를 구한 부처 환생 원숭이
004	쏘딴따아웅	미얀마	기타	더딘쫏 축제와 까테이 기부 축제
005	쏘딴따아웅	미얀마	민담	두 장사꾼과 금컵
006	쏘딴따아웅	미얀마	민담	의붓자매와 어부의 딸
007	쏘딴따아웅	미얀마	전설	절구에 나무가 생긴다는 말의 유래
008	쏘딴따아웅	미얀마	기타	미얀마의 식사문화와 금기문화
009	쏘딴따아웅	미얀마	생애담	화장 직전에 살아난 여인
010	쏘딴따아웅	미얀마	생애담	죽은 군인의 노잣돈
011	쏘딴따아웅	미얀마	민담	천국으로 간 운전기사와 지옥으로 간 목사
012	쏘딴따아웅	미얀마	기타	미얀마의 음식문화와 불교문화

[76] 20171122 / 경기도 안산시 상록구 본오동

자료번호	제보자	국적	자료유형	제목
001	플레나	인도네시아	전설	물고기 아내와 토바호수
002	플레나	인도네시아	민담	의붓자매 바왕 메라와 바왕 뿌띠

[77] 20171129 / 서울특별시 중구 필동

자료번호	제보자	국적	자료유형	제목
001	파드마	인도	민담	구루 딸의 결혼식과 열세 명의 시슐루
002	파드마	인도	민담	독이 든 라듀를 먹은 시슐루
003	파드마	인도	민담	아크바르 왕의 학자 비르발
004	파드마	인도	민담	사자와 거짓말쟁이 소년
005	파드마	인도	민담	말 많은 거북이
006	파드마	인도	민담	예언을 받은 비크람과 수수께끼를 내는 비탈
007	파드마	인도	민담	도둑 속여 가뭄 해결한 딜라이라마
008	파드마	인도	민담	딜라이라마와 학자의 지식내기
009	파드마	인도	민담	딜라이라마와 금으로 된 망고
010	파드마	인도	기타	일곱 개의 씨족끼리 결혼해야 하는 풍습
011	파드마	인도	전설	안나를 찾다가 딱따구리가 된 첼리
012	파드마	인도	전설	미래를 보는 까마귀
013	파드마	인도	기타	길조인 까마귀에게 먹이를 준다
014	파드마	인도	민담	비르발 수학이야기
015	파드마	인도	민담	어리석은 사자와 꾀쟁이 토끼
016	파드마	인도	속담	백 번 돌면 배가 나오냐

[78] 20171207 / 인천광역시 미추홀구 용현동

자료번호	제보자	국적	자료유형	제목
001	융티탄 프엉	베트남	민담	백 마디 대나무

자료번호	제보자	국적	자료유형	제목
002	융티탄 프엉	베트남	기타	뭇할아버지
003	융티탄 프엉	베트남	신화	물배추여신
004	융티탄 프엉	베트남	전설	하늘과 땅을 닮은 떡 반쯩과 반자이
005	융티탄 프엉	베트남	전설	옥수수 유래
006	융티탄 프엉	베트남	민담	무서운 괴물 마잔
007	융티탄 프엉	베트남	민담	네모난 뱀
008	융티탄 프엉	베트남	민담	대나무에 걸린 밥솥
009	융티탄 프엉	베트남	신화	백 개의 알을 낳은 시조신 락롱꿘과 어우꺼
010	융티탄 프엉	베트남	민담	괴물 퇴치하고 공주와 결혼한 닷산

[79] 20171209 / 경상북도 경산시 자인면

자료번호	제보자	국적	자료유형	제목
001	씨앙리티아	캄보디아	전설	프놈펜 유래
002	씨앙리티아	캄보디아	전설	여자산 남자산
003	씨앙리티아	캄보디아	민담	네 불효자 이야기
004	씨앙리티아	캄보디아	전설	두 친구의 부지런한 아내와 게으른 아내
005	씨앙리티아	캄보디아	민담	형님과 매제
006	부티프엉	베트남	민담	의붓자매 떰과 깜
007	부티프엉	베트남	민담	백 마디 대나무
008	부티프엉	베트남	민담	형제와 별나무
009	부티프엉	베트남	민담	해골 물과 코코넛 아이
010	씨앙리티아	캄보디아	전설	뱀이 많이 생겨난 이유(낑겅뱀)
011	부티프엉	베트남	전설	탄동장수

[80] 20171210 / 충청북도 청주시 가경동

자료번호	제보자	국적	자료유형	제목
001	이화	중국(한국계)	생애담	외할머니의 만주 이주담
002	이화	중국(한국계)	전설	장백산 전설(1)
003	이화	중국(한국계)	민담	은혜 갚은 여우
004	이화	중국(한국계)	전설	송화강 전설
005	이화	중국(한국계)	신화	만주족 기원 신화
006	이화	중국(한국계)	전설	장백산 전설(2)
007	이화	중국(한국계)	전설	백운봉 전설
008	이화	중국(한국계)	전설	천지 유래
009	이화	중국(한국계)	민담	구름할머니
010	이화	중국(한국계)	민담	흑사를 물리치고 천지를 지킨 사람

[81] 20171210 / 대구광역시 달서구 신당동

자료번호	제보자	국적	자료유형	제목
001	마츠자키 료코	일본	민담	삿갓 쓴 지장보살
002	마츠자키 료코	일본	민담	강에 은어가 있었다
003	마츠자키 료코	일본	민담	혀 잘린 참새
004	마츠자키 료코	일본	민담	오리를 잡는 시골뜨기 곰베
005	마츠자키 료코	일본	전설	귀 없는 악사 호이치
006	마츠자키 료코	일본	전설	에도시대 오스찌의 사랑
007	마츠자키 료코	일본	민담	입이 두 개인 아내
008	마츠자키 료코	일본	전설	칠인의 미사키
009	마츠자키 료코	일본	기타	일본의 요괴들
010	마츠자키 료코	일본	신화	세상을 창조한 남매신 이자나미와 이자나기
011	마츠자키 료코	일본	기타	여우비가 내리는 이유
012	마츠자키 료코	일본	민담	음양사가 된 여우의 자손 아베노 세메

[82] 20171211 / 충청북도 청주시 서원구 모충동

자료번호	제보자	국적	자료유형	제목
001	띵티름	베트남	생애담	한국 문화 적응
002	팜티루엔	베트남	민담	의붓자매 떰과 깜
003	띵티름	베트남	민담	어머니의 병환 서신 받은 세 자매
004	팜티루엔	베트남	민담	보름달
005	띵티름	베트남	전설	수박 유래
006	팜티루엔	베트남	전설	나라 구하고 승천한 영웅 댕잠
007	띵티름	베트남	기타	해골을 닮은 벌집
008	팜티루엔	베트남	기타	전쟁귀신
009	띵티름	베트남	기타	귀신처치법
010	띵티름	베트남	민담	선녀와 나무꾼
011	팜티루엔	베트남	속담	비가 온 후에 무지개가 뜬다

[83] 20171219 / 서울특별시 광진구 화양동

자료번호	제보자	국적	자료유형	제목
001	파드마	인도	민담	무당을 물리친 비탈과 비크람
002	조팔리나	카자흐스탄	신화	카자흐스탄 사람들이 생긴 이야기
003	파드마	인도	민담	원숭이의 다툼
004	파드마	인도	민담	고양이 목에 누가 방울을 달까
005	파드마	인도	민담	자칼의 속임수
006	조팔리나	카자흐스탄	민담	부자의 딸을 데려간 알다르코세
007	조팔리나	카자흐스탄	민담	알다르코세의 겨울 따뜻하게 보내기
008	파드마	인도	민담	딜라이라마와 크리스나 왕
009	파드마	인도	민담	금팔찌 때문에 사자에게 잡아먹힌 행인
010	파드마	인도	민담	브라만과 세 도둑
011	조팔리나	카자흐스탄	민담	알다르코세의 결혼하는 방법
012	조팔리나	카자흐스탄	민담	알다르코세와 지렌센의 지혜 겨루기

자료번호	제보자	국적	자료유형	제목
013	조팔리나	카자흐스탄	민담	둥근 빵 칼라복과 꾀쟁이 여우
014	조팔리나	카자흐스탄	민담	커다란 순무
015	파드마	인도	민담	구루와 시슐루의 밥하기
016	파드마	인도	민담	구루와 시슐루의 바늘 가져오기
017	조팔리나	카자흐스탄	생애담	고려인 할머니의 카자흐스탄 이주 내력
018	조팔리나	카자흐스탄	전설	자작나무가 된 숲속의 정령
019	조팔리나	카자흐스탄	전설	부라바이호수 옆 낙타바위
020	파드마	인도	민담	구루와 시슐루의 다리 만들기
021	파드마	인도	민담	맛없는 음식 먹고 오래 사는 소
022	파드마	인도	민담	비탈의 수수께끼와 비크람
023	조팔리나	카자흐스탄	전설	아버지의 저주로 뱀에게 물린 알샤 비비와 무덤
024	조팔리나	카자흐스탄	전설	스승 야 사오이의 무덤을 만든 타밀란한
025	파드마	인도	전설	달이 생긴 이유
026	조팔리나	카자흐스탄	전설	돔브라 악기 구멍이 두 개인 이유
027	파드마	인도	전설	코끼리 코는 왜 길까

[84] 20171222 / 서울특별시 서대문구 신촌동

자료번호	제보자	국적	자료유형	제목
001	악지라	카자흐스탄	민담	신부 찾는 돌라겐과 비단 같은 여자 카즈주덱의 슬픈 사랑
002	악지라	카자흐스탄	전설	코브즈 악기 유래
003	악지라	카자흐스탄	전설	백조가 잠자는 동안
004	악지라	카자흐스탄	전설	코즈코르페시와 바얀술루의 슬픈 사랑
005	악지라	카자흐스탄	전설	발카쉬호수의 두 가지 유래
006	악지라	카자흐스탄	전설	신부대금으로 이루지 못한 사랑

자료번호	제보자	국적	자료유형	제목
007	악지라	카자흐스탄	기타	납치 결혼 풍습
008	악지라	카자흐스탄	민담	적도 우리집에 들어오면 손님이 된다
009	악지라	카자흐스탄	민담	잘난척 하는 왕을 깨우친 개미
010	악지라	카자흐스탄	생애담	고려인에게 베푼 카자흐스탄인의 인정
011	악지라	카자흐스탄	속담	많이 뱉으면 호수가 된다
012	악지라	카자흐스탄	속담	공부는 바늘로 땅파기
013	악지라	카자흐스탄	속담	다른 곳에 가서 왕이 되더라도 자신의 나라에서 시민이 되는 것만 못하다
014	악지라	카자흐스탄	기타	카자흐스탄의 토론대회

[85] 20171223 / 강원도 춘천시 효자동

자료번호	제보자	국적	자료유형	제목
001	사의진	대만	신화	성황신이 된 물귀신
002	사의진	대만	민담	변신 호랑이를 물리친 오누이
003	사의진	대만	전설	신선 종리권의 제자가 된 청년
004	사의진	대만	전설	섬이 된 거인의 두 다리
005	사의진	대만	전설	원숭이가 된 게으름뱅이
006	사의진	대만	민담	산약 요괴를 물리친 형제
007	사의진	대만	기타	대만의 설날 음식

[86] 20180110 / 서울특별시 동대문구 용두동

자료번호	제보자	국적	자료유형	제목
001	이케다 마유미	일본	전설	아소산의 고양이 전설
002	이케다 마유미	일본	전설	고구마 유래
003	이케다 마유미	일본	민담	탄로 난 빚쟁이의 거짓말
004	이케다 마유미	일본	민담	텐구의 요술 도롱이
005	이케다 마유미	일본	생애담	한국으로의 결혼이주담

[87] 20180111 / 인천광역시 미추홀구 용현동

자료번호	제보자	국적	자료유형	제목
001	레일라	아제르바이잔	기타	아제르바이잔 국가 소개
002	레일라	아제르바이잔	신화	해가 흙을 던져 생긴 달의 얼룩
003	레일라	아제르바이잔	전설	투라지새 머리에 빗 모양이 있는 이유
004	레일라	아제르바이잔	생애담	외국인에게 소 간을 안 파는 정육점 아저씨
005	레일라	아제르바이잔	기타	아제르바이잔의 설날 음식과 풍습
006	레일라	아제르바이잔	기타	아제르바이잔의 금기문화
007	레일라	아제르바이잔	민담	아기 염소 세 마리와 늑대
008	레일라	아제르바이잔	속담	아제르바이잔에서 전해지는 열네 가지 속담

[88] 20180111 / 인천광역시 미추홀구 용현동

자료번호	제보자	국적	자료유형	제목
001	피루자	아제르바이잔	생애담	아제르바이잔에서 우즈베키스탄으로의 이주정착기
002	피루자	아제르바이잔	전설	비둘기가 평화의 상징이 된 이유
003	피루자	아제르바이잔	전설	리지긴 민족이 양파를 사과로 부르는 이유
004	피루자	아제르바이잔	기타	아제르바이잔에서 예지드의 의미
005	피루자	아제르바이잔	전설	숨가이트 도시와 제이란바탄 강 유래
006	피루자	아제르바이잔	기타	아제르바이잔의 금기문화
007	피루자	아제르바이잔	기타	아제르바이잔의 설날
008	피루자	아제르바이잔	기타	무슬림의 고양이에 대한 인식과 말
009	피루자	아제르바이잔	민담	친구로 가장하여 닭을 잡아먹은 여우
010	피루자	아제르바이잔	민담	개구리 공주와 결혼한 막내 왕자
011	피루자	아제르바이잔	민담	물고기 방생한 어부와 욕심 많은 아내

[89] 20180112 / 강원도 인제시 인제읍

자료번호	제보자	국적	자료유형	제목
001	킴나이키	캄보디아	신화	인간과 목숨을 건 내기에서 패한 하늘신 깍발머하프롬
002	킴나이키	캄보디아	전설	지상의 왕이 된 외삼촌과 앙코르 와트를 건축한 조카
003	킴나이키	캄보디아	전설	집안에 갇혀 살던 도둑 양딸의 결혼과 신부수업 유래
004	킴나이키	캄보디아	생애담	임신 육아와 자아 찾기의 갈망
005	킴나이키	캄보디아	민담	두 친구의 부지런한 아내와 게으른 아내
006	킴나이키	캄보디아	생애담	태반 먹는 내장 귀신이 사는 집
007	킴나이키	캄보디아	전설	호랑이의 털이 얼룩덜룩하고 소의 윗니가 없어진 이유

[90] 20180112 / 서울특별시 중구 쌍림동

자료번호	제보자	국적	자료유형	제목
001	멀얼게렐	몽골	생애담	한국으로의 결혼이주담
002	멀얼게렐	몽골	전설	금시조 항가르디와 동물 유래
003	멀얼게렐	몽골	전설	개미와 올챙이와 자벌레가 생겨난 이유
004	멀얼게렐	몽골	민담	사자와 할아버지
005	멀얼게렐	몽골	기타	겨울 추위와 숫자 9

[91] 20180116 / 강원도 춘천시 옥천동

자료번호	제보자	국적	자료유형	제목
001	사의진	대만	민담	바뀐 아내 되찾은 뱀 신랑
002	사의진	대만	전설	사우족에게 고기잡이 시간을 정해준 인어
003	사의진	대만	전설	호미(虎尾) 지명 유래

자료번호	제보자	국적	자료유형	제목
004	사의진	대만	신화	무지개다리가 된 사냥꾼 부다
005	사의진	대만	신화	타이야족의 시조가 된 남매
006	사의진	대만	신화	해를 쏜 용사들
007	사의진	대만	전설	번개가 천둥보다 먼저 치는 이유

[92] 20180116 / 서울특별시 관악구 남현동

자료번호	제보자	국적	자료유형	제목
001	김알라	러시아	민담	둥근 빵 칼라복과 꾀쟁이 여우
002	김알라	러시아	민담	양치기 소년 이반의 피리 소리
003	김알라	러시아	민담	바바야가의 거위에게 잡혀간 동생을 구한 누이
004	김알라	러시아	민담	지혜로운 소녀 마샤와 어리석은 곰
005	김알라	러시아	민담	소원 들어주는 물고기 슈카와 게으른 아들

[93] 20180128 / 경상북도 영덕시 병덕면

자료번호	제보자	국적	자료유형	제목
001	토레에바 아이자다	키르기스스탄	생애담	이주 후 공부하며 사는 삶
002	토레에바 아이자다	키르기스스탄	기타	키르기스스탄 민담 속 동물들
003	토레에바 아이자다	키르기스스탄	민담	물고기 방생한 어부와 욕심 많은 아내
004	토레에바 아이자다	키르기스스탄	민담	힘이 제일 센 존재는 사람
005	토레에바 아이자다	키르기스스탄	민담	꾀 많은 여우와 개미
006	토레에바 아이자다	키르기스스탄	전설	사람이 사라지는 동굴
007	토레에바 아이자다	키르기스스탄	민담	둥근 빵 칼라복과 꾀쟁이 여우
008	토레에바 아이자다	키르기스스탄	속담	남자에게는 칠십 가지 기술도 부족하다
009	토레에바 아이자다	키르기스스탄	속담	가위 눌림과 관련된 속담
010	토레에바 아이자다	키르기스스탄	기타	아르차(노간주)나무 연기와 관련된 풍습

자료번호	제보자	국적	자료유형	제목
011	토레에바 아이자다	키르기스스탄	기타	키르기스스탄의 삼신할머니 우마이 에네
012	토레에바 아이자다	키르기스스탄	생애담	키르기스스탄의 가정풍습 차이로 인한 오해
013	토레에바 아이자다	키르기스스탄	민담	구리할멈과 두 소녀
014	토레에바 아이자다	키르기스스탄	민담	지혜로운 처녀

[94] 20180129 / 대구광역시 중구 남산동

자료번호	제보자	국적	자료유형	제목
001	나탈리아	러시아	생애담	남편을 만나 대구에서 살게 된 사연
002	나탈리아	러시아	기타	러시아의 신들
003	나탈리아	러시아	신화	집을 지키는 신 다마보이
004	나탈리아	러시아	신화	숲의 신 래쉬
005	나탈리아	러시아	신화	물의 신 바디노이
006	나탈리아	러시아	기타	밭의 신을 깨우는 풍습
007	나탈리아	러시아	민담	바바야가를 죽이는 바늘
008	나탈리아	러시아	민담	도끼로 끓인 스프

[95] 20180129 / 대구광역시 북구 복현동

자료번호	제보자	국적	자료유형	제목
001	굴지라	카자흐스탄	전설	제비 꼬리가 갈라진 이유
002	굴지라	카자흐스탄	전설	돔브라 악기에 구멍이 생긴 이유
003	굴지라	카자흐스탄	민담	지렌센 현자의 거위 먹기
004	굴지라	카자흐스탄	민담	알다르코세와 지렌센의 지혜 겨루기
005	굴지라	카자흐스탄	민담	코자나슬과 악마의 귀리내기
006	굴지라	카자흐스탄	민담	슬픔과 불행 이름을 가진 오누이
007	굴지라	카자흐스탄	전설	낙타가 열두 띠에 들지 못한 이유

[96] 20180203 / 서울특별시 광진구 화양동

자료번호	제보자	국적	자료유형	제목
001	이케다 마유미	일본	민담	엄지동자 잇슨보시
002	이케다 마유미	일본	민담	삿갓 쓴 불상
003	이케다 마유미	일본	전설	잇큐와 가짜 범종
004	이케다 마유미	일본	전설	잇큐와 단카 할아버지
005	이케다 마유미	일본	민담	술병 유령
006	이케다 마유미	일본	민담	살아있는 우산
007	이케다 마유미	일본	민담	꽃 피우는 할아버지
008	이케다 마유미	일본	민담	용궁에 다녀온 우라시마타로
009	이케다 마유미	일본	속담	돌다리를 두들기고 건너가라
010	이케다 마유미	일본	민담	주먹밥 할아버지

[97] 20180206 / 경상남도 진주시 상대동

자료번호	제보자	국적	자료유형	제목
001	찐티배트	베트남	전설	쩌우까우 유래
002	찐티배트	베트남	민담	의붓자매 떰과 깜
003	이유나	베트남	생애담	한국과 베트남 식문화와 명절 차이
004	찐티배트	베트남	기타	한국과 베트남 결혼문화의 간극
005	찐티배트 & 이유나	베트남	기타	베트남의 민간요법
006	찐티배트 & 이유나	베트남	기타	임신했을 때 금기
007	찐티배트 & 이유나	베트남	기타	베트남의 장례문화와 죽음인식

[98] 20180206 / 경상남도 진주시 상대동

자료번호	제보자	국적	자료유형	제목
001	스레스탄 졸티	네팔	신화	코끼리 머리의 가네스 신
002	스레스탄 졸티	네팔	신화	인간을 창조한 신
003	스레스탄 졸티	네팔	전설	네팔을 세운 브리티비나란한샤하

자료번호	제보자	국적	자료유형	제목
004	스레스탄 졸티	네팔	기타	네팔의 제사 풍습
005	스레스탄 졸티	네팔	기타	처녀귀신
006	스레스탄 졸티	네팔	기타	말을 타고 오는 버이럽 귀신
007	스레스탄 졸티	네팔	기타	네팔의 장례식
008	스레스탄 졸티	네팔	기타	죽음의 신 에머라즈
009	스레스탄 졸티	네팔	신화	원숭이 신 하누만
010	스레스탄 졸티	네팔	기타	아내에게 가해지는 순장 풍습 사티 지누
011	걸퍼나	네팔	기타	시체는 24시간 안에 태워야 한다
012	스레스탄 졸티	네팔	기타	네팔의 식사문화
013	스레스탄 졸티	네팔	속담	윗물이 말아야 아랫물이 맑다
014	스레스탄 졸티	네팔	속담	불장난하면 오줌 싼다
015	스레스탄 졸티	네팔	기타	고양이보다 개를 더 많이 키우는 이유
016	스레스탄 졸티	네팔	속담	고양이 똥도 찾으려면 없다
017	스레스탄 졸티	네팔	민담	고양이가 똥을 숨기는 이유
018	스레스탄 졸티	네팔	속담	여우 결혼식
019	스레스탄 졸티	네팔	기타	카스트를 정해주는 신
020	스레스탄 졸티	네팔	기타	이간질 하는 신 나라인
021	스레스탄 졸티	네팔	신화	시바와 사티
022	스레스탄 졸티	네팔	생애담	한국에서의 어려움
023	스레스탄 졸티	네팔	생애담	서툰 한국말
024	스레스탄 졸티	네팔	생애담	네팔의 학교와 네팔의 존댓말
025	스레스탄 졸티	네팔	기타	공부를 도와주는 스라소티 신
026	스레스탄 졸티	네팔	기타	에머라즈와 네팔의 죽음 의식

[99] 20180206 / 경상남도 진주시 상대동

자료번호	제보자	국적	자료유형	제목
001	임향금	중국(한국계)	민담	까마귀 물 마시기

자료번호	제보자	국적	자료유형	제목
002	썸마카라	캄보디아	민담	소녀와 호랑이
003	임향금	중국(한국계)	전설	동곽선생과 늑대
004	임향금	중국(한국계)	민담	제비가 물어준 박씨와 형제
005	썸마카라	캄보디아	민담	도끼와 깨진 도자기
006	임향금	중국(한국계)	전설	칠월칠석 유래
007	임향금	중국(한국계)	생애담	조선족의 눈으로 바라본 북한사람들의 삶
008	썸마카라	캄보디아	민담	백만장자 음식냄새 맡은 가난한 부부
009	썸마카라	캄보디아	전설	프놈펜 유래
010	썸마카라	캄보디아	민담	완벽한 여자와 사치스러운 여자
011	임향금	중국(한국계)	민담	형제와 금덩이
012	썸마카라	캄보디아	민담	토끼와 할머니
013	임향금	중국(한국계)	민담	여우와 까마귀
014	썸마카라	캄보디아	전설	뱀이 많이 생겨난 이유(낑껑뱀)
015	임향금	중국(한국계)	전설	선녀와 토끼
016	임향금	중국(한국계)	속담	소 잃은 후에 열심히 소집을 만든다
017	임향금	중국(한국계)	속담	각주구검
018	임향금	중국(한국계)	속담	우공이산
019	썸마카라	캄보디아	속담	강 가운데 배를 뒤집어도 되지만 집은 불이 나면 안 된다
020	썸마카라	캄보디아	기타	캄보디아의 결혼 풍습
021	썸마카라	캄보디아	기타	캄보디아 여성과 남성의 특성

[100] 20180212 / 서울특별시 종로구 서린동

자료번호	제보자	국적	자료유형	제목
001	게델마	몽골	생애담	결혼과정과 한국정착기
002	게델마	몽골	전설	낙타의 뿔이 없어진 이유

[101] 20180213 / 인천광역시 부평구 갈산동

자료번호	제보자	국적	자료유형	제목
001	멀얼게렐	몽골	전설	박쥐가 동굴에서 사는 이유
002	멀얼게렐	몽골	기타	몽골의 여성 문화와 하닥
003	멀얼게렐	몽골	전설	호랑이 털이 얼룩덜룩한 이유
004	멀얼게렐	몽골	기타	몽골인이 숭배하는 네 가지 동물
005	멀얼게렐	몽골	기타	늑대의 후예 몽골인
006	멀얼게렐	몽골	민담	늑대와 여우의 나이 자랑
007	멀얼게렐	몽골	민담	떠돌이 스님과 만두
008	멀얼게렐	몽골	민담	떠돌이 스님과 속눈썹에 붙은 밥풀
009	멀얼게렐	몽골	민담	떠돌이 스님의 배불리 먹는 법
010	멀얼게렐	몽골	전설	마두금 악기 유래
011	멀얼게렐	몽골	민담	애기 있는 집에 멀쩡한 그릇이 없고 아들 있는 집에 멀쩡한·말잡는 막대기가 없다의 유래
012	멀얼게렐	몽골	전설	전통 씨름 복장이 변한 이유
013	멀얼게렐	몽골	전설	엄마 바위
014	멀얼게렐	몽골	전설	낙타의 뿔의 없어진 이유
015	멀얼게렐	몽골	전설	낙타가 열두 띠에 들지 못한 이유
016	멀얼게렐	몽골	기타	몽골의 설날

[102] 20180309 / 강원도 강릉시 성산면

자료번호	제보자	국적	자료유형	제목
001	저우티탄융	베트남	민담	괴물 퇴치하고 공주와 결혼한 닷산
002	저우티탄융	베트남	전설	바다 괴물 물리치고 바위가 된 아버지와 아들

[103] 20180310 / 경기도 고양시 덕양구 현천동

자료번호	제보자	국적	자료유형	제목
001	비멀	네팔	생애담	한국으로 유학 온 사연
002	비멀	네팔	기타	네팔 이름 소개
003	비멀	네팔	신화	네팔이라는 나라가 생겨난 유래
004	비멀	네팔	전설	세티강과 칼리강
005	비멀	네팔	신화	힌두교 시바 신과 두 아들
006	비멀	네팔	신화	가네샤 신이 코끼리 머리를 갖게 된 이유
007	비멀	네팔	신화	시바 신의 첫 번째 부인인 사티데비
008	비멀	네팔	신화	나루드와 비슈누 그리고 큰 신봉자
009	비멀	네팔	민담	바보 신봉자 칼리다스
010	비멀	네팔	전설	힌두교 경전 마하바르트
011	비멀	네팔	신화	라마와 물의 신 시타
012	비멀	네팔	기타	소와 암컷은 먹지 않는 네팔 문화
013	비멀	네팔	기타	죽음의 신 에머라즈와 티하르 축제

[104] 20180310 / 경기도 양주시 덕정동

자료번호	제보자	국적	자료유형	제목
001	게델마	몽골	전설	슌클레 산의 온천
002	게델마	몽골	전설	금시조 가루라와 동물 유래
003	게델마	몽골	민담	지혜로운 토끼
004	게델마	몽골	기타	사막여우 우네즈네흐와 배냇짓
005	게델마	몽골	전설	낙타가 열두 띠에 들지 못한 이유
006	게델마	몽골	전설	마두금 악기 유래

[105] 20180324 / 강원도 강릉시 입암동

자료번호	제보자	국적	자료유형	제목
001	저우티탄융	베트남	전설	민병대를 조직하여 프랑스에 맞선 응우옌쭝적
002	저우티탄융	베트남	민담	의붓자매 떰과 깜
003	저우티탄융	베트남	민담	제비가 물어준 박씨와 형제
004	저우티탄융	베트남	민담	코코넛 아이
005	저우티탄융	베트남	전설	나라 구하고 승천한 거인 영웅
006	저우티탄융	베트남	전설	분신으로 적군의 무기고 폭파한 무명의 소년 영웅

[106] 20180403 / 충청남도 천안시 동남구 문화동

자료번호	제보자	국적	자료유형	제목
001	유연	중국	민담	쥐 사위 고르기

[107] 20180404 / 충청북도 청주시 서원구 모충동

자료번호	제보자	국적	자료유형	제목
001	팜티루엔	베트남	전설	쩌우까우 유래
002	팜티루엔	베트남	민담	형제와 별나무
003	누엔티한	베트남	생애담	시부모님과의 한국살이
004	누엔티한	베트남	민담	해골 물과 코코넛 아이
005	팜티루엔	베트남	전설	소라게 유래

[108] 20180416 / 충청남도 천안시 동남구 문화동

자료번호	제보자	국적	자료유형	제목
001	유연	중국	생애담	유학생 시절에 만난 남편
002	유연	중국	민담	견우와 직녀
003	유연	중국	민담	산을 옮긴 우공
004	유연	중국	신화	태양을 쏜 후예

[109] 20180513 / 강원도 인제시 인제읍

자료번호	제보자	국적	자료유형	제목
001	킴나이키	캄보디아	전설	열두 자매 낭십성과 산이 된 거인의 딸 냉경리
002	킴나이키	캄보디아	전설	소 쁘라꼬와 사람 쁘라케아 형제
003	킴나이키	캄보디아	전설	똠과 띠우의 사랑
004	킴나이키	캄보디아	민담	여우를 속인 새우와 토끼 박사

[110] 20180516 / 서울특별시 광진구 화양동

자료번호	제보자	국적	자료유형	제목
001	무나바르	타지키스탄	생애담	한국어를 배우게 된 사연
002	무나바르	타지키스탄	민담	자매 주무랏과 큰맛
003	무나바르	타지키스탄	민담	늑대와 일곱 아기 염소
004	무나바르	타지키스탄	기타	국가 이름과 영웅 이쓰모일 소모니
005	무나바르	타지키스탄	기타	빗자루를 쓸 때 밟거나 닿으면 빗자루 살을 뜯어야 한다
006	무나바르	타지키스탄	기타	빵이 떨어지면 빵에 세 번 뽀뽀하고 빵을 이마에 댄 후 먹는다
007	무나바르	타지키스탄	기타	떨어진 빵이 있으면 밟지 않고 어딘가에 올려 놓아야 한다
008	무나바르	타지키스탄	기타	전통음식 수마낙
009	무나바르	타지키스탄	기타	타지키스탄의 의미
010	무나바르	타지키스탄	기타	결혼 풍습
011	무나바르	타지키스탄	기타	라마단 풍습

[111] 20180517 / 경기도 하남시 덕풍동

자료번호	제보자	국적	자료유형	제목
001	바트	몽골	민담	둥근 빵 칼라복과 꾀쟁이 여우
002	바트	몽골	전설	낙타의 뿔이 없어진 이유

자료번호	제보자	국적	자료유형	제목
003	바트	몽골	기타	몽골의 대표적인 다섯 동물
004	바트	몽골	전설	낙타가 열두 띠에 들지 못한 이유

[112] 20180522 / 강원도 인제시 인제읍

자료번호	제보자	국적	자료유형	제목
001	킴나이키	캄보디아	민담	똑똑한 토늑짜이
002	킴나이키	캄보디아	민담	욕 안 하는 사위 뽑기
003	킴나이키	캄보디아	민담	화수분 게 등딱지로 부자 된 부부
004	킴나이키	캄보디아	민담	살림 잘하는 아내와 사치스러운 아내 바꾼 남편들
005	킴나이키	캄보디아	민담	남편 되찾은 머리카락에서 향기가 나는 여인
006	킴나이키	캄보디아	전설	왕이 된 돼지 신랑과 열두 띠 유래

[113] 20180524 / 경기도 화성시 진안동

자료번호	제보자	국적	자료유형	제목
001	요시이즈미 야요이	일본	전설	여우에게 홀린 사람들
002	요시이즈미 야요이	일본	전설	유메미가사키 산 유래
003	요시이즈미 야요이	일본	민담	대나무에서 나온 가구야공주
004	요시이즈미 야요이	일본	민담	주먹밥 할아버지
005	요시이즈미 야요이	일본	신화	세상을 창조한 남매신 이자나미와 이자나기
006	요시이즈미 야요이	일본	전설	복고양이 마네키네코 유래
007	요시이즈미 야요이	일본	민담	삿갓 쓴 지장보살
008	요시이즈미 야요이	일본	민담	빨간 도깨비를 도운 파란 도깨비의 우정

[114] 20180524 / 경기도 화성시 진안동

자료번호	제보자	국적	자료유형	제목
001	멜로니	필리핀	전설	파인애플이 된 아이
002	멜로니	필리핀	전설	필리네스새
003	멜로니	필리핀	전설	왜 해와 달은 따로 나오나
004	멜로니	필리핀	전설	원숭이가 생긴 이유

[115] 20180609 / 강원도 인제시 인제읍

자료번호	제보자	국적	자료유형	제목
001	킴나이키	캄보디아	생애담	이웃에 사는 내장 귀신과 귀신에 빙의된 사람
002	킴나이키	캄보디아	전설	산천이 된 마법 머리카락을 가진 공주와 변신 악어
003	킴나이키	캄보디아	민담	노인의 세 가지 말을 지켜서 성공한 사람
004	킴나이키	캄보디아	민담	운 좋은 용감한 꽁힌
005	킴나이키	캄보디아	전설	개가 엉덩이 냄새를 맡는 이유
006	킴나이키	캄보디아	전설	개가 쉬할 때 다리 한 쪽을 드는 이유
007	킴나이키	캄보디아	전설	꽃 속에서 태어난 여인의 생리혈로 만든 고양이
008	킴나이키	캄보디아	민담	일곱 색 꽃다발 세 개로 선녀와 결혼한 왕
009	킴나이키	캄보디아	전설	모기의 몸이 작아진 이유
010	킴나이키	캄보디아	전설	악어가 죽어서 생긴 산
011	킴나이키	캄보디아	민담	잃어버린 아내를 찾아 떠난 프라스톤 왕자

[116] 20180709 / 경기도 오산시 은계동

자료번호	제보자	국적	자료유형	제목
001	온다르마	몽골	민담	지혜로운 토끼

자료번호	제보자	국적	자료유형	제목
002	천슈안	중국	속담	도둑이 귀 막고 방울 훔친다
003	리하이리엔	중국(한국계)	전설	빨간 종이로 물리친 괴물 니엔
004	김알라	러시아	민담	겁은 눈이 커서 없는 것도 보인다
005	온다르마	몽골	전설	낙타가 열두띠에 들지 못한 이유
006	천슈안	중국	전설	동곽선생과 늑대
007	김알라	러시아	민담	바바야가를 잡은 어린 성주 주카카
008	온다르마	몽골	전설	마두금 악기 유래

[117] 20181011 / 경기도 오산시 은계동

자료번호	제보자	국적	자료유형	제목
001	김알라	러시아	기타	죽은 처녀들의 영혼이 변한 인어 로사올카
002	김알라	러시아	기타	집을 지키는 신 다마보이
003	후카미즈 치카코	일본	민담	엄지동자 잇슨보시
004	후카미즈 치카코	일본	민담	삿갓 쓴 동자승 석상
005	후카미즈 치카코	일본	기타	응애 할아범
006	후카미즈 치카코	일본	민담	두루미 아내
007	김알라	러시아	민담	죽을 수 없는 카시 비스미야르트니
008	후카미즈 치카코	일본	민담	천녀옷과 피리
009	김알라	러시아	민담	개구리 공주와 결혼한 이반 왕자

[118] 20181029 / 서울특별시 종로구 신교동

자료번호	제보자	국적	자료유형	제목
001	떼떼져	미얀마	민담	자애의 수행자 봄밋다를 초대한 딸
002	떼떼져	미얀마	민담	껭네리와 껭네라의 사랑
003	떼떼져	미얀마	민담	욕심 부린 의원의 인과응보
004	떼떼져	미얀마	한국설화	빨간 부채와 파란 부채

자료번호	제보자	국적	자료유형	제목
005	떼떼져	미얀마	민담	배우지 않아 거지가 된 부자 아들
006	떼떼져	미얀마	한국설화	은혜 갚은 개구리
007	떼떼져	미얀마	민담	공작의 깃털을 부러워한 까마귀
008	떼떼져	미얀마	민담	거미에게 잡아먹힌 힌다
009	떼떼져	미얀마	신화	신이 된 술꾼 형제
010	떼떼져	미얀마	전설	만달레이 유래
011	떼떼져	미얀마	전설	일산(日傘)의 지목받아 왕위를 물려받은 막내왕자 틸로민로
012	떼떼져	미얀마	전설	부형을 살해하고 참회의 탑을 세운 왕
013	떼떼져	미얀마	속담	부모에게 이자 받는 자녀는 지옥 간다
014	떼떼져	미얀마	기타	미얀마의 다양한 풍습
015	떼떼져	미얀마	기타	미얀마의 민간요법
016	떼떼져	미얀마	기타	미얀마의 결혼문화
017	떼떼져	미얀마	기타	미얀마의 금기문화
018	떼떼져	미얀마	기타	미얀마의 장례문화와 죽음인식

[119] 20181104 / 충청북도 진천시 진천읍

자료번호	제보자	국적	자료유형	제목
001	웬태휴	베트남	민담	백 마디 대나무
002	웬태휴	베트남	민담	금구덩이와 은구덩이
003	웬태휴	베트남	민담	신기한 물병
004	웬태휴	베트남	민담	혹을 가진 두 여자
005	웬태휴	베트남	전설	호랑이 털이 얼룩덜룩하고 물소의 윗니가 없어진 이유
006	웬태휴	베트남	신화	백 개의 알을 낳은 시조신 락롱퀀과 어우꺼
007	웬태휴	베트남	민담	대나무 속 작은 여인

[120] 20181105 / 서울시 관악구 신림동

자료번호	제보자	국적	자료유형	제목
001	쩐티빅프엉	베트남	민담	신기한 물병
002	쩐티빅프엉	베트남	전설	환검호수
003	쩐티빅프엉	베트남	전설	바베호수
004	쩐티빅프엉	베트남	전설	훌륭한 선생님 쭈반안
005	쩐티빅프엉	베트남	전설	나라 구하고 승천한 거인 영웅 댕잠

[121] 20181109 / 경기도 안산시 단원구 원곡동

자료번호	제보자	국적	자료유형	제목
001	박영숙	중국(한국계)	민담	화사첨족
002	인춘매	중국(한국계)	민담	쥐 사위 고르기
003	박영숙	중국(한국계)	전설	엄마 마음을 아는 풀 지모초
004	인춘매	중국(한국계)	전설	백사전
005	박영숙	중국(한국계)	민담	금거위
006	박영숙	중국(한국계)	민담	호랑이 세 마리
007	인춘매	중국(한국계)	민담	개보다 못한 여자
008	박영숙	중국(한국계)	민담	호랑이를 잡은 무송
009	인춘매	중국(한국계)	전설	만리장성을 무너뜨린 맹강녀
010	박영숙	중국(한국계)	민담	호랑이 무술 배우기
011	인춘매	중국(한국계)	신화	바다를 길들인 나타
012	박영숙	중국(한국계)	전설	공명과 거문고

[122] 20181119 / 서울특별시 관악구 신림동

자료번호	제보자	국적	자료유형	제목
001	쩐티빅프엉	베트남	민담	속에 있는 물을 버리러 가겠습니다
002	쩐티빅프엉	베트남	민담	속에 있는 방귀를 뀌겠습니다
003	쩐티빅프엉	베트남	기타	버드나무로 만든 바구니처럼

자료번호	제보자	국적	자료유형	제목
004	쩐티빅프엉	베트남	민담	선녀 아즈과 나무꾼 장유(1)
005	쩐티빅프엉	베트남	민담	선녀 아즈과 나무꾼 장유(2)
006	쩐티빅프엉	베트남	민담	선녀 아즈과 나무꾼 장유(3)
007	쩐티빅프엉	베트남	전설	미쥬 공주와 중수이 왕자
008	쩐티빅프엉	베트남	민담	의붓자매 떰과 깜
009	쩐티빅프엉	베트남	전설	빈랑나무 유래

[123] 20181123 / 경기도 안산시 단원구 원곡동

자료번호	제보자	국적	자료유형	제목
001	토리카이 쿠미코	일본	민담	못된 너구리와 꾀많은 토끼
002	허율리나	우즈베키스탄	민담	수박씨와 황새
003	수산티	인도네시아	전설	물고기 아내와 토바호수
004	토리카이 쿠미코	일본	민담	혀 잘린 참새
005	허율리나	우즈베키스탄	민담	개구리 공주와 결혼한 막내 왕자
006	수산티	인도네시아	민담	시티누르바이야의 이룰 수 없는 사랑
007	토리카이 쿠미코	일본	민담	대나무에서 나온 가구야 공주
008	허율리나	우즈베키스탄	민담	인치공주
009	수산티	인도네시아	민담	의붓자매 바왕 메라와 바왕 뿌띠
010	허율리나	우즈베키스탄	민담	도끼로 지은 밥
011	토리카이 쿠미코	일본	민담	엄지동자 잇슨보시
012	토리카이 쿠미코	일본	민담	주먹밥 할아버지
013	허율리나	우즈베키스탄	민담	여우와 학
014	허율리나	우즈베키스탄	민담	남자와 곰
015	허율리나	우즈베키스탄	속담	검정고양이가 지나가면 뒤로 돌아서 가야 된다
016	수산티	인도네시아	기타	임신했을 때 금기
017	토리카이 쿠미코	일본	민담	혹부리 영감

[124] 20181129 / 서울특별시 동대문구 회기동

자료번호	제보자	국적	자료유형	제목
001	브루노	칠레	전설	바다의 정령 라핑코야
002	브루노	칠레	전설	여성을 잡아가는 나무정령 엘타라우코
003	브루노	칠레	전설	칠레를 생기게 한 동물들
004	브루노	칠레	전설	돈을 불러오는 배 귀신 엘칼레오체
005	멜리사	도미니카 공화국	기타	여성을 잡아가는 악마 엘바카
006	브루노	칠레	기타	쥐가 없앤 고양이의 눈
007	브루노	칠레	전설	나무가 된 원주민 여성의 사랑
008	멜리사	도미니카 공화국	기타	도미니카 축제 드로바 라 가디나
009	브루노	칠레	전설	남성을 유혹하는 라킨트랄라

[125] 20181204 / 서울특별시 성동구 행당동

자료번호	제보자	국적	자료유형	제목
001	브루노	칠레	전설	돈이 묻혀 있는 선인장 꽃 로스빌로스
002	브루노	칠레	전설	피를 좋아하는 꼴러꼴러 동물
003	멜리사	도미니카 공화국	기타	남자를 홀리는 시구아파
004	멜리사	도미니카 공화국	기타	질투로 눈이 나빠지는 병 말데오호
005	브루노	칠레	전설	모아이가 있는 부활절 섬
006	멜리사 & 브루노	도미니카 공화국 & 칠레	기타	잠 안 자는 아이를 찾아오는 에르고구
007	브루노	칠레	전설	칠리고추 모양의 칠레와 칠레새
008	브루노	칠레	전설	바다의 정령 라핑코야
009	브루노	칠레	전설	여성을 잡아가는 나무유령 엘타라우코

자료번호	제보자	국적	자료유형	제목
010	멜리사	도미니카 공화국	전설	도미니카가 생긴 이야기
011	브루노	칠레	전설	돈을 불러오는 배 귀신 엘칼레오체
012	브루노	칠레	생애담	빅마우스 별명이 생긴 이야기
013	멜리사 & 브루노	도미니카 공화국 & 칠레	생애담	부산 지하철과 사투리

[126] 20181207 / 경기도 화성시 진안동

자료번호	제보자	국적	자료유형	제목
001	템쏙레앙	캄보디아	전설	왕이 된 돼지 신랑과 열두 띠 유래
002	템쏙레앙	캄보디아	생애담	여섯 살에 할머니 집에 살게 된 이야기
003	템쏙레앙	캄보디아	전설	개가 농사짓기 싫어하는 이유
004	템쏙레앙	캄보디아	민담	쭈쭈 할아버지
005	템쏙레앙	캄보디아	민담	까마귀 부부의 환생

[127] 20181207 / 경기도 화성시 진안동

자료번호	제보자	국적	자료유형	제목
001	멜로니	필리핀	전설	망고가 된 소녀의 불빛 심장
002	멜로니	필리핀	전설	바나나가 된 연인의 손
003	멜로니	필리핀	민담	원숭이와 거북이
004	멜로니	필리핀	민담	병을 고쳐주는 아다르나새와 세 명의 왕자

[128] 20181211 / 서울특별시 광진구 화양동

자료번호	제보자	국적	자료유형	제목
001	조림	중국	민담	우랑과 직녀
002	조림	중국	전설	울음으로 만리장성 무너뜨린 맹강녀

자료번호	제보자	국적	자료유형	제목
003	조림	중국	신화	사람을 만든 여와
004	조림	중국	신화	구멍을 메운 여와
005	조림	중국	신화	태양을 쏜 후예
006	조림	중국	민담	백사전
007	조림	중국	민담	신이한 보련등
008	조림	중국	신화	달의 여인이 된 항아
009	조림	중국	기타	불상과 절에 관한 금기
010	조림	중국	민담	바다를 돌로 메운 새
011	조림	중국	민담	우렁각시
012	조림	중국	민담	요괴 화피
013	조림	중국	신화	하늘을 연 반고
014	조림	중국	민담	수련하여 신이 된 토끼
015	조림	중국	민담	백두산 천지에 사는 물괴
016	조림	중국	기타	엿사탕을 먹으면 겨울에 턱이 떨어지지 않는다

[129] 20181213 / 서울특별시 서초구 양재동

자료번호	제보자	국적	자료유형	제목
001	도티탄	베트남	생애담	결혼하게 된 사연과 정착 과정
002	도티탄	베트남	민담	형제와 별나무
003	도티탄	베트남	민담	대나무 백 마디
004	도티탄	베트남	민담	남섬이라는 지역에 사는 여자
005	도티탄	베트남	민담	나무 아래 앉은 아이
006	도티탄	베트남	민담	똑똑한 아이

[130] 20181214 / 서울특별시 광진구 화양동

자료번호	제보자	국적	자료유형	제목
001	채가오	홍콩	생애담	유학 온 이유와 꿈

자료번호	제보자	국적	자료유형	제목
002	채가오	홍콩	기타	홍콩의 역사
003	채가오	홍콩	기타	추석 축제 무화용
004	채가오	홍콩	기타	역병퇴치를 위한 젼빠우산 축제
005	채가오	홍콩	전설	사자산의 망부석 유래
006	채가오	홍콩	전설	해적 장보와 장보동 유래
007	채가오	홍콩	기타	홍콩과 영국의 관계
008	채가오	홍콩	전설	낙서하는 증조제 할아버지
009	채가오	홍콩	전설	쥐가 열두 띠의 첫 번째가 된 이유
010	채가오	홍콩	기타	나쁜 사람을 물리치는 주술 타소인
011	채가오	홍콩	기타	토지신과 관우신
012	채가오	홍콩	전설	채홍역의 지하철 귀신
013	채가오	홍콩	전설	대항지역의 도시전설
014	채가오	홍콩	전설	삔지꾸엔 귀신
015	채가오	홍콩	전설	담력시험 중 미쳐버린 의학대학의 신입생
016	채가오	홍콩	전설	중문대학교의 나무 전설
017	채가오	홍콩	전설	결계 때문에 산에서 사라진 사람
018	채가오	홍콩	기타	홍콩의 제사문화
019	채가오	홍콩	기타	우귀사신과 장례문화
020	채가오	홍콩	기타	위촌지역의 홍콩 원주민
021	채가오	홍콩	기타	위촌 사람들의 음식 분저이
022	채가오	홍콩	신화	달의 여인이 된 항아
023	채가오	홍콩	기타	우랑과 직녀
024	채가오	홍콩	기타	홍콩의 금기
025	채가오	홍콩	기타	홍콩의 명절문화
026	채가오	홍콩	속담	세 살의 모습이 여든까지 간다

[131] 20181226 / 서울특별시 광진구 화양동

자료번호	제보자	국적	자료유형	제목
001	파드마	인도	신화	돈의 여신 락시미
002	레오나르도	브라질	기타	브라질의 요정과 괴물
003	파드마	인도	전설	모글리
004	파드마	인도	전설	이슬람의 희라란사
005	파드마	인도	전설	수드라의 영웅 에크라비아의 활쏘기
006	레오나르도	브라질	기타	밥 안 먹으면 오는 비슈파쁘엉
007	레오나르도	브라질	기타	쓰레기봉투 남자 어멩도사카
008	파드마	인도	기타	얼굴이 앞에 있는 남자
009	레오나르도	브라질	속담	거울 깨면 7년 동안 안 좋은 일이 생긴다
010	레오나르도	브라질	속담	검은 색 고양이를 만나면 안 좋은 일이 생긴다
011	레오나르도	브라질	속담	사다리 계단 밑을 지나가면 안 된다
012	레오나르도	브라질	속담	나무를 세 번 두드리면 안 좋은 일이 생기지 않는다
013	파드마	인도	속담	까만 고양이가 지나가면 안 좋은 일이 생긴다
014	파드마	인도	속담	시신 들고 가는 것을 보면 여행을 잘한다
015	파드마	인도	기타	인도어와 한국의 비슷한 점
016	파드마	인도	전설	허황후와 라미나
017	파드마	인도	민담	원숭이의 단식과 바나나
018	파드마	인도	전설	똑똑한 아내 어리사와 게으른 남편
019	레오나르도	브라질	기타	망고와 우유를 함께 먹으면 안 좋다
020	레오나르도	브라질	기타	불을 부르는 뱀 보이타타
021	레오나르도	브라질	기타	물건을 찾아주는 성 론지노
022	레오나르도	브라질	속담	새해에 파도를 일곱 번 뛰면 행운이 온다

자료번호	제보자	국적	자료유형	제목
023	레오나르도	브라질	전설	농장의 흑인 노예 파스티오의 잃어버린 말
024	파드마	인도	민담	신의 뜻대로 살게 된 왕
025	파드마	인도	민담	아들을 지킨 망구스
026	파드마	인도	민담	모든 곳에 있는 신
027	레오나르도	브라질	기타	브라질의 카니발
028	파드마	인도	민담	재산을 지킨 장남
029	파드마	인도	민담	쥐딸의 남편 찾기
030	파드마	인도	전설	창녀 슐라사와 사형을 면한 남자 슈카타
031	파드마	인도	전설	아르주나의 아들 궁수 아비만요
032	파드마	인도	전설	장님 수도자 슐다스와 크리스나신

[132] 20190103 / 서울특별시 광진구 화양동

자료번호	제보자	국적	자료유형	제목
001	팜하뷔	베트남	생애담	한국으로 오게 된 사연
002	팜하뷔	베트남	전설	백주년 학교 괴담
003	팜하뷔	베트남	기타	베트남의 설날 문화
004	팜하뷔	베트남	기타	베트남의 금기 문화
005	팜하뷔	베트남	민담	우물 안의 개구리
006	팜하뷔	베트남	전설	환검호수
007	팜하뷔	베트남	민담	형제와 별나무
008	팜하뷔	베트남	민담	남섬이라는 지역에 사는 여자
009	팜하뷔	베트남	전설	물귀신 나오는 서호

[133] 20190107 / 강원도 춘천시 효자동

자료번호	제보자	국적	자료유형	제목
001	툽신자르갈	몽골	기타	마못 동물의 복사뼈를 몸에 지니는 이유

자료번호	제보자	국적	자료유형	제목
002	톱신자르갈	몽골	기타	아이가 울려다가 웃는 이유
003	톱신자르갈	몽골	기타	밤에 외출하는 아기의 미간에 그을음을 묻히는 이유
004	톱신자르갈	몽골	기타	아이가 우는 원인을 알려주는 촛농
005	톱신자르갈	몽골	전설	낙타가 열두 띠에 들지 못한 이유
006	톱신자르갈	몽골	전설	타이하르 바위 유래
007	톱신자르갈	몽골	전설	낙타의 뿔이 없어진 이유
008	톱신자르갈	몽골	기타	몽골의 민간요법과 풍속
009	톱신자르갈	몽골	전설	전통 씨름 복장이 변한 이유

[134] 20190109 / 경기도 안양시 만안구 석수동

자료번호	제보자	국적	자료유형	제목
001	도티탄	베트남	민담	의사가 된 떰
002	도티탄	베트남	민담	두꺼비 청년
003	도티탄	베트남	기타	베트남의 다양한 문화
004	도티탄	베트남	민담	의좋은 형제
005	도티탄	베트남	민담	괴물을 이긴 남자
006	도티탄	베트남	전설	나라 구하고 승천한 영웅 댕잠
007	도티탄	베트남	민담	지혜로운 막내 사위
008	도티탄	베트남	민담	새가 된 할머니

[135] 20190115 / 경기도 화성시 진안동

자료번호	제보자	국적	자료유형	제목
001	텝쏙레앙	캄보디아	민담	욕 안 하는 사위 뽑기
002	텝쏙레앙	캄보디아	민담	두 친구의 부지런한 아내와 게으른 아내
003	텝쏙레앙	캄보디아	민담	고아가 된 형제
004	텝쏙레앙	캄보디아	민담	바보 남편 아째이와 지혜로운 아내 미크럴

[136] 20190115 / 경기도 화성시 진안동

자료번호	제보자	국적	자료유형	제목
001	영산티	인도네시아	전설	무씨강의 물귀신
002	영산티	인도네시아	전설	푸른 눈동자의 연못 뜰라가 비류
003	영산티	인도네시아	전설	불효자 말린꾼당
004	영산티	인도네시아	전설	부서진 배와 흰 원숭이

[137] 20190118 / 서울특별시 광진구 화양동

자료번호	제보자	국적	자료유형	제목
001	마레트루드	에스토니아	민담	청년을 처벌한 숲의 요정
002	울루잔 미라	스웨덴 (터키계)	신화	대홍수와 진흙으로 빚어진 아이아탐
003	마레트루드	에스토니아	민담	남자의 진정한 행운
004	울루잔 미라	스웨덴 (터키계)	전설	카라다산에 오른 하얀 여자 샤르키즈
005	마레트루드	에스토니아	민담	가난한 아이의 맷돌
006	울루잔 미라	스웨덴 (터키계)	전설	평범한 여자 레일라와 부자인 남자 메지뉴의 사랑
007	마레트루드	에스토니아	민담	달빛 아래 목욕하는 여성들
008	울루잔 미라	스웨덴 (터키계)	전설	크즈구래쉬의 집
009	마레트루드	에스토니아	민담	손님을 위한 검은 빵
010	울루잔 미라	스웨덴 (터키계)	신화	대홍수에서 살아남은 가족
011	마레트루드	에스토니아	전설	돈 나오는 주전자
012	울루잔 미라	스웨덴 (터키계)	전설	호텔에서 사라진 여자
013	울루잔 미라	스웨덴 (터키계)	전설	아버지의 복수를 한 커로우그루이
014	마레트루드	에스토니아	민담	못된 가족의 딸과 가난한 아이

[138] 20190130 / 경기도 안양시 만안구 석수동

자료번호	제보자	국적	자료유형	제목
001	도티탄	베트남	민담	츠엉 성을 가진 형제
002	도티탄	베트남	민담	해골야자
003	도티탄	베트남	신화	백 개의 알을 낳은 시조신 락롱꿘과 어우꺼
004	도티탄	베트남	전설	엄마 젖의 맛이 나는 과일 까이 부 스아
005	도티탄	베트남	민담	달 속의 사람
006	도티탄	베트남	민담	거짓말 잘하는 꿔이
007	도티탄	베트남	민담	괴물 퇴치하고 공주와 결혼한 닷산

[139] 20190211 / 서울특별시 용산구 효창동

자료번호	제보자	국적	자료유형	제목
001	부티킴하	베트남	민담	요술 부채를 가진 고아 범
002	부티킴하	베트남	생애담	한국방송통신대학교 입학과 문화적응
003	부티킴하	베트남	민담	새가 된 할머니
004	부티킴하	베트남	민담	황금 호박으로 부자가 된 아이
005	부티킴하	베트남	민담	금상자와 은상자
006	부티킴하	베트남	전설	대학교수가 된 베트남 최초의 장애인 응엔응옥기

[140] 20190218 / 서울특별시 노원구 공릉동

자료번호	제보자	국적	자료유형	제목
001	심죽령	중국	민담	새의 말을 듣는 사냥꾼 헤리포
002	심죽령	중국	전설	중앙절 유래
003	심죽령	중국	민담	쥐 사위 구하기
004	심죽령	중국	민담	욕심 많은 바이를 골탕 먹인 아판티(1)
005	심죽령	중국	민담	욕심 많은 바이를 골탕 먹인 아판티(2)

자료번호	제보자	국적	자료유형	제목
006	심죽령	중국	전설	괴물을 물리친 목수 노반
007	심죽령	중국	전설	노반의 발명품들
008	심죽령	중국	전설	노반과 우산
009	심죽령	중국	전설	니엔 괴물과 설날
010	심죽령	중국	민담	욕심 많은 바이를 골탕 먹인 아판티(3)
011	심죽령	중국	생애담	한국에서의 결혼 생활과 문화적응

[141] 20190221 / 서울

자료번호	제보자	국적	자료유형	제목
001	파드마	인도	민담	죽은 왕자의 신부
002	단야지	인도	민담	농부가족과 히말라야 여신
003	파드마	인도	민담	나무꾼과 모기
004	파드마	인도	민담	왕과 원숭이와 모기
005	단야지	인도	민담	짠 술
006	파드마	인도	민담	당나귀 귀를 가진 왕과 북
007	단야지	인도	민담	사자와 호랑이의 다툼
008	단야지	인도	민담	금과 우정
009	파드마	인도	민담	딜라이라마의 보상과 처벌
010	단야지	인도	민담	딜라이라마와 도둑잡기
011	파드마	인도	민담	브라만의 욕심과 밀가루
012	단야지	인도	민담	딜라이라마와 학자의 대결
013	파드마	인도	민담	딜라이라마와 가지카레
014	파드마 & 단야지	인도	기타	갠지스강의 의미
015	단야지	인도	민담	농부와 귀신의 땅 싸움
016	파드마	인도	민담	똑똑한 형과 무식한 아우의 재산 나누기
017	파드마	인도	민담	왕자의 신부 고르기
018	단야지	인도	민담	금팔찌를 한 카를과 앤쥬 형제

[142] 20190307 / 인천광역시 미추홀구 용현동

자료번호	제보자	국적	자료유형	제목
001	메르베에아한	터키	민담	의적 결오루
002	메르베에아한	터키	신화	늑대 시조(1)
003	메르베에아한	터키	신화	늑대 시조(2)
004	메르베에아한	터키	속담	우리는 다 터키사람이다
005	메르베에아한	터키	민담	대머리가 된 켈올란
006	메르베에아한	터키	민담	켈올란과 마법그릇
007	메르베에아한	터키	민담	뱃사공 켈올란과 왕자
008	메르베에아한	터키	기타	산모의 간을 빼먹는 아우카르스
009	메르베에아한	터키	기타	인육을 먹는 귀신 굴야바니
010	메르베에아한	터키	기타	꿈에서 가위 누르는 귀신 카라바산

[143] 20190307 / 서울특별시 광진구 화양동

자료번호	제보자	국적	자료유형	제목
001	마리사콘데	필리핀	생애담	이메일로 연애하다 결혼한 사연
002	마리사콘데	필리핀	전설	두링 할머니와 과일 두리안
003	마리사콘데	필리핀	전설	병을 고쳐주는 아다르나새와 세 명의 왕자
004	마리사콘데	필리핀	민담	게으른 나비와 부지런한 개미
005	마리사콘데	필리핀	전설	파인애플이 된 아이
006	마리사콘데	필리핀	민담	원숭이와 거북이
007	마리사콘데	필리핀	민담	게으른 후안
008	마리사콘데	필리핀	전설	나비가 된 언니
009	마리사콘데	필리핀	전설	보홀섬의 두 거인과 초콜릿 언덕
010	마리사콘데	필리핀	전설	볼칸마이언화산

[144] 20190308 / 서울특별시 노원구 공릉동

자료번호	제보자	국적	자료유형	제목
001	심죽령	중국	민담	왕개미를 구한 동조지
002	심죽령	중국	민담	가난한 수재와 개미
003	심죽령	중국	전설	제물로 죽어가는 사람들을 구한 영웅 서문표
004	심죽령	중국	전설	약초를 캐는 노파와 지모초
005	심죽령	중국	민담	백족의 두 형제
006	심죽령	중국	전설	복(福)을 거꾸로 붙이게 된 사연
007	심죽령	중국	기타	중국의 금기들
008	심죽령	중국	민담	변신 호랑이를 물리친 오누이
009	심죽령	중국	민담	황제를 놀린 아판티
010	심죽령	중국	민담	손순매아

[145] 20190727 / 제주특별자치도 제주시 삼양동

자료번호	제보자	국적	자료유형	제목
001	마리사콘데	필리핀	전설	바나나가 된 연인의 손
002	마리사콘데	필리핀	전설	망고가 된 소녀의 불빛 심장
003	마리사콘데	필리핀	신화	강한 남자 말라카스와 아름다운 여자 마간다가 생긴 내력
004	마리사콘데	필리핀	신화	필리핀인이 초콜릿 피부색과 납작한 코를 가진 이유